患者报告结局的测量

——原理、方法与应用

主　编　刘保延

主　审　方积乾　王永炎

副主编　何丽云　胡镜清

编　者（以姓氏笔画为序）

王　健	王　萍	王利芬	王思成	毛文超	文天才
艾　莉	史大卓	白文静	冯兴华	朱文增	刘　波
刘　震	刘凤斌	刘为民	刘志顺	刘宏潇	刘绍能
刘保延	闫世艳	李立志	李洪皎	何丽云	张云岭
张世民	张兆杰	张艳宏	陈丽娜	陈瑞雪	林岳卿
罗文舒	周　卫	房繁恭	赵　宏	郝元涛	胡镜清
姜　泉	唐旭东	陶夏平	崔学军	董国菊	韩振蕴
焦拥政	訾明杰	詹思延	雒　琳		

人民卫生出版社

图书在版编目(CIP)数据

患者报告结局的测量:原理、方法与应用/刘保延主编.
—北京:人民卫生出版社,2011.11
ISBN 978-7-117-14701-9

Ⅰ.①患… Ⅱ.①刘… Ⅲ.①医学心理学 Ⅳ.①R395.1

中国版本图书馆 CIP 数据核字(2011)第 181730 号

门户网:www. pmph. com	出版物查询、网上书店
卫人网:www. ipmph. com	护士、医师、药师、中医 师、卫生资格考试培训

患者报告结局的测量
——原理、方法与应用

主　　编:刘保延
出版发行:人民卫生出版社（中继线 010-59780011）
地　　址:北京市朝阳区潘家园南里 19 号
邮　　编:100021
E - mail: pmph @ pmph. com
购书热线:010-67605754　010-65264830
　　　　　010-59787586　010-59787592
印　　刷:潮河印业有限公司
经　　销:新华书店
开　　本:850×1168　1/32　印张:13　插页:4
字　　数:330 千字
版　　次:2011 年 11 月第 1 版　　2011 年 11 月第 1 版第 1 次印刷
标准书号:ISBN 978-7-117-14701-9/R・14702
定　　价:34.00 元

打击盗版举报电话: 010-59787491　E-mail:WQ @ pmph. com
（凡属印装质量问题请与本社销售中心联系退换）

<<<　主编简介　刘保延

刘保延（1955—　　），男，汉族，陕西人。主任医师，博士生导师。现任中国中医科学院常务副院长，中国中医科学院首席研究员。任世界中医药学会联合会临床疗效评价专业委员会会长，中华中医药学会临床流行病学专业委员会副主任委员，世界针灸学会联合会副主席，中国针灸学会副会长兼秘书长，北京针灸学会副会长，全国针灸标准化技术委员会主任。

从事中医药、针灸临床及科研工作，主要研究方向是中医及针灸临床疗效评价方法，在中医临床研究设计方法、疗效评价指标研究方面有很深的造诣，在承担的国家科技部"十五"攻关课题"中医临床疗效评价标准研究"中，在全国组建了患者报告结局测量方法的研究团队，深入研究了患者自我感受的测量方法，研究成果形成了本书的主体内容。另外，先后承担国家科技部"863"重大专项、国家自然科学基金项目、国家"十一五"科技支撑计划等国家级课题11项，省部级课题5项，国际合作项目1项。是国家"973"计划项目"辨证论治疗效评价方法基础理论研究"的首席科学家。获得国务院科学技术进步奖二等奖2项，省部级奖励8项，发表论文150篇，出版专著22部。

副主编简介　何丽云 >>>

何丽云（1963—　　　），女，汉族，内蒙古人。医学博士/博士后。九三学社成员，硕士研究生导师，现任中国中医科学院中医临床基础医学研究所研究员，中国中医科学院学科带头人，中华中医药学会亚健康分会秘书长，世界中医药学会联合会临床疗效评价专业委员会副秘书长，中国抗癫痫协会理事，中华中医药学会脑病分会委员。

长期从事中医临床和科研工作。主要研究方向是：①疗效评价指标体系和评价方法研究、疗效评价标准研究；②中医软指标量化测量方法的建立及测量工具的设计与应用；③临床研究质量控制方法及数据管理体系研究。承担国家"十一五"科技支撑计划项目中"亚健康量表及评价指标体系研究"、卫生部中医药防治重大传染病专项"中医药防治艾滋病疗效评价标准研究"等5项，参与国家"863"计划、"973"计划、"十一五"科技支撑计划项目10余项。获得国家级及省部级科研奖励8项，发表论文50多篇，出版专著6部。曾先后到英国、美国、马来西亚、中国香港等大学就循证医学、临床评价方法、亚健康、PRO量表研究等问题进行学术访问和交流。

<<< 副主编简介　胡镜清

胡镜清（1965—　　　），男，汉族，湖北人。医学博士/博士后，研究员，硕士研究生导师。现任中国中医科学院广安门医院临床评价中心主任、科研处处长、国家药物临床试验机构办公室主任，北京中医药大学/福建中医学院兼职硕士研究生导师。世界中医药学会联合会临床疗效评价专业委员会副会长兼秘书长，中华医学会临床流行病学专业委员会委员，中国中药学会临床药理专业委员会委员，中国中医内科学会脑病专业委员会委员，中国中西医结合学会循证医学专业委员会委员，北京市药理学会委员，《中成药》杂志编委。

　　研究方向为中医药临床评价，业务专长包括临床流行病学基础理论和常规实施方法、中医药临床研究（包括新药临床试验）设计、质量控制与评价的方法学、常用医学统计学、GCP 原则和临床研究数据管理。目前主要承担的课题有国家科技重大专项"中药新药临床研究技术平台规范建设"，国家"十一五"科技支撑计划"亚健康人群监测方法与监测网络的研究"，国家自然科学基金课题"构建表征证候动态变化纵向结局评价指标的示范研究"等。发表文章 33 篇，获各级奖励 5 项。先后到马来西亚、美国等大学就循证医学、临床评价方法、PRO 量表研究等问题进行学术访问和交流。

　　近闻刘保延研究员率领的专家群体撰著了《患者报告结局的测量——原理、方法与应用》一书,书濒脱稿即将付梓。本书恰逢其时应运而生,将对推动临床科研一体化、中医药学学科建设与产业发展起到积极的作用,实为可喜可贺之事。

　　21世纪中医药学学科建设必须置于大科学的背景下创新发展,必须适应大环境的变迁,必须体现大卫生的需求。医学家们将转化医学中的数字(网络)医学与再生医学作为医学发展的趋势与支柱。中医转化医学是从临床实践经验与人体实验验证为开端,结合模式生物的基础研究,再落实到指导诊疗,提高临床疗效;还有从医院的成果规范普及到社区乡镇;从科研成果的新技术新方药辐射到基层使广大民众受益。总之,实施"临床—基础—再临床—产业—人才"系统的构建,因此转化医学是一项重要的民生工程。转化医学从现代理念上将中医药原创的整体观念、形象思维、辨证论治、形神一体与治未病等理论与实践吸收运用,必将产生重要的学术影响力,体现中医药学的科学价值。应该指出中医药学的研究与创意,朝向大科学需要正确的宇宙观、科学观的指引。天、地、人一元论缘于长期农耕文明与象形文字的影响,有益于将宏观与微观、综合与分析、实体本体论与关系本体论链接。传承中国人的学问,贯通儒释道及诸家之说,令东学西学兼收并蓄,以中医天人相应、辨证论治、形与神俱为主体框架,在系统生物学的指引下还原分析,从整体出发的多因素、多变量、多层次的基础研究,再回归到整体做出初步的结论。中医学的精髓是临床医学，无论基础理论研究或是方药的开发研究均从临床开端又落脚到提高临床防治水平的终点。显而易见与多学科相融合的"过程系统"是重要的方法学。自然科学领域都需要多学科融合，牛顿、居里夫人的时代渐渐逝去。当然我们尊重科学家自身爱好志趣的创意，而今天科学研究处于不同时空的不同需求，针对凝练的科学问题，需要多学科领军人才的主持，以全局意识、共情能力和人文素养团结专家群体在一起工作。中医学人要善于与多学科的专家学者协作，虚心地学习、刻苦地钻研，对中医临床学科要引进循证医学的理念与方法，学习与掌握临床顶层设计与疗效评价的方法和相关技能，对中医临床优势病种以高质量高级别的循证证据，取得中医、西医、国内、国外共识的疗效，展现中医药学的生命力。中医基础医学研究与健康产业开发必须重视方法系统的创新，将理解、解释与应用三位一体的科学诠释学用于独具原创性的概念诠释，诸如藏象、经络、证候、冲任、五运六气等以充实现代医学科学，体现出愈是民族的则愈是国际的，将本土化与全球化链接在一起。吾辈学人虽已年迈，理应自勉自重，关心创新团队建设，倡导宽容、允许失败，克服浮躁与急功近利为要务，要树立良好的学风与作风，澹定方能淡雅，为团队修身才能为事业出力。

晚近 WHO 对健康的概念提出了充实修订的意见，渐为医界共识与民众的认同。缘于此，重视患者日常生存状态与自我感受的症状，系统阐释对患者自我感受进行测量的原理、方法、技术、基本操作规程和评估系统便成了临床试验方法学的重要领域。其实中医学临床实践过程系统对患者自觉症状的辨识及其在病证诊治的贡献度早有清晰确切的认识。联系中医学原创思维以象科学为基础，重视症状学的观察与核心病机的分析，所谓重理法指导组方遣药以提高效用。刘保延研究员领衔的团队以临床医师及研究人员为主，主动吸纳数理统计、IT 技术应用等多学科学者参加，将 PRO 现代评价方法融入中医药临床研究与新药研究开发的过程系统中去,当是中医学研究方法学的创新。相信本书出版可提供临床医师与研究人员在评价临床疗效时参考,具有比较重要的实用价值,并可提高学术影响力。感谢作者群体对我的信任与鼓励,邀我作序。谨志数语,乐观厥成。

王永炎

2010 年 9 月

<<< 序　二

在以病证结合与中医临床研究为主题的第三届"珠江论坛"召开期间,我与刘保延教授共同作为该届大会的执行主席,有机会较多地一起谈论关于中医药临床研究的合理评价等有关问题。保延教授是我国著名的中医学家、针灸学家,对临床试验研究的方法学有较长时间的关注和探究,在多种会议场合呼吁关于临床试验的合理设计、正确评价疗效及重视临床真实世界(real world)资料的累积、跟踪和统计分析,强调临床试验设计和评估一定要做到实事求是。

在临床试验或临床实践中,保延教授十分强调关于患者报告结局(patient reported outcome,PRO)的实施和应用研究。近期由他主编的《患者报告结局的测量——原理、方法与应用》行将出版,并邀我写序,我看我国这类专门著述并不多见,联系到中医药临床研究的可能是首见,可以说是开山之作了,对中医药临床试验的推进会起到很好的作用。

关于PRO的被重视和兴起,以及在国际临床试验中的注重应用,已有多年了,在国际上共识较多。美国的食品药品监督管理局(FDA)及欧洲医药管理局(European Medicines Agency,EMEA)从2006年以后先后发布过供医药管理企业参照的PRO指南或意见。强调在临床试验中,要从PRO中获取患者的满意度和幸福感的回馈,包括功能(function)、症状(symptoms)(强度intensity、频度frequency)、满意度(satisfaction)、健康(well-being)及整体生存质量(global quality of life)等。这些方面可以从患者的角度评价医疗干预措施的获益,较之从医师得来的 CRO(clinician reported outcome)常常更能反映患者接受医疗干预后自身的真实感受。正如早年著名的医生 Dr. William J. Mayo 所说到的:"It is worthwhile to secure the happiness of the patient as well as to prolong his life."(增强幸福感和延长生命是患者和医师一致所追求的目标。)

中医临床诊疗注重四诊,临床实际多以问诊居先,了解患者全面情况,包括饮食起居、精气神和心理状态等,张介宾之"十问歌"在先,陈修园之"问症诗"居后,有异曲同工之妙。很是与 PRO 的精义相通,我认为以此优势互补,对提高中医药临床试验的设计和评估水平,会有大的促进。

是以为序。

陈可冀

2011 年初夏于北京西郊

时年八一

在健康或疾病的相关信息中，患者自我感受的描述是很重要的一部分。无论健康还是疾病，日常生存状态如何是人们最关心的问题，比如胃口好不好、精神如何、心情如何等。患者报告结局的评价（patient reported outcome，PRO）方法，正是基于这样的观点，将患者的感受也作为评价治疗效果的一部分内容。本书系统论述了对患者自我感受进行测量的原理、方法、技术、基本操作规范和评价方法，以期对临床研究和新药临床试验中的评价提供方法学指引。

本书内容包括 17 章，分上、中、下三篇。上篇是关于患者自我感受测量的原理，从基本概念出发，到 PRO 与生存质量、满意度的关系，从 PRO 指标与其他指标的关系，到 PRO 与中医问诊的关系等，以及 PRO 国内外研究进展，使读者对目前的 PRO 研究与应用情况有大概的了解；中篇是关于 PRO 研究的关键技术、操作规范、研究组织构建、团队工作模式等，还介绍了 PRO 研究中现场调查的质量控制方法和量表研究质量的评价方法，使读者能详细学习 PRO 量表的研究与报告的撰写；下篇内容是在 PRO 量表研究的共性技术规范指导下，结合中医临床特点，以西医系统疾病、临床典型症状、单病种为基本类别，开展了用于疗效评价的 PRO 量表研究，是对前两篇内容的实际应用范例，每个疾病 PRO 量表的研究都是在核心工作组顶层设计和指导下，经过文献研究、病例资料分析、患者访谈、预测试、测试与评价、专家咨询与讨论等研究过程，形成的各具特色的 PRO

量表。

　　本书的编者主要是国内近年来一直致力于 PRO 的研究人员，由临床科研人员和临床医师组成，也有统计学和计算机专业的研究人员参与。本书可供临床研究人员和临床医师在研究时使用，也可供在校研究生科研设计时参考，疾病的量表还可以作为新药临床试验的观察指标。

　　临床研究方法是不断发展的，本书中的一些观点和方法，或许有不成熟的地方，只是希望本书早些与读者见面，与同道们共勉。

中国中医科学院《患者报告结局的测量》编写组

2011 年 5 月 10 日

<<< 目　录

上篇　原　理

中篇 技术与方法

下篇　实　践

上篇 原 理

第一章

概　述

　　古往今来,随着人类疾病谱、健康观念以及生活水平的变化,医学目的、医学模式以及医学评价标准均随之转变。21世纪在经济全球化与知识经济的推动下,人们的生活方式、生活水平发生了巨大变化,加之老龄化社会来临、慢性非传染性疾病已经成为主要疾病谱,人们对健康的认识和需求有了很大增长,医学模式从生物医学模式向生物-社会-心理以及环境医学模式在转变,而医学目的也从疾病治疗向健康保障在变革。以上这些变化,使人们越来越认识到,一个好的医师应该是使人不得病的医师,一个能够"治未病"的医师,而通过医疗解决疾病给患者带来的痛苦远比解决疾病病理变化更为重要。因此,评价一种疗法或药物的作用,除了用终点指标或替代指标反映患病的结局、生物学指标反映病理变化过程之外,以患者及其照顾者自我感受来反映患者健康状况的变化越来越受到重视。这些反映"有病的人"的指标是反映"人的病"的客观检测指标无法显示或表达的内容,是评价指标中不可或缺的重要部分。例如,骨质退行性病变(骨刺等)给患者造成的疼痛、关节活动功能受限、疲劳等,经过治疗骨刺并没有消失,理化检测指标没有明显变化,而患者的痛苦却可以明显的减轻或消失;又如许多恶性肿瘤患者经过治疗虽然瘤体并没有明显的减小,中位生存期延长也不明显,但患者的饮食、睡眠、生活能力却明显好转,生存质量明显提高,这样的疗法也同样受到患者和家人的欢迎。因此,对完善患者报告的症状、体验、生理和心理状态以及对治疗满意程度等方面的测量与评价，显得日益重要和紧迫。患者报告结局（patient reported outcome，PRO）测量的研究就是在这样的背景下应运而生。

第一节　什么是患者报告结局

PRO是直接来自患者的关于自身健康状况和治疗结果的报告，是一种没有医师或其他人影响，所进行的患者自身对疾病或健康状况临床结局的测量[1]。

从临床评价角度看，PRO是将患者的感受作为一把测量"临床结局"的尺子，用这把"尺子"来对不同干预措施的治疗效果进行测量评价。不同的医学体系，治疗同种疾病其切入点往往不同，干预目的不一样，干预措施也不同，但从患者的角度评价其干预效果时，可以用PRO这把尺子进行"公平"的测量。这种方法是以患者自身对其健康状况的感受和描述作为测量的基础，不是"硬指标"，是一种"软尺子"。影响PRO测量准确性的因素除了患者自身描述的差异外，与患者密切相关的医师及其家人等对患者的影响也是报告准确性偏倚的重要因素，所以要在制定好这把"尺子"测量内容与结构的同时，强调在测量过程中避免医师和其他人对患者报告的影响。这也从另一方面说明了本测量方法以患者为核心的特点和难点。

对于自身的健康状态与临床干预的效果，尽管生物学指标是大家熟悉的"客观"测量方法，但随着慢性疾病的增多与对"治未病"的关注，人们已经注意到在生物学指标"失灵"的情况下，患者对自身健康状况的报告在临床评价中具有重要的作用。有些治疗的反应只有患者才能感受到，所以合理的运用患者感受来评价医疗干预措施，很多时候能更敏感、更快捷地反映疗效。

一、患者报告结局的应用范围

由于PRO量表将患者的感受作为测量的"尺子"，原则上患者能够明确感受并清楚描述的自身健康状况和变化,均可作为 PRO 的测量范围。近年来随着研究的不断深入,PRO 应用范围逐渐得以丰富。目前,在治疗效果的评价、治疗不良反应的检测、患者健康状况的监测、患者病情轻重的判断以及患者治疗满意度的评估等方面都有应用。

1. PRO 主要用于干预效果的评估　包括对疾病干预、对非病者干预、对功能性疾病的干预以及新药临床干预效果的评价。

(1)PRO 用于对疾病治疗效果的评估:PRO 较多用于评价干预的效果,特别是在生物学指标"失灵"、终点指标远不可及,而患者的自我感受又是主要或唯一的疾病变化指征时,PRO 甚至可以作为临床试验中评估疗效的终点指标。当干预措施主要针对改善患者的自觉症状时,PRO 就可以作为主要替代指标,如美国国家肿瘤研究院主张在肿瘤对症治疗的临床试验中应用 PRO[2];国外曾有人应用 PRO 的测量方法,对骨关节炎和类风湿关节炎患者能够接受的如疼痛、躯体活动等方面功能状态进行评估研究[3],例如通过对类风湿关节炎老年患者和年轻患者报告的临床结局对比,评价依那西普(etanercept)治疗类风湿关节炎的影响,结果显示依那西普对两类患者的功能状态都有明显改善[4]。另有研究者总结了 2005—2007 年间收录在 PUBMED 中的运用 PRO 作为类风湿关节炎评价指标的临床试验共计 109 篇,这些临床试验大多数运用了综合性的 PRO 来反映疗效,从不同领域来评估干预措施的效果[5]。近些年,PRO 作为疗效评估的指标已得到了越来越多临床研究人员的认同和应用。

(2)PRO 用于对非病人体干预效果的评价:根据 PRO 评价测量的特点,除了在生物学指标失灵情况下对疾病治疗效果的评价外,在没有明确疾病诊断的情况下,PRO 对患者健康状况变化情况的测量评估往往是目前比较可靠的、可以被接受的评价指标。如疲劳综合征没有可以检测到的"疾病"指标,只有通过 PRO 从患者的角度对治疗效果进行评估;又如对"亚健康"干预效果的评价、对中医"治未病"效果的评价,PRO 对干预对象生存质量的测量与评估,是主要的可以被认可的评价方法。

(3)PRO 用于对功能性疾病干预效果的评价:对于一些功能性疾病,PRO 评价常常是唯一或特异性的证据,如胃肠功能紊乱、更年期综合征、性功能障碍、失眠等。

(4)PRO 用于新药临床治疗效果的评价:2006 年 2 月美国食品药品监督管理局(FDA)公布的 PRO 指南草案中提出了应将 PRO 研究作为新药研发的依据之一,此后在 2009 年,FDA 正式公布了 PRO 应用于临床医学研究的指南,对此也做了更清晰的说明。Rock EP[6] 研究了 PRO 与抗癌药物批准之间的关系,1995 年以后有 7 个抗癌产品的 9 个适应证被批准,它们中至少有一部分得到 PRO 研究数据的支持。

2. PRO 用于临床干预不良反应的监测　　Trotti A[7]等发现运用 PRO 可以进一步完善肿瘤学不良事件报告系统,探索将 PRO 应用到不良事件报告中,扩大数据收集范围和提高研究质量。Brundage M[8]等在分析了美国国家癌症研究所加拿大临床试验组的临床试验数据后,认为患者报告的主观经历数据可能比常规安全性信息更为可靠和有效。

3. PRO 用于病情轻重的判别　　许多功能性疾病如失眠、疲劳综合征等,均可用 PRO 来判别其轻重程度,作为临床研究入选患者的依据。

4. PRO 用于患者治疗满意度的测评　　患者的满意度测评有专门的工具,但对于不同治疗措施效果的满意度,则可以通过 PRO 来进行测量。目前患者对治疗满意度已经成为许多 PRO 量表的重要内容和组成部分。如糖尿病 PRO 量表。

总之,PRO 是从患者角度反映干预措施疗效的重要依据,对于判断疾病、人体健康状态变化以及疾病轻重程度、干预措施的有效性及其安全性都有非常重要的意义。随着 PRO 应用的广泛与研究的深入，其新的应用领域肯定还会被越来越多的发现。

二、患者报告结局的内容形式

PRO 量表所测量的内容，既可以是简单或单一的指标，如某一症状，咳嗽的频度或眩晕的程度，用 PRO 来评价特定症状的变化，如症状发作频率的下降、程度的改善、困扰的减轻，如疼痛严重程度或癫痫的发作频率等；也可以是反映整体状态的多指标，即在疾病中患者的整体状态，如糖尿病患者在血糖得到控制的情况下，食欲、疲乏、大小便、睡眠、记忆等整体变化的情况。

从形式上看目前的 PRO 量表大多是相关疾病的特异性量表。如 Pettengell R[9] 等确定疾病活性和健康功能的关系，对滤泡淋巴瘤患者进行 PRO 测量；也有用于一类疾病相关的普适性量表等等；而美国国立卫生研究院（National Institutes of Health, NIH）"Roadmap"研究计划中"The Patient-Reported Outcomes Measurement Information System（PROMIS）"则是一个试图应用于各类疾病或健康状态主要症状和生存质量、基于计算机适应性测试的更加普适性的一种 PRO 测量系统。目前特异性 PRO 是主要形式。从测量的角度来看，如果能够适用于所有的疾病和健康状态的测量，则对于"异病同治"或"同病异治"评价结果的可比性有重要意义。

第二节　患者报告结局与生存质量

PRO 的发展与生存质量均是以患者的自我感受为基础来进行人体健康状况测量的，二者是此类测量发展不同阶段的产物。从源流上看，生存质量（quality of life, QOL）的研究是从

20 世纪 30 年代开始,是 PRO 产生的"源"头与开始阶段的表现形式,而 PRO 则是 QOL 的"流",是 QOL 在当代的表达形式。二者在内涵、形成方法、临床使用等方面一脉相承。所以对生存质量的认识和了解,也是对 PRO 概念内涵、测量方法的了解。

一、生存质量及其发展

生存质量通常是指人们对自身生活和人生充实感等的主观感受。1993 年,世界卫生组织(WHO)将生存质量定义为:个体根据其所处的文化背景和价值系统对自身生活的主观感受,它受个体的目标、期望值标准和个体关注点等因素的影响。也就是说,QOL 的本质是"自身生活的主观感受"。

方积乾[10]曾对生存质量研究及其发展做了简要系统回顾,将 QOL 的发展历程分为三个时期:研究早期(20 世纪 30～40 年代),在 20 世纪 30 年代美国首先提出了生存质量的概念,主要用作社会学指标,来反映和报告美国各个生活方面的动向;随后逐渐从社会学领域发展到医学领域;成熟期(20 世纪 50～60 年代),生存质量研究逐渐走向成熟,并被政治领域所认可,因而在全美各地蓬勃发展起来;分化期(20 世纪 70 年代至今),是生存质量的社会领域研究与医学领域研究并驾齐驱时期,并逐步开始探索面向疾病与人体健康相关生存质量的研究,也是 PRO 的概念提出与形成时期。

20 世纪 70 年代开始,在 QOL 的发展开始关注与人体健康相关生存质量的测量时,产生了一些测量患者对疾病自我感受的问卷,如著名的有 Mcewen 等研制的 Nottingham 健康调查表(Nottingham health profile,NHP)、Marilyn Bergner 等研制的疾病影响调查表(sickness impact profile,SIP)、生存质量指数(quality of wellbeing index,QWI)等,出现了 PRO 的测量量表。随着研究的不断深入,人们逐渐建立了系统的 PRO 概念框架和测量量表,并在临床疗效评价和新药研究中使用,这一指标也逐步被大家接受,成为临床评价中不可或缺的重要内容。

二、患者报告结局与生存质量域体系构建与测量指标选择中的比较

QOL 和 PRO 均采用了量表学的方法。

世界卫生组织(WHO)研制了与健康相关的生存质量测定量表(health-related quality of life,WHOQOL-100),用于测量与健康相关生存质量。该量表是在 WHO 的统一组织下,由全球不同文化背景、不同经济发展水平的多个国家研究中心共同研制的。它不仅具有较好的信度、效度、反应度等计量心理特质,而且具有国际可比性,即不同文化背景下测定的生存质量得分具有可比性[11]。

WHOQOL-100 的测量内容结构如表 1-2-1 所示。首先,将 QOL 从整体上区分为 6 个领域(domain):生理、心理、独立性、社会关系、环境、精神支柱/个人信仰,在每个域下又进一步建立了不同的方面(facet)与测量指标、条目(item)。尽管 WHO-QOL-100 是紧紧围绕着 WHO 有关人体健康的概念展开的,但在实践中,人们发现其在评价人体健康状态时,针对性还比较宽泛,对某些具体干预措施临床结局的测量尚不敏感,这也成为 PRO 发展的基础和原动力。

表 1-2-1　WHOQOL-100 量表的结构

域名称	包括方面
Ⅰ生理领域	疼痛与不适
	精力与疲倦
	睡眠与休息
Ⅱ心理领域	积极感受
	思想、学习、记忆和注意力

续表

域名称	包括方面
Ⅱ心理领域	自尊
	身材与相貌
	消极感受
Ⅲ独立性领域	行动能力
	日常生活能力
	对药物及医疗手段的依赖性
	工作能力
Ⅳ社会关系领域	个人关系所需
	社会支持的满足程度
	性生活
Ⅴ环境领域	社会安全保障
	住房环境
	经济来源、医疗服务与社会保障
	获取途径与质量,获取新信息、知识、技能的机会
	休闲娱乐活动的参与机会与程度
	环境条件(污染/躁声/交通/气候)
Ⅵ精神支柱/个人信仰	精神支柱/宗教/个人信仰

QOL 与 PRO 在域体系与指标中的联系与差别,通过美国 PROMIS 研究中心在深入研究 PRO 时建立的概念框架[12](图 1-2-1)可见一斑。

在主体内容上 WHOQOL 的域体系和 PROMIS-PRO 的域体系是相同的,都是以 WHO 健康概念为基础,但后者将患者的临床症状作为其主要的测量指标,并将患者对治疗的满

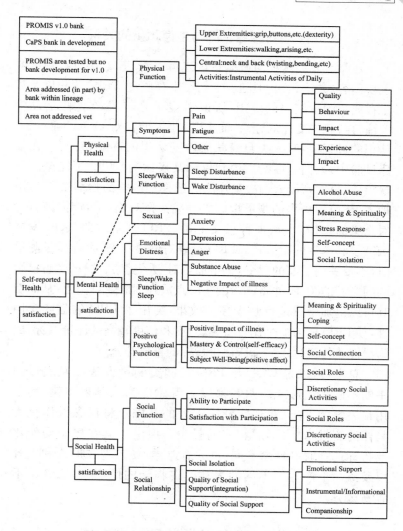

图 1-2-1 美国 PROMIS 构建的 PRO 域体系

意度也列为测量的主要领域,这样在反映临床结局上就更有针对性。

三、患者报告结局与生存质量的关系

从量表发展历程与域体系构建可以看到,尽管两者测量的主要内容、方法相同,但随着人们对生存质量认识的深化以及对生存质量测量结果的应用,认识到 QOL 是人们在医疗活动中关注自身状态变化的记录,而 PRO 是人们在对 QOL 不断深入认识的过程中,对人类自身状态改变认识的逐渐完善[13]。在临床试验中,人们也逐渐意识到仅用某疾病的 QOL,不能全面反映疗效,进而帮助人们决策疗法的选择和调整药物剂量[14],应该加入 PRO 等更多的测量指标[15,16],或选择对临床治疗措施有针对意义的指标[17]。从某种意义上说,PRO 是新时期 QOL 发展的结果和产生的新形式。PRO 量表对健康状态、生存质量测量时,不仅关注"人"的感受,也增加了对"人"健康状况产生直接影响的"病"的关注,并将测量的落脚点放在"临床结局"上,从而使其可以更加敏感地反映干预的效果,突出了 PRO 的临床实用性,使 PRO 成为一个比较敏感、效度和信度较高的评价指标,成为慢性非传染性疾病临床评价指标的重要补充。

总之,可以说 QOL 与 PRO 是同类测量方法在发展过程中的不同表达形式。两者都以患者感受为工具来构建,均采用量表学的方法,在现代健康理念的基础上将概念操作化为具体的测量指标,形成相应的量表。但由于其在概念操作化及指标选择时的理念不同、目的有差异,使二者在形式和内容以及概念上产生了不同的表述。在临床的使用中,二者常不容易区分。

第三节　患者报告结局与满意度

现代营销学之父,美国管理科学联合市场营销学会主席菲利普·科特勒(Philip Kotler)博士认为满意是指一个人通过对

一种产品的可感知的效果（或结果）与他的期望值相比较后，所形成的愉悦或失望的感觉状态[18]。满意度是可感知效果和期望值之间差异的函数[19]。患者满意度是指患者对医疗、保健服务可感知的效果与其期望值之间差异的函数。所表达的是患者的一种对医疗保健服务的愉悦或失望的感觉状态，PRO 是患者对健康状况与治疗效果的自我感受，在对医疗服务的评价中，二者可以相互补充。近年来，在 PRO 量表的研制中，患者对治疗和健康状况的满意度已经作为 PRO 的一个重要组成部分被吸纳。

一、客户满意度

通常所说的满意度是指客户满意度或者顾客满意度，它是顾客对服务的评价和个人对所获服务的期望，是一个多维的评估指标。随着对顾客满意理论的深入研究，产生了定量评价的指标——顾客满意度指数（customer satisfaction index，CSI）。CSI 可以用于从顾客角度对治疗结果和医疗服务质量的评价。来自顾客满意度调查的反馈信息有助于改善医疗服务质量，在进行医院的成本效益分析时，它是体现医疗机构社会效益的一个重要指标。

（一）满意理论

如何描述客户满意的心理和行为，不同学者从不同角度进行了研究，较为典型的有：

1. Lauteborn 的 4Cs 理论　针对传统的营销组合 4Ps（产品、价格、分销、促销）理论中只是从企业角度出发来制定营销决策，忽视客户真正的价值需求这一问题，美国市场营销专家劳特朋（Lauteborn）认为，企业在市场营销活动中应该首先注意的是 4Cs，包括：

客户问题（customer problem）

成本（cost）

便利（convenience）

沟通(communication)

2. Zaithaml 的可感知价值理论　Zaithaml 认为,客户价值是由客户而不是供应企业决定的,客户价值实际上是客户感知价值(customer perceived value,CPV)。Zaithaml(1988)根据客户调查总结出感知价值的四种含义,即:

价值就是低廉的价格;

价值就是我想从产品中所获取的东西;

价值就是我付钱买回的质量;

价值就是我的全部付出所能得到的全部。

3. 科特勒的可让渡价值理论　科特勒是从客户让渡价值和客户满意的角度来阐述客户价值的。所谓客户让渡价值(customer delivered value)是指总客户价值与总客户成本之差。总客户价值(total customer value)就是客户从某一特定产品或服务中获得的一系列利益,它包括产品价值、服务价值、人员价值和形象价值等。还有学者从关系营销的角度阐述客户价值,如格隆罗斯的客户价值过程理论等。

科特勒认为,客户满意与否,取决于客户接受产品或服务的感知同客户在接受之前的期望相比较的体验,如图 1-3-1 所示:

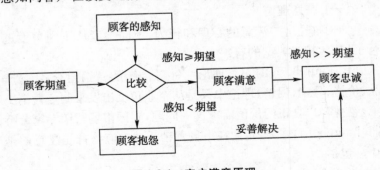

图 1-3-1　客户满意原理

满意不是绝对的,是客户在接受服务后,将这种体验与自己之前的期望相比较而得到一种主观感受。满意客户会愈发忠诚,不满的客户可能会对服务提供方失去信心;也可能会抱怨,如果这种抱怨得到妥善解决,是可以增加客户的忠诚度的;如果得不到解决,即可能会彻底失去信心,产生对抗情绪,甚至主动破坏服务方的形象。

由此可见,满意度是指客户事后感知的结果与事前期望之间作比较后的一种差异函数。这种差异应该如何来度量和分解呢?科特勒认为我们可以从客户接受服务的每一个接触点(tough point)去分析,接触点可以分解如图 1-3-2 所示:

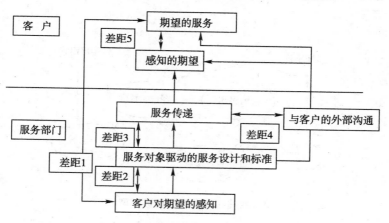

图 1-3-2 期望-感知差距模型(Gap Model)

每一个接触点之间的差距(gap)都会是客户不满意的来源。这些差距归纳如下:

差距 1:不了解客户的期望;

差距 2:未选择正确的服务设计和标准;

差距 3:未按服务标准提供服务;

差距 4:未将服务绩效与承诺相匹配弥合客户差距;

差距 5:客户预期与客户感知之间的差距。

（二）客户满意忠诚模型

在上述差距理论（gap theory），Claes Fornell 借鉴结构方程模型（structural equation model，SEM）构建了客户满意度指数模型。典型的客户满意度指数有 1989 年瑞典设立的国家顾客满意晴雨表 SCSB（Sweden customer satisfaction barometer），这是世界上第一个从国家角度来检测各行业和主要企业的顾客满意水平的指标；美国客户满意度指数（ACSI），这是应用最好并被其他国家广泛借鉴的指数模型；还有欧洲客户满意度指数（ECSI），如图 1-3-3 所示，主要从七个方面度量客户的满意度：

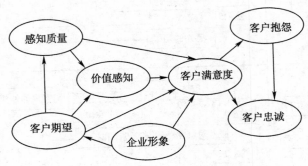

图 1-3-3　欧洲客户满意度指数模型（ECSI）

（三）客户满意忠诚量表（Q16）

依据"客户满意忠诚模型"，客户满意忠诚量表的构建思路如下：

第一步：从客户需求分解入手，按照企业所提供服务本身的特性及服务附加价值，服务的内容由三个层面构成：

核心层——提供的基本服务；

形式层——提供服务的方式及过程；

附加层——增值服务和附加服务。

第二步：把每一项服务进行横向多维度展开如下：

可靠性：可靠地、准确地履行服务承诺的能力；

响应性：帮助客户并迅速提供服务；

保证性：指工作人员自信与可信的知识、礼节和能力；

移情性：设身处地为客户着想和给予客户的特别关注；

有形性：指有形的设施、设备、人员。

第三步：在前两步的基础上，一个通用的客户满意忠诚量表内容如表 1-3-1 所示：

表 1-3-1　客户满意忠诚度通用量表（Q16）

潜变量名称	观测变量	量表问题
企业形象	知名度	品牌传播的广度
	美誉度	消费者对品牌的评价
	品牌价值	品牌本身的附加值
质量感知	产品核心层	产品质量的可靠性、响应性、保证性
	产品形式层	产品创意（如：外观等）
	产品附加层	产品特色（如：特色功能）
	服务核心层	服务内容的可靠性、响应性、保证性
	服务形式层	服务态度
	服务附加层	增值服务
价值感知	性价比	物有所值程度
满意度	总体满意度	总体满意情况
	质量满意度	对产品的总体满意情况
	服务满意度	对服务的总体满意情况
忠诚度	重复购买	重复购买
	主动推荐	主动推荐
客户关系管理（CRM）	客户关系管理	客户维护水平、客户关系紧密度

以上量表,简称 Q16,形成如图 1-3-4 所示的结构方程全模型:

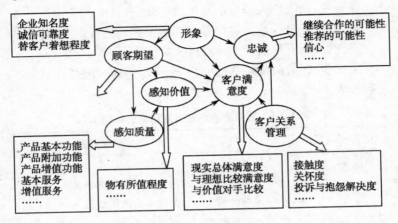

图 1-3-4 Q16

(四)客户满意忠诚模型的测量和估计

客户需求与供应商服务之间的差距决定了客户的满意程度。现在的问题是:到底如何来度量这种差距呢? 怎样综合单个客户的满意,进而得到整体的满意程度呢? ACSI 采用的是偏最小二乘(PLS)和 SEM 方法进行满意度指数估计。

协方差结构模型(covariance structure models,CSM)亦称结构方程模型(structural equation modeling,SEM),CSM 是一般线性模型的扩展,主要用于研究不可直接观测变量(潜变量)与可测变量之间关系和潜变量之间的关系。

协方差结构模型由两部分组成:测量模型和结构模型。

对于所研究的问题,无法直接测量的现象记为潜变量(latent variable)或称隐变量;这些潜变量往往又与一些可以直接观测的变量有关,可以直接测量的变量称为观测变量(manifest variable)或显变量。

测量模型(measurement model)亦称为验证性因素分析模型,主要表示观测变量和潜变量之间的关系。模型形式为:

$$x = \Lambda_x \xi + \delta$$
$$y = \Lambda_y \eta + \varepsilon$$

其中,x 为 p×1 阶外生观测变量向量;y 为 q×1 阶内生观测变量向量;ξ 为 m×1 阶外生潜变量向量,η 为 n×1 阶内生潜变量向量;Λ_x 为 p×m 阶矩阵,是外生观测变量 x 在外生潜变量 ξ 上的因子载荷矩阵;Λ_y 为 q×n 阶矩阵,是内生观测变量 y 在内生潜变量 η 上的因子载荷矩阵;δ 为 p×1 阶测量误差向量,ε 为 q×1 阶测量误差向量,它们表示不能由潜变量解释的部分。

结构模型(structural equation model)又称为潜变量因果关系模型,主要表示潜变量之间的关系。模型形式为:

$$\eta = B\eta + \Gamma\xi + \varsigma$$

其中,η 和 ξ 分别是内生潜变量和外生潜变量向量;B 是内生潜变量 η 的系数矩阵,亦是内生潜变量间的通径系数矩阵;Γ 是外生潜变量 ξ 的系数矩阵,也是外生潜变量对相应内生潜变量的通径系数矩阵;ς 为残差向量。

上述模型有以下一些假定:$E(\varsigma) = 0, E(\delta) = 0, E(\varepsilon) = 0, E(\xi) = 0, E(\eta) = 0$;$\varsigma$ 与 ξ 相互独立,δ 与 ξ 相互独立,ε 与 η 相互独立,ς、δ 及 ε 为相互独立;B 在对角线上为 0,且(I-B)为非奇异阵。

模型的参数估计主要有两类方法,即:

极大似然估计(maximum likelihood)。

偏最小二乘法(partial least square)。

极大似然估计法对应的拟合函数为:

$$F = \ln|\Sigma| - \ln|S| + tr(S\Sigma^{-1}) - (p+q)$$

其中,Σ 是模型拟合协方差矩阵;p 是外生变量的数目;q 是内生变量的数目;tr 是求矩阵的迹。

广义最小二乘法对应的拟合函数为:

$$F=tr\big[(S-\textstyle\sum)w^{-1}\big]^2$$

其中，w^{-1} 是残差矩阵 $S-\sum$ 的加权矩阵。一般情况下，取加权矩阵 $w^{-1}=S^{-1}$。因此，广义最小二乘估计的拟合函数可写为：

$$F=tr\big[(S-\textstyle\sum)S^{-1}\big]^2$$

大样本情况下，广义最小二乘估计与极大似然估计的结果非常接近。两种估计方法都要求观测变量的总体服从正态分布；通常都不受测量单位的影响，即改变测量单位，不会影响模型的结果，也就是具有量纲不变的特性；并且每个参数都可以利用估计的标准误进行显著性检验，类似于回归分析中回归系数的显著性检验。一般认为，估计值是其标准误的两倍以上，则为显著的。

PLS-SEM 对统计假设无要求，具有很好的适用性，是国际通用的估计满意度模型的方法；WinPLS 是国际通用的 PLS-SEM 指数计算软件，详细内容参考 Fornell(1998)。

二、患者满意度

患者满意度是指患者由于健康、疾病、生存质量等方面的要求而对医疗、保健服务产生的某种期望，与所获得的医疗、保健服务进行比较后，产生的情感状态的反应。患者对医疗的满意度评价是评价医务人员医疗活动效果的指标之一，也可作为提高医院管理、督促提高医务人员医疗水平的工具[20]。随着医学模式的转变，患者自身感受在医疗评价中的地位显得愈加重要，近年来，患者对医疗保健的看法也渐渐引起国内外医疗人员、医院管理者的重视。不同类型的患者满意度测量问卷已经被开发研制，并越来越多地被推广应用。

（一）国外患者满意度研究

国外进行患者满意度问卷的研究比国内早，编制的满意度量表大体可分为两类。一类为针对某种疾病或某种症状的治疗满意度量表,这方面量表的研究比较多,如 PTSS 量表(pain treatment satisfaction scale)[21],是急性或慢性疼痛的患者对治疗满意度的评价量表,Christopher J 等开发了此量表并对量表的性能进行了检验,该量表包括 7 个因子共 69 个条目,从对当前治疗的满意程度、副作用、对患者的关心程度等方面进行调查。再有 D. Andrew Loblaw 等研制的适用于肿瘤门诊的患者对医师的满意度问卷[22],该量表包含 41 个条目,患者分别从医师对待自己的态度、是否信任医师的建议和诊断、主诉症状是否得到缓解等各方面非常细致地为医师进行打分,评价对治疗的满意程度。此类的量表还有针对贫血患者的 PSQ-An 量表(patient satisfaction questionnaire for anemia treatment)[23]、测量患者对治疗偏头痛满意度的 PPMQ-R 量表等等[24],这类量表或问卷多适用于某类患者或具有某种症状的患者[25]。

　　另一类满意度量表为普适量表,不针对某种疾病或症状的患者,为对医疗保健服务的综合性质的满意度评价。此类量表中,目前比较有影响力的主要有患者满意度量表(patient satisfaction questionnaire,PSQ)、医疗服务质量监测量表(quality of care monitors)和患者满意度量表第三版(PSQⅢ)、Ware 量表和 Kulka 量表。此类普适量表多从医院管理的角度出发,往往从医疗、护理、就医环境、等候时间、费用等各方面综合考虑。以 Ware 量表为例,它包含医疗服务的就近或方便程度、花费资金、资源可利用性、医疗保健服务的连续性、医务人员的业务能力和品质、医务人员的人道主义、总满意度、保健的效力八个因子,共 50 个条目。不但评价医疗服务的质量,也可为行政部门如何布局医院、分配资源提供参考[26]。

　　近年来,也有学者认为患者不是顾客,从医学的角度上讲,不能一味追求满足患者的愿望,达到其满意。患者满意度是否为提高医疗质量的最佳指标还存在争论[27]。

(二) 国内患者满意度研究

国内有关患者满意度量表的研究始于 20 世纪 80 年代后期,医院管理的行政制度改革促成了这一研究的开始。当时卫生部将医院等级划分为一、二、三级,不同级别的医院在满意度的达标要求上也有不同。1991 年研制了职工满意度调查表、合同单位对医院满意度调查表和门诊、住院患者满意度调查表,在全国范围内的医院进行满意度的调查,可视为医疗满意度调查在国内的开始。

最初的满意度量表研究主要是使用现有满意度量表进行统计分析,如 1993 年,张家钧等[28]采用卫生部颁发的《中国医院分级管理标准(试行草案)》中的有关调查量表对武汉某医科大学附属医院住院部患者进行了满意度调查,经过模糊评价,患者的总体满意度达 84.2%。在此之后,国际上比较常用的满意度量表开始被介绍到国内,如 Ware 量表。国内人士也开始逐渐尝试自行开发研制满意度量表。1999 年陈平雁等[29]初步研制了住院患者满意度量表,并对广州市 3 所综合医院的 900 名患者采用信函方式做了调查,对量表进行了系统的科学评价。该量表包括"入院过程、花费、医师服务、伙食供应、辅助科室服务、护理和治疗结果"4 个因子,共 39 个条目,调查后对该量表的内部一致性、重测信度、效度方面的检测,表明该量表具有良好的信度和效度。2002 年,蔡湛宇等[25]开发了综合医院门诊满意度预量表,采用应答率法、CR 值法、标准差法、相关分析法、因子分析法对预量表进行筛选,最后选出 6 个因子 21 个条目作为修订正式量表的参考。2005 年,邓春华等开发研制了治疗满意度量表(TSS)用于评价男性勃起功能障碍(ED)的治疗,该量表经过多项有效性检验和心理学测试,证明能够可靠评价 ED 治疗的满意度[30]。国内对满意度量表的研究不仅限于对研制量表的尝试,还有人从方法学的角度对这一问题进行了探讨。如厉传琳等[31]在 2006 年探讨了患者满意度调查问卷的研制过程,阐述了研制调查问卷各步骤的关键内容,强调问卷指标选择的科学方法和流程,并且介绍了国内外数种患者满意度调查问卷,提出我国在该领域的发展思路和建议。2008年李建生等[32]从患者满意度与治疗满意度的概念、测量工具的研究原则与过程和确认、研制测量工具需注意的问题及患者对疗效满意度评价的应用与有关问题四个方面展开讨论,对测量工具的设计类型,建立过程、指标选择、赋值及样本量等问题进行具体的说明,关于方法学的探讨使我国以后的满意度量表开发研制工作变得有章可循。

(三)患者满意度量表的应用

目前应用患者满意度量表较多的国家有英国、美国和挪威,尤其是英国,这部分内容已经被提议作为常规审计的内容。但总的说来,有关患者满意度的研究还刚刚起步,目前在方法学上没有固定的金标准,得到国际公认的量表也还比较少。杨辉等[33]通过文献检索发现,1998—2004年发表的179篇有关患者满意度文献报告中,把满意度调查作为临床或药物干预评价指标之一者占16.8%(30篇);把满意度研究作为护理服务和管理改进评价指标者占48.6%(87篇);探讨满意度调查方法学及其影响因素者占7.8%(14篇)。可见,目前满意度量表主要还是在提高医院管理质量方面应用较广,在这类满意度量表中,治疗效果只是量表中的一个方面。在临床试验中,更受到关注的是治疗效果,人们采用满意度作为指标时,多采用针对某种疾病的满意度量表,或自行设立一个满意度条目,以"非常满意、满意、不满意"等词条作为应答等级进行评价,应答条目的多少及用词没有固定的标准可遵循,致使情况比较混乱,极不规范。

三、患者满意度与患者报告结局

尽管PRO与患者满意度都是通过量表,对患者自我感受进行的一种测量,但由于二者的测量目的不尽相同,在测量的内容、测量方法上也有所区别。患者满意度除关注患者对疗效的感受外，还关注医疗服务的环境、质量等，而 PRO 所关注的患者健康状况、干预所引起的"临床结局"只是其中很少一部分内容。由于患者满意度可以从患者对治疗前后的比较，来判断干预措施的效果，此部分内容往往是通过两次测量 PRO 的对比难以获取的。因此，引入满意度测量的部分内容，对患者健康状况、治疗效果进行测量已经开始成为目前 PRO 研究的一个重要方面。对中医辨证论治疗效评价中，满意度的测量可能尤为重要。

第四节　患者报告结局与其他评价指标的关系

一、临床结局

临床结局(clinical outcome)顾名思义就是一种与疾病相关的人体临床测量结果。任何药物或措施所呈现的治疗效应，包括疗效和药物不良反应，都要采用某种测量方法和指标加以度量，并将这些指标作为最后判断治疗效果的依据[34]。效应或结局通常都以一定的指标加以反映，这就称之为效应指标或结局指标。临床试验的结局是指受试对象在干预措施的作用下所发生的有临床意义的临床事件和相关指标的变化[35]。2001 年新修订的临床试验报告的统一标准(consolidated standards of reporting trials，CONSORT)声明中的术语表解释[36]：结局指标(outcome measure)是试验关注的结局变量，也叫终点指标(endpoint)。组间结局变量差异可以认为是不同干预措施的差异，主要结局是最重要的结局指标，次要结局指标用于补充评价干预措施的效应。郭新峰等[37]认为临床结局是指疾病在干预措施下所发生的、与患者直接相关的、有临床意义的重要临床事件，如生存或死亡、能力减退、失语等。2005 年 8 月 WHO 牵头建立了国际临床试验注册平台,结局(outcome)是指受干预影响所测量的事件、变量或感受[38]。2007 年 7 月"十一五"国家级规划教材第 6 版《流行病学》[39]中认为实验流行病学研究的效应是以结局变量(outcome variable)来衡量的,如发病、死亡等。在临床试验中,结局变量也可成为终点,结局指标分为中间结局指标和主要结局指标。2007 年 11 月出版的《临床证据》认为中临床结局[40]是专注于患者关心的结局,即那些患者可以感受到的结局,如症状的程度、生存时间、残疾、可行走的距离,以及活产出生率等。

从以上不同侧面的论述可以看出,临床结局是指对健康状态或疾病状态在一定时间点上进行测量的结果,可以用一系列的测量指标来表达。但由于在谈到临床结局时的目的有差异,所以在临床研究中,有关临床结局指标的描述就出现了终点指标、替代指标、主要指标、次要指标、生物学指标、生存质量、患者报告结局指标等多种提法。弄清这些提法的含义,将有助于对PRO 的理解与应用。

人的生命是一个从生到死的自然发展过程。从疾病的观点看健康的临床结局,常常将人的健康结局描述为"6 个 D"[41],即死亡(death)、发病(disease)、伤残(disability)、不适(discomfort)、精神不愉快(dissatisfaction)、因病致贫(destitution)。所评价的是负向健康,而不是健康。健康是"没有疾病",疾病是"失去健康",这种以传染病的发生、变化和转归的关系为依据的健康疾病观是单因单果的健康疾病表现形式,是生物医学模式下的健康观。随着疾病谱和死因谱变化,许多非传染性疾病和慢性退行性疾病逐渐增加,如心脑血管疾病、恶性肿瘤等,往往表现出多因单果、多因多果的疾病表现形式,因此,对健康的要求,已经不是简单的治愈疾病,而是改善和控制影响健康的多种因素,达到综合防治的目的。世界卫生组织(WHO)1948年在宪章中提出的健康概念是:"不仅是没有疾病和虚弱,而是一种个体在身体上、精神上、社会适应上完好的状态"。
1989 年 WHO 又提出了健康的新概念:除了躯体健康、心理健康和社会适应良好外,还要加上道德健康,只有这四个方面的健康才算是完全的健康,这是最新的最具有权威性的关于健康的概念。

目前传统的健康评价方法得到了很大的发展,把观察重点从死亡提前到了患病、残疾和活动受限。疾病的发病率、患病率和严重程度作为健康指标,在健康测量的系统中得以进一步扩展,躯体健康对生存质量的影响越来越受到重视。现代健康评价方法把观察终点进一步从患病提前到了健康。健康状况评价的核心从以疾病为中心,转向以健康为核心,测量的内容扩大了,生长发育、营养状况的测量也加入到健康测量的范畴中。现代健康评价方法的范畴从生理方面扩大到心理、社会方面,健康测量的深度也增加了,关注疾病对于个体或者群体在结构、功能方面的影响,疾病给个体或群体的日常生活活动能力所带来的影响和后果,关注生存质量的改变。另外,对疾病的测量也从疾病的客观测量扩大到主观测量,例如疼痛、心理压抑、精神痛苦等症状/功能的测量结合疾病的客观测量能够更全面地反映出疾病对人健康的危害。健康观始终是医学模式的核心体现,目前处于生物-心理-社会医学模式的健康观,也有人提出还包括环境等模式。现代健康观的医学模式将人分为健康、疾病、亚健康状态、亚临床状态(或称为无症状疾病)四种状态[42,43]。

为了适应从人体健康转向人体健康与生态系统健康并重的战略转变,Maryland 大学 Chesapeake 生物实验室教授 Costanza 等[44]1992 年出版了 *Ecosystem Health* 一书,从哲学角度系统地提出了生态系统健康理论。20 世纪的经济体系在保护人类和自然环境方面的失败,证实了这个理论的提出是完全正确的,它是可持续发展政策在管理目标上的具体落实。国内学者[45~48]从不同角度阐述生态健康的重要性,目前认为生态健康(ecohealth)指人与环境关系的健康,是社会、经济、自然复合生态系统尺度上的一个功能概念,它从人与其赖以生存的生态系统之间相互影响的角度来定义健康,认为完整的健康不仅包括个体的生理和心理健康,还包括人居住的物理环境、生物环境和代谢环境的健康,以及产业、城市和区域生态系统的健康。

21世纪,人类的健康问题将逐渐步入"3P"医学时代[49],即预防(preventive)医学、预测(predictable)医学和个性化(personal)医学,代表医学发展的终极目的和最高阶段。这一由巴德年院士率先提出的新的医学理念标志着基因检测工程将更加广泛和普遍地运用于医学领域。到那时,人们对于疾病的态度将从"重治"转为"重防"。"健康不是个人的事情,它关系到一个家庭,一个民族甚至一个国家"。随着中国经济的高速发展,人们对健康问题也将更加重视,3P医学的出现将会被越来越多的人认可、接纳并推广,基因检测技术的日趋成熟,基因检测机构的日益壮大和完善,21世纪,我们将真正进入3P医学时代。

二、临床结局指标的分类

临床结局有很多种分类方法,往往从不同角度进行测量,或由不同的报告者反映出来,因此可以根据研究的目的和需求选择不同的分类方法。

(一)从干预措施角度对结局指标的分类——主要结局指标与次要结局指标

2001年修订的 CONSORT 声明[50]第6条将结局指标明确分为主要结局指标和次要结局指标。例如,治疗银屑病有效性的主要终点指标是治疗12周后,与基线相比银屑面积和严重程度指数(psoriasis area and severity index,PASI)下降到 75% 的患者比例。PASI 评分变化的百分率和银屑病病变的好转为次要结局指标。所有随机对照试验（RCT）都评价反应变量或结局指标，并与对照组进行比较。主要结局指标是预设的最重要的指标，用于估算样本含量。有些试验不止 1 个主要结局指标，但多个主要结局指标可能会造成多重分析（见 CONSORT 第 18 和 20 条），因此不推荐使用。RCT 报告中的主要结局指标应充分报告。次要结局指标可有多个，无论是主要结局指标还是次要结局指标，都应将其列出并完整定义。

2005 年 8 月 WHO 牵头建立了国际临床试验注册平台[51]，WHO 临床试验注册数据集（WHO trial registration data set）要求准备注册的临床试验需要最少 20 个条目，其中，结局分为主要结局指标（第 19 条）和次要结局指标（第 20 条）。根据主要结局指标来作样本量的计算和确定干预的效应。主要结局指标要尽可能具有特异性（比如 Beck 抑郁评分而不是仅仅看抑郁）；对于每一个结局，也应该提供所有测量的时间点。例如：结局名称：全因死亡率；观察周期：一年。结局名称：Beck 抑郁评分；测试时间点：6 周、12 周和 18 周。次要结局指标也需要详细说明。例如：结局名称：心血管病死亡率；观察时间：6 个月。

从以上的介绍可以看出主要结局和次要结局的划分，主要是从临床试验的目的出发对结局指标的区分。主要结局指标是指临床试验要评价测量的主要目标，是根据干预措施所能产生的主要效果来确定的。而次要结局指标则是根据干预措施辅助的或次要效果来确定。所以每项研究都要根据其研究目的、研究假说来确定主要结局指标，作为临床试验评价测量的重点。

（二）从健康状况来分类（从患者角度）——终点指标、替代指标等

结局指标从患者健康状况角度来分类主要包括终点指标、

替代指标、症状和体征、生存质量、患者的满意度等[52,53]。

根据结局指标与人体健康结局的关系来看,可以将结局指标分为能够确切、直接反映健康结局的终点指标与间接、不确定反映健康结局的替代指标;从结局指标的性质来看,可以分为生物学指标、症状和体征、生存质量、患者的满意度等。

1. 终点指标　1996 年 Fleming[54] 认为终点指标(primary end point)应该是与患者有关的临床事件,即是患者最关心、最想避免的临床事件,如死亡、失明、AIDS 的症状、需要辅助呼吸或者其他导致生存质量下降的事件。2001 年美国 NIH 组织的生物标记物研究小组(Biomarkers Definitions Working Group)提出临床终点(clinical endpoint)指标的定义[55],临床终点是用来反映患者感受、功能状态或生存状态的特征或变量,是对疾病特征的测量或分析方法,用于临床研究或临床试验中,观察治疗性干预措施效应;在随机对照试验中,是用来评估治疗性干预措施的受益和风险最可信的指标。

2002 年郭新峰等[36]总结主要的结局指标是指那些对患者影响最大、最直接、患者最关心、最想避免的临床事件,最常见的是死亡,以及急性心肌梗死、脑卒中、猝死、心衰加重等。2007 年张宏伟等[51,52]认为终点指标是目前作为循证医学在临床试验主要评估指标的最佳选择。它一般是指对患者影响最大、患者最为关心的、与患者的切身利益最为相关的事件,主要包括对患者生存或死亡、残障水平或其他一些重要临床事件,如疾病复发率等的测量。终点指标由于与患者最为相关,因此对临床决策最具参考价值。终点指标往往可以用率来表示,例如病死率、治愈率、缓解率、复发率、不良反应率、生存率等。通常需要进行大样本、长期随访的试验研究来测量这些指标。终点指标是真正的疾病结局,能反映干预的真正效果,偏倚较小,但出现时间晚,试验所需时间长,样本需要量大,花费大。若结局的出现需较长时间干预,那么结局易受其他非干预因素干扰。

2. 替代指标(surrogate endpoint)　1989 年 Prentice[56]定义了替代指标是一个反应变量,是与相比较的治疗组之间无关的零假设检验,同时也是对真正终点的零假设的有效检验。2001年生物标记物研究小组提出替代终点指标(surrogate endpoint)是建立在流行病学、治疗学、病理生理学或其他科学基础上的证据,用以预测临床获益(或有害、无益)。替代终点指标是生物学指标的子集,尽管所有的替代终点指标都可以认为是生物学指标,或许仅仅少量的生物学指标能取得替代终点指标的地位。

在终点指标的测量需要很长时间的情况下,就需要采用替代指标来评估干预措施的效果,用以间接反映临床终点。替代指标一般易于测量,测量方法相对固定,结果较为客观。如常用的单纯生物学指标,包括实验室理化检测和体征发现,如血脂、血糖、肝功组合、肾功组合、血清胆固醇含量、血压、实体肿瘤体积等,实验仪器检查如心电图、脑电图、肌电图、诱发电位仪、CT、MRI 影像学等,采用替代指标必须有足够证据支持其与临床终点结局的关系,并可预测疾病结局。其应用的前提是替代指标的改善也将会相应改善疾病的终点结局。替代指标选择不当有可能导致错误估计干预措施对临床最终结局的作用。

3. 生物学指标　2001 年生物标记物研究小组提出生物学指标(biological marker/biomarker)的定义,生物学指标的特征是能客观测量和评价治疗性干预后正常生理、致病过程或药物反应的指标。

生物标志物可能产生的最大的价值是早期有效性和安全性的评价,如体外组织标本的研究、体内试验动物模型的研究,在早期临床试验阶段建立证据。生物标志物在疾病检测和监测健康状况方面有许多重要应用,包括:作为诊断工具来确认这些患者的疾病或异常状况(比如血糖浓度增高诊断糖尿病);作为一种手段给疾病分期,比如测量癌胚抗原-125 诊断各种癌症;或者疾病程度上的分类,比如在血液中的前列腺特异性抗原浓度用来反映肿瘤程度、肿瘤的生长和转移;用作疾病的预后指标,比如用来测量某些肿瘤的缩小;用于预报和监测临床上干预后的反应,比如血液中胆固醇浓度用来确定患心脏病的风险。

(三)从观察指标的量化程度分类

1972 年 Feinstein AR[57] 提到的数据类型,至少有 8 个不同种类的信息描述患者接受治疗后会发生什么事,因此,临床指标类型如下:

1. 实验室数据　比如 X 线检查、细胞学检查、组织活检和内镜检查等。

2. 人口学数据　如性别、年龄、民族、职业、出生地等。

3. 临床检查　患者主诉、症状体征。

4. 活动能力　如工作能力、生活能力的依赖程度等。

5. 治疗的依从性　如口服药或注射药物,手术与否等。

6. 治疗的预期　如果医师有较高的期望值,他将高度评价治疗效果;如果患者对治疗的期望过高,安慰剂也可以产生治疗效果。

7. 亲和力　社会交流,医师和家庭成员的态度等。

8. 支出数据　个人、家庭或社会负担的医疗费用等。

这 8 类指标类型中仅仅实验室数据、人口学数据和费用数据能够真正准确测量,称之为"硬数据",其测量指标称为"硬指标"。然而,临床检查、活动能力、依从性、期望度和亲和力主要是主观的经验,因他们不能直接测量,称之为"软数据",其测量指标称为"软指标"。

1997 年 Piantadosi S[58] 在 *A Methodologic Perspective* 中提

出硬指标(hard endpoints)和软指标(soft endpoints)的概念,硬指标是与临床试验的科学目的相一致的,如死亡、疾病恶化或进展。硬指标是不带任何主观性的、决定疾病发展并在研究方案中明确定义的临床标志。

2004年《医学统计学》[59]中认为,在众多的医学测量指标中,可以精确测量的疗效评价指标,如长度、重量、体积、浓度、压力、时间等,称之为"硬指标"。有些疗效评价指标则不能精确测量,如患者的疼痛程度、生活能力改善情况等,称之为"软指标"。

2006年第三版《医学统计学与电脑实验》[60]概括为:基于化学、物理和其他计量仪器得到的测量指标,如身高1.73cm,体重62.3kg,由于测量结果能够精确计量,称之为硬数据(hard data);基于面谈、问卷、量表等方法得到的测量指标,由于测量结果不能够精确计量,称之为软数据(soft data)。例如:疼痛评分、生存质量评分、心理测量量表评分、对医院服务态度的满意度等。

吴大嵘等[61]总结在临床医学中,诸如死亡或存活、血压、心率、血液生化指标等,都可以通过适当的手段和方法被客观地度量和检测,并用确切数值和明确的计量单位加以表述,这一类指标被称之为硬指标;而另一类基于患者主观感觉的指标,如焦虑、疲乏、食欲不振、记忆减退等则无法用度量衡加以测量,而需由经过系统训练的医护人员根据一定的法则,运用一定的方法和技术所构建的特定工具,诸如问卷、量表等进行测量,并根据测量结果推测患者/被访者的健康相关状况。它们被称为软指标。

由此可见,硬指标一般指死亡、疾病与残障水平等临床标志以及实验室可测量的定量指标;软指标一般指测量数据的类型是定性或半定量的数据,PRO量表测量数据包括在软指标之内。

(四) 从报告者角度分类

根据报告者不同可分为临床医师报告、实验室报告(生物学)、照顾者报告、患者报告。

2001年2月16日,美国食品药品监督管理局统一协调委员会(the Harmonization Coordination Committee)[62]、欧洲生存质量评估协调处(European Regulatory Issues on Quality-of-Life Assessment,ERIQA)、国际药物经济与结局研究协会(International Society of Pharmacoeconomic and Outcomes Research,ISPOR)、美国药品研究与制造商协会健康结局委员会(Harmaceutical Research and Manufacturers of America-Health Outcomes Committee,PhRMA-HOC)和国际生存质量研究协会(International Society for Quality of Life Research,ISOQOL)提出了一个对患者结局评价的来源和实例,包括:临床人员报告(clinician-reported)、生理指标报告(physiological)、照顾者报告(caregiver-reported)和患者报告(patient-reported)四方面内容。临床人员报告主要有整体印象、观察、功能评估等;生理指标报告主要有 FEV_1、HbA1c、肿瘤体积等;照顾者报告主要有患者的依赖程度、功能状态;患者报告主要有功能状态、症状与健康相关生存质量、满意度、治疗的依从性等。大家普遍认可每一来源都可以对疾病和一种疗法疗效提供唯一的和重要的评价角度的观点。例如:患者可能侧重于改变自身的健康,家庭反应可能不仅影响到患者,而且也影响到家庭生活;而临床医师和研究人员从临床角度关注的是疾病本身及其治疗。照顾者报告是从患者密切接触者角度进行的观察和测量,在一些智障疾患中发挥重要作用。弗吉尼亚大学健康系统(University of Virginia Health System)对照顾者定义为:照顾者是为别人日常需要提供帮助的人,分为正式的照顾者或非正式的照顾者;正式的照顾者是根据自己的服务获取薪水并且不断地接受训练和培训来提供照顾,包括来自于家庭卫生机构和其他专业人员提供的服务。一般来说,照顾者在家庭环境中提供保健,被照顾者是老迈的父母、配偶、其他亲属或不相关的人,或者患者、残疾人。由于需要受照顾者大多是慢性患者,照顾者一般有丰富的专业知识和照顾技巧,可以全程跟踪观察与患者的疾病和健康相关生存质量等各方面的变化。经国内文献检索,关于照顾者的研究主要集中于照顾者本人的经济、生理、心理和社会状况,尚未见照顾者对患者健康状况报告方面的研究。由于照顾者可以对患者每天进行数小时甚至全天服务,因此从照顾者角度观察和评价干预措施的治疗效果,具有重要的现实意义。建立一套照顾者报告的指标体系,参考生存质量量表或健康量表的模式,如实反映医疗实际测量结果,是摆在我们面前一项迫切的任务。

照顾者在评价中关注的内容,能够反映出患者精神心理的变化及日常生活或功能的变化,照顾者感受是对患者和医师无法表达或无法观察内容的补充,也是对 PRO 测量内容的补充。

三、各类结局指标之间的关系

PRO 是指任何关于健康状况和治疗结果的直接来源于患者(即研究对象)的报告。PRO 是临床评价的重要内容,在对临床疗效的整体评估中日益受到重视,它包括患者描述的功能状况、症状以及与健康相关的生存质量(HRQOL)。中医临床通过问诊获取有关饮食、睡眠、二便、痛苦与不适等情况,同时关注诱发因素等内容,属于 PRO 的内容,问诊所收集的资料不仅作为辨证的主要依据,同时,该内容又作为评判疗效好坏和确立下一步治疗方案的主要指标,可见传统中医非常重视 PRO 和定性的研究方法。但是,中医对患者病情和疗效的测评多是停留在医师口头询问症状和患者的口头回答等方式上,都是软指标,用这种方式很难对患者的有关情况进行全面和客观的掌握,也不利于开展大规模的中医临床研究。对这些软指标的评价,是中医药客观化的重要内容,是中医药现代化发展的重要步骤之一,我们相信有关患者自我感受和体验量化测量的深入研究,必将大大促进临床评价体系的完善,提高中医辨证论治临床疗效的评价水平。

第二章
患者报告结局国内外研究概况

　　20世纪70年代初期人们已经开始对PRO进行研究,并产生了许多测量问卷,奠定了PRO研究的雏形。随着研究的不断深入,早期的PRO已被分化成了健康状态、健康相关生存质量和生存质量等内容。近来,欧美一些发达国家已经将PRO应用于临床试验、卫生政策的制定及卫生资源效益的评价等领域,主要涉及癌症、心脑血管病、老年病及其他慢性病的测评,健康状况评价,临床治疗方案评价与选择,预防性干预及保健措施的效果评价,不良事件报告,临床试验中依从性的观察等,并应用到新药审批领域,而且影响着卫生资源配置与利用的决策等。

　　PRO的研究起步是在经典测试理论指导下进行,目前发展到以项目反应理论(item response theory,IRT)和计算机适应性测试为基础的患者报告的结局测量信息系统(patient-reported outcomes measurement information system,PROMIS)研究。采用经典测试理论时,信度和效度是测试的关键指标;采用IRT时,效度仍然重要,但信度则转移到个体不同水平的特点和条目相对难度测试。截止到2009年9月,在MEDLINE上采用PRO搜索,共有58 401篇文章。发表的文章随着时间的推移,有呈爆炸性增长的趋势。图2-0-1为不同年代PRO相关文章的发表情况。

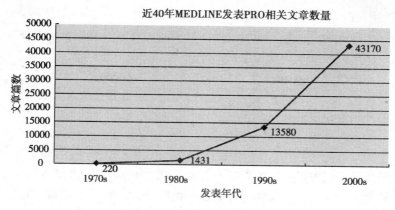

图 2-0-1　近 40 年 PRO 量表研究文章

第一节　美国测量患者报告临床结局的行业指南

2006 年 2 月，美国食品药品监督管理局（U. S. Food and Drug Administration，FDA）发布了《测量患者报告临床结局的行业指南（草案）》。该草案认为，PRO 量表通过捕捉与患者健康或状态相关的感觉或功能的概念，提供了一种测量治疗收益的手段。这些由 PRO 量表所测量的概念、事件、行为或感觉有些可以被容易地观察或证实（比如，行走），而有些则不可能被观察到，只能通过患者本身来了解，不易证实（比如，感觉沮丧）。评定某些症状改善或者有关功能的变化依赖于患者的感觉，但在过去这些评定经常是由医师观察或与患者交流而完成的（如抑郁量表、心力衰竭严重程度量表、日常生活活动度的量表等）。目前，测评 PRO 的量表日益增多。该指南的目的在于解释 FDA 如何评估这些量表在测量及表现医学产品治疗收益中的效用。要求支持药品说明书的 PRO 证据有一定的数量和种类。就像其他说明书一样，在决定 PRO 量表是否支持终点有效时，应评估 PRO 量表对药品治疗价值的测量能力,以及其对意向人群和对所治疗疾病或状态测量的特异性。PRO 量表测量作为终点指标时经常用于说明患者的症状或功能改善状况。

在指南中,体现了重视患者报告结局的理念,认为在医学产品研发中使用患者报告结局测量方法及量表有几方面的原因:①一些治疗效果只有患者知道,对某些治疗效果来说,患者是唯一的资料来源。比如,疼痛的强度和疼痛缓解度是止痛产品研发中的基本测量指标,对这些概念没有可观察的或有形的测量手段。②患者能提供一种独特的有关治疗效果的看法,医师或药品研究人员非常需要了解患者对于一种治疗方法有效性的看法;当用于测量研究终点时,PRO 量表能够扩大医师认识、丰富生理测量得到的信息。对于改善某种状态来说,临床测量的结果可能并不与患者的功能或感觉同步。比如,肺活量测定表明肺功能有明显的改善,但这种改善可能不完全与哮喘相关症状及其对患者日常活动能力的影响相关。③患者的观点可能提供有价值的信息,但通过临床医师的访谈,这些反应信息可能被过滤而丢失了,因此,对患者的反应进行正式的评估可能比非正式的询问更可靠,通过患者了解他们的症状及这些症状对其功能的影响。医师在临床实践中经常通过非正式的询问患者,来获取只有患者才知道的信息,比如"睡觉时枕几个枕头?",或者"你夜间咳嗽吗?"。在临床试验中,通过特定的问题使临床评估正规化,因为结构化的访谈技术可使测量误差最小化,并确保测量的一致性。

自填式问卷直接提供给患者,不受医师的干预,常常要比由临床医师实施的访谈或打分等方法更为可取。自填式问卷没有第三方的解释,可直接捕获患者对治疗反应的感受,可能比观察者报告的测量更为可靠。

指南中对用于药品评价的 PRO 量表有规范的要求:①量表研制应遵循一定的技术规范;②PRO 量表所提供的证据有一定的数据支持;③量表报告有一定的内容要求和评估标准。

总之,该指南提出了 FDA 对以 PRO 作为疗效终点指标时的评估要求,阐述了目前使用 PRO 量表测量结果作为证据的方法,为今后研制和应用 PRO 量表在方法和技术上提供了指导。值得强调的是,该指南中 PRO 量表的研制和评价方法是以经典测量理论为指导的。

第二节　美国患者报告的结局测量信息系统研究计划

随着人类基因组计划的完成和后基因组时代的到来,生命科学走到了一个新的十字路口,美国国立卫生研究院(National Institutes of Health,NIH)这一世界上从事生命科学研究最重要的研究机构也面临着新的抉择。三个关键问题摆在了 2002 年新上任的院长瑞尔霍尼(E. Zerhouni)的面前:什么是当前最紧迫的挑战? 前进道路上的障碍是什么以及如何去克服? 美国 NIH 应该采取什么样的努力? 面对这些问题,来自美国学术机构、政府部门和私人团体的 300 多名生物医学权威人士,在一年多的时间内进行了一系列的讨论,并由此形成了一个通向生命科学未来的"中长期发展规划"——国立卫生研究院路线图(NIH roadmap)。NIH roadmap 计划涉及三个主题,分别是探索新途径、未来的研究团队、临床研究体系重建工程。

一、NIH 路线图中的临床研究体系重建工程

(一)临床结局评价是临床研究体系重建工程中的重要内容

临床研究是生物医学领域的关键环节。一种疗法获得广泛使用的许可之前,必须在实验室中认真研究以明确其治疗原理、有效性以及潜在的危险。然后该疗法对人类的安全性和效用必须通过一系列有序的人体测试来证实。医学研究已成功地使许多曾经致命的疾病变为可治疗的疾病,但是,随着慢性疾病的增

加临床研究也变得逐渐困难起来。科学界已经清楚地意识到,如果还期望目前的临床研究像以往那样获得成功,就必须改造现有整个临床研究体系。为了这一目标,以下几项计划需要进行:

1. 临床研究网络的建立和国家临床试验与研究电子化;

2. 临床结局评估;

3. 临床研究培训;

4. 临床研究政策分析和协调;

5. 基础向临床应用的转化研究。

(二)临床研究体系重建工程中的临床结局评估计划

临床研究系统路线图的内容之一是通过发展新技术来改进临床结局评估,其中,大部分使人虚弱的慢性疾病都会引起疲劳、疼痛和情绪改变而逐渐降低患者的生存质量,这些临界的症状还不能像实验室指标(比如,血糖水平或血细胞数)那样被客观测量,因此,需要研制灵敏而有效的工具,标准化测量这类症状。计算机自适应健康评估这类技术的发展,能够使症状和治疗结局的测量方法产生革命性的变化。有了这些工具,科学家能更好地了解在接受新的疗法之后患者所感知的健康状态的变化,从而可以针对性研究对患者最有价值的疗法。

患者报告结局对于临床疗效测量或描述结果不能以终点或量化表达的研究尤其重要。比如,在一些临床试验中,两种治疗方法控制疾病可能有相似的效果,但在症状、功能或其他生存质量指标上效果有差异,评估患者报告的结局有助于得出比较客观的结论。拥有一个可以有效而动态地测量患者报告结局的系统,将大大增进临床结局研究工作,使不同研究之间的比较变得更容易。归根结底,这种系统有助于测量治疗反应和指导治疗,因此它对医学实践将十分有益。

计算机技术和现代测量理论使建立、维护和完善条目库成为可能。在条目库中,条目是一些关键性问题,旨在评估特定健康维度上的功能程度(比如活动度或疼痛)。科学家们可以通过建立条目库的方法来比较条目以及建立患者反应的统计模型。计算机自适应测试工具可以针对每个患者剪裁条目的子集。这项计划将建立一个合作研究网络,通过该网络发展和完善一个公众可用的系统,这个系统包括一个大型条目库和计算机适应测试系统,以及一个管理前两者的统计协调中心。PROMIS重点将采集不同慢性疾病人群(包括不同种族和少数民族人群)的自我报告数据,将形成一个功能强大的数据采集、存储和管理平台。

(三) NIH建立了一个使患者报告结局定量化的研究网络

作为NIH医学研究路线图[63]计划的一部分,NIH的健康和人类服务部在2004会计年度提供了大约600万美元资助6个研究机构和一个统计协调中心来形成PROMIS网络,图2-2-1显示了PROMIS在NIH路线图中的位置。这个NIH计划是多机构的组织,由美国关节炎及肌肉骨骼皮肤疾病研究所管理,目的是建立测量慢性疾病和状态中广泛存在的患者报告症状(如疼痛和疲劳及健康相关生存质量)的方法。

"我们十分迫切需要对目前难以测量的临床重要症状和结局进行更准确的定量,"NIH主任Elias A. Zerhouni博士说,"可操作的、稳定的、高准确性地测量临床症状和其他主观结局指标将使我们的临床研究大大受益。"

关节炎、多发性硬化症、哮喘和慢性疼痛等慢性疾病,X射线和实验室检查对结局的测量不完善,而患者往往能够判定治疗效果,最好的方法常常是改善临床症状。正如美国关节炎和多发性硬化症及皮肤疾病(NIAMS)研究所主任Stephen I. Katz博士所说,对这些症状的测量进行探索,将提高临床结局的研究水平,并最终提高临床实践水平。

PROMIS计划的目的之一就是建立一套面向公众的供临床研究使用的计算机适应测试系统。"该计划包含的疾病都涉及疼痛、疲劳和其他难以测量的生存质量有关的结局指标。"NIH路线图是一系列长期计划,旨在使美国的研究能力转型,

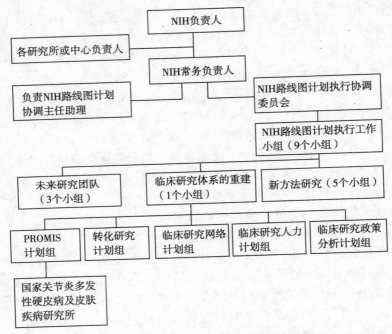

图 2-2-1　PROMIS 在 NIH 路线图中的位置

提升研究成果从"实验台前（bench）"向"病床边（bedside）"转化的速度。其中 PROMIS 的研究是一个大型团队，六个研究单位的主要研究人员是：西雅图华盛顿大学的 Dagmar Amtmann 博士、斯坦福大学的 James Fries 博士、北加州大学的 Harry Guess 博士、匹兹堡大学的 Paul Pilkonis 博士、杜克大学的 Kevin Schulman 博士和纽约布鲁克医学院的 Arthur Stone 博士。这些研究人员将合作研究建立满足临床研究需要的可以广泛覆盖多种慢性疾病的测量工具。

二、患者报告的结局测量信息系统

PROMIS 计划通过合作协议机制在 NIH 和独立的研究团

队之间建立起合作关系。

（一）PROMIS 网络总体目标

1. 研制和测试一个用来测量患者报告结局的大型条目库。

2. 创建一个计算机自适应系统，该系统能够在大多数慢性疾病的临床研究中对患者报告的临床结局的有效性和心理稳定性进行评估。

3. 创建一个可供公开使用的评估系统，该系统能够定期更新和修订，并使临床研究人员既能进行通常的条目测试，也能够进行计算机化的自适应测试。

PROMIS 网络将采用表决法、众数法和问卷调查等方法，合作研究不同人群的多种慢性疾病自我报告的数据采集。

（二）PROMIS 研究方法

1. 建立条目池，制定核心问卷，用来测量已经证实存在于多种慢性疾病中的关键性的健康域。条目池将由已有问卷中的条目和由专家编写并经患者人群测试过的新条目构成。考虑纳入 PROMIS 条目库中的所有条目都将经过严密的定性和认知评价，在尽可能的情况下还要经过定量评价。

2. 在对多种慢性疾病患者进行大样本调查的基础上，以纸质和电子形式建立和管理 PROMIS 核心问卷。将所采集的数据进行分析和利用，对条目集合标准化，进而建立 PROMIS 条目库。

3. 建立基于网络的电子化资源，进行计算机自适应测试，采集自我报告的数据，实时报告健康评估结果。

4. 实施可行性的研究评估 PROMIS 的功用，广泛推广使用临床研究和临床护理量表工具。

5. 支持从 PROMIS 中受益的单独或网络化研究计划。

6. 建立一种公众个人合作关系，用以维护数据库、确保其科学先进性、提高未来数据采集的效能、向系统中增加新的域和条目、为新的人群测试和修订系统,在公众范围内维护系统、拓展系统在临床研究和临床实践中的应用,将上述内容形成方案。

所有 PROMIS 网络成员将参与该计划,致力于实施研究目标的合作行动。在该框架中,研究者和 NIH 官员的基本责任是保证该研究计划作为一个整体来进行,包括研究设计和计划书制定。

三、患者报告的结局测量信息系统协作网

PROMIS 协作网络(图 2-2-2)由临床医师、临床研究人员和测量专家构成,围绕六个基本研究单位(PRSs)和统计协调中心(statistical coordinating center,SCC)来组织,在为期 5 年的计划中,PROMIS 网络所有人员都将与几个研究所的 NIH 项目科学家一起紧密工作。

(一) 统计协调中心

PROMIS 网络有一个统计协调中心(SCC)——结果、研究和教育中心(center on outcomes, research and education, CORE),由 Evanston Northwestern 医疗保健中心和西北大学医学院共同运作。SCC 提供和管理安全、客户化及协调的数据管理系统,该系统为各基本研究单位(PRSs)采集、存储和分析数据服务。它通过 PROMIS 网络中科学、行政和顾问层来整理、推动、维护信息交换和传递。SCC 与 PRSs 和指导委员会合作,制定 PROMIS 核心问卷,问卷由 PRSs 来执行,问卷的形式既包括纸质也包括基于计算机形式。SCC 主要的职责是采用项目反应理论(IRT)模型和其他复杂的心理测量方法分析数据,并创建条目库。条目库将成为简化量表和计算机自适应(CAT)测试工具的基础。条目库、简表和计算机自适应系统将以计算机网络的形式(或者可供下载到本地计算机设备中)广泛

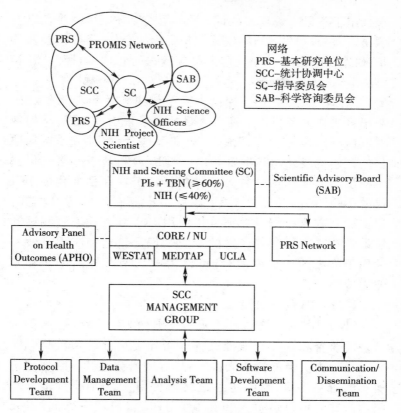

图 2-2-2 PROMIS 协作网

的为临床研究人员使用,在使用这些资源的过程中,SCC 还将不断完善对临床研究者的培训工作。

PROMIS 的 SCC 在心理测验和统计分析方面提供领导和专业支持;为与多种慢性疾病相关的健康状况域体系创建条目库;研制一套使用计算机自适应测试的动态系统;为将要使用条目库和 CAT 系统的临床研究者研制培训材料;与 PROMIS 网络合作工作,形成一种持久的公共-个人合作关系。SCC 研究者是在 PRO 量表和条目库研制领域的学术带头人,包括用于条目库的相关软件、CAT、固定评估工具,并且以多国语言评分、报告,设计、实现和与临床的合作,研究横断面分析、研发和应用用于分析自主报告数据的心理测量和统计学方法。

他们已经采用 IRT 理论为几个健康相关生存质量域研制出可操作的条目库。还以大量的患者采用多种平台(如网络、触摸屏、声音应答系统等)测试了这套系统。这样,从项目的开始阶段就向基本研究单位(PRSs)和基于网络采集提供初步的 PROMIS 软件。软件包括一个在评估变化的 IRT 模型影响、校准和其他 CAT 条件中十分有用的仿真模式。研究团队在进行海量数据分析使用 IRT 和其他心理测试和统计学方法方面有着广博的专业知识。建立和应用有效和适用于临床的条目库后台,可以为 PROMIS 提高领导和专业支持。

(二) NIH 科学机构

PROMIS 网络之中还有几位 NIH 的科学家,总体负责计划的监督和管理。被推选进入指导委员会的项目科学家们是指导委员会的投票表决者,指导委员会连续不断地评价所有的研究活动,确保达到最终研究目标。NIH 科学家小组成员在各项目负责人和其他 NIH 项目组成员之间,以及 PROMIS 网络和其他 NIH 承担的研究项目之间起到联络作用。

每个项目,都会委派一名 NIH 科学官员到 RRS/SCC 中,科学官员通过技术支持、咨询服务和以上协作以及超出正常的权限来管理研究活动,拥有实质性的科学和项目的参与权。这种参与还包括在计划和指导 PROMIS 网络以及其他独立的研究计划中,可作为主要研究者的合作研究者参与研究、提供重要的意见等。在许多角色中,科学官员将与主要负责人一起工作来完成 PROMIS 量表核心条目完成和测试,确定测试方法,计划数据分析、解释数据、设计问卷和计算机界面等,评价数据采集计划,在合适时合作出版论著等。

(三)科学咨询委员会

科学咨询委员会(scientific advisory board,SAB)全面监督项目组之间的合作协调关系,按照PROMIS计划目标评估项目进展。SAB将运用其了解所有研究活动的优势,保证适度的调研、交流和分享,它还将对项目承担者目前以及将来可能进行的研究活动进行评估,对其提出建议。

由NIH指定,SAB有大约10名科学家(顾问)组成,他们不与任何一个受资助单位有密切的隶属关系(不是合作研究者或其他申请的主要参加者)。因为其在某一领域的渊博学识,NIH选择了这些顾问。SAB成员单独向PROMIS指导委员会针对某个研究计划的目的、策略、设计、数据采集工具、分析计划和结果提出他们的专业建议。SAB每年至少要单独召开一次会议,对设计、分析、结果传播的方法,以及网络活动的宣传方式和研究合作的机会等拥有优先建议权。

另外,2002年,法国Mapi研究所(MRT)发起了一项生存质量量表数据库计划(the quality of life instruments database,QOLID),该计划通过国际互联网提供了所有可以获得的健康相关的综合和单一的PRO和生存质量评估工具。在与Marcello Tamburini博士(意大利国立癌症中心心理部主任)合作的基础上,QOLID计划2002年正式启动,目前由Mapi研究所管理,并建立了QLMed网站,2005年1月该数据库重命名为"患者报告的结局和生存质量量表数据库"(ProQolid)。通过搜集和整理并不断的完善升级,该数据库搜集了大量PRO相关量表,PROQolid数据库目的是:提供一个现有PRO量表的概览;提供PRO量表的相关和升级信息;提供一个方便访问量表及其研制者的途径;使选择适宜PRO量表更为方便。

第三节　患者报告结局的临床应用简介

一、患者报告结局在临床各科中的应用

在四十年的实践中,临床各科都开发了 PRO 量表,应用于临床研究或新药临床试验。表 2-3-1 列举了一些学科应用 PRO 量表的情况。

表 2-3-1　临床各科开发的 PRO 量表

外科	血管与神经	冠状动脉手术、脊髓型颈椎病椎体切除术、退行性脊髓腔狭小、慢性静脉疾病、周围神经损伤、尺神经减压术
	骨关节	全膝关节置换术、髋关节成形术、前交叉韧带再造、前十字韧带重建、肘部外科手术、腕管松解术、前路颈椎间盘切除术、特发性脊柱侧凸、骨盆底疾病
	肾与泌尿	肾移植、尿道下裂手术
	其他	乳腺外科手术、激光原位角膜磨镶术、固体器官移植受体
内科	呼吸系统	鼻部疾病、慢性阻塞性肺病、社区获得性肺炎
	消化系统	局限性肠炎、急性胰腺炎、口咽黏膜炎、辐射诱发的黏膜炎、咽痛、胃肌轻瘫、上消化道疾病
	泌尿系统	膀胱过动症、原发性逼肌失禁、尿失禁
	血液系统	血友病
	神经内分泌	糖尿病、甲状腺疾病、颈肌张力障碍、多系统萎缩、多发性硬化、共济失调、偏头痛、进行性核上性麻痹

续表

内科	风湿及免疫系统	手骨关节炎、骨关节炎、牛皮癣关节炎
	精神疾病	焦虑、严重抑郁
	生殖系统	早泄
	皮肤科	特发性荨麻疹、系统性红斑狼疮、皮肤病、银屑病、遗传性血管水肿
其他		癌症、囊性纤维化、成人睡眠障碍、纤维肌痛

二、患者报告结局在癌症中的应用

PRO 的研究在国外以癌症研究最为突出,法国 MAPI 研究托拉斯(MRT)创建的基于互联网的 PRO 和生存质量测量工具数据库,包括了诸多的生存质量普适性量表和 PRO 量表,见附录 1。

PROMIS-Ca 是针对癌症的特定扩展,用于标准化测量自我报告的症状(疼痛、乏力、焦虑、抑郁)、躯体功能、社会功能。PROMIS 提供条目库支持计算机适应性测试。PROMIS-Ca 将 PROMIS 扩展到肿瘤学中,保证癌症相关和一般条目库的进行。分析包括条目可测量性、维度、IRT 模型拟合。

(一)用于疗效和健康状态的评价

为确定疾病活动度和健康功能的关系,有研究对滤泡淋巴瘤患者进行了 PRO 测量[64],总计 222 名滤泡淋巴瘤患者被划分为五种疾病状态,"新诊断的活动期患者"、"复发的活动期患者"、"部分缓解患者"、"完全缓解患者"、"无病患者"。在健康相关生存质量中,复发的活动期患者,身体健康、情感健康、功能健康和社会健康的平均分数均最低。该研究结果表明,根据疾病状态,处于不同状态的滤泡淋巴瘤患者报告的健康结局不同,对于复发的患者,健康相关生存质量更差。另外,一项Ⅲ期临床试验发现难治性转移性结直肠癌患者无进展生存期（progression-free survival,PFS）与健康相关生存质量高度相关[65]。荟萃分析发现,PRO 与肿瘤对放射治疗的反应密切相关,在完全缓解和部分缓解的患者中,PRO 评分改善率远高于病情稳定的患者和疾病进展的患者[66]。

（二）用于癌症不良事件的评价

PRO 量表的内容可以涵盖肿瘤治疗中的不良事件,患者乐于使用 PRO 量表,依从性很好。PRO 量表可以增强医患之间的交流,早期发现可能的不良反应。但需要进一步研究如何使用 PRO 完善目前的不良事件报告系统,将不良事件报告加入到 PRO 量表中,可以改进收集数据的广泛性和质量,但也会增加管理负担和试验费用。美国国家癌症研究所加拿大临床试验组进行癌症临床试验中加入了患者报告结局的测量、分析和报告,发现患者报告的主观感受的数据比常规毒性信息更为可靠和有效[67]。

（三）用于批准抗癌药物

1995 年以来,批准的 7 个抗癌新药中,主要适应证的证据与 PRO 有关,PRO 补充提供了临床疗效的证据,用 PRO 测量了与临床疗效密切相关的症状或者功能状态。FDA PRO 指南草案提供了抗癌药物使用 RPO 的原则,PRO 终点结局指标需要能证明改善了患者的症状或者功能状态,并且与临床其他指标相一致。FDA 鼓励申办者在研制 PRO 量表的早期咨询FDA 以获取帮助[68]。

（四）PRO 用于癌症卫生政策制定

2006 年,美国国家癌症研究所（National Cancer Institute, NCI）和美国癌症学会（American Cancer Society,ACS）组织了癌症试验中的 PRO 评价,总结了测量 PRO 在癌症临床试验中取得的成果与面临的挑战,讨论了特定的管理政策和管理程序,用以改进收集、分析和传播PRO资料的方法,提高科学性,改善实用性。PRO数据采集和分析的方法学和技术进步可以提高PRO在试验中使用的科学可靠性和成本效益,更好地理解PRO数据有助于提高癌症决策者(包括患者和家庭、卫生提供者、公共的或私立机构的管理者、管理结构和标准设定机构)对PRO重要性的认识[69]。

三、患者报告结局在中医药领域的应用

传统中医学依靠望、闻、问、切来获取患者的临床信息等病情资料,临床信息标准化和量化不足,如《伤寒论》中将汗出分为无汗、微似汗、微汗、汗出、汗多、大汗等,这些模糊定量及半定量的症状,主要用于反映病情的轻重,有时则成为疗效判断的关键。总体来说,目前中医临床症状信息收集过程中主观性很大,而且受到个人师承、临床经验、认知水平和方法、时代差异等因素的影响,多属于主观判断的结果,导致辨证和疗效判定的精确性和重复性较差,影响了研究结论的真实性和可靠性。

Efficace F[70]研究,PRO在补充和替代医学中的使用,在电子数据库中寻找补充医学有PRO终点的随机对照试验(RCT),其中,补充医学干预根据国立补充和替代医学五个大分类进行定义,采用评价癌症临床试验中的健康相关生存质量结局标准检查清单评价试验中采用PRO报告的质量,确定44个RCT,入组4912名患者,89%研究采用PRO作为主要终点指标。

近几年,现代医学对患者自我感受测量的重视,引起国内中医学界的关注,也不断有研究者开始关注并深入这个领域。广州中医药大学第一附属医院教授、临床专家刘凤斌等[71,72]从2007年开始展开了对PRO在脾胃疾病方面的研究,并结合中医学理论,构建了中医脾胃系统疾病的PRO量表。他们在对中

医脾胃病理论认识基础上,以中医健康理论为核心,涵盖"形神统一、七情相关、天人相应"等方面内容,结合现代 PRO 理论,分为生理、独立性、心理、社会和自然等领域并构建了框架。这个中医脾胃系疾病 PRO 量表以生理领域及脾胃、五脏相关理论为主线,结合脏腑学说分设各项目(方面),体现引起患者自我不适感觉的各个环节,最终形成了精力与疲倦、气色、寒热不调、睡眠、疼痛与不适、口感不适、消化功能、大便、日常生活能力、对药物及医疗手段的依赖性、工作学习能力、正面情绪、负面情绪、个人关系、所需社会支持的程度、医疗、自然适应能力等 17 个方面,构成了量表的理论结构模型,为该 PRO 量表的进一步研制奠定理论基础。该项目引起了医学领域和生存质量研究领域的广泛关注。

2004 年中国中医科学院刘保延教授国家科技基础条件平台工作项目"中医临床疗效评价标准"研究中,带领研究组针对中医临床医疗的特点,开始了我国中医药 PRO 与患者治疗满意度的系统研究。研究组联合中国中医科学院广安门医院、西苑医院、望京医院,北京中医药大学东方医院等近 10 家科研医疗机构,和中医、西医临床、流行病学、统计学等百余位专家,开展了针对艾滋病、类风湿关节炎、轻中度痴呆、慢性肝病、慢性盆腔痛、中风痉挛性瘫痪、慢性胃肠疾病、颈肩腰腿疼痛、心血管疾病等疾病的 PRO 研究,结合中医学临床诊疗特点,参考社会学研究方法,采用文献资料查询、病历回顾、临床访谈、头脑风暴法、专家咨询等构建量表条目,尽可能积累关于该类/种疾病的患者自我感受信息;根据美国 FDA PRO 量表研究指南的方法,建立了各类疾病患者共性的不适、能力减退、精力、满意度等四个领域,每个领域又结合各类/种疾病的中医临床特点,构建了躯体、情绪-心理等方面的条目,应用多种统计方法对搜集的数据进行了统计分析,结果显示各量表在测定疾病相关的患者自我感受方面有较好的信度和效度。

通过开展 PRO 的研究，证明了中医"个体诊疗"、复杂干预以及重视"患病个体"感受的评价方法和测量指标在疗效评价中有一定的作用，随着"以人为中心"中医辨证论治的持续发展，PRO 将作为中医药疗效评价的一种指标，这是现代临床流行病学方法、循证医学理念和用科学的数据对辨证论治治疗效果做出客观评价思想指导下的产物。中医临床疗效评价已经成为新时期中医药可持续发展的关键问题之一。将患者报告的临床结局评价方法作为中医疗效评价的方法之一，有助于显示中医临床疗效的优势，科学评价中医药临床疗效[73]。

第三章

中医学与患者报告结局

第一节　患者报告在中医临床中的应用

将患者报告资料即PRO作为评价干预措施的指标,对中医来说并不陌生,在中医临床诊断和判断治疗效果的过程中,一贯重视患者的感受。在中医临床实践中,望、闻、问、切是中医诊断的主要方法,其中的望、闻、切诊是通过医师为主体,观察收集临床资料;问诊则作为中医诊察疾病的基本方法,是医师通过对患者或陪护者进行有目的地询问,了解疾病的起始、发展及治疗经过、现在症状和其他与疾病有关的情况,以诊察疾病的方法。在问诊中,通过医患互动的问答,患者提供的病情或生活状态的切身感受,包括痛苦不适、饮食与二便等,均属于PRO的范畴。

一、患者报告是诊断的重要依据

中医十分重视问诊的内容。《黄帝内经》中已有许多关于问诊的论述。如《素问·三部九候论》云:"必审问其所始病,与今之所方病,而后各切循其脉";《素问·徵四失论篇》曰:"诊病不问其始,忧患饮食之失节,起居之过度,或伤于毒,不先言此,卒持寸口,何病能中"。强调了通过问诊了解患者饮食起居受伤等信息对诊断的重要性。又有《素问·疏五过论篇》:"凡欲诊病者,必问饮食居处……诊有三常,必问贵贱,封君败伤,及欲侯王。故贵脱势,虽不中邪,精神内伤,身必败亡。始富后贫,虽不伤邪,皮焦筋屈,痿躄为挛。"乃道出了问诊对患者饮食起居以及生活经历的了解有助于判断患者情志乃至身体的状况。

　　在对具体疾病的诊断过程中,也充分体现了对患者切身感受的重视,如《素问·刺疟篇》:"足太阳之疟,令人腰痛头重,寒从背起,先寒后热,熇熇暍暍然,热止汗出,难已,刺郄中出血。足少阳之疟,令人身体解,寒不甚,热不甚,恶见人,见人心惕惕然,热多汗出甚,刺足少阳。足阳明之疟,令人先寒,洒淅洒淅,寒甚久乃热,热去汗出,喜见日月光火气,乃快然,刺足阳明跗上。足太阴之疟,令人不乐,好大息,不嗜食,多寒热汗出,病至则善呕,呕已乃衰,即取之。足少阴之疟,令人呕吐甚,多寒热,热多寒少,欲闭户牖而处,其病难已。足厥阴之疟,令人腰痛少腹满,小便不利如癃状,非癃也,数便,意恐惧气不足,腹中悒悒,刺足厥阴。肺疟者,令人心寒,寒甚热,热间善惊,如有所见者,刺手太阴阳明。心疟者,令人烦心甚,欲得清水,反寒多,不甚热,刺手少阴。肝疟者,令人色苍苍然,太息,……。脾疟者,令人寒,腹中痛,热则肠中鸣,鸣已汗出,刺足太阴。肾疟者,令人洒洒然,腰脊痛宛转,大便难,目眴眴然,手足寒,刺足太阳少阴。胃疟者,令人且病也,善饥而不能食,食而支满腹大,刺足阳明太阴横脉出血"。

　　上述足三阳、三阴经及五脏病疟时的表现,均以"令人……"的语句来表述疾病,所表述的内容也基本上是患者的切身感受。寒热感觉、出汗情况,是否愿见人,心情如何,食欲如何,大小便情况,身体各部位感觉如何等等只有患者才能提供的真实全面情况。这样的表述在《内经》中十分多见,如《素问·风论篇》:"肺风之状,多汗恶风,色皏然白,时咳短气,昼日则瘥,暮则甚,诊在眉上,其色白。心风之状,多汗恶风,焦绝,善怒吓,……多汗恶风,善悲,色微苍,嗌干善怒,时憎女子,诊在目下,其色青。脾风之状,多汗恶风,身体怠惰,四肢不欲动,……颈多汗恶风,食饮不下,膈塞不通,腹善满,失衣则䐜胀,食寒则泄,诊形瘦而腹大。首风之状,头面多汗恶风,当先风一日则病甚,头痛不可以出内,至其风日则病少愈。漏风之状,或多汗,常不可单衣,食则汗出,甚则身汗,喘息恶风,衣常濡,口干善渴,不能劳事。泄风之状,多汗,汗出泄衣上,口中干,上渍,其风不能劳事,身体尽痛则寒"。

文中除了医师的望诊之外,其对五脏风病的判断则是根据患者感受的情况作出的,包括汗出、恶风、饮食、二便、身体的感受、体力状况、口渴程度、疾病增减的诱因等,这些只有患者本人才能了解的情况,充分体现了中医诊断时对患者切身感受的重视。

此外,在《难经》中也有相关的阐述。如《难经·六十一难》中:"问而知之者,问其所欲五味,以知其病所起所在也"。指出问诊可以帮助了解疾病的病因、病程、病位等信息。

奠定了中医辨证论治基础的《伤寒论》,与临床结合极为紧密。书中可见仲景在诊病、立法、遣方时对问诊内容的重视,患者的切身感受是其辨证论治的重要依据,如《伤寒论·辨太阳病脉证并治中》:"太阳病,项背强几几,无汗恶风者,葛根汤主之。"又有,"太阳病,十日已去,脉浮细而嗜卧者,外已解也。设胸满胁痛者,与小柴胡"。上面例中的项背强、汗出与怕风、嗜卧、胸满胁痛都是患者的切身感受,医师根据这些信息判断所患疾病并制定治疗方法。诸如此类,书中俯拾即是。

二、患者报告是疗效评价的主要依据

问诊所收集的患者切身感受的资料不仅作为辨证论治的重要依据,同样也是判断疗效的主要依据,这在不同时期、不同类型的文献中均有体现。

《素问·诊要经终论篇》:"春夏秋冬,各有所刺,法其所在。春刺夏分,脉乱气微,入淫骨髓,病不能愈,令人不嗜食,又且少气。春刺秋分,筋挛,逆气环为咳嗽,病不愈,令人时惊,又且哭。春刺冬分,邪气着藏,令人胀,病不愈,又且欲言语。夏刺春分,病不愈,令人解堕。夏刺秋分,病不愈,令人心中欲无言,惕惕如人将捕之。夏刺冬分,病不愈,令人少气,时欲怒。秋刺春分,病不已,令人惕然欲有所为,起而忘之。秋刺夏分,病不已,令人益嗜卧,又且善梦。秋刺冬分,病不已,令人洒洒时寒。冬刺春分,病不已,令人欲卧不能眠,眠而有见。冬刺夏分,病不愈,气上,发为诸痹。冬刺秋分,病不已,令人善渴"。

《内经》中这段文字阐述了由于治疗不当(针刺不依四时)而导致的种种不良后果。论中多以"令人……"来表述治疗后的变化,并依此判断为"病不愈"或者"病不能愈"。显然是在强调患者的切身感受,诸如"不嗜食,少气,筋挛,逆气环为咳嗽,时惊,又且哭,胀,欲言语,解堕,心中欲无言,惕惕如人将捕之,少气,时欲怒,惕然欲有所为,起而忘之,益嗜卧,又且善梦,气上,发为诸痹,洒洒时寒,欲卧不能眠,眠而有见,善渴"等表现,皆是患者提供的自身信息(即患者报告),是其判断疗效的主要依据和指标。又如,《素问·缪刺论》:"邪客于足少阳之络,令人胁痛不得息,咳而汗出,刺足小指次指爪甲上,与肉交者各一痏,不得息立已,汗出立止,咳者温衣饮食,一日已,左刺右,右刺左,病立已,不已,复刺如法"。《素问·五常政大论》:"是以地有高下,气有温凉,高者气寒,下者气热,故适寒凉者胀之,温热者疮,下之则胀已,汗之则疮已。此腠理开闭之常,太少之异耳"。其中"不得息立已、汗出立止"的疗效表述都应是患者反馈的信息。后面的"一日已","病立已","不已","下之则胀已,汗之则疮已"中,已,意为停止,治愈。这些对疗效的判断和评价也应是以患者的反馈为依据的。

汉代张仲景强调脉证并治,创建了中医的辨证论治体系的基础,而其所强调的证,很大成分都属于患者自身感受的内容,其对疗效的判断亦十分注重患者的感受。如《伤寒论·辨太阳病脉证并治》:"伤寒五六日,大下之后,身热不去,心中结痛者,未欲解也,栀子豉汤主之。"文中指出运用下法治疗后,根据"身热不去,心中结痛"的患者感受判断疗效为"未欲解"。又如,《金匮要略·腹满寒疝宿食病脉证治》:"按之心下满痛者,此为实也,当下之,宜大柴胡汤……腹满不减,减不足当,当须下之,宜大承气汤"。上文中可见,经大柴胡汤方治疗后,根据患者反馈的"腹满不减,减不足当,"判断疗效还未尽人意,没有治愈疾病,解除病痛,使患者满意,还需用下法治疗,足见其是以患者切身感受为疗效判断标准的。

隋代巢元方所撰《诸病源候论》中,《诸病源候论·解散病诸候·寒食散发候》:"凡寒食药率如是。无苦,非死候也。……欲候知其人得力,进食多,是一候;气下,颜色和悦,是二候;头面身痒瘙,是三候;策策恶风,是四候;厌厌欲寐,是五候也。诸有此证候者,皆药内发五脏,不形出于外,但如方法服散,勿疑"。从上文中显见寒食散的疗效判断依据,其中据患者"无苦"(无不适感觉)判断"非死候";又根据"进食多","气下,颜色和悦","头面身痒瘙","策策恶风","厌厌欲寐"判断为"皆药内发五脏",上述证候无一不是患者报告的切身感受。

唐代医家孙思邈所著《备急千金要方》中,治疗妇人月水不通的方剂"辽东都尉所上丸"记载:"……下长虫,或下种种病,出二十五日,服中所苦悉愈……"。服药后,"下长虫,下种种病",以及"所苦悉愈"的疗效情况均应是由患者或陪护者提供的切身观察与体验。又如,《卷十·伤寒方下·温疟》:"恒山丸……日二不知渐增,以瘥为度"。上文中"不知渐增",知,是指病情好转,患者有感知。即言服药后如果患者感觉不到明显改善,应增加药量。"以瘥为度",病证的消除则应是患者做最终的判断。

《外科枢要·论疮疡》:"鸿胪苏龙溪,小腹内肿胀作痛,大小便秘结,作渴饮冷,脉洪数而实,用黄连解毒二剂,肿痛顿止,二便调和,用活命饮而全愈"。诊断依据患者苏龙溪自身感受为主,即"小腹内肿胀作痛,大小便秘结,作渴饮冷,"以脉象为辅,即"脉洪数而实";评价疗效依据"肿痛顿止,二便调和"的患者感受报告。《外科枢要·论流注》:"一男子元气素弱,臀肿硬而色不变,饮食少思,如此年余矣。此气血虚而不能溃也,先用六君子汤,……元气渐复,饮食渐进,患处渐溃……"。

妇科的情况亦是如此,在诊断和疗效判断时均以患者感受为准。如明代《傅青主女科·郁结血崩》中:"妇人有怀抱甚郁,口干舌渴,呕吐吞酸,而血下崩者,……一贴呕吐止,二贴干渴除,四贴血崩愈"。其中的"怀抱甚郁,口干舌渴,呕吐吞酸,而血下崩者","一贴呕吐止,二贴干渴除,四贴血崩愈"都是患者反馈的信息,且是只有患者最清楚的感受。

儿科的患者报告具有特殊性,由于小儿表达能力的欠缺,患儿的病情及疗效情况常常由其监护人(父母或家人)提供,当然成人中病情危重不能表达的患者病情也常由其陪护人提供。如《小儿药证直诀》:"黄承务子,……其证便青白,乳物不消,身凉,加哽气、昏睡……三日,身温而不哽气……"此例中的"便青白,乳物不消,身凉,加哽气、昏睡","身温而不哽气","利止"均应是小儿监护人报告的信息,由于父母对子女的照顾一般十分周到细致,能够较为准确的反映患儿的情况,故其反馈信息的可信度很高。"李寺丞子,……揸目右视,大叫哭。……,二日不闷乱,当知肺病退"。患者治疗后表现"二日不闷乱"应是其父母的观察,并报告给医师,由此"知肺病退"。

总之,在临床各科及医案类著作中,医师对患者感受的重视更是在诊疗实践中得到充分具体的体现。金元名家李东垣的《脾胃论·随时加减用药法》中:"如脚膝痿软,行步乏力,或疼痛,……,则脚膝中气力如故也"。对疗效的判断即是通过患者反馈的主证改变情况作出的,"脚中气力如故"当然是患者将治疗后感觉与患病前感受进行了对比所做的评价。《脾胃论·脾胃胜衰论》:"……病患自以为渴,医者治以五苓散,谓止渴燥,而反加渴燥,乃重竭津液,以至危亡"。不仅在诊断时依据患者感觉，"病患自以为渴"治疗后仍以患者感受"反加渴燥"来判断疗效。

三、中医学临床重视医患报告相结合

（一）患者报告内容具有目标性

中医问诊的信息是通过医患互动实现的，是由医师有目的的询问而得到患者提供的信息。其中小部分是常规内容，如姓名、年龄、职业、住址等；大部分是与疾病密切相关的患者切身感受的报告。医师以此并结合望闻切等诊断资料综合进行辨证诊断或判断疗效。且这些信息不是散乱的、漫无目的的，而是有助于协助诊断或判断疗效，诸如是否属于某种证候、某种疾病或者是否达到某种治疗目标等，其报告内容是具有针对性和目标性的。

（二）患者报告包含生存质量的内容

在诊疗过程中，患者除提供患病当时的证候表现，还常介绍自己平素的身体状况等生存质量相关内容，以协助诊断。常见医案中描述某患者"素体虚弱""脾胃素虚""元气素弱"等。此外，在判断疗效时，除报告病证变化的情况外，还常见机体正气恢复的信息反馈。如《外台秘要方》中对方剂效果的描述："二十日知。三十日病悉愈。百日以上体气康强。"病证的变化清晰可见，不能忽视的是"体气康强"这一表述，表明了机体正气恢复且强壮的情况，在中医文献中常可见到诸如此类的表述"饮食渐进"，"肌肤盛"，"肌肉生，复元如故"，"可以出门做事矣"等，这些相当于现代生存质量评价的内容。由此可以看出古代患者报告涵盖广泛，已包括现代所谓生存质量的内容。

（三）古代的患者报告已有粗略量化

在古代患者的报告内容中，已有了对疗效的粗略量化，与某些现代量表所用的百分比表示法十分一致。如《医学衷中参西录·温病兼胁疼》中："复诊：将药服完，热退强半，胁疼已愈三分之二,……"。其中患者经过治疗后,对热退和胁痛的缓解程度做了较为精确的量化描述。同样,《傅青主女科·产后肉线出》中:"带脉下垂,每每作痛于腰一贴而收半,二贴而全收矣脐之间"。对于疗效所做评价"收半"及"全收",不会是医师的主观判断,而应是根据患者反馈而言的。

(四)患者报告须与医师报告相结合

患者感受固然重要,但也不是中医诊疗的唯一标准。就像中医四诊确立的原则一样,必须要四诊合参,综合应用。望闻切诊是以医师为主体收集到的信息(可称之为医师报告),其内容也不容忽视。二者是相辅相成,缺一不可的,这样才能在复杂的证候表现面前,更易于抓住疾病本质,判断病机变化,避免单纯依靠医师或患者判断疗效而存在的主观性误差;有利于客观、准确地诊断疾病及判断疗效,确定并坚持有效治疗以保证最终的疗效。同时,医患报告相结合,也是中医整体观的一种体现。

综上,中医在历史发展过程中始终尊重患者的切身感受,相当于患者报告的问诊内容在中医的理论与临床实践中广为各代医家所重视。在中医辨证施治的诊疗过程中,通过询问患者的生活起居,身体功能,心理状态,治疗和用药情况,并结合望、闻、切诊获得的信息进行诊断。经过阶段治疗后,又通过问诊了解治疗的效果,再次收集四诊信息来判断疗效并做出新的诊断。这是中医天人相应的整体观与辨证论治的基本特点所决定的,具有历史必然性,并与现代所倡导的以人为本的理念不谋而合。可见,在现代医学逐渐重视 PRO 的今天,PRO 有望成为沟通传统与现代、东方与西方医学的桥梁。

第二节　问诊与患者报告结局

问诊是中医诊察疾病和辨证论治的基本方法之一,中医学历来重视问诊,详细询问患者的主观感受能及时发现病情变化的征兆,《医门法律·问病论》云:"笃于情,则视人犹己,问其所苦,自无不到之处。"问诊既可以全面系统了解疾病发生、发展、变化的过程及治疗始终、患者的自觉症状、既往史、家族史等重要资料,而且还具有健康教育、心理治疗及疗效判断的作用。因此,问诊在四诊中具有重要的作用。而且,中医的问诊内容和方法在长期医疗实践中得到不断完善(下文有十问歌的专门论述)。

一、问诊是患者自我感受的表达

《内经》关于问诊的论述,丰富了问诊的内容,为后世问诊的发展奠定了坚实的基础。如《素问·疏五过论篇第七十七》概括了医师在诊断疾病之前的五种过失,四个是属于问诊的内容:"凡未诊病者,必问尝贵后贱……尝富后贫……医工诊之,不在藏府,不变躯形,诊之而疑,不知病名。身体日减,气虚无精,病深无气,洒洒然时惊,病深者,以其外耗于卫,内夺于荣。良工所失,不知病情,此亦治之一过也","凡欲诊病者,必问饮食居处,暴乐暴苦,始乐后苦……愚医治之,不知补写,不知病情,精华日脱,邪气乃并,此治之二过也","诊有三常,必问贵贱,封君败伤,此故贵脱势……始富后贫……,医不能严,不能动神,外为柔弱,乱至失常,病不能移,则医事不行,此治之四过也","必知始终,有知余绪,……粗工治之,亟刺阴阳,身体解散,四支转筋,死日有期,医不能明,不问所发,唯言死日,亦为粗工,此治之五过也"。可见问诊十分重要,强调问诊时要全面了解患者的生活条件、饮食、生活环境、精神、社会地位、人情事理、发病(现病史)和现在的病情等改变情况。最后总结了五种过失,都是由于医师的学术不精、人情事理不明所造成的。所以说:"圣人之治病也,必知天地阴阳,四时经纪,五藏六府,雌雄表里,刺灸砭石,毒药所主,从容人事,以明经道,贵贱贫富,各异品理,问年少长,勇怯之理,审于分部,知病本始,八正九候,诊必副矣";表明中医历来重视天人相应,根据与患者相关的自然界阴阳变化、季节变化、各种治疗方法适应证、人际关系、禀赋、年龄、生活环境、性情等,全面地进行分析综合来治疗疾病。张介宾认为"必知天地阴阳"一节为一德、"五藏六府"一节为二德、"从容人事"一节为三德、"审于分部"一节为四德,并注云:"此四节一言天道,一言藏象,一言人事,一言脉色,即四德也。"

《素问·血气形志》篇则指出,详细问询患者的一般情况,可以作为治疗时的参考根据,曰:"形乐志苦,病生于脉,治之以灸刺;形乐志乐,病生于肉,治之以针石;形苦志苦,病生于筋,治之以熨引……"。

在问现病史方面,《内经》很重视原发病与现在症状。如《素问·三部九候论篇第二十》指出"必审问其所始病,与今之所方病,而后各切循其脉,视其经络浮沉,以上下逆从循之……"。又《素问·徵四失论篇第七十八》云:"诊病不问其始,忧患饮食之失节,起居之过度,或伤于毒,不先言此,卒持寸口,何病能中,妄言作名,为粗所穷,此治之四失也。"指出诊病时应询问发病原因和发病经过。

东汉医圣张仲景的《伤寒论》是中医学一部重要的经典著作,其在问诊方面有较高的造诣,如六经提纲均为患者的主观感受:"太阳之为病,脉浮,头项强痛而恶寒","阳明之为病,胃家实是也","少阳之为病,口苦,咽干,目眩也","太阴之为病,腹满而吐,食不下,自利益甚,时腹自痛。若下之,必胸下结硬","少阴之为病,脉微细,但欲寐也","厥阴之为病,消渴,气上撞心,心中疼热,饥而不欲食,食则吐蛔。下之,利不止",可见仲景对询问患者的主观感受非常重视,常作为临床诊断、治疗的主要依据之一。如《伤寒论》对太阳病的诊断,问诊所得的资料占了一半以上。正如《冷庐医话·诊法》所云:"六经提纲,大半是凭乎问者。至于少阳病口苦、咽干、目眩及小柴胡汤证往来寒热、胸胁苦满、默默不欲饮食、心烦喜呕等,则皆因问而知"。不仅如此,张仲景在临床论治过程中也充分发挥了问诊的巨大作用,如《金匮要略·百合狐惑阴阳毒病脉证治第三》指出"百合病发汗后者,百合知母汤主之","百合病下之后者,滑石代赭汤主之"等,通过对患者的详细询问并以此为依据而分别采用不同的治法。《伤寒杂病论》中每一证都体现了问诊的特点和优势,可谓中医问诊和临床医疗实践相结合的典范。

魏晋南北朝时期,一些专科著作体现了对问诊的重视,但并没有取得太大的突破,主要体现在对前人理论的完善上。如皇甫谧在《甲乙经·问情志以察病》中,论述问诊的内容:"所问病者,问所思何也? 所惧何也? 所欲何也? 所疑何也? 问之要,察阴阳之虚实,辨脏腑之寒热"。可见《甲乙经》完善了《内经》中问情志方面的内容。随着时代的变迁,当今情志导致的疾病越来越多,《甲乙经》的论述对现代中医问诊具有重要指导意义。

初唐医学家孙思邈在《大医精诚·论治病略例》中曰:"问而知之,别病深浅,名曰巧医"。同时又提出"未诊先问,最为有准"。不仅指出了问诊在四诊中的地位,而且还发挥了《素问·移精变气论》中关于尊重患者感情的理论,提出了问诊的原则为:"省病诊疾,至意深心,详察形候,纤毫勿失"。只有体恤患者之苦,有同情心,心怀善念,进入患者精神之中,则所问无漏,避免了漏诊和误诊。

金元四大家之一的李东垣在《东垣十书》中继承并发展了《内经》"治病问所便"的思想,并详细论述了辨寒热,辨手心手背,辨口鼻,辨头痛,辨中热相似证,辨内伤饮食用药所宜所禁,辨昼夜重轻,揭示了问诊的重点、方法以及注意事项,并且明确提出问诊与治疗的密切关系。朱丹溪重视患者的平时起居饮食对疾病的影响,《丹溪心法》云:"凡治病,必先问平日饮食起居何如"。

二、十问歌与患者报告结局

明张介宾《景岳全书·传忠录》认为问诊是"诊病之要领,临证之首务"，张介宾在临证时发现有些医家独以切脉诊病，而对其他诊法不重视。这种以脉概全的诊病习惯，流以成弊，不仅医家以此自傲自吹，患者亦深信不疑，景岳实事求是地指出了这种习俗的危害，他说"古人治病不专于脉而必兼于审证，良有以也，奈何世人不明乎此，往往有病讳而不言，惟以诊脉而试医之能否脉之。而所言偶中，便视为良医，而倾心付托。其于病之根源，一无所告，药之与否，亦无所番，惟束手听命。于医内循，遂至于死，尚亦不误，深可悲矣"。故景岳重视问诊，他认为一些与病证关系极为密切的情况，如生活环境、饮食习惯、情绪状态、某些症状等，只有经过问诊才可以得知，为明确问诊的内容使之不致遗漏，对问诊内容及其辨证意义作了详细阐述，并在总结前人经验的基础上，结合自己的临证心得，将问诊内容归纳概括，编成"十问歌"，十问的内容和程序是："一问寒热二问汗，三问头身四问便，五问饮食六问胸，七聋八渴俱当辨，九因脉色察阴阳，十从气味章神见，见定虽然事不难，也须明哲毋招怨。""十问歌"流传甚广，对后世影响深远，成为学习岐黄之术者必诵的经典之句，为中医问诊提供了内容和程序上的规范。"十问歌"对诊断学的贡献主要表现在：把问诊和八纲辨证有意识地密切联系起来，并规定了问诊内容上几个不可缺少的方面，从而提高了问诊的目的性。强调问诊资料对采取相应治疗措施的特殊重要性[74]。

清代陈修园《医医偶录》云："惟细问情由则先知病之来历，细问近状则又知病之浅深"。说明问诊的重要意义。其《医学实在易·问证诗》中收录了张心在修订的版本，其文为："一问寒热二问汗，三问头身四问便，五问饮食六问胸，七聋八渴俱当辨，九问旧病十问因，再兼服药参机变，妇女尤必问经期，迟速闭崩皆可见，再添片语告儿科，天花麻疹全占验"。

问诊无疑在中医学的诊断、治疗、疗效判断中发挥了重要作用，但是问诊要掌握一定的注意事项和技巧，《素问·移精变气论篇第十三》说："闭户塞牖，系之病者，数问其情，以从其意，得神者昌,失神者亡。"指出问诊时,医疗环境要安静,医家才能专心,并反复询问,并要尊重患者的情志变化。这说明中医在几千年以前就已经认识到问诊具有健康教育和心理治疗的作用,其在今天也具有现实指导意义。

问诊是一种语言的交流,所以要讲究艺术性,这对取得真实的资料有重要作用。清代喻昌《医门法律·问病论》"医仁术也,仁人君子,必笃于情。笃于情,则视人犹己,问其所苦,自无不到之处。古人闭户塞牖,系之病者,数问其情,以从其意,诚以得其欢心。则问者不觉烦,病者不觉厌,庶可详求本末,而治无误也"。

方药中教授认为,精神状态的问诊十分重要,应作为常规而不容忽视,故在古之"十问歌"中加入"七问精神八问变"的内容,并释之"七问精神,是问患者的精神状态,精神充沛与否;八问变,是问精神情志方面有无异常变化,如喜哭善悲,谵语狂妄,多言善怒,不能自已。"

1986年华良才[75]在讲授中医诊断学问诊时,根据近年来中医临床实践的发展,以及卫生部中医司《中医病案书写格式与要求》(试行)通知的精神,将传统《十问歌》修订为:"问诊首当问一般,一般问清问有关,一问寒热二问汗,三问头身四问便,五问饮食六胸腹,七聋八渴俱当辨,九问旧病十问因,再将诊疗经过参,个人家族当问遍,妇女经带并胎产,小儿传染接种史,痧痘惊疳嗜食偏"。对中医病案书写和诊断辨证均有很好的指导意义。

1988年版《中医诊断学》,在张心在修订版的基础上稍作更改后具体内容为:"一问寒热二问汗,三问头身四问便,五问饮食六胸腹,七聋八渴俱当辨,九问旧病十问因,再兼服药参机变,妇女尤必问经期,迟速闭崩皆可见,再添片语告儿科,麻痘惊疳全占验"[76]。

现代的疾病谱与古代大相径庭,中医学已有了长足的进步,群众对中医药的期望也大大提高。问诊应与时俱进,适应新时代的要求[77]。现在看《十问歌》，欠缺了临床实践中某些重要的内容，也未涉及问诊技巧，应进一步完善。为此，老膺荣尝试编写《问诊补遗歌》，以对《十问歌》有所补充。具体内容为：精神劳逸情志眠，敏遗伤术居处连，痰瘀作祟宜细探，嗜恶为害也多闲。诉多当辨主与次，先后理顺因果清，初诊须多费心时，复诊有据可简灵。疑难再审何应有，或症意重病家轻，或不善述或健忘，或有顾忌瞒隐情。须省周折通俗谈，务达真切仔细听，善问得法佐旁证，医患相协病机明。

　　从以上问诊发展历史和诊治疾病的作用可以看出，问诊是患者信息表达的主要方式，能够反映出患者不适和情绪精神方面的变化，十问实际上是对问诊内容的规范，而且随着时代的变迁，内容不断丰富。从十问反应的领域来看，包含了患者不适，而且反映了躯体和局部的不适，包含了患者生活和活动能力，包括妇女儿童的生理状况及疾病的影响，还体现了对环境因素的重视，用 PRO 量表的方法可以规范、量化十问的内容，也许是中医量化诊断和疗效评价的新途径。

中篇 技术与方法

第四章

患者报告结局量表的研制

一般来说,PRO测量应尽可能用现成的PRO量表。现有的PRO量表可以从已发表的文献、出版物或网络获取。如果没有成熟的量表可用,则需要研制新的PRO量表。新的量表可以根据需要重新研制,也可以通过对现有量表的修订来研制。PRO量表的选择要充分考虑测量目的与量表的适用性。对于支持临床评价的PRO量表,依赖于其本身的特性、概念框架、内容效度和其他测量特性等是否适当。如果测量目标是复杂的、多重域的概念,测量单一概念的PRO量表可能是不适合的。比如,单一症状的PRO证据仅支持特定症状改善的疗效作用,不支持与患者功能症状或者患者身体状态的综合疗效。另外,复杂的、多重域的疗效,不能通过测量个别域元素概念的量表来充分证明。

一般来说,即使PRO量表是专门研制用来测量综合疗效的,也不建议采用PRO量表进行综合疗效的评价,因为量表测量的结果难以与治疗的副作用相区别,在临床试验设计的同时不可能知道这些副作用是否会影响综合疗效。如果安全性问题可以由患者角度获得的症状或体征来很好表示的话,PRO量表也可用于测量重要的安全性问题,但PRO量表的研制原理不同于此类情况。

PRO量表的研制过程是一个循环反复的过程,主要由PRO量表概念框架的建立、形成初步PRO量表并调整概念框架、测试PRO量表的测量特性并明确概念框架、搜集分析和解释数据、修订PRO量表等五个步骤循环进行。如图4-0-1所示:

一、建立PRO概念框架

· 列出概念框架的理论假说和潜在的评价指标。

· 确定预期的测量人群。

· 确定预期的应用程序/特性（评分类型、模式和测量频度）。

· 进行文献/专家评述。

· 完善概念框架的理论假说。

· 将PRO指标放入初步的终点模型中。

· 初步量表的形成。

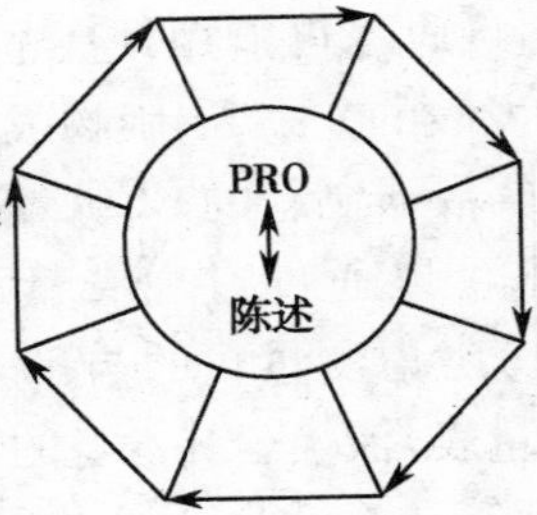

二、PRO概念框架和初步量表的调整

· 获得患者的信息。

· 产生新的条目。

· 选择应答周期、反应选项和格式。

· 选择管理/数据采集的模式/方法。

· 患者认知访谈。

· 量表草稿的初步测试。

· 文件内容的效度。

五、修订量表

· 修订条目的措辞、人群、反应选项、回访周期或管理/数据采集的模式/方法。

· 其他语言翻译和文化调适。

· 评估修订的适当性。

· 记录所有的改变内容。

四、搜集、分析和解释数据

· 准备方案和统计分析计划（最后终点模型和应答定义）。

· 搜集和分析数据。

· 采用累计分布和应答定义评估治疗反应。

· 与PRO测量相关的治疗受益的文件解释。

三、确定概念框架和评估其他测量特性

· 明确概念框架的评分规则。

· 评估分度、结构效度，检测变换的能力。

· 完成量表数的信的内容、格式、分数、步骤和培训材料。

· 测量文件的完善。

图 4-0-1 PRO 量表的研制过程

第一节 构建患者报告结局概念框架

一、概念框架的概念

"概念框架（conceptual framework）"是指在某一域当中的条目之间或在某一PRO概念中的域之间所预期的关系，为更明确地理解量表领域体系的概念，有必要先对一些概念进行说明。

我们要对某一事物测量,首先要明确我们测量的是什么,即概念问题。所谓概念(concept),是"通过对特征的独特组合而形成的知识单元",是对多个事物共同点的抽象概括,是反映事物特有属性的思维单元。现实世界中事物和现象的类型、结构不同,复杂程度不同,所以,概念的抽象程度也有高有低。比如,"躯体健康"和"心理健康"这样的概念要比"疼痛"、"焦虑"等概念的表达更抽象。研究者根据研究目的需要对所抽提出的概念进行层次化分类,可以用阶梯图示表达概念抽象化的层次结构,如图4-1-1 所示,各概念在阶梯中的位置越高表示这个概念越抽象,重要性越高,涵盖面越广,指导意义更强;位置越低表示这个概念越具体,更贴近实际。

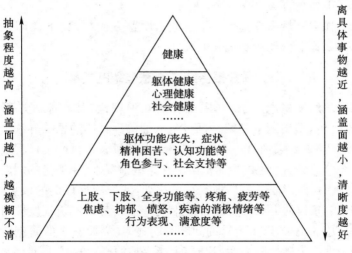

图 4-1-1　概念抽象化的层次结构阶梯图

对于量表来讲,它由若干领域组成,领域的下级概念称为方面,方面由若干指标组成,指标在一定的原则下可转换成条目组成。

1. 领域(domain)　一般是指在多元领域概念中一个分散的概念,通常用代表性的词汇或短语来表达,也称维度。在某一单独领域中的所有条目都促成对该域概念的测量。

2. 方面(facet) 又称 subdomain,在领域之下,由若干反映同一特征的条目构成。

3. 条目(item) 针对一个特定概念由测量对象进行评价的一个单独的问题、陈述或者作业。条目是量表的最基本构成元素,是不能再分割的最小构成单位。相当于人们常说的指标。所有备选的有关条目的集合称为条目池(item pool)。一个量表的好坏在很大程度上取决于条目的选择。

概念框架是一种有组织的、结构化的知识表示形式,是指导量表设计的各种相关概念有机组合形成的框架结构图示,其功能在于为设计者提供了一种描述所研究内容的简易方法。通常情况下概念框架如图 4-1-2 所示。

如果领域概念过大,可以考虑设置方面,方面下面即是条目。如概念框架示意图 4-1-3。

二、患者报告结局概念框架的构建

从所测概念入手,利用现有的知识理论、基本原理进行推断、分析,得出测量领域、方面,是从抽象到具体的思维方法。

PRO 量表评估的一项基本要求就是量表条目产生过程要足够充分地满足最终的概念框架。在某些情况下,要测量的问题可通过治疗效果非常容易地获得。比如,评估治疗疼痛的效果,采用单一条目的 PRO 量表来询问目标患者疼痛的严重程度即可解决。总的说来,当要测量的问题不明显时,需要量表的研制者首先假设一个概念框架,用于支持所感兴趣的概念的测量,具体来说就是在文献综述和专家咨询的基础上,起草所要测量的领域和条目。接下来的患者访谈、小组集中讨论和认知定性访谈等步骤能够确保对领域和方面中所包含的概念充分理解和完整概括。

构建概念框架的过程实质就是概念操作化的过程,它是量表研制的关键步骤。概念操作化,即研究小组给出所测概念的

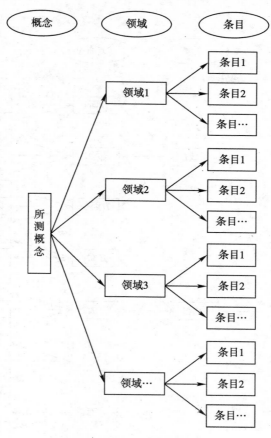

图 4-1-2　概念框架示意

定义及分解，"就是将抽象的概念转化为可测量的具体指标的过程"。表 4-1-1 是三位国外量表设计专家对量表设计时有关概念操作化提出的专业性建议，为形成量表设计理论框架及指标体系奠定基础[78]。从大方面看，构建概念框架即概念操作化的步骤可分为：概念的澄清与界定、列出概念的领域组成、界定领域内容、发展测量指标、建立条目。

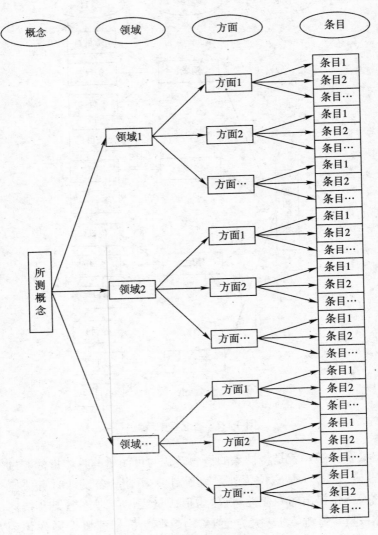

图 4-1-3 概念框架示意

表 4-1-1　量表设计的概念操作化步骤

Feigl	Swart et al	Rust&Glombok
基本原理（postulate）	界定量表结构的理论基础（define theoretical foundation of construct）	明确测量目的（define the purpose of the instrument）
原始概念（primitive concepts）	确定量表结构内部的域组成（identify the domains within the construct）	建立量表结构图或详细说明（develop blue print/specifications for instrument）
被界定的概念（defined concepts）	确定亚域（identify the sub-domains）	界定域的内容（identify and define content areas）
实证概念（empirical concepts）	确定或建立指标体系（identify/develop behavioural indicators）	明确量表结构的表现形式（identify how the construct would be manifested，that is the behavioural，affective areas）
观察/验证（observation/experience）	建立条目格式（develop item format taking care of the technical requirements of instruments and metrics）	建立条目（develop the items）

（一）概念澄清与界定

任何一项测量，需要考虑的事情首先是我们究竟要测量什么，或者说是关于测量的内容，对于一个课题来说就是研究的目的，我们将要建立一个什么类别的量表，要求确定需要测量的属性或特征及其客体或对象。因此，我们首先必须系统地回顾现有的与测量目的类似的测量工具，明确测量内容和研究对象，提出其在某类研究中适合或不适合采纳的依据，尽可能给出一些确凿的数据加以证实。这个阶段在量表建立的过程中非常重要，可以使研究者们系统地了解类似研究的背景资料，进一步明确本次研究的目的，有利于研究的顺利开展，也是为避免重复已有研究工作的一个有效步骤。

要澄清与界定所测的概念，我们可以通过收集、查询目前有关这一概念的各种不同解释，对这些解释有大致范围的了解后，便可以对概念进行界定。对初步界定的概念，可以经过专家论证或对测量对象进行访谈，以进一步验证概念界定的合理性。对于"患者报告的临床结局"研究，研究者首先要明确"患者报告"和"临床结局"的概念，可以对现有的资料进行分析以及专家论证；或通过患者访谈，记录患者报告的内容，进行总结归纳；也可以通过与生物学资料、医师报告资料等相关概念的比较，对患者报告的临床结局进行定义。具体某一疾病 PRO 研究，则要明确该疾病 PRO 的概念，如对于"HIV/AIDS 患者报告的结局评价量表（下文简称 HIV/AIDS PRO 量表）"研究中，研究者首先要明确"HIV/AIDS PRO"的概念。在该研究中，对我国农村艾滋病高发地区河南和云南等地进行现场调研，特别是对患者、乡村医生、医院专家三个层次进行了访谈，收集与疾病各阶段紧密相关的症状表现，结合文献资料，得到艾滋病各期的主要症状，观察了患者最为关注的病痛，研究过程中发现艾滋病患者自我感觉的严重程度与 CD 细胞水平不完全吻合的现状，其中，医师关注病毒载量和免疫细胞的数量，而患者关注能不能胜任种庄稼等体力劳动。HIV/AIDS PRO 主要是该类患者报告的临床症状、生活及劳动能力。

（二）列出概念的领域组成

正如前面所介绍的，许多概念是比较抽象的，往往具有若干不同的领域或维度，因此，我们在界定概念的同时，要指出概念所具有的不同维度，这对于以后测量指标的选择很有用。在 HIV/AIDS PRO 量表研究中，通过分析基础资料，研究小组反复讨论，发现艾滋病患者的特点是稳定期多表现为乏力、食欲不好等临床常见症状,出现机会感染时又与各系统和器官的功能密切相关,如感染性腹泻、感冒等,患者最为关注的是本身的生活和劳动能力如何,因此,形成了以"不适"、"能力减退"两大领域为主。

（三）界定领域内涵

界定域内容也就是对"领域内涵"的界定。比如,HIV/AIDS PRO 概念分为"不适"和"功能减退"两个域,"不适"内涵包含一般情况、身体状况、情志状况、其他情况等,"功能减退"内涵包含一般生活能力的减退、精力减退、性功能减退等。

通过以上步骤及方法,可以形成比较初步的 PRO 量表的概念框架,如图 4-1-4 所示的 HIV/AIDS PRO 量表概念框架。

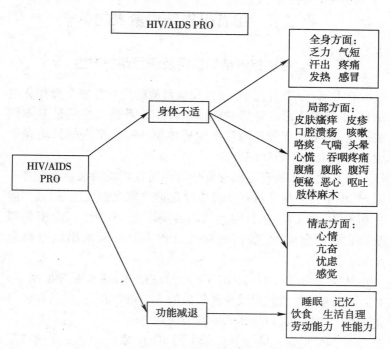

图 4-1-4　HIV/AIDS PRO 量表概念框架

在量表后续研制过程中,随着研究者不断搜集支持条目分类和评分的经验型证据,在形成初步 PRO 量表以及量表认知测试过程中,PRO 量表概念框架需要不断完善并逐步明确;PRO 量表测试应用时,应该根据所观察的条目与领域之间的关系,再次对 PRO 量表的概念框架进行完善。从现有的、与所测概念相关的条目入手,提炼指标、总结归纳方面及领域组成,完善对概念的界定与澄清,是从具体到抽象的思维方法,此种方法获得的条目主要来源于患者。在量表设计的实际操作过程中,研究者往往两种方法都采用,尽可能获得信息量大的条目池。

第二节　患者报告结局量表起草

一、患者报告结局条目及条目池的产生

在 PRO 量表研究中,条目和条目池的建立是概念操作化的结果,也是量表形成雏形的前提条件。条目是量表的最基本构成元素,是不能再分割的最小构成单位。一个量表的好坏在很大程度上取决于条目的选择。

条目池是将所有与概念框架存在潜在相关的条目集合在一起,其根本目的是从这些条目中筛选适合概念框架的条目。“潜在相关”的含义是:条目问题的内容要广泛,相对于概念框架理论内容要更全面,在条目的筛选过程中能够显示出这些概念框架。

从所测概念入手,利用现有的知识理论、基本原理推断、分析,形成所测概念的领域及各领域的方面,进而形成条目和条目池,是一种从抽象到具体的思维方法。

对于有些概念发展条目是很简单的,对于其他一些比较复杂、比较抽象的概念来说,虽然已经界定了相关的域和方面,发展条目也不是一件容易的事。我们可以采取以下几种方式来

发展条目：①文献分析；②核心小组讨论；③德尔菲法；④访谈（详见附录 2）。在 HIV/AIDS PRO 量表研制中，研究者采用了文献分析、患者访谈、医师访谈以及研究小组反复讨论等多种方法，发展形成了全身性身体不适包括乏力、气短、汗出等 6 个方面的条目，局部身体不适包括皮肤瘙痒、皮疹、口腔溃疡、咳嗽等 16 个方面的条目，情志不适包括心情、亢奋、忧虑、感觉等 4 个方面的条目，能力减退发展出睡眠、记忆、饮食等 6 个方面的条目。

从所测量的目标人群产生 PRO 量表条目的意义在于目标人群能够帮助形成与完善条目的表述方式，帮助评估条目所覆盖信息的完整性，另外可以帮助对条目的表述是否清楚以及是否易于理解进行预评估。PRO 量表条目产生过程中应广泛采集目标人群的信息，这些人群在疾病的严重程度和人口特征比（如年龄、性别、种族和语言群体）的变化上应具有代表性，并且能够代表未来 PRO 量表所测量人群。

如果没有充足的患者提供的信息，PRO 量表的内容效度（详见第四章第四节）可能会被质疑。通过访谈，条目应该达到对患者重要概念采集的饱和点。达到饱和点的标志是，再次访谈时，条目池中不会增加新的或重要的相关的信息，收集更多的数据也不会增加患者对所测量概念和条目的理解。

整理分析通过不同方法提出的条目，使得每个条目概念清晰地只表达一个含义。把初步的条目提请研究者以外的专家征求意见，初步确定 PRO 量表的条目。

二、患者报告结局量表的初稿形成

PRO 量表的条目产生之后，根据条目题干及应答选项的设计要求完善条目设计（详见第四章）；根据条目应答的困难度、反应度及条目含义等进行条目的粗筛；补充 PRO 量表的其他构成要素，进行小范围试用之后形成量表初稿；通过预调查（详见第七章第一节)搜集数据,进一步修订完善 PRO 量表。

(一) 条目设计及粗筛

PRO 条目包括题干和应答尺度两部分。研究者需要对条目的表述方式进行修订,整理分析通过不同方法提出的条目,使得每个条目概念清晰地只表达一个含义,符合测量要求(详见第七章 PRO 量表设计中的技术问题)。

量表中的条目分别从困难度、反应度、关联度、辨别力、可重复性、区分度、代表性、独立性角度考评,对质量不高的问题条目,参考领域专家意见,进行修改或删除。在条目初筛过程中应注意分析以下问题:①困难度可用条目的通过率来反映,如某个条目很多人都未回答,则说明条目不适宜或难以理解;②反应度考察被测者对各条目如何进行回答,考察选择项的有效性,回答集中于特定的选择项(例如:天花板效应)或者某个选择项完全没有人问津都是不适宜的。

(二) 初稿形成

1. 一般格式　临床实际测量中,使用 PRO 量表获得的结果可能会随着一些影响因素而改变,如提供给患者的量表说明、对访谈者及患者指导、PRO 数据采集的相关培训。研究者应该考虑所有 PRO 量表的说明和包含在出版物中的步骤以及用户手册,这包括完成量表的步骤和避免数据缺失或如何应答的方法。临床测量中所采用的 PRO 量表格式要与量表研制过程中的格式相一致。

卷首语:在量表的封面,要有卷首语,简要地说明调查的目的,对患者带来的益处和该量表的设计。

填表说明:简要说明填表方法,如何根据条目的提问回答选项,最好举例说明。

条目的排列:原则上相类似的条目不排在一起,避免条目相互之间的干扰。

知情同意:知情同意页应说明该量表是否涉及伦理问题及

其解决方案(如是否涉及被调查者的隐私问题);是否经伦理委员会审核同意;是否会对被调查者造成不便等。应留有空间,供被调查者签名和填写日期。在量表的最后可留出一点地方给被调查者填写需要补充的内容。

2. 量表的操作方法 研究者应该考虑数据采集方法和所有与量表操作有关的方法、有关的步骤与方案,包括访谈的操作指南、量表自填指南或监督自填的指南。需要评估数据质量控制步骤,特别是与临床病例观察表(CRF)或 PRO 量表的监测点一起的数据采集方法或量表操作方式。操作方式包括纸介质填写、计算机辅助和电话评估记录。当在一个临床试验中采用多种数据采集或操作方法时,将会评估不同方法所获数据的可比性,以判定治疗效果是否会随着采集或操作方法的不同而改变。例如,有些患者提供的数据可能是来门诊随访前刚刚填写的,因此不建议采用无监督方法采集数据,如果不得已使用了患者日记或其他无监督的数据采集方法,必须采取措施来确保患者按照临床试验设计要求来提供数据。

第三节 预 调 查

预调查是研究者对初步研制的量表进行性能测试的第一步,是获取研究数据的一种手段。预调查的次数可以不止一次,每次选择的被测试者、调查方式、重点观察的问题都是不同的。但通常所指的现场调查以采访和观察为主,其他现场调查方式为辅助手段。一般根据研究目的和设计确立目标人群,如健康人、门诊患者、住院患者等,应注意目标人群中不同性别、年龄、文化层次、地域等的比例分配,进行抽样调查。随着量表的不断成熟,预调查的样本量不断增加,预调查的目的也从对条目的认知测试、条目的地域性调适等转变为对量表性能的评价。

一、预调查目的及其设计

每次预调查的目的都不同,拟解决的问题应该明确而具体。最初的预调查都是由研究者组织并直接进行现场测试,详细记录测试过程中被调查者提出的疑问和问题。应注意考察 PRO 量表应答、管理的负担、被测试者的理解能力等方面。

(一) 小范围试用

从相关目标人群和一般人群中分别选择若干位文化程度中等的对象,用条目池的条目进行小范围测试;针对部分条目逐一询问,主要考察能否理解? 如何理解? 其理解与我们的设计意图是否一致? 是否能回答该条目?

测试后,删除或修改难于理解或不同患者理解差异较大以及不符合设计意图的条目。通过对条目池的条目进一步分析、比较、讨论和修改,整理成量表初稿。

(二) 评估被测试者和管理者负担的预调查

在预调查中观察并解决以下问题:

1. 量表格式设置是否合理。

2. 量表字体和页面设计是否方便阅读。

3. 量表每个条目是否都有一个详细说明,便于被测试人员阅读。

4. 量表是否需要被测试者查阅记录才能完成应答。

5. 观察被测试者填写 PRO 隐私权的环境,是否给患者提供填写涉及敏感问题的单独空间,如性生活情况或吸毒史。

6. 是否有完成填写的时间。

7. 量表中文字对被测试者来说是否不易理解。

8. 是否发现一些被测试者不愿意回答的问题。

9. 是否给被测试者造成一种感觉,即研究者想要或希望得到一些特定的答案。

10. 被测试者需要哪些条件才能完成应答(如,翻页,执笔,需要电话或计算机键盘辅助)。

(三)认知测试预调查

主要是评估被测试者的理解能力,建议研究者观察被测试者时设计规范的步骤,来测定其对 PRO 量表中条目的阅读和理解能力。研究者还应当完成认知任务报告,根据认知报告访谈和预测试结果制定条目删除或修改的措施,前者又包括阅读能力测试、被测试者认知任务报告的访谈手稿、访谈的转录本和访谈结果的分析等。调查完毕后应根据被调查者提出的疑问和问题,对初量表进行再次修改完善,形成完整的 PRO 量表,以供现场调查使用。

基于以上各种目的,完成预调查后,充分分析所获取的资料,总结并汇总所有问题,经过核心工作组讨论,进行修改。研制初期对 PRO 量表修改的常见原因见表 4-3-1。

表 4-3-1 研制初期对 PRO 量表修改的常见原因

条目性质	修改或删除原因
清晰度或关联性	大样本人群调查报道发现条目间没有关联性
	产生一些无法接受的大量缺失数据
	在患者完成 PRO 量表后产生许多问题或需要向患者澄清的地方
	患者对条目和答案的解释方式与概念框架不一致
应答范围	绝大部分患者的答案都在"地板"(最差)或天花板(最好)的区域
	患者发现找不到适合他们的选项
	条目方法高度倾斜
变异性	所有患者给出答案是相同的(即无差别)
	大部分患者只选择其中一个选项
	在重要差异已知情况下,难以测量出患者间的差异

续表

条目性质	修改或删除原因
可重复性	随时间变化评估分数不稳定,从一个评价到另一个评价,不符合逻辑
条目间的相关性	同一概念下,一条目和其他条目无关联
测量变化的能力	条目不具有反应性(即在已知某一概念的变化情况下,条目不能测量出这种变化)
条目区分度	条目与概念测量而非测量的对象高度相关
冗余	条目与其他具有同样或更好测量特性的条目采集的信息相重复

二、样本构成比

在预调查抽取调查样本时,某些重要因素如文化程度、地区、城乡、年龄等的构成比例应与总体接近,在设计抽样方案时要考虑这些混杂因素,可以按这些重要因素分层。

资料收集完毕后,如果发现样本与总体的构成比出入较大,应该以总体的内部构成作为标准,将样本的构成进行标准化,这是用简单的统计手段将样本的构成比与总体的构成拉近的一种方法。

三、样本量的考虑

样本量目前没有统一的计算方法。小型预调查一般要从目标人群和一般人群中选择 40～50 例,由于量表包含多个领域和条目,是多终点资料,因此,可借鉴多变量分析中样本含量的估算经验和方法。Kendall 认为作为一个粗糙的工作准则,样本含量可取变量数的 10 倍。一般认为至少是变量数的 5～10 倍。量表的条目数一般均在 20 以上,若每个条目均作为分析变量,则至少应测定 100 例。必要时可用 Louter 的多变量多组比较的样本含量估计法计算,但需对测定结果的变异大小有所了解。

四、招聘调查员

量表研制一般是多中心的研究,在研究实施过程中需要较多的调查员实施调查,调查员必须具备相关的医学背景,并具备认真和诚实的品性。有一支稳定的调查员队伍,能长期跟踪量表研究的过程,通过每次现场调查使技能不断提高,将为量表研制提供人员保障。

五、调查员操作手册的制定

由研究者起草调查员操作手册,是为了规范研究的行为和实施调查的步骤,避免实施过程中可能出现的各种偏倚,保证测试质量。

六、调查员培训

现场调查前,研究者对调查员进行培训,一是要讲解研究的目的和意义;二是根据操作手册,使调查员熟悉实施步骤和可能遇到的问题。培训过程中,调查员应独立填写量表至少一次,做到对量表条目熟悉和掌握,对可能遇到的问题应有统一的解释。最后,要对调查员填写的内容进行一致性检验。

第四节 患者报告结局量表条目
筛选与性能评价

一、条目筛选方法

通过对临床调查结果分析和条目筛选最后形成正式调查量

表。分别从困难度、反应度、关联度、辨别力、可重复性、区分度、代表性、独立性角度考评量表中的条目,对质量不高的问题条目,参考领域专家意见,进行修改或删除。

临床调查结果分析和条目筛选方法主要有以下几种:

(一) 专家重要性评分法

从重要性与确定性角度挑选指标。可邀请若干名医药专业人员独立对各个条目的重要程度分别评分,求平均值。

(二) 离散趋势法(变异系数法)

从敏感性角度挑选指标。如果指标的变异小,用于评价时区别能力就差,因此应选离散趋势较大的指标。

因各条目量纲相同,可直接用标准差来反映变异性,挑选标准差最大的几个条目数要根据设计而定。若各条目计分值偏离正态分布则应先作变量变换,使之接近正态分布。

(三) 因子分析法

从代表性角度筛选指标。根据设想的量表结构确定因子数,从各指标的相关矩阵出发进行因子分析;根据因子负荷的大小来挑选指标,留下载荷较大者。

(四) 聚类分析法

从代表性角度筛选指标。聚类分析是将相似的指标归并在同一类,使同类的内部差别小,而类与类之间的差别大,通过聚类分析可从同一类指标中挑选出代表性指标。

(五) 逐步回归分析法

在预调查时,可要求被调查者对其生存质量或健康状况给出一个综合评分。将此综合评分作为因变量,各条目的得分为自变量,进行多重回归,逐步筛选出对综合评分影响较大的条目。

(六) 判别分析法

从区分的角度,选择能区分患者和健康人或特殊人群和一般人群的条目。量表测定的目的之一就是要比较不同的疗法或干预措施的效果,因此好的条目应对区分能力有所贡献。

根据以上条目分析和筛选方法,最后确立纳入条目的准则。对于统计分析没有纳入,而专家又认为很重要的条目,要以专家意见为主。在上述基础上筛选的条目形成最终的测定量表。在量表研制过程中,应根据研究的实际情况,有选择地使用以上条目筛选和分析方法。

举例:研究组 2007 年 1~8 月对慢性胃肠疾病 PRO 量表进行了现场调查测试,共收回有效调查问卷 274 份,运用离散趋势法、相关系数法、Cronbach α 系数法、t 检验法、逐步回归分析、因子分析法等对条目进行筛选,并分析量表的信度、效度等(数据详见第十五章)。离散趋势法分析显示,初步量表各条目标准差和变异系数均较大,离散趋势较好,即用于评价时具有较好的区分能力。

从各条目与初始量表总分 Pearson 相关系数和条目间相关系数两方面进行分析,表 4-4-1 显示以下条目与量表总分 Pearson 相关系数小于 0.4,可考虑修改或删除。

表 4-4-1　某 PRO 量表各条目与初始量表总分相关系数小于 0.4 的条目

条目	相关系数
A07. 您口中有异味吗?	0.359
A09. 您有反酸吗?	0.333
A10. 您有呃逆(打嗝)或嗳气吗?	0.394
A11. 您有恶心或呕吐吗?	0.377
A26. 您腹泻吗?	0.182

表 4-4-2 各对条目间相关性大,因为均是针对同一个问题的频率和程度两方面,量表及消化专家认为这样的两个条目间相关系数大是合理的。另外,条目 A31(您的情绪易波动吗?)和

A32（您焦虑或精神紧张吗?）之间相关性较大,原因可能是情绪波动范围太广,包含了焦虑或精神紧张。

表 4-4-2　某 PRO 量表条目间相关系数大于 0.4 的条目

条目	条目	相关系数
A12. 您有胸骨后烧灼感吗?	A21. 您胸骨后烧灼感的程度如何?	0.7742
A13. 您有胸骨后疼痛吗?	A20. 您胸骨后疼痛的程度如何?	0.7584
A14. 您有胃痛吗?	A22. 您胃痛的程度如何?	0.6685
A15. 您有胃胀吗?	A23. 您胃胀的程度如何?	0.7776
A18. 您有腹痛吗?	A24. 您腹痛的程度如何?	0.7496
A19. 您有腹胀吗?	A25. 您腹胀的程度如何?	0.8060

Cronbach α 系数法分析显示,量表总体 Cronbach α 系数为 0.8862,校正后为 0.8876。各条目与量表总分相关系数及去除后 α 系数变化显示,部分条目与总分相关系数均较低,其中如果去除条目 A26,Cronbach α 系数会提高至 0.8881,因此,以上条目尤其 A26 可以考虑修改或删除。

各维度 Cronbach α 系数分析显示,A09 与反流维度总分相关系数低,且去除后 Cronbach α 系数提高;A07、A10 与消化不良维度总分相关系数低,其中 A07 去除后 α 系数上升;A30 与全身状况维度总分相关系数低;A08 与心理维度总分相关系数低,去除后 α 系数上升。

逐步回归法分析显示,各条目均达到了保留标准($P<0.05$)。

因子分析法分析发现 A05、A06、A11、A27 条目在所有因子上载荷值均较低(<0.4),说明其意义不明确,应考虑修改或删除。以上筛选结果经过核心小组多次讨论及征询专家意见,对以下条目进行删除或调整,如表 4-4-3。

表 4-4-3　某 PRO 量表条目调整前后的比较

原条目	调整意见
A05. 您想吃不敢多吃吗？	是胃痛、胃胀等胃部等的伴随效应，可不单独列出
A11. 您有恶心或呕吐吗？	慢性胃肠疾病较少，故去除
A02. 您的睡眠有问题吗？	改为"您睡眠不好吗？"
A06. 您有口苦口干吗？	复合条目，患者有其中一个症状时不知如何作答，遂拆分为"您口干吗？"和"您口苦吗？"
A07. 您口中有异味吗？	改为"您有口臭吗？"
A10. 您有呃逆（打嗝）或嗳气吗？	呃逆和打嗝是两个不同概念，且不是慢性胃肠疾病常有症状，改为"您有嗳气（打嗝）吗？
A26. 您腹泻吗？	调整为"您腹泻（拉肚子）吗？"
A27. 您便秘吗？（排便间隔≥3 天，或虽间隔短但大便干结或排出困难）	附加解释患者反倒不易理解，改为"您便秘吗？"
A29. 您排便急吗？	部分患者理解困难，改为"您排便急吗（需冲向厕所）？"
A30. 近两个月您体重明显下降了吗？	修改为"近 2 个月您体重减轻了吗？"

此外，A31 和 A32 两条目之间相关性较大，分析原因可能是"情绪波动"范围大，表述不明确，修改为"您脾气急，容易发火吗？"；A35"患病影响了您在家庭（或工作）中的地位或作用吗？"修改为"患病影响您在家庭中的地位或作用吗？"和"患病影响您的工作了吗？"，专家讨论一致认为还应该补充"您出汗多吗？"；另外，通过患者和调查员反馈信息，有如下几个条目患者存在理解困难。A3"您自己不知道饿吗？"改为"到了进餐时间，您仍然

感觉不到饥饿吗?",需对"胸骨后"具体位置以图例形式进行解释和说明,并培训调查员在调查时给患者准确指出。

二、患者报告结局量表的性能评价

通过对所研制 PRO 量表的预调查获取一定样本的数据,进行效度、信度评价,来考核测量内容与结果的可靠性。下文简述效能评价的一般原则与方法,具体统计方法详见第八章。

(一) 信度及其评价方法

信度(reliability)是指测量结果的一致性或稳定性。一致性主要反映的是量表内部题目之间的关系,考察领域内的各个条目是否测量了相同的特质。稳定性是指用一种测量工具(比如,同一份量表)对同一群受试者进行不同时间上的重复测量结果间的可靠系数。如果设计合理,重复测量的结果间应该高度相关。从统计方法来看,主要是相关系数或方差比。观测方差=真分数方差+误差方差。真分数方差与观测方差之比越高,信度越高。

通过考察对同一个问题的多次回答,可以判断答案的一致性如何。答案的波动越大,信度越低;回答的一致性越好,信度越高。常用的测量信度的方法有三种:重复测量法、分半信度法、Cronbach α 信度法。在实际工作中,可以根据具体情况选择一种或多种方法考核量表的信度。

(二) 效度及其评价方法

效度(validity)指的是量表是否测量了我们希望测量的东西。例如,智商测验是否真正测量了智力的高低? 生存质量量表是否真正测量了人们的生存质量? 抑郁量表是否真正测量了患者抑郁的程度? 这些都是关于效度的问题。一般说,有四种类型的效度:内容效度、标准效度、结构效度和区分效度。内容效度是一种基于概念的评价指标,其他三种是基于经验的评价指标。如果一个量表实际上是有效的,那么我们希望上述四种效度指标都比较满意。但是，在实际工作中，人们可以根据具体情况对其中的一种或多种效度进行考核。

1. 内容效度　内容效度是一个定性地评价效度的指标，它关心量表是否能够测量我们所需要测量的抽象概念、领域和方面。对比事先对概念的定义和最终的量表，可以得到关于内容效度的评价。采用专家评价的方法可以了解内容效度的大小。缺乏内容效度的测量会歪曲对所关心概念的理解。就像利用不具有代表性的样本对总体进行推断会得到错误结论一样。内容效度的主要局限在于它对概念定义的依赖性。心理学和社会学中的许多概念都缺乏一致的认同，这给研究者在定义概念和选择指标上带来额外的负担。例如，关于"亚健康"的定义就缺乏一致的认同，所以存在许多测量亚健康的量表，相互之间有时还存在一定的差别。在评价量表的内容效度时，常用的方法是分析量表条目与其所属领域或方面得分的相关性，以及与其他领域或方面得分的相关性。如果条目与其所属的领域或方面的相关较强，而与其他领域或方面的相关较弱，则可以认为量表具有较好的内容效度。

2. 标准效度　又称效标效度，它指的是测量与标准测量之间接近的程度。常常采用它们之间的相关系数来衡量。评价标准效度必须要有一个与之比较的标准。当然，使用这种方法的关键在于作为准则的测量方式或指标一定要是有效的，否则越比越差。现实中，我们评价效标效度的方法是相关分析或差异显著性检验，但是在调查问卷的效度分析中，选择一个合适的准则往往十分困难，也使这种方法的应用受到一定限制。

3. 区分效度　量表应能区分已知的两类不同人群（例如，"健康人"和"患者"）的特征。分别调查两类不同人群，计算量表各领域得分和总得分，再进行比较，分析这两类人群得分的差别是否有统计学意义，从而判断量表是否具有区分效度。假设检验的结果有统计学意义就表明量表有区分不同属性人群的能力，具有区分效度。

（三）反应度及其评价方法

反应度（responsibility to change）又称敏感度，指内外环境变化时，若被测对象有所变化，则测量结果必须敏感地对此变化作出反应。一份量表经评价具有一定的信度和效度，但如果不能检测出细微的、有临床意义的、随时间推移而出现的变化，还不能算是一个有效的测定工具。反应度常被视为效度的一个侧面。通常总是利用现有知识确定若干不同条件下被测对象应当有变化，然后考察相应的测量结果，观察结果间是否存在差异。人们常采用下面的方法来考察量表的反应度，使用量表分别在治疗前后或施加干预措施前后对研究对象进行调查，记录治疗前后或施加干预措施前后的得分。如果治疗有效或干预措施起作用，则前后得分的差别应该有统计学意义。此时，可以使用配对资料的 t 检验或秩和检验分析得分的差别是否有统计学意义，从而判断量表的反应度如何。

当概念预期会发生变化时，PRO 量表关于该概念的测量取值需要适应其变化。假如有明确的证据证实患者在所测概念方面的情况发生变动，但是 PRO 积分并未发生变化，则这份 PRO 量表的有效性就值得怀疑。如果有证据证明 PRO 积分受到了非概念本身变化的影响，则 PRO 量表的效度也值得怀疑。量表的反应度关系到有效样本量。PRO 量表敏感度随重要患者亚组（如按照性别、种族、年龄或者种族分组）变动的程度会影响临床试验的结果。鉴定各亚组的反应度差异很重要，评价结果中需要考虑到这种差异。

三、患者报告结局量表修订

一般说来，一份修改后的量表应看作是一份与原来量表完全不同的量表，并且考察具体版本的测量特性。当量表中出现下述一项或多项变动时,应该进行附加验证来支持修订 PRO 量表的开发。

修改一份已有 PRO 量表时,可能需要额外的验证研究来确认修改的量表测量性质的适应性。建议根据修改的量表类型来决定采用何种附加验证。例如,小样本非随机研究可能对纵向反应量表转换成横向量表进行评价已是足够了。但是,如果 PRO 量表要应用于一个全新的患病人群,采用小样本随机研究来确定该量表对新总体来说的测量性质,能够降低在一个Ⅲ期研究中量表无法充分执行的风险性。

量表形成与测试的适宜性是针对特定的人群、条件和其他与量表研制相关的测量方面的,与预期的应用目的是相匹配的。PRO 量表修订时,研究者通常应该提供能够明确新量表充分适宜的证据。这并不是意味着应用中每一个小变化或格式的必要改变都需要在最终的量表版本中记录下来。根据修订的方式,额外的定性研究可能是必要的。比如,量表的某些变化可能会导致患者对同一个问题的回答结果发生改变,包括以下情况:

(一)修改测量概念

一份开发并且验证了可以测量一个概念的量表,用于测量一个不同的概念。如:在其他领域未实施测量的情况下,单独测量多领域 PRO 中的某个领域;改变应答的选项以评价不同的性质(如,厌烦程度的频率);现有的证据仅提供特定的概念/领域得分时,可以采用一个指数或复合得分来概述多重的 PRO 概念/领域;利用已有 PRO 量表中的条目创造一个新的量表;利用现存量表中一个或多个条目满足原有条目未测量概念的要求。

(二)在新人群中或新条件下的应用

在某一人群或条件下开发的量表,应用于不同的患者人群或条件。如:试验的目标人群与为量表开发和测评特性时应用的人群可能有着不同的疾病、社会环境或者严重程度；试验的目标患病人群的年龄、性别、种族以及发育或生命阶段与为量表开发和测评特性时应用的总体人群特征不同。

（三）改变条目内容或量表格式

改变量表的条目内容或格式，包括以下情况：用于评价某一概念或领域的条目数量（增加或减少）；操作指南的表达和位置；条目的表达和排序；应答项的表达、分级、排序及数量；条目相关的回忆期；在条目或领域上进行比较的基准点；条目的权重；评分（包括总分、各领域的分和分割点的产生）；引起患者对量表、条目和应答选项等方面的理解产生变动的任何变化。

（四）量表操作方式的改变

量表数据的收集方式发生改变。如：量表的实施者或问卷监督者改为自评式（在这种情况下会产生跳答模式问题）；纸笔自评 PRO 量表可以改为利用计算机或其他电子设施进行测评（如，计算机适应测试、交互语音应答系统、网络问卷调查表的实施）；用于一个试验的说明书或测量程序与其他验证性研究的不同（能够在原始版本中反映定义的基础上转变）。

（五）文化或应用语言的改变

一种语言或文化背景下发展的量表可改编或翻译后在另一种语言或文化下使用。建议起草者提供证据，证实翻译过程中的方法和结果确保反应信度未受到影响。以下是某些例子：PRO 量表最初源于一种语言、文化或种族人群，随后用于另一种语言、文化或种族人群；国外发展和得以验证的 PRO 量表，应用到国人中去；研发者应该考虑到被广泛承认的翻译或跨文化调适标准是否能支持翻译/修改后得到的 PRO 量表数据的可靠性，包括但并不仅限于以下几点：翻译或改编者的背景和经历，翻译或改编中使用的方法学，不同版本间的一致性，不同译本的测量特性证据具有可比性。

（六）其他改变

其他 PRO 量表的变动或者是评价方法方面的变化,需要进行以下附加验证:PRO 量表不是为临床试验中使用而开发或者并未确认有效;先前作为单一的评价方法研发和使用的 PRO 量表应是疗效评价方法组的一部分;用于评价一种治疗措施效果的 PRO,此后可用于测量一种疾病的好转,即用反向变化的分值改变来解释。

第五章

患者报告结局量表设计中的技术问题

PRO 量表的设计存在许多技术细节问题,本章将从量表题干、应答尺度、回忆周期、条目的顺序等几方面予以详细介绍。

第一节 患者报告结局量表条目题干的设计

一、条目题干的形式

PRO 量表题干一般有封闭式问题和开放式问题两种形式。

(一)封闭式问题

封闭式问题是量表中常用的形式,这种问题形式要求量表设计者为问题的应答提供预定的选择项,各选择项是互斥的,被测者不会感觉到有多个选择的机会,除非有些量表的个别条目要求多项选择。

如在 HIV/AIDS PRO 量表中的身体状况的问题"1. 您经常感到浑身没有力气吗?"应答列出了"□完全没有□很少有□有□多数有□几乎总有"等五个选择项,即属于封闭式问题。

(二)开放式问题

虽然封闭式问题有一定的优点,然而其限制了数据的丰富程度,容易引起被测者的厌烦。有人提出,即使一个量表由足够的封闭式问题组成,也应该用一个开放式的问题下结论,以防遗漏某些重要的信息。在 PRO 量表中,由于已经在条目的建立初期进行了筛选,因此开放式使用并不多。

如在 HIV/AIDS PRO 量表结尾部分"对于这些问题您有何意见?",后面未设应答选项,即属于开放式问题。

二、条目题干的设计要求

PRO 量表条目题干应该遵循排他性、穷尽性、可操作性、敏感性、明确性的原则。

(一)排他性

条目要有独特性和专有性,比如,条目"您平时腹部有胀痛吗?"如果测量疼痛的性质,那么此条目就是测量腹部胀痛的典型条目;如果测量腹部不适的症状,那么此条目的设计不符合测量要求,因为"胀"和"痛"是两个症状,不具有排他性。另一方面,条目间互斥,一个量表内部不要出现两个或以上条目测量同一指标变量,如不要出现两个或以上条目测量腹部胀痛,如果出现这样的情况,所设置的这些条目也应该在形式或角度上有所区别,并要有足够的理由说明设置这些条目的原因。

(二)穷尽性

每一测量指标相关的条目要穷尽,比如测量疼痛,那么疼痛的性质、部位、频度、程度、对生活的影响……都要涵盖在量表条目中。也就是说,条目的问题不但要有目的性,能够反映出测量的具体内容,并且提问的意向与测量的目标要建立单独的、唯一的联系。

(三)可操作性

一方面,条目问题应该是一个完整的句子,能够表达一个完整的意思或想法;另一方面,条目问题要贴合实际,表达方式要直接,达到可操作。如果被测者对问题的答案不是很确定,那么就会不情愿地选择"一般"或"不清楚"这类的选项。如果问题贴合实际的话,即使被测者的主观能动性很小,也会给出最接近真实的答案。对于带有"是否"字类预测性较强的题目,也要表达得合情合理,使应答更有意义。

(四)敏感性

条目的敏感性主要指条目要反映所测内容特有的、显著性的东西,这在评价性量表中要求更为突出。特别在评价治疗前后患者症状改善情况,那么所设计的条目要突出反映患者的特有症状,如中风患者的肢体功能、认知功能、吞咽功能等,慢性盆腔痛患者性功能、月经情况等。

(五)明确性

条目问题表达方式要简练、句子不宜太长,提出的问题一定要精确,注意问题措辞和填写时间的界定,使被测者能够清楚地了解需要提供给评定者什么样的信息。避免用引导性问题或带有暗示性的问题,诱导人们按某种方式回答问题,使你得到的是你自己提供的答案。量表设计者也要避免采用非专业的或假设性的问题,不要将被测者放入一种假想的、虚拟的情境中去作答,问题措辞的略微改动都会影响被测者的作答结果,更不要将量表设计者或评价者的价值判断带入到条目问题的设计过程。

三、条目的语言表达方式

(一)考虑测试人群特征

缩略语、俚语、口语、行话、术语等在编写条目问题时要尽量避免采用,因为这些语言并不是所有的被测者都能够正确理解。对于 PRO 量表,主要是患者报告的结局,是患者自评量表,那么条目一定来源于患者,要代表患者的真实感受,并且措辞要通俗易懂;对于不同区域、不同文化程度的患者,条目的设计要考虑到各区域人群特点和文化特色。如关于艾滋病患者的量表,可以设计成农村版和城市版两个不同文化背景的版本。

(二)避免引起偏见或歧义

设计者在语言措辞和句子构造方面要精雕细琢,避免引起偏见或歧义。比如,避免采用隐含或带有"和"、"或"的并列句,如"您感到恶心呕吐吗?",如果被测者只有一个症状,这样会使其处于一种进退维谷的境地。带有"不"的否定句,也往往会出现词不达意,影响测量结果的真实性。比如:"你不同意在公共场合吸烟,是吗?",被调查者容易忽视否定意义。更不能将两个问题合并为一个,以至于得不到明确的答案,如"您的胃口和饭量都好吗?"。此外,对于"非常"、"总是"、"的确"等含有强调成分的词语也要慎用或禁用,如"我总是很迷茫","你非常愿意到此医院就诊吗?",被测者应答时要结合句子的语境,否则会引起应答导向某一特定的方向,如果答案选项再出现表示频度或程度的词语,被测者就更不容易作答了。

(三)特殊问题的特殊表达

对有隐私性的、有争议性的问题要避免提问,被测者往往因某些顾虑倾向于以社会可接受的方式作答或根本不作答。使用含有特殊意义的词语、影响被测者价值取向或价值关联的问题可能影响作答结果。条目的问题要与被测者有相关性,使被测者认为这些问题对他/她是有用的,这一点尤其在态度测量中更为重要。

对特殊的问题可以采取特殊的表述方式:

1. 释疑法 即在问题前面写一段消除疑虑的功能性文字,如"'选择性失忆'是一个人受到外部刺激或者脑部受到碰撞后,遗忘了一些自己不愿意记得的事情或者逃避的事情,请问您出现过'选择性失忆'吗?",此条目先对"选择性失忆"进行了解释,让被测者了解后更容易作答。

2. 假定法 即用一个假如判断作为问题的前提,然后再询问被调查者的看法,如"假如你知道你的同事患有乙型肝炎,你愿意跟他/她一起共事吗?"。

3. 转移法 即把回答问题的人转移到别人身上,然后再请被调查者对别人的回答做出评价,如"你比别人容易出汗吗?"

4. 模糊法 即对某些敏感问题设计出一些比较模糊的答

案,以便被调查者做出真实的回答,比如,设计者想要了解人们对离婚的态度,可以这样设计条目"您认为婚姻是一辈子的事情吗?"变相了解被测者的心理。

5. 测谎法　同一问题多角度提问,如果被测者的回答结论相矛盾,则提示该被测者并没有认真作答,该量表所得数据真实性有待验证。比如第一条目"您感到疲乏吗?"第二条目"您的疲乏在休息后能缓解吗?"如果被测者回答没有疲乏,第二条目如果回答有缓解,那么可以表明该被测者对疲乏问题的回答是不真实的。在某些书籍中,也将这种条目问题称为"相倚问题"[79]。所谓相倚问题指的是在前后两个(或多个)相连的问题中,被调查者是否应当回答后一个(或后几个)问题,要由他对前一个问题的回答结果来决定。前一个问题称作"过滤性问题",后一个问题则称作"相倚问题"。

第二节　患者报告结局量表条目的应答尺度

应答尺度(response scales),即量表中各条目的回答选项。尺度的形式有很多种类,研究者要根据条目问题的提问方式设计合理的尺度,同时要考虑到测试对象对尺度的理解程度,保证测量的准确。量表编制过程中,只有那些节省时间、成本和人力,相对来讲比较"廉价"的应答尺度才经常使用。

一、应答尺度的类型

应答尺度形式有很多种类,大体可分为线性尺度、等级尺度和两分类尺度。线性尺度是在标有刻度的线段上划记选择;等级尺度是用一些表示程度、频度的副词进行有序的、等距或非等距排列;两分类尺度即采用"是、否"两个绝对相反的立场让被测者进行二选一的抉择。量表设计过程中,不同形式尺度的应用也不是独立的、单一的,常常是交互使用,总的原则是符合量表设计的实际需求。表 5-2-1 是典型的尺度及其特点。

表 5-2-1　PRO 量表尺度及其特点

类型	描述
视觉模拟尺度 (visual analog scale, VAS)	固定长度的一条线（通常 100mm），用文字在两端标注，没有文字对中间位置进行描述，让患者在直线上与其感知状态相应的位置做标记。标记的点作为测量的分值
两端固定或分类 VAS	VAS 基础上，直线上附加一个或多个中间标志，每个标志都有名词术语做参考，有助于患者在两端点之间找到合适的位置（如，中间点）
利克特尺度 (Likert scale)	列出一组按顺序排列的具体名词或叙述，患者可以从中选出最能描述他们状态或经历的选项
等级尺度 (rating scale)	要求患者从一组数字分类中选择最能描述他们状态或经历的类别。等级量表的结尾用文字注明固定
事件记录 (recording of events as they occur)	用患者日记或其他报告系统来记录特殊事件（如，交互式语音应答系统）
图示尺度 (pictorial scale)	图片适用于其他任何一种类型的答案选项。图示量表常用于儿科问卷，也用于认知障碍和由于各种原因丧失说、写能力的患者
清单 (checklist)	清单提供在有限的一组答案中做出的简单选择，如"是"、"否"和"不知道"。有些清单要求患者在其认为正确的条目空白处做标记。清单特点是完整、简洁

（一）视觉模拟尺度

视觉模拟尺度（visual analog scale）是线性尺度的主要形式。这种形式的尺度呈现一根连续的线条，表示两端相反的一对描述。被测者在线条上做一个标记来表示他们的观点、体验、信念等，所标记点的分数由设计者决定。表 5-2-2 是视觉类比举例：

表 5-2-2　视觉类比测量

您的疼痛程度如何？
完全不痛————————————疼痛难忍

　　需要注意的是，不同的人沿着这条线在特定的点所做的记号可能并不意味着相同的意义，即使所有的被测者在这条线上所标注的点都相同，其意义也可能不一样，这直接影响量表的分值。但是，除非被测者选择的是两个端点，否则他/她很难或者不可能精确地回想出在一条没有特征的线上过去所标记点的位置，这样可以避免被测者前后会选择同样的反应，所以对同一个体随着时间的变化而发生的改变进行测量时，视觉类比就非常敏感。

　　两端固定或分类 VAS 是指在 VAS 基础上，直线上附加一个或多个中间标志，每个标志都有名词术语做参考，这样有助于患者在两端点之间找到合适的位置（如，中间点）。

（二）利克特尺度

　　利克特尺度（Likert scale）是 1932 年美国社会心理学家 R. 利克特提出一个简化的测量方法，是最常见的等级尺度形式。

　　1. 表达形式　典型的 Likert 尺度包含两部分：条目和答案选项。条目问题是针对测量对象的某一特质或现象而提出的若干问题，是对测量对象某个侧面的反映；答案选项是伴随每个条目出现的一套量尺，表示对该问题的赞同或认可的程度。Likert 测量的设计需要注意以下几点：一方面，条目必须由若干数量的问题组成，单独或个别问题没有意义，并且各问题间的重要性等同，即每个问题对测量特质或现象的反映能力等同，各问题的权重相同；另一方面，答案选项并列，可以设置为一系列口语化的形容词或副词，并且它们之间的距离相等，这样选项的记分可以为连续的整数。Likert 测量的表达形式如表 5-2-3。

表 5-2-3　Likert 尺度

请您对下列看法发表意见：	非常不同意	不同意	无所谓	同意	非常同意
政府已采取有利措施保证北京奥运会期间空气质量	1	2	3	4	5
北京"蓝天"数量的比例正在呈上升态势	1	2	3	4	5
北京奥运后空气质量持续改善	1	2	3	4	5

　　需要注意的是，Likert 测量是由一整套条目组成，格式明确，每个条目的评分相加得出一个总分数，又称为相加法或加总量表（summative scale）。如果答案选项有"中立点"，并且中立点两侧的答案是对称均匀的，那么这种类型的每一个条目都可以称为 Likert 条目（Likert item）；如果答案选项虽然有"中立点"，但中立点两侧的答案不对称，或选项数量是偶数，没有提供精确的中立点，那么我们可以将每个条目称其为 Likert 形式的条目（Likert-type item）。

　　表 5-2-4 所示就是 Likert 条目，表 5-2-3 中的每个条目也都可以称为 Likert 条目。表 5-2-5 答案设置如果证明是合情合理地等距，记分可以为连续的整数，如 1、2、3、4、5，选项"一般"作为这个尺度类型的中心，但其答案选项并不是对称均匀，较低级的终点仅为"从来没有"，与"非常频繁"的意义并不对等，因此称其为 Likert 形式的条目。

表 5-2-4　Likert 条目

您对周围的环境（污染、气候、噪声等）满意吗？				
很不满意	不满意	既非满意也非不满意	满意	很满意
1	2	3	4	5

表 5-2-5　Likert 形式的条目

您多久去电影院看一场电影?

从来没有	有时	一般	经常	非常频繁

　　由于 Likert 尺度设计的要求并不严格,很难提供一套普遍应用的规则。但可以肯定的是,如果一个条目的特征与 Likert 尺度的设计要求相差越远,那么此条目当作 Likert 条目或 Likert 形式条目的可能性越小。

　　表 5-2-6 既不是 Likert 条目,也不是 Likert 形式条目,是有序等级条目,或有序类别条目,即使此条目是由若干有序类别变量组成的求和等级量表中的条目之一,它也不是 Likert 条目或 Likert 形式的条目。

表 5-2-6　有序等级条目或有序类别条目

您吸烟的频率是?

从不吸烟	偶尔吸烟	日 1~5 支	每天超过 5 支

　　在健康状况问卷 SF-36(short form 36 health survey questionnaire)中,条目 6"在过去四个星期里,您的身体健康或情绪不好在多大程度上影响了您与家人、朋友、邻居或集体的正常社交活动?",答案选项"根本没有影响、很少有影响、有中度影响、有较大影响、有极大影响"分别评分"1、2、3、4、5";而条目 7"在过去四个星期里,您有身体上的疼痛吗?",可供选项"根本没有疼痛、有很轻微疼痛、有轻微疼痛、有中度疼痛、有严重疼痛、有很严重疼痛"分别评分"1.0、2.2、3.1、4.2、5.4、6.0"。条目 6 可以称为 Likert 条目,条目 7 的答案选项间并不等距,记分为小数形式,所以条目 7 不符合 Likert 条目或 Likert 形式条目的条件。由此也可以看出,尺度的设计直接影响量表评分,影响测量准确性。

目前网络上常会出现类似表 5-2-7、表 5-2-8 的条目形式,答案选项定义一组连续体的两个极端,没有其他描述性词语。这类尺度形式与 VAS 有类似之处(参见表 5-2-2),所不同的是,表 5-2-7、表 5-2-2 的测量变量是离散型的,给出被试者较详细而精确的答案选项,可以视为离散型视觉类比测量(discrete visual analog scale,DVAS)。目前的观点认为,所有 Likert 形式的条目都属于 DVAS,但并不是所有的 DVAS 都是 Likert 形式的条目。

表 5-2-7　离散视觉类比测量

中医药治疗对您有多大帮助?

没有帮助　　○　　○　　○　　○　　○　　○　　○　　有帮助

　　　　　　　1　　2　　3　　4　　5　　6　　7

表 5-2-8　另一类离散视觉类比测量

这篇文章对您有多大帮助?

没有帮助　　○　　○　　○　　○　　○　　○　　○　　有帮助

以上简述了 Likert 尺度的表达形式和变异,有助于我们更好地理解 Likert 尺度的设计要点[80]。

2. 使用特点

(1)答案选项间是等距的:Likert 尺度的计算与运用有一个基本假设,即答案选项间的距离是相等的,在这一前提下,各条目才可以相加得到测量总分。验证答案选项间保持等距是 Likert 尺度的必要步骤,通常采用定位分析的方法,列出尽可能多的描述性词语,请被试者分别在一段确定了两个端点的线段上进行标记,然后对这些词语的位置进行分析[81]。定位分析比较复杂,通常情况下,也可以借鉴目前公认的、成熟的量表答案选项,如世界卫生组织生存质量测定量表(WHO quality of life scale,WHOQOL),该中文版量表已被我国政府列为卫生行业标准,已经形成一定的规范。

(2)应答选项数目的奇偶选择:答案选项数目为奇数,意味着存在一个中心的"中立点",允许模棱两可或不确定;偶数的答案选项迫使被试者在两个极端方向至少选择一个相对较弱的选项。答案选项设置成奇数或偶数,都有其存在的必要性和优势。如果答案选项存在"中立点",可能诱使被试者采取中性态度,不偏不倚地进行作答,那么就达不到测试目的。为使被试者必须对所涉及的问题进行表态,答案选项的数目可采用偶数,以消除不必要的含混。如果研究者需要获取被试者对所测量内容发生变化的概率或程度,就有必要设置"中立点",作为被试者对该问题心理衡量的标准。因此,答案选项的奇偶,应根据研究内容和研究目的而定。表5-2-9、表5-2-10是奇数和偶数答案选项的举例。

表 5-2-9　5 点 Likert 测量

1	2	3	4	5
强烈不同意	有点不同意	一般	有点同意	强烈同意

表 5-2-10　4 点 Likert 测量

1	2	3	4
强烈不同意	有点不同意	有点同意	强烈同意

(3)应答选项的等级数量:答案选项的等级数量设置要合理,虽然选项越多,可以从被试者的回答得到大量信息,但是从以下几方面考虑,不宜设置过多的选项。

首先,答案选项过多,可能使被试者感到疲劳或厌烦,从而降低他们回答的信度。国内安胜利[82]等研究发现，对于条目数较多的情形，答案选项取3级、4级、5级，便可获得较高的信度；随着答案选项等级数的增加，条目数的多寡对量表信度影响不大，没有必要通过增加条目来提高信度。国外学者[83]将多维度健康状况心理控制源量表（MHLC）设计成2级、6级、14级三种形式，分别对三组不同人群进行测试，结果发现，采用14级的尺度时，信度有下降的趋势，表明量表的信度不会随着答案选项等级数的增加而提高，这也反映了被试者疲劳或厌倦心理影响测量的信度。其次，被试者对答案选项的识别能力有限。美国北卡罗莱纳大学健康行为与健康教育系和心理系教授罗伯特·F·德威利斯在其所著的《量表编制：理论与应用》一书中曾提出[84]，几乎很少有事物能够被设置为50个离散的类别，当呈现如此多的选项时，很多被试者只使用那些与5或10的倍数相对应的选项，像35和37这样的差别，可能无法真正反映所测量现象中的差别。Streiner DL和Norman GR[85]认为在许多情形下，人们的辨别力不超过7个水平；Miller[86]也认为在多种情形下，人们的辨别力上限在7个水平左右（7±2）。但是，如果选项数量太少，测量的广度就受到限制，也会使测量信度降低。通常情况下，采用7级以上尺度形式以提高量表信度，其作用是很轻微的；5级、6级或7级的答案选项对量表信度的影响很小。Nagata等[87]通过比较"4级"、"5级"、"7级"和VAS不同尺度形式的量表，认为不同尺度的量表信度类似，且"5级"量表最适合于健康测量。Nishisato[88]和Torii用模拟方法研究了2～10级量表的重测信度，结果认为7～10级的量表信度损失极少。

因此，为提高已有量表的效率和可行性，在对其改进时，既要使条目数较少，又要保持信度不变或降低很少是一项重要研究内容。在实际运用中，应根据被试者状况和研究目的等具体情况采用合理的折中方式，确定合适的答案选项等级数和条目的数量，总的原则是既可以使被试者接受，又达到理论最优化。

3. 注意事项 Likert 尺度形式经久不衰,主要因为其简便易行,适用于同一个量表的不同条目;省时、省力、省财,调查员易于实施;浅显易懂,容易作答,是传统测量中由来已久的惯用格式。然而 Likert 尺度在使用过程中需要注意以下方面。

(1)Likert 尺度在被试者间不一定存在可比性 Likert 尺度采用条目总加分代表被试者对某一问题的态度,即使不同的被试者得到的总加分相同,也并不意味着这些被试者对该问题的态度完全相同。也就是说,相同的分数所代表的意义并不一定相同,Likert 测量可区分个体间态度的大致趋势,但无法进一步描述他们态度的结构差异。如被试者"甲"、"乙"对某问题测量得分都是 8 分,只表示被试者"甲"和"乙"对该问题所持的态度大致相同,但不一定完全相同。

(2)Likert 尺度在同一被试者内也不一定存在可比性 比如,对被试者兴趣爱好的测量,同一被试者所谓的"经常"看电影与"经常"打篮球,所表示的实际频率可能不同。

(3)也可能出现被试者不愿选择太极端的答案,或顺从社会规范而不真实地作答,致使测量值产生误差,影响我们预想的测量结构。针对这种情况,设计者可以采用测谎法,针对同一问题从不同角度提问,这在条目的表达方式部分已有论述。

(4)等价性检验对 Likert 尺度也很重要,因为在不同情境下使用 Likert 尺度得到的结果有时是相互矛盾的。如同一份量表在不同文化背景的被试者中的测试结果可能会不一致,因此,研究者要对同一份量表进行不同样本的比较,即等价性检验,否则不允许轻易对测量结果下结论。

(三)语义分化法

语义分化法(method of semantic differential)[89],一种用来研究概念内涵意义的等级测量方法。它是美国心理学家 C. E. 奥斯古德于 1957 年提出的一种心理学研究方法,又称 SD 法。奥斯古德等人认为,人类对概念或词汇具有颇为广泛的共同的感情意义,而不因文化和言语的差别有多大的变化。因此,对"智力高的和言语流利的研究对象",直接询问一个概念的含义是有效的,语义分化法的实施程序是让被试者根据一组尺度评价若干概念或事物。尺度的形式是两端为一对意义相反的形容词,中间分为若干等级,一般为 7 级、9 级或 11 级。以 7 级为例,每一等级的分数从左至右分别为:7、6、5、4、3、2、1,也可以计为 +3、+...。

语义差别法由概念和若干量尺构成。这里的"概念",既包括词、句、段和文章那样的语言符号,也包括像图形,色彩、声音等有感情意义的知觉符号。这里的"量尺",是用两个意义相反的形容词作为两极而构成的,例如,"好——坏"称为一个量尺。量尺一般分 7 个等级,如:①"非常好";②"相当好";③"稍微有点好";④"不好不坏";⑤"稍微有点坏";⑥"相当坏";⑦"非常坏"。让被试者对提出的概念(如"战争"、"和平"、"人生"、"自我"、"我们的学校"等)依据在感情意义上的评定,在这 7 个等级之中最适合的一个上打上"×"号。最后对得到的资料进行因素分析。经奥斯古德及其他研究者的多次测试,发现被试者对每一概念的反应大多在以下三个方面表现出差异:评价(好——坏),潜能(强——弱),活动(快——慢)。这三个维度也就是一般"语义空间"中最主要的因素。语义差别法所获得的结果,可以对数据作概念间的分析、量尺间的分析和被试间的分析,也可以用图示以直观的形式表示。

语义差别法的缺点是,被试者往往倾向于对自己的感情喜好作夸大的描述,并倾向于在中性段打"×",因而会产生误差。但是,这种方法极为灵活,易于构思,便于使用和记分。因此,虽然历史较短,却已在心理学、教育学、社会学、经营学、市场调查、宣传研究以及跨文化研究等领域得到了广泛的应用。

如图 5-2-1 对"姐妹"一词的判断。

	7	6	5	4	3	2	1	
热情的：	___	✕	___	___	___	___	___	冷漠的
主动的：	___	___	___	___	___	✕	___	被动的
强　的：	___	___	___	___	___	___	✕	弱　的
大　的：	___	___	___	___	✕	___	___	小　的
快　的：	___	___	___	___	___	✕	___	慢　的
善良的：	✕	___	___	___	___	___	___	残忍的

图 5-2-1　姐妹

（四）清单

清单（checklist）是指在规定的范围内做出选择，即强迫式选择回答问题。

利用两个立场相反的描述句，其中一句代表正面的立场，另一句代表反面的立场，要求被试者从两者中选择出比较接近自己想法的题目，如"是、否"、"同意、不同意"、"有、无"等。被试者必须在两个立场的陈述作二选一选择，不会出现中庸或回避不答的情况，在用以了解被试者的立场时，有其强迫表态的优点；此外，两分类形式被试者很容易作答，减轻被试者的负担。当然，由于双极选项使每一个题项只能有最小的可变性，通常需要通过增加条目以获得量表信度，增加了编题者的工作量。

（五）图示尺度

量表实际研制过程中还有许多其他尺度形式或将若干种形式结合起来，根据被测者的特点，设计合适的应答尺度，如图示尺度（pictorial scale）。比如图 5-2-2，测量疼痛的颜面法，采用 6 种面部表情从微笑至悲伤至哭泣来表达疼痛程度，此种方法主要用于测量教育程度低的被试者，适用于任何年龄，没有特定的教育背景或性别要求，易于掌握，不需要任何附加设备，急性疼痛者、老人、小孩、表达能力丧失者特别适用。

图 5-2-2　图示尺度

0-非常愉快,无疼痛　1-有一点疼痛　2-轻微疼痛
3-疼痛较明显　4-疼痛较严重　5-剧烈疼痛,但不一定哭泣

二、条目应答尺度的设计要求

大多数量表条目由封闭式问题构成,而应答尺度,即条目答案,又是封闭式问题非常重要的一部分,因此,尺度设计是否合理直接影响到量表测量的成功与否。

(一)预测、互斥、穷尽

尺度具有预测性,能够预知所提问题可能出现的任何结果;选项间要有互斥性,不能交叉重叠或者互相包含;答案的穷尽性,也就是答案包括了所有可能的情况。对于任何被测者来说,问题的答案中总有一个符合他/她的情况,如果有被测者的回答情况不包括在某个问题所列的答案中,那么这个答案设计就不是穷尽的,缺少预测性;如果有被测者回答情况有多种合适的选择,而该问题答案的本意是单选,那么有可能答案选项就不是互斥的。对于累积型条目,答案选项间可以是互相包含的,但存在明显的逻辑关系,被测者也只能有唯一的答案选项。比如表 5-2-11,如果在 a 上回答"是",那么 b、c、d 选项只能回答"否"。

表 5-2-11　累积型条目举例

您的健康影响您的行动吗?	是	否
a. 能步行约 1500m 的路程	☐	☐
b. 能步行约 800m 的路程	☐	☐
c. 能步行约 100m 的路程	☐	☐
d. 不能步行	☐	☐

（二）与问题相应

答案选项的设计一定要与条目的问题相应,比如条目问题是问性别,那么选项只有两分类的男或女。最主要的是避免词不达意,比如"您感觉比一般人容易出汗吗?",答案选项"根本不重、不重、一般、比较重、极严重",这就是典型的词不达意,被测者难以作答,如果答案选项为"完全没有、很少有、有、多数有、几乎总是"会更合理。

（三）根据研究需求确定测量层次

尺度设计要与测量水平相结合,比如定类测量,一般会选择两分类或多分类的尺度形式;定序测量和定距测量,一般选择等级尺度设计形式;定比测量多选择等级尺度或线性尺度。量表设计过程中,从测量获得信息的精确性、有效性角度考虑,尽可能选择层次更高的测量形式,如果可以用定比测量,就不要用定序、等距测量,更不建议选择定类测量。

（四）答案排列方式可能带来的系统误差

答案选项的排列方式也会影响被试者的识别能力和作答结果,从而带来系统误差。比如"很多、一些、少数几个、极少数、没有"一组选项中,"一些"、"少数几个",引起被试者理解上的模糊,难以作答,甚至常常误导被测者作答。

再如表 5-2-12:

表 5-2-12　答案排列方式

非常有帮助	不是非常有帮助
有某些帮助	根本没有帮助

被测者对"某些"和"不是非常"这样的词语通常很难区分。面对"非常有帮助、不是非常有帮助、有某些帮助、根本没有帮助"或是"非常有帮助、有某些帮助、不是非常有帮助、根本没有帮助"两种编排,反应选项"某些"和"不是非常"所隐含的意义就

恰恰相反。因此在实际编制中,应尽可能使用没有模糊性的形容词,或将模糊选项去掉,将选项编排序号,这样的效果更好。

(五)等级尺度的明确性

对于等级尺度形式,如果条目的答案选项采用一些表示程度、频度的副词时,不但要求语言简单、陈述简短、问题单一、被试者愿意回答,还要考虑如何从众多副词中选择合适的词语作为条目的答案选项,这是设计者面临的重要问题,通常要进行应答尺度的定位分析。

定位分析,即对回答选项各种备选的程度副词通过描述性统计进行定位,确定各选项间的距离,减少测量误差。万崇华教授在 1998 年出版的《生命质量测定与评价方法》一书中,介绍了在制定 WHO 中国版的生存质量量表时"根本不能、不能、有点能、一定程度能、不完全能、几乎不能、能(中等)、略能、稍能、基本上能、很能、经常能、较能、很大程度能、完全能"15 个程度副词进行定位,得出"根本不能、有点能、能(中等)、很能、完全能"5级等距尺度,也就是说用以上 5 个副词的尺度进行的测量是等距测量,而如果采用其他词语,要根据所选词语间得分比设置权重。

等级尺度是定序测量的一种主要形式。目前行为科学中的许多定序测量变量都被赋予一系列数字,并进行均数运算。然而,从测量理论角度讲,均数对定序测量是没有意义的,也就是说,定序尺度与定距尺度的差异是客观存在的,定距尺度明确各等级的距离,而定序尺度只是表明各等级的顺序,究竟彼此间相差多少没有考量。现在的研究竟然忽略这种情况,使我们在解释数据和作结论时会犯错误。

我们也有若干为人们所接受的变通办法。如果数据呈正态分布,并假设标准差相等;或把原始分数(测验分数)转换成标准分数,那么就可以认为这些数据是有意义的,可视为等距的测量。一些学者提出,行为科学的等级尺度以定序尺度和定距尺度为基础,只要量表的设计是严格谨慎的,那么定序尺度等级之间未知的距离差异相差不大,在定序测量变量中进行定距测量分析,认真解释测验结果并且所得到的结果是有实际意义的,就能将这种做法所造成的误差减到最低程度。

所以,目前的量表研制,等级尺度形式的答案选项是否等距,可以采用复杂的定位分析;也可以按照变通的办法,在严格设计的基础上,将误差减少到最低程度,但是尺度的设计对量表的性能影响还有待于进一步深入研究。

量表作为一种测量手段,其最显著的特点是能够对主观判断进行量化分级,因此,量表可以作为更深层次量化分级的一种途径。从设计者角度讲,应在量表研制过程中尽量避免因设计不严谨导致的各种可能的误差,设计者掌握其测量尺度的特点和要求,合理设计测量形式,有助于提高测量精度和测量真实性。

美国 FDAPRO 量表指南对于 PRO 量表应答尺度的要求[90]:

1. 选项中的措辞要清晰、恰当(如,所选用量表要采用正常术语,并假定患者能理解什么是正常情况)。

2. 条目应答尺度应适用于研究人群,例如,患有视力缺陷的患者完成 VAS 是很困难的。

3. 选项之间应区分明确(如,描述疼痛时,如果“非常”、“严重”这样的词语同时出现在选项中,患者可能无法区分)。

4. 指导患者填写问卷和选择答案的说明一定要充分。

5. 答案选项的数量要有经验性依据(如,使用定性研究、初步量表测试或参考现有文献)。

6. 条目应答尺度的顺序安排要合理,相互之间应该是等距的。

7. 条目应答尺度应避免可能的最佳或最差(地板或天花板)效应(如:可能需要引入多个选项以便测试出恶化还是改善,

避免患者的答案都集中在最高或最低处)。

8. 答案选项不要偏离反应的方向,例如,如果量表中有一项否定选项,两个或多个肯定选项,患者应答会出现偏倚,出现患者感觉更好,功能更趋正常的应答。

三、应答备选词语的定位试验和分析

对备选词语所描述的程度进行定位试验和分析至关重要。具体方法是先对同一种类型的条目提出 10～15 个可能的作为答案的词语,如反映频度的词语可有总是、经常、很少、偶尔、几乎不、从来不……等;然后请被试者在一条两端为 0 和 10 的刻度尺上适当标明这些词语的位置,由研究者读取坐标值;汇集一批试验结果后,对每一个词语的坐标值进行统计分析,包括均数、中位数、众数和标准差、四分位数间距等,从而通过比较选出适宜的词语。例如,对于 5 点法,首先选定与 0 和 10 相对应的反映两个极端程度的词语;进而选取中间的三个词,它们的均数、中位数、众数应大约在 2.5cm、5.0cm 和 7.5cm 处,且标准差、四分位数间距相对较小。这样做的目的是使得每个选项间等距离,从而方便评分,比如可将 5 个选项分别定为 1 分、2 分……5 分,进行统计分析。

如果在设计时未作定位分析,只是按习惯决定备选词语,则各选项间不一定等距。严格说来,统计分析时应再作各词的定位试验及分析,以便对各选项的得分进行校正。因此,我们强烈推荐事先做好定位试验和分析。

第三节 患者报告结局量表回忆的周期

回忆周期也是 PRO 量表设计的重要内容。到观察终点时,考虑患者能够有效地回忆需要他提供的信息是非常重要的。回忆周期的选择要尽可能与量表的目的和用途匹配,还要考虑变

异性、持续时间、频率和所测量概念的强度,以及疾病或状态的特性和 PRO 测量的目的,应根据以上情况为 PRO 量表问题选择更为适合的回忆周期。任何由回忆周期差别所导致的问题都可能造成干扰,进而使研制成功的 PRO 量表测量结果不准确。比如,有关血压的问题,在许多情况下,真正感兴趣的内容不是短时间内整合的效果(例如 2 周),而是规律周期出现的效果(例如,2 周、4 周、6 周),此时要求患者报告最近的情况会更为适宜。

要求患者凭借记忆来回答的 PRO 量表,特别要求患者回忆相当长时间的情况时,让他们把刻下与早些时候或者近一段时间平均状况比较时,患者的回答可能会受到回忆当时状态的影响,这样可能会破坏内容效度。因此,一般而言,回忆周期短的条目或者要求患者描述刻下或近期状态的条目会更为适宜。如果需要患者进行一段时间内感受的详细回忆,建议采用适当的方法和技术来增强回顾性数据的信度和效度,例如,要求患者在过去一段时间内最差感受的反应或采用数据采集日记的方法。

第四节　患者报告结局量表条目数量顺序及赋值

一、患者报告结局量表条目的数量

量表不必太长,包括一般资料在内的条目数最好不要超过 150 个,如果条目设置过多,完成时间过长,一是不易被接受,二是易使调查对象厌烦,从而影响量表完成的质量,不利于真实测定。一般完成一份量表的时间控制在 20 分钟以内较易被人接受。

二、患者报告结局量表条目的顺序编排

条目问题的前后顺序及相互间的联系,既会影响到被调查

者对问题的回答结果，又会影响到调查的顺利进行。条目的顺序编排有下列常用的规则。

（一）随机排序

从理论上讲，每个条目都是对同一理论的解释，是对同一理论变量设计成不同的方式去提问，这种采用一定数量的条目测量单一结构的方式，条目内部的相关性应该比较高为好，这些条目之间是可以互换的，可以采用随机排序的方式处理这种情况。

（二）逻辑排序

条目排列的顺序也可能会对量表测试结果产生影响，因此在量表设计过程中也一定要研究量表的内在逻辑顺序。

一般先提出概括性的问题，逐步启发被测者，做到循序渐进。如果一个问题的回答结果受到前面问题字里行间的影响，那么被测者对某个问题的印象可能会影响其对接下来问题的回答，同一领域内的问题更是如此。为了建立问题的逻辑顺序，可将问题分解成几个片段，每个片段的目的一定要铭记于心，为了抽提适合量表完成的最佳应答反应，一定要先从容易的、没有威胁性的问题入手，这样可以获得相对准确的答案。

如果量表较长，可以将被测者感兴趣的问题放在前面，使被测者会保持这种兴趣积极作答，与被测者建立和谐友善的关系，可以获得更好的合作机会。一般来讲，量表从相对容易作答的条目开始，越难、越苛刻的条目置于量表的中间部分，将比较难回答的问题和涉及被调查者个人隐私的问题放在最后。如果一个量表既包括专业性条目，也包括一般信息，那么通常首先提问专业性问题，因为这更有助于被测者对接下来较一般化问题的回答[91]。一般资料信息往往涉及被测者的隐私，如性别、婚姻、家庭住址等，因此这部分内容最好在被测者完成量表问题后再作回答，这样可以避免被测者一开始就要面临回答这样的问题而影响量表完成。

若有开放式问题，则应放在最后面。这是因为，回答开放式问题要比回答封闭式问题需要更多的思考和书写,无论是把它放在问卷开头,还是放在问卷的中部,它都会影响回答者填完问卷的信心和情绪。而将它放在结尾处时,由于仅剩这一两个问题了,绝大多数回答者是能够完完整整地填答完的。即使被调查者不愿意填答开放式问题,放弃了回答,也不会影响到前面的问题和答案。

此外,不要忽视评定量表时周围的环境,因为被测者作答时的处境会直接影响其对问题的作答结果。

三、条目和领域的评分

给条目和领域赋分值时,条目要相对独立,条目选项应一致,不鼓励由患者判定条目的权重。顶层设计时就要考虑各指标、领域的等权重。否则,就需要拿出足够的证据,因子分析中也是如此。

针对条目的最佳测量尺度,通常每个答案选项均赋以数字评分,例如:正常,顺序的,间断的,或比例尺度,又如,名义变量、有序变量、间隔变量、定比变量,评分算法可以从多个条目中产生一个单一分值。只有当各条目反应性相对独立的情况下,对每一条目来说确定同等权重的评分才是比较合适的。否则,赋予同等权重将使相关的条目权重过重,而使独立的条目权重过轻。即使条目间无关联,如果应答选项的数目或相关的应答选项的值因条目不同而变化,赋予每一条目同等权重也会导致某些条目权重过重。当把域分数结合为一个单一总分时,同样的加权问题应用也会更加复杂。

因为偏好权重经常产生并应用于资源配置中(比如可能用于预定团体权重的成本—效果分析等),在临床疗效评价中其应用前景很好,可以用来说明治疗措施的效果。然而,由于目标人群的偏好权重可能是未知的,并且不见得充分、适当,因此偏好权重的方法在实际应用中情况并不乐观,结合多个领域的总分值可以作为那些形式复杂而内容单一的证据支持。PRO 量表的概念框架是最终的概念框架,它记录每个分值所代表的概念。如果一个分值想要支持一项靶指标,所测量的概念要与靶指标的措辞相匹配。

第五节　PRO 量表解释方法

以下介绍几种帮助研究者解释 PRO 终点临床试验结果的方法。

(一) 定义最小有意义差异

很多 PRO 量表能够检测到很小的平均变化情况;相应地,对这些变化是否有意义的判定相当重要。因此,在可看到的平均效果(以及可能考虑到的其他重要的影响)和个体的变化之间界定差异的临界值是有必要的,由此可能形成有效者的定义。对已被许多广泛应用的测量(疼痛、踏板距离和汉密尔顿抑郁分级量表)来说,各治疗组间的任何差异都可以证实相应的治疗效果。如果 PRO 量表设计中考虑到比过去的测量措施更敏感,那么它应该能够界定一个最小显著差异(MID)作为一个基准来解释平均差异。通常最小有意义差异会由于所研究的总体不同而不同。

对一些获得 MID 的方法进行了评价。如:

1. 可用 PRO 积分变化描绘所感兴趣的临床结局的非 PRO 测量的临床相关且重要的变化(如,哮喘或慢性阻塞性肺病的 PRO 检测由肺活量积分来标绘)。

2. 通过 PRO 得分的变化描绘其他 PRO 得分来得到患者自觉的 MID 值(如,多条目 PRO 可转换为单一问题,即请患者对治疗开始后的全部变化情况做出评价)。这种方法的一个问题是它应用每个患者的评价来得到平均疗效的结论。这可能比治疗组和对照组的个体疗效分布更有用。

3. 应用基于入组分布的方法（如，定义 MID 为 0.5 倍的标准差）。当然，这样得到的 MID 值与患者的评价无关，单独对此进行考察是不恰当的。

4. 应用经验规律（如，总分的 8％理论范围）。同样地，这个方法并未考虑到患者的选择或评价，因此比较武断。

在一个 MID 应用到临床研究结果中之前，有帮助的做法是应用各种方法分别对 MID 值进行判断，如果不同方法对 MID 的选择一致则验证了 MID 值的正确。

（二）有效者的定义

在一些情况下，刻画单个患者对治疗的反应比描述一组患者的反应更合理，有时我们感兴趣的是治疗有效的患者特征，上述两方面都要基于预先设定的标准。这个标准以经验证据为支持，作为治疗收益的一个衡量标准支持了有效者的定义。例如，根据在一个量表或多个量表上与基线相比发生了预设的变化来判定一个患者是否为有效者；或者得分由一个规模到更大规模的变化（如，8 级量表中发生了 2 分的改变）；或以基线为基础的百分比变化。

第六节 针对特殊人群发展患者报告结局量表

（一）儿童和青年

一般来说，儿科 PRO 条目的研究与成人的相同。重要的是除非测量性质各年龄段通用，否则成年人的 PRO 不能用于儿童。我们建议儿童 PRO 按照先前描述的方法严格的研究和验证。PRO 附加的用于儿童和青年的条目包括与年龄相关的词汇、语言理解、健康概念测量的理解和回忆期的长短。尽可能小而清晰的划分年龄段的条目研究和验证是非常重要的，这样可以解释随着年龄发展的变化，确认儿童能理解和提供合理有效答案的最低年龄线，有了这些合理有效的答案才能分析年龄段之间的差异。

（二）有认知障碍或不能交流的患者

在临床试验过程中，能够预见到可能有些患者病情很重无法完成一份调查问卷或回答调查人的问题。在这种情况下，患者的代言人能够帮助回答一些问题以减少缺失数据。在这种情况能够被预见时，FDA 鼓励从研究一开始就将代言人的回答和患者的自我报告一同记录下来（甚至在患者不能独立回答问题之前），这样，可以分析评估患者的报告和代言人的报告之间的关系。（即在患者不再能够独立回答之前）在患者报告和代理报告之间的关系就可以进行评价。

（三）应用中文化或语言的改变

一种语言或文化背景下发展的量表可改编或翻译后在另一种语言或文化下使用。FDA 建议起草者提供证据，证实翻译过程中的方法和结果确保反应信度未受到影响。以下是包括的某些例子：

PRO 量表最初源于一种语言、文化或种族人群，随后用于另一种语言、文化或种族人群。

在美国国外发展和得以验证的 PRO 量表，应用到美国人中去。

研究者应该考虑到被广泛承认的翻译或跨文化调适标准是否能支持翻译/修改后得到的 PRO 量表数据的可靠性，包括但并不仅限于以下几点：

1. 翻译或改编者的背景和经历。
2. 翻译或改编中使用的方法学。
3. 不同版本间的一致性。
4. 不同译本的测量特性证据具有可比性。

第六章

引进国外量表的方法

量表的研制不外乎两种：一是重新制定的量表，二是利用现成的国外著名量表。由于国际合作的增多，人们翻译引进国外量表也越来越多。由于文化背景、生活方式的差异，国外的量表引进到国内，不仅仅是简单的翻译过程，还必须保证新量表与原量表在概念、语义等方面的等价，一定要注意文化调适，否则在应用过程中就要出现各式各样的问题，达不到既定目的。

第一节　量表引进

一、量表引进前准备

在量表引进之前，需要做一些准备工作。首先，要确定量表引进的必要性和可行性。如果现有的中文量表都不能满足研究需要，那么就要考虑是自制一份量表还是翻译引进一份量表。一般来说，如果国外确有适宜的外文量表而未曾正规地翻译引进，那么就应将该量表的引进与考核作为一项重要内容列入全盘研究计划。这样，研究成果便能和国际上的同类工作进行比较[92]。其次，量表引进要获得原量表作者的授权，要有书面的授权文件。再次，研究者要组织相关领域的专家，包括双语翻译多名，量表设计方法学领域的资深专家，以及与量表研制背景相关的专业人士，如医师、护士、患者、陪护者等。

二、翻译与逆翻译

这是量表引进过程中最基本的程序，包括翻译和逆向翻译，循环往复，不断修正译文，如图 6-1-1。

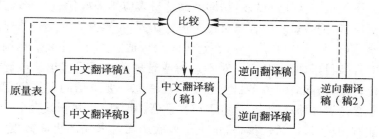

图 6-1-1　翻译与逆翻译的流程图

先请两位翻译者分别独立翻译原量表，形成量表的两份中文翻译稿。这既要求翻译者熟悉原量表语言及其文化背景，翻译准确，不能产生歧义，又要求汉语功底好，能够准确地用通俗的词语表达原量表想要表达的意思。

由一位高年资的专家（精通双语者）对两份中文翻译稿进行协调，综合形成一份中文翻译稿（稿 1）。

另请两位翻译者分别独立地将中文翻译稿（稿 1）逆翻译成源量表的语言，形成两份逆向翻译稿。逆翻译者要求语言功底好、对原量表不知情，这是检查量表等价性的重要程序。

另请一位高年资的专家（精通双语者）对两份逆向翻译稿进行协调，综合形成一份逆翻译稿（稿 2），并说明哪些内容是翻译的，哪些内容是文化调适的。

研究者最好能够邀请源量表作者，一同比较逆向翻译稿（稿 2）与原量表，对发现的差别进行讨论，修改中文翻译稿（稿 1），同时修改部分独立的逆向翻译稿，再比较和修改，如此反复，直至得到的逆翻译稿和源量表比较，没有太大差别，尽最大可能保证与源量表之间的等价性。

三、认知测试与报告

对经讨论修改后最终的中文翻译稿(稿 1)进行认知测试。方法是拟定认知测试表,访问者邀请量表应用人群代表 5～8 名受访者,围绕量表中各条目逐条进行访问,考察其语义是否浅显易懂,是否具有可操作性,答卷时间是否适宜等,并着重于他们对各条目是如何理解的,对不理解或难理解的条目提出修改建议,并请访问者对各条目的接受程度表态。要求访问者详细记录受访者的谈话内容,最好引用受访者的原话,认知测试表中不能有缺项,形成认知报告,这也是检验中文翻译稿的表面效度。量表应用人群代表要具有一定的文化程度,愿意配合本研究。如果原量表作者愿意合作,可以将认知报告发给原量表作者,征求其意见和建议,最好有书面文本表达原量表作者对基于中文翻译稿形成的受访者认知报告的认可程度。

认知测试表应该包括受访者对量表卷首语、条目问题和反应尺度的理解,以及调查员参考受访者的建议对上述内容的理解。下面以安德森症状问卷为例,介绍认知测试表的内容(表6-1-1)。

表 6-1-1　量表研制认知测试表举例

中文翻译稿内容	认知测试内容	受访者建议	调查员建议
M. D. 安德森症状问卷(MDASI-CORE)	您理解卷首语、条目问题和反应尺度的意思吗?(如不理解,请问困难在哪里)		
第 1 部分　您的症状有多严重?	如果有困难,您觉得应当怎样改写?		

续表

中文翻译稿内容	认知测试内容	受访者建议	调查员建议
癌症患者常有一些由他们的疾病或治疗引起的症状 请您评定过去 24 小时内下列症状的严重程度。请在每一个条目后面从 0（症状没有出现）到 10（症状差到您可以想象到的最糟糕的地步）的圆圈中选择一个涂黑	请告诉我们卷首语、条目问题和反应尺度的意思是什么？ 反应尺度和条目问题相配吗？（如果不相配，您觉得应当怎么改？）		

第二节　等价性检验

量表完成翻译之后，要对中文翻译版进行预调查，具体流程与量表研制过程类似，以考察信度、效度等特征。

等价性检验是由于各国文化背景不同，不能将国外量表直接移植后应用，而要进行适当的改造，使之成为适合本国文化背景的新量表。目前一些研究者过分依赖于翻译—逆向翻译程序，而忽略对各种等价性的考察。但是，量表的改造不仅仅是翻译，还要进行受访者认知测试和预调查。预调查的考评过程要注意中文翻译稿与源量表进行等价性检验，诸如量表的结构、信度、效度评价等。理论上讲，中文翻译稿与源量表应该结构一致，信度、效度相当，如果结果显示二者存在出入，则需要对结果进行合理的解释。要使国际间对所测概念的研究成为真正的跨文化研究，就必须认真考察量表的等价性，而不是简单地将源概念强加于各种不同的语言文化背景。

那么,如何评价不同语言文化版本量表间的等价性?[93]

一、概念等价性

这是指所测定的概念在两种不同文化背景下等价。建立概念等价性不仅要考察两种文化背景下某个概念的定义,还要考察这个概念在两种文化背景下的重要程度。虽然文化背景不同,但对同一概念的理解应该是相同的,不过同一概念的内容在不同人群心中的重要程度可能不同。例如,对于生存质量的概念,中医理论非常重视饮食及大小便排泄失常在 QOL 中所起的重要作用,而西医学 QOL 概念中如交通、体形和外表、工作能力等内容,在中医学的 QOL 中就未涉及。概念的等价性非常重要,它要求研究者在准备引进一份现成的量表之前慎重考虑引进的有效性和必要性。如果认为引进是不合适的,研究者应该考虑建立自己特定语言文化的量表。

概念等价性研究最常用的方法是通过认真复习不同国家或地区的相关文献,了解不同语言文化背景下,人们对相关概念的定义、理解以及所包含的内容是否相同;也可以通过专家咨询或讨论的形式对概念等价性进行评价。从统计学的角度看,可以采用因子分析的方法,根据因子结构的异同、各个问题条目的位置以及它们所归属的潜在因子情况对概念等价性进行评价。评价的结果可能有四种情况:

1. 概念及其所包含的领域和方面在不同文化间是相同的或近似的、各个领域和方面的重要性程度也相同或近似,说明具有很好的概念等价性。

2. 概念及其所包括的领域和方面在不同文化间是相同的或近似的,但是各个领域和方面的重要性程度不同,说明分析概念时需要采用权重系数,以反映概念包含的领域和方面在不同文化背景下重要性的不同。

3. 概念和它所包含的领域和方面在不同文化背景间部分

相同、另一部分不同，对于这种结果，可以考虑在评价时采用概念相同的领域和方面，把概念不同的领域和方面看作文化特异性的部分，不同文化间只能比较相同的部分。

4. 概念和它所包含的领域和方面在不同文化间完全不同，对于这种结果，提示概念具有文化特异性，不宜采用共同的量表进行评价。

二、应答尺度等价性

不同文化背景下采用的量表应答尺度应具有相同的含义，以保证测量结果的一致性。这好比一杆秤，秤的刻度都不准确，如何来称量？对于线性尺度来讲，不需要再进行文化调适。等级尺度则涉及描述的等级词语是否恰当。比如，有一点、有些、稍微、略微……，由于这些词语在每个人心中的定位不同，表达的程度不一样，选择最接近源量表应答尺度的词语一定要慎重。可以在具有一定文化程度的自然人群中对各词语进行尺度定位分析，结合源量表反应尺度各词语间距，描述中文翻译版量表的反应尺度。

三、条目等价性

是指在不同的语言文化背景下条目的有效性是相同的。例如，交通状况、信息传递、休闲旅游等这类条目可能对长期生活在农村的家庭主妇来讲适用性不高，因为她们可能并不关注这些方面。评价条目的等价性时，不仅要考虑条目的有效性，还要考虑条目的可接受性。因为有的条目在一些文化背景下被认为是不礼貌的，例如，在一些国家或地区，询问人们性生活情况的条目就被认为是不合适的。只有当在不同的文化背景下条目测量了相同的领域参数、具有同等的有效性和可接受性时，条目等价性才存在。

从统计学的角度看，条目的等价性是指条目测量了相同的潜在因子,而且条目之间的相关性在不同文化之间是相同的。Rasch 条目分析(Rasch item analysis)方法可以用来评价一个给定的问题条目对潜在因子的测量的好坏程度。Cronbach α 信度系数可以用来评价条目之间测量结果的一致性和相关性。项目反应理论(IRT)可以根据测试中受访者的答题情况,推测受访者的能力,条目参数相对稳定。因此,当使用量表的中文翻译版进行预调查后,可以采用 Rasch 条目分析、Cronbach α 信度系数和 IRT 方法对数据进行分析,评价条目的等价性。条目等价性评价的结果可能有四种情况:

1. 条目具有较好的等价性,条目可以从一种语言翻译成另一种语言直接使用。

2. 条目基本具有等价性,只是需要从一种语言翻译成另一种语言时作细小的调整。

3. 条目不具有等价性,需要用其他的条目替换。

4. 条目不具有等价性,而且条目被认为是不礼貌的或禁忌的。此时可以删除该条目,对量表的效度、信度等计量心理学特征进行重新考察。

四、语义等价性

指所用字词内涵和外延的等价。外延是指词语本身所表达的含义,可以通过查阅词典得到。内涵是指在特定的环境下词语所暗指的含义,需要通过社会学、人类学方面的研究去了解。要达到语义等价性,必须在翻译之前对量表中的关键词有准确的理解。在实际操作过程中,概念等价性和语义等价性是不可分割的,量表的研究者必须对量表的目的、关键词和术语作清晰的描述。

通过考察量表的翻译调适过程是否严格遵循翻译-逆向翻译的程序,从而评价语义的等价性。

语义等价性评价的结果可能提示有些条目容易翻译,有些条目较难翻译,需要对某些词语进行修改。极端的情况是某些条目无法进行直接翻译。这时需要采用其他等价的条目替换无法直接翻译的条目,或者将无法直接翻译的条目删去。

五、语言等价性

指量表中文字的语法和句法上的等价性。例如,翻译的条目问题有时在表达方式上与源量表不同,但必须是对同一个问题的准确表达,原则上既不能偏离源量表的意思,又使受访者可理解和接受。

六、操作等价性

指量表的格式、说明、调查方式、调查的时间间隔的等价性,体现在用量表进行测试的阶段。测试时采用什么样的方式,怎么样问受访者才能得到每个问题最真实的回答,如果这些方面不影响研究结果,就可以认为达到操作等价性。例如,不同文化层次水平会影响自评量表的完成情况;电话的普及程度影响到电话调查的可行性;在有的地方,让年轻人去问老年人一些问题是不合适的。因此需要研究者熟悉被调查人群的风俗习惯。可以通过地域调研、专家咨询等方式了解不同地区调查人群的特点达到操作等价性。

操作的等价性评价的结果可能提示量表的操作方法可以在不同的语言文化版本间使用,可能提示某些操作方法需要修改,例如,将患者自评方式改为在调查员帮助下填写的方式、将电话访问的方式改为邮寄访问的方式等。这时需要有证据说明不同的调查方式得到的结果具有可比性。

七、测量等价性

指同一种量表的不同版本具有可比的信度、效度和反应度,改造后的新量表必须达到心理测定量表的一般标准,才能在当地文化背景下有效使用。

常用的评价方法包括考察 Cronbach 信度系数和重复测量信度系数;效度的评价包括区分效度、聚合效度和结构效度等;评价反应度的方法包括配对 t 检验和效应大小统计量等,这些内容另有论述。

从因子分析的结果看,测量的等价性可以分为不同水平的等价:

1. 第一水平的等价指不同语言版本之间具有相似的因子结构。

2. 第二水平的等价指在第一水平等价的基础上,相应的因子负荷相等。

3. 第三水平的等价指在第二水平等价的基础上,各个因子的平均水平相等。

以上三个水平等价的强度是逐级递增的。

八、功能等价性

为量表在两种或多种文化中达到上述各种等价性的程度,目的是突出上述的各种等价性在获得具有跨文化等价性量表过程中的重要性。

功能等价性评价的结果大致可分为三类情况:

1. 各种等价性都达到较好的程度,量表测量的结果是可比的和可合并的。

2. 具有概念的等价性,但是其他方面的等价性较差。这时量表测量的结果不能直接进行比较和合并,应该对结果进行适当的转换以便比较。

3. 虽然其他方面的等价性达到可接受的水平,但是不具备概念的等价性。这时结果不具有可比性,而且对概念的测量是失败的。

以上 8 种等价性从不同的侧面反映量表的等价性。要使国际间的研究成为真正的跨文化研究,就必须认真考察量表的等价性,而不是简单地将所测概念强加于各个不同的语言文化背景。此外,还要根据 PRO 量表报告评估标准对改造后的量表进行评估,尤其要注意文化与语言调适方面,比较原量表与改造后量表之间的差异,并使这种差异能够克服或达到满意。

总之,已经证实等价性较好的量表,要进行大规模的现场调查,流程与自主研制的量表类似,概不赘述。

量表引进的整个过程都要有记录,包括文字、图像、录音等。研究过程中涉及的所有文件,包括翻译与逆翻译的各种版本、文化调适以及等价性检验过程,量表培训手册、源作者授权文件等,都要注意保存,并形成报告。

第三节　WHOQOL 中文版研制和评价

世界卫生组织生存质量测定量表(WHOQOL)是由世界卫生组织研制的,用于测量个体与健康有关生存质量的国际性量表。目前,已经研制成的量表有 WHOQOL-100 和世界卫生组织生存质量测定量表简表(WHOQOL-BREF)。我国中山医科大学卫生统计学教研室方积乾教授领导的课题组受世界卫生组织和我国卫生部的委托,在世界卫生组织生存质量测定量表WHOQOL-100 和 WHOQOL-BREF 英文版的基础上,结合中国国情,遵照世界卫生组织推荐的程序,制定了上述两种量表的中文版。下面以 WHOQOL 中文版的研制为例,说明引进国外量表的方法和步骤。

一、WHOQOL-100 的引进

(一)背景

随着社会的发展,人们对健康的理解越来越全面。健康不仅仅意味着生理上的无疾,还包括良好的心理状态和社会关系。

制订生存质量测定量表是世界卫生组织为实现"人人健康"而实施的众多计划之一。近年来,世界上出现了不少健康测定量表,但是大多数量表偏重于测量疾病的症状、残疾的程度,没有全面地测定个体的生存质量,没有对健康进行全面的评价。另外,许多量表是由北美、欧洲等国家研制的,鉴于文化背景的不同、经济发展的差异,这些量表未必能直接应用于地球上的其他国家和地区。在这种情形下,研制一个对个体生存质量进行全面测定、能用于不同文化背景、测定结果具有国际可比性的量表便成为十分必要。

按照世界卫生组织的定义,与健康有关的生存质量是指不同文化和价值体系中的个体对与他们的目标、期望、标准以及所关心的事情有关的生存状况的体验。这是一个内涵丰富的概念,它包含了个体的生理健康、心理状态、独立能力、社会关系、个人信仰和与周围环境的关系[94]。在这个定义之下,生存质量主要指个体的主观评价,这种对自我的评价是根植于所处的文化、社会环境之中的。根据上述定义,世界卫生组织研制了WHOQOL-100 量表,该量表包含 100 个条目,覆盖了与生存质量有关的 6 个领域和 24 个方面,每个方面有 4 个条目,另外还包括 4 个关于总体健康状况和生存质量的问题。表 6-3-1 列出了 WHOQOL-100 的结构。

(二)翻译与逆翻译

1. **英译汉**　第一稿,由两位医学卫生专家独立地将量表从英文翻译成中文,第三位专家对翻译稿进行总结,形成量表的第一稿。

2. **核心工作组**　第二稿,由两个核心工作组分别就第一稿进行讨论。一个核心工作组由医师、护士和医科大学生组成,另一个核心工作组由患者组成。经过讨论,对第一稿进行修改,形成第二稿寄给世界卫生组织总部。此部分也包含了认知测试的内容。

表 6-3-1　WHOQOL-100 量表的结构

Ⅰ. 生理领域（PHYS）	14. 所需社会支持的满意程度（supp）
1. 疼痛与不适（pain）	15. 性生活（sexx）
2. 精力与疲倦（energy）	Ⅴ. 环境领域（ENVIR）
3. 睡眠与休息（sleep）	16. 社会安全保障（safety）
Ⅱ. 心理领域（PSYCH）	17. 住房环境（home）
4. 积极感受（pfeel）	18. 经济来源（finan）
5. 思想、学习、记忆和注意力（think）	19. 医疗服务与社会保障：获取途径与治疗（servic）
6. 自尊（esteem）	20. 获取新信息、知识、技能的机会（inform）
7. 身材与相貌（body）	21. 休闲娱乐活动的参与机会与参与程度（leisur）
8. 消极感受（neg）	22. 环境条件（污染/噪声/交通/气候）（envir）
Ⅲ. 独立性领域（IND）	23. 交通条件（transp）
9. 行动能力（mobil）	Ⅵ. 精神支柱/宗教/个人信仰（DOM6）
10. 日常生活能力（activ）	24. 精神支柱/宗教/个人信仰（spirit）
11. 对药物及医疗手段的依赖性（medic）	
12. 工作能力（work）	
Ⅳ. 社会关系领域（SOCIL）	
13. 个人关系（relat）	

注：括号内为相应领域或方面的英文单词缩写，与后面所附带 SPSS 程序中的变量名一致

3. 逆向翻译　请一位具有较高专业造诣的英语教师把第二稿逆向翻译成英文，此人事先没有看过英文原稿。在翻译前向逆向翻译者说明量表的用途及结构，避免出现偏倚。

4. 核心工作组　第三稿，由核心工作组对逆向翻译稿和英文原版进行比较，修改第二稿，形成第三稿。

5. 反应尺度试验　第四稿，请一组患者和医科大学生做应

答尺度练习,根据结果修改应答尺度,形成第四稿。

6."96 中文版" 第四稿,在广东地区进行预调查,根据预调查结果对第四稿进行修改,形成 WHOQOL-100 广东版。通过全国范围内领域专家对 WHOQOL-100 广东版逐字逐句的讨论和修改,把修订稿称为"96 中文版",并在全国六城市进行正式的现场调查。

7."97 中文版" 由另外两位英语教师独立完成了 96 中文版的逆向翻译工作。通过比较逆向翻译稿和原文,参考六城市现场试验的结果,对"96 中文版"进行了微小改动,形成了"97 中文版"。

8. 世界卫生组织生存质量测定量表的中文版 通过对"97 中文版"逆向翻译,将"97 中文版"、逆向翻译稿以及中文版研制和现场考核报告一并报请世界卫生组织生存质量研究协作组审核。协作组于同年正式接受"97 中文版"为世界卫生组织生存质量测定量表的中文版。

(三)认知报告

本量表是个体的主观评价,量表引进过程中请患者参与修改和测试练习,不断修订完善量表即是认知测试的过程。

(四)预调查

在广东省东西南北和中部各选一地区(湛江、梅州、韶关、中山和广州)进行预实验,每地调查约 100 名对象)。根据调查所得资料分析量表的信度、效度和反应度等计量心理性质。同时还根据结果制定了一个含有较少条目的简表。根据预调查结果对第四稿进行修改,在广东省卫生厅指导下在广东地区最后形成 WHOQOL-100 广东版。

在卫生部科教司标准办公室的指导下,1996 年 4 月 17~19 日在北京召开国内合作研究组织会议,与会者对 WHOQOL-100 广东版进行了逐字逐句的讨论和修改,并把修订稿称为"96 中文版"。

（五）正式现场调查及性能检验[95]

在卫生部科教司指导下，以方积乾（中山医科大学）、佟之复（北京老年医学研究所）、叶莘莘（上海医科大学）、王家良（华西医科大学）、丁宝坤（中国医科大学）和李志刚（西安医科大学）为首的六个单位的研究人员于 1996 年在广州、北京、上海、成都、西安、沈阳等六个城市对形成的"96 中文版"进行现场试验。WHOQOL-100 量表中文版包含 103 个问题，除英文版原有问题外，另有 3 个问题是中文版所特有的。每地调查 300 人，样本中注意患者与健康者、男与女、年龄结构等因素的均衡。病种主要指年轻人中的慢性肝炎、胃溃疡、慢性支气管炎、抑郁症等，中年人中的高血压、冠心病、糖尿病、关节炎等，老年人中的癌症、心血管疾病、糖尿病和骨折等。另外还考察了 50 名患者治疗前后生存质量的变化。WHOQOL-100 量表中文版调查 1654 例资料，其中，患者 877 名，正常人 777 名；男性 838 名，女性 816 名；年龄小于 45 岁者 767 名，大于等于 45 岁者 887 名。六城市现场试验的资料汇总到中山大学公共卫生学院医学统计教研室，并寄给世界卫生组织总部。

以下计算均借助 SPSS for Windows Version 7.5 完成。

1. 信度　采用 Cronbach's α 系数考察内部一致性。在量表的 6 个领域中 Cronbach's α 系数以生理领域最低（0.4169），环境领域最高（0.9323）；除独立能力领域为 0.571 外，其他均高于 0.7000。在量表的 24 个生存质量方面，行动能力方面最低（0.3816），对药物及医疗手段的依赖性方面最高（0.9034），其他方面均大于 0.6500。表明 WHOQOL-100 量表中文版具有较好的信度。

2. 内容效度　计算各个领域及方面间的 Pearson 相关系数 r 来分析量表的内容效度。量表的各个领域及方面之间均存在一定的相关性，其中，各方面与其所属领域之间相关较强，而与其他领域相关较弱，如 FACET1、FACET2、FACET3 与

DOM1 的相关系数的绝对值均大于 0.8000。可见 WHOQOL-100 量表中文版具有较好的内容效度。

3. 区分效度 使用 t 检验和多重回归分析患者和正常人在各个方面及领域得分的差别,考察量表的区分效度。发现除心理领域、精神/宗教/信仰领域外,其他领域得分患者和正常人的差别都有统计学意义($P<0.05$)。在 24 个方面中,有 14 个方面能区分开患者和正常人($P<0.05$)。心理领域及其下属的 4 个方面、性生活、社会安全保障、获取新信息等的机会、休闲娱乐活动的参与、交通条件、精神宗教信仰等方面却不能区分。

4. 结构效度 使用 LISREL(linear structural relations)理论及相应软件(EQS for windows)进行证实性的因子分析(confirmatory factor analysis),考察量表的结构效度。用总的生存质量与健康状况得分代表生存质量,用各领域得分来表达相应的领域,建立了总的生存质量与 6 个领域的因子结构模型。模型的拟合优度指数(comparative fit index,CFI)等于 0.904,说明量表具有较好的结构效度。另外,分别考察 6 个领域各自的因子结构(即各个领域与其下属方面的因子结构),它们的 CFI 均大于 0.9。类似地,分别针对患者和正常人数据拟合上述模型,它们的 CFI 除正常人的生理领域为 0.892 外均大于 0.9。

综上所述,该量表具有较好的信度和效度。我们认为 WHOQOL-100 中文版是一份较好的用于测量中国人生存质量的量表,可以应用于公共卫生和其他医学领域。

(六) WHOQOL 不同语言版本的等价性检验

量表不同语言版本的等价性是国际合作研究中不同地区和国家的结果具有可比性的前提条件。WHOQOL-100 量表是在世界卫生组织的统一领导下,全球 15 个(后又增 9 个)处于不同文化背景、不同经济发展水平的国家研究中心共同研制的。它不仅具有较好的信度、效度、反应度等计量心理性质,而且具有国际可比性,即不同文化背景下测定的生存质量得分具有可比性[96]。下面是针对 WHOQOL 量表在不同地区和国家调查数据等价性的相关分析方法。

1. **概念等价性**　尽管目前对生存质量的概念与构成尚未达成共识,但以下几点是比较公认的[97]:①生存质量是一个多维的概念,包括身体功能、心理功能、社会功能等;②生存质量是主观的评价指标(主观体验),应由被试者自己评价;③生存质量是有文化依赖性的,必须建立在一定的文化价值体系下。国外的量表很多方面不适合中国的国情,如对宗教信仰、个人隐私、性生活等都远较国人重视,而国人比较看重饮食文化、(纵向)家庭亲情和工作稳定等。因此,对国际生存质量评定量表的文化调适势在必行。

2. **条目等价性**　如前述量表性能检验涵盖条目等价性方法,下面介绍另一方法对条目等价性的考核方法。

方法举例:条目功能差异[98]。

条目功能差异(differential item functioning,DIF)的定义是对于某个特定条目,如果来自同一目标特质的两批平行被试组,即两组的同一目标特质的分布相同中,显现出不同的统计特性,那么该条目就存在功能差异。由于生存质量必须建立在一定的文化价值体系下,因此形成的 WHOQOL-100 量表不可避免地存在有 DIF 的条目。在跨文化生存质量研究中,DIF 可以定义为在不同的文化背景下具有相同生存质量的不同个体对同一条目的反应不同。根据 DIF 的检测方法所依据的理论基础,DIF 检测方法可以分为基于经典测量理论和基于 IRT 的方法。如 MH 方法(Mantel-Haenszel procedure)和等级 logistic 回归是基于经典测量理论的方法,而 Lordχ^2 和 IRT-ANOVA 是基于 IRT 的方法。

WHOQOL-100 量表是 5 分类的 Likert 量表,根据 WHO-QOL-100 量表的数据特点,选择等级 logistic 回归和 IRT-

ANOVA 分析 DIF。资料来源于世界卫生组织生存质量研究小组提供的来自中国香港和阿根廷的 WHOQOL-100 量表社会关系领域的数据进行 DIF 分析,以找到 WHOQOL-100 量表社会关系领域在中国香港和阿根廷之间有差异的条目。

(1)运用等级 logistic 回归进行 DIF 分析:领域的总分作为匹配变量(domain),因变量是条目的得分,自变量是中心(centre)。为控制犯 I 类错误的概率,关于自变量系数为 0 的统计学检验的显著性水准定为 0.01。如果关于中心的系数是零的统计学检验的 P 值大于 0.01,就认为该条目存在 DIF;如果 P 值不大于 0.01,就认为该条目不存在 DIF。应用 SPSS 11.0 软件进行等级 logistic 回归,结果诊断出在中国香港和阿根廷之间有 DIF 的条目有 F13.4、F14.4、F15.3 和 F15.4(表 6-3-2)。

表 6-3-2　中国香港和阿根廷 WHOQOL-100 量表社会关系领域等级
logistic 回归的 DIF 分析

条目		系数	P 值
F13.1	生活中,您觉得孤独吗?	−0.146	0.215
F13.2	您与家人的关系愉快吗?	−0.139	0.239
F13.3	您对自己的人际关系满意吗?	0.640	0.167
F13.4	您对自己供养或支持的他人的能力满意吗?	1.312	<0.001
F14.1	您能从他人那里得到您所需要的支持吗?	0.0997	0.374
F14.2	当需要时您的朋友能依靠吗?	0.253	0.022
F14.3	您对自己从家庭得到的支持满意吗?	0.208	0.074
F14.4	您对自己从朋友那里得到的支持满意吗?	−0.329	0.006
F15.1	您怎样评价您的性生活?	0.01994	0.871
F15.2	您在性生活方面需要得到满足吗?	−0.0283	0.809
F15.3	您对自己的性生活满意吗?	−0.431	<0.001
F15.4	您有性生活困难的烦恼吗?	−0.703	<0.001

（2）用 IRT-ANOVA 进行 DIF 分析：IRT-ANOVA 是基于 IRT 的方差分析的简称。IRT 是基于潜在特质理论的一系列项目反应模型的总称，在该研究中应用的条目反应模型为 Rasch 等级模型（Rasch ordered categories model）。IRT-ANOVA 在软件 RUMM2010 中进行，显著性水准定为 $\alpha = 0.01$，结果诊断出有 DIF 的有 F13.4、F14.4、F15.2、F15.3 和 F15.4（表 6-3-3）。

每种方法都有优缺点和使用条件。等级 logistic 回归的优点一是易操作，大多数统计软件包中都有 logistic 回归现成的模块；二是可以控制混杂因素的影响。logistic 回归的缺点是，当量表中有 DIF 的条目较多时，各个条目的总分不能很好地代表被试在该领域的得分，依据总分作为匹配变量作出的 DIF 结果可靠性较低。IRT-ANOVA 的优点是，不需要匹配变量，结果可靠性受量表中有 DIF 的条目的个数影响小。缺点一是可操作性差，二是 IRT-ANOVA 建立 IRT 的基础上，当模型和数据拟合的不好时，DIF 诊断的假阳性率较高。鉴于以上对于 logistic 回归和 IRT-ANOVA 优缺点的讨论，可考虑将以上两种方法的结果结合来下结论。可以看出两种方法的一致率较高，在考虑到降低假阳性率的情况下，可以认为同时被两种方法诊断为有 DIF 的条目 F13.4、F14.4、F15.3 和 F15.4，为 WHOQOL-100 量表社会关系领域在中国香港和阿根廷之间有差异的条目。

鉴于 WHOQOL-100 量表的研制方法具有跨文化的特征，WHOQOL-100 量表有 DIF 的条目可能是由于不同语言环境下概念和语义的不同而引起，但也不能肯定是由于文化特异性引起，其需要进一步的研究才能证实。

WHOQOL-100 量表作为一个整体，已经被证实具有较好的信度、效度、反应度等心理测量学性质。因此，对那些有 DIF 的条目进行删除或者重写是不可能的，因为可能影响原量表的心理测量学特性，唯一的方法是校正。已经有人提出来用 IRT 的等值技术-统计模型来校正有 DIF 的条目。但是根据 IRT 的

表 6-3-3 中国香港和阿根廷 WHOQOL-100 量表社会关系领域的 IRT-ANOVA 方法 DIF 分析

条目	区间别			研究中心			研究中心×区间别		
	F 值	df	P 值	F 值	df	P 值	F 值	df	P 值
F13.1	1.724	9	0.0790	1.844	1	0.1747	1.057	9	0.3920
F13.2	2.050	9	0.0311	2.248	1	0.1340	0.932	9	0.4956
F13.3	3.575	9	0.0002	2.384	1	0.1229	0.975	9	0.4584
F13.4	1.629	9	0.1020	134.502	1	<0.0001	1.070	9	0.3825
F14.1	0.805	9	0.6115	0.266	1	0.6064	1.880	9	0.0511
F14.2	2.304	9	0.0144	5.379	1	0.0205	0.371	9	0.9489
F14.3	1.542	9	0.1281	2.743	1	0.0979	0.970	9	0.4629
F14.4	3.752	9	0.0001	12.218	1	0.0005	2.285	9	0.0153
F15.1	4.048	9	<0.0001	0.053	1	0.8185	1.494	9	0.1450
F15.2	3.724	9	0.0001	0.052	1	0.8197	7.261	9	<0.0001
F15.3	3.671	9	0.0001	15.291	1	0.0001	0.785	9	0.6300
F15.4	5.246	9	<0.0001	24.424	1	<0.0001	1.511	9	0.1387

理论,等值需要有铆测试,因为不可能找到可以分别在不同的文化背景下回答生存质量量表中的问题的人,也很难找到完全与文化背景无关的条目,所以铆测试在生存质量研究中很难甚至无法实现。因此,在跨文化的生存质量研究中,急需一适合生存质量研究的校正 DIF 的模型的出现。

3. 操作等价性[99] 中文版量表中的问题及格式原则上不能改动。量表中的问题按回答的格式而分组。有关本国特点的内容附加在量表的末尾,而不能加在量表中间。填写量表在进行生存质量调查时,假如回答者有足够的能力阅读量表,应由其本人填写或回答,否则,可由访问者帮助阅读或填写。在 WHO-QOL-100 量表的封面上印有有关填写本量表的详细说明,当访问员帮助填写的时候,应该把该说明读给被调查者听。适用范围和时间框架量表,用于评价回答者所生活的文化和价值体系范围内,与他们的目标、期望、标准以及所关心的事情有关的生存状况。

WHOQOL 量表测定的是最近两周的生存质量的情况,但在实际工作中,根据工作的不同阶段的特殊性,量表可以考察不同长度时间段的生存质量。如评价一些慢性疾病如关节炎、腰背痛患者的生存质量,可调查近 4 周的情况。在接受化疗的患者的生存质量评价中,主要根据所要达到的疗效或产生的副作用来考虑时间框架。

WHOQOL-100 量表中文版的计分:中文版量表能够算出 6 个领域、24 个方面以及 1 个评价一般健康状况和生存质量的评分。6 个领域是指:生理(PHYS)、心理(PSYCH)、独立性(IND)、社会关系(SOCIL)、环境(ENVIR)和精神/宗教信仰(DOM6)。各个领域和方面的得分均为正向得分,即得分越高,生存质量越好。我们并不推荐将量表所有条目得分相加计算总分。考察一般健康状况和生存质量的 4 个问题条目(即 G1、G2、G3、G4)的得分相加,总分作为评价生存质量的一个指标(详细的整理数据、计算各个领域/方面得分的 SPSS 程序见附录)。

方面计分(facet scores):各个方面的得分是通过累加其下属的问题条目得到的,每个条目对方面得分的贡献相等。条目的记分根据其所属方面的正负方向而定,许多方面包含需要将得分反向的问题条目。对于正向结构的方面,所有负向问题条目需反向计分。有 3 个反向结构的方面(疼痛与不适、消极情绪、药物依赖性)不包含正向结构的问题条目。各国附加的问题条目归于其所属的方面,且记分方向与该方面一致,下面举例说明方面计分。

不需要反向计分的方面:

积极感受(pfeel)=F4.1+F4.2+F4.3+F4.4

包含需反向计分条目的方面:

精力与疲倦(energy)=[F2.1+(6-F2.2)+F2.3+(6-F2.4)]

领域计分(domain scores):每个方面对领域得分的贡献相等,各国附加的方面归属于相应的领域,且按正向计分。各个领域的得分通过计算其下属方面得分的平均数得到,计算公式如下,注意根据下面的计算程序负向结构的方面的得分需要反向换算。

生理领域(PHYS)=[(24-pain)+energy+sleep]/3

心理领域(PSYCH)=[pfeel+think+esteem+body+(24-neg)]/5

独立性领域(IND)=[mobil+activ+(24-medic)+work]/4

社会关系领域(SOCIL)=(relat+socil+sexx)/3

环境领域(ENVIR)=(safety+home+finan+servic+inform+leisure+envir +transp)/8

精神/宗教信仰领域(DOM6)=spirit

得分转换：各个领域及方面的得分均可转换成百分制，方法是转换后得分＝（原始得分－4）×（100/16）。

关于数据缺失：当一份问卷中有 20％的数据缺失时，该份问卷便作废。如果一个方面中有一个问题条目缺失，则以该方面中另外条目的平均分代替该缺失条目的得分。如果一个方面中有多于两个（包含两个）条目缺失，那么就不再计算该方面的得分。对于生理、心理和社会关系领域，如果有一个方面的得分缺失，可以用其他方面得分的平均值代替。对于环境领域，可以允许有两个方面的缺失，此时用其他方面得分的平均值代替缺失值。

4. 测量等价性　　如前述量表性能检验涵盖测量等价性方法，下面介绍利用证实性因子分析对测量等价性的考核方法。

方法举例：证实性因子分析[100]。

应用证实性因子分析方法通过检验量表的因子结构及对应的参数在不同语言版本间的不变性可以考核量表的测量等价性。

证实性因子分析是针对量表条目之间的协方差进行分析，理论基础是结构方程模型（structural equation model，SEM）。世界卫生组织生存质量研究小组的研究结果认为量表 WHOQOL-100 的因子结构应该是一个包含四个领域的二级结构（图6-3-1）。研究小组先后采用 WHOQOL-100 英语版本和其本国语言版本对 83 例精通英语的本国人进行调查。每名受调查者填写英语版本和本国语言版本的先后顺序是随机的。调查时间前后间隔一周，以保证受调查者的生存质量在两次调查间隔保持稳定。在 83 名受调查者中男性 42 例，女性 41 例；患者 40 例，健康人 43 例。患者和健康人的性别构成差异无统计学意义。判断两个语言版本等价性的标准有：①模型与数据的拟合优度，一般认为 CFI 大于 0.9 时，模型与数据是吻合的；②对模型参数相等所作的假设检验得到的 P 值，如果 $P<0.05$，则认为对应的模型参数（因子负荷）不相等。借助软件 EQS6.0 完成

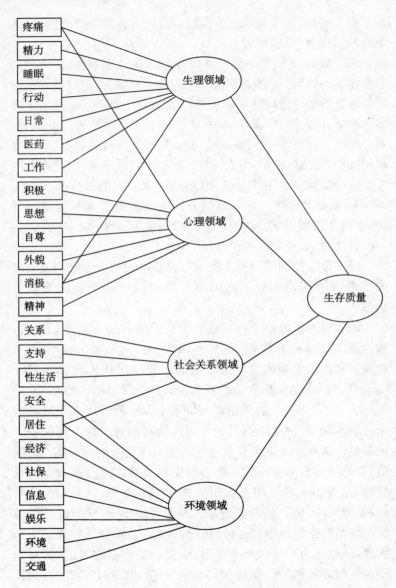

图 6-3-1 WHOQOL-100 的结构模型

应用证实性因子分析,分别对英语版和本国语言版调查所得数据拟合该因子结构,结果见表 6-3-4。考虑到此次研究的样本量偏小,仅为 83 例,而 CFI 分别等于 0.807 和 0.829,所以认为数据与模型的拟合是可以的;对所有模型参数相等的假设检验得到的 P 值均大于 0.05。综合上面结果,可以认为两个语言版本是具有测量等价性的。

表 6-3-4　模型拟合的统计量

数据	χ^2 值	自由度	CFI
本国语言版本数据	393.143	244	0.807
英语版本数据	398.85	244	0.829
合并数据	766.369	515	0.827

WHOQOL-100 从英文版到中文版的跨文化调适是根据世界卫生组织生存质量研究协作组制定的工作纲要完成的。从英文翻译成中文,再从中文逆向翻译成英文,我们比较原版和逆向翻译稿,发现它们之间存在一些差异。现就这些差异进行讨论和解释。主要讨论的方面包括问题的格式、与应答尺度有关的副词等。另外,根据中国的传统文化特征,我们还增加了三个问题,分别是"家庭摩擦问题"、"食欲问题"和"生存质量的总评价"。在制订 WHOQOL-100 中文版时,我们尽量深入理解英文版的内容,使得中文版在内容上与原版等效。在表达形式上,也尽量与英文版一致。但由于语言和文化上的差异,生硬的直译反倒破坏等效性。我们从疑问句的格式、简略答案的格式、副词的选用、用词的斟酌等方面谨慎地进行了改动以适应中国人的语言文化习惯。根据国际协作组关于不同国家或地区的版本可以附加少量有价值的问题的协议,我们增加了有关家庭关系和食欲的两个问题和对自身生存质量总评价的一个问题。以上措施均围绕一个目的:保证中文版与英文版的一致性,同时兼顾国际可

比性和实际可操作性的要求。

　　目前,WHOQOL-100 及 WHOQOL-BREF 的中文版已经被世界卫生组织确认。经中华人民共和国卫生部法制与监督司提出,WHOQOL-100 中文版命名为《生存质量测定量表》(Instrument for quality of life assessment),由中华人民共和国卫生部于 1999 年 12 月 9 日发布为中华人民共和国卫生行业标准 WS/T 119-1999,从 2000 年 5 月 1 日开始实施。

二、WHOQOL-BREF 的引进

　　研究组根据世界卫生组织在 WHOQOL-100 基础上制定的 WHOQOL-BREF 简表,形成了 WHOQOL-BREF 的中文版。

(一) 量表的编制

　　虽然 WHOQOL-100 能够详细地评估与生存质量有关的各个方面,但是有时量表显得冗长。例如,在大型的流行病学研究中,生存质量是众多感兴趣的变量之一,此时,如果量表比较简短、方便和准确,研究者更愿意把生存质量的测定纳入研究。基于此目的,世界卫生组织发展了 WHOQOL-BREF。

　　世界卫生组织生存质量测定量表编制小组成员一致认为简表应该保留量表的全面性,简表应包括与生存质量有关的各个方面的至少一个问题。首先,每个方面的最一般性问题(即与总分相关最高者)被选入简表。专家小组对被选入的问题考察其代表性,分析它们是否具有较好的结构效度。结果在被选入的 24 个问题中,6 个问题被剔除,由另 6 个问题替代。环境领域的 3 个问题由于它们与心理领域高度相关而被替换掉。另外还有 3 个问题被替换,因为发现它们所属方面的其他问题能够更好地解释相应方面的概念,最后形成了 WHOQOL-BREF。

(二) 量表的结构

　　本量表中问题的顺序、说明和格式原则上不能改动。本量表中的问题按回答的格式而分组,而 WHOQOL-100 和 WHO-

QOL-BREF 中的问题编号是相同的，以便于两种版本中同一项目之间相互比较。简表的结构见表 6-3-5。

表 6-3-5　WHOQOL-BREF 量表的结构

Ⅰ. 生理领域(PHYS)

　1. 疼痛与不适(pain)

　2. 精力与疲倦(energy)

　3. 睡眠与休息(sleep)

　4. 行动能力(mobil)

　5. 日常生活能力(activ)

　6. 对药物及医疗手段的依赖性(medic)

　7. 工作能力(work)

Ⅱ. 心理领域(PSYCH)

　8. 积极感受(pfeel)

　9. 思想、学习、记忆和注意力(think)

　10. 自尊(esteem)

　11. 身材与相貌(body)

　12. 消极感受(neg)

　13. 精神支柱(spirit)

Ⅲ. 独立性领域(IND)

　14. 个人关系(relat)

　15. 所需社会支持的满意程度(supp)

　16. 性生活(sexx)

Ⅳ. 环境领域(ENVIR)

　17. 社会安全保障(safety)

　18. 住房环境(home)

　19. 经济来源(finan)

　20. 医疗服务与社会保障：获取途径与治疗(servic)

　21. 获取新信息、知识、技能的机会(inform)

　22. 休闲娱乐活动的参与机会与参与程度(leisur)

　23. 环境条件(污染/噪声/交通/气候)(envir)

　24. 交通条件(transp)

总的健康状况与生存质量

(三)量表的操作

　　假如被试者有能力阅读本表，应由其本人填写或回答，否则可由调查员帮助阅读或填写。在 WHOQOL-BREF 量表上印有有关填写本量表的详细说明和举例，当调查员帮助填写的时候，应该把该说明读给被试者听。

　　量表用于评价被试者所生活的文化和价值体系范围内的与他们的目标、期望、标准以及所关心的事情有关的生存状况。量表是测定最近两周的生存质量的情况，但在实际工作中，根据工作的不同阶段的特殊性,量表可以考察不同长度的时间段的生存质量。这一点与 WHOQOL-100 要求一致。

(四) 量表的计分

WHOQOL-BREF 量表能够产生 4 个领域的得分。量表包含两个独立分析的问题条目:问题 1(G1)询问个体关于自身生存质量的总的主观感受,问题 2(G4)询问个体关于自身健康状况的总的主观感受。领域得分按正向记分(即得分越高,生存质量越好),领域得分通过计算其所属条目的平均分再乘以 4 得到,结果与 WHOQOL-100 的得分具有可比性。还可以将得分转换为百分制,方法与 WHOQOL-100 相同,详细的 SPSS 程序见附录。

当一份量表中有 20% 的数据缺失时,该份量表便作废。如果一个领域中有不多于两个问题条目缺失,则以该领域中另外条目的平均分代替该缺失条目的得分。如果一个领域中有多于两个条目缺失,那么就不再计算该领域的得分(社会关系领域除外,该领域只允许不多于一个问题条目缺失)。

(五) 量表的性能评价

世界卫生组织生存质量研究小组对来自 18 个国家的 20 个研究中心的数据进行分析,对简表进行信度、效度等计量心理指标考核,发现简表具有较好的内部一致性、良好的区分效度和结构效度。简表各个领域的得分与 WHOQOL-100 量表相应领域的得分具有较高的相关性,Pearson 相关系数最低为 0.89(社会关系领域),最高等于 0.95(生理领域)[101]。

(六) 量表的等价性

下面介绍利用世界卫生组织生存质量研究小组提供的数据,对 WHOQOL-BREF 的等价性进行评价[102]。

1. 研究对象　资料由世界卫生组织生存质量研究课题组提供,包括来自德国、巴西、匈牙利、印度、日本、以色列、意大利、挪威、俄罗斯、西班牙、英国、美国和中国 13 个研究中心的数据。

这些数据是各个中心在 2000—2002 年间采用 WHOQOL-BREF 于各自的研究中收集得到的,对样本的大小、构成没有统一的规定。

2. 等价性评价方法　利用 Cronbach α 信度系数对各个中心的数据进行信度分析,利用多组验证性因子分析(confirmatory factor analysis,CFA)方法对 13 个中心的数据进行分析,了解各个国家的数据是否支持量表研制时设想的结构,从而知道不同国家数据之间是否具有相似的因子结构,即量表是否具有基本的测量的等价性。在具有相似因子结构的基础上,进一步分析因子负荷是否相等,从而评价量表是否具有较强的测量等价性。采用 CFI 评价模型拟合数据的效果,采用 χ^2 值比较不同模型的差别。

3. 结果

(1)信度分析:利用 Cronbach α 信度系数对各个中心的数据进行信度分析。结果发现,除英国和挪威的社会关系领域的 Cronbach α 信度系数外,其他中心各个领域的 Cronbach α 信度系数都大于 0.6,大部分都大于 0.7。从各个领域看,生理领域、心理领域和环境领域的 Cronbach α 信度系数都达到 0.7 以上,社会关系领域的 Cronbach α 信度系数稍低,但除个别中心外,Cronbach α 信度系数也都大于 0.6。因此,借助 Cronbach α 信度系数,我们可以认为 WHOQOL-BREF 具有较好的信度,各个中心之间具有测量的等价性。

(2)结构效度分析:按照世界卫生组织生存质量研究小组的设想,WHOQOL-BREF 共包含 26 个条目,从 4 个领域来测量生存质量,另外包括 2 个用于测量总的生存质量和健康状况的条目。于是我们建立量表的第一个因子模型,该模型包括 4 个领域,每个领域包含各自的条目。4 个领域之间存在相关性。根据证实性因子分析的结果,可以认为 WHOQOL-BREF 在 13 个不同的语言版本之间具有基本的等价性,即具有相同的因子结构,但是因子负荷矩阵不全相等。

4. 讨论 从实际应用的角度看,相同的因子结构意味着可以从生理、心理、社会关系和环境等 4 个领域对生存质量进行评价,不同的因子负荷矩阵意味着如果不同中心的数据要进行比较,那么计算各个领域的得分时需要针对不同的中心分别进行校正。因为不同的中心各个领域对其下属条目的影响(反映在因子负荷上)是不同的。校正时可以参考因子负荷的大小确定权重系数。因子负荷矩阵不同体现了不同语言文化之间的差异,也有可能是各个中心样本内部构成不同造成的。这需要作进一步的研究。

WHOQOL-BREF 在测量与生存质量有关的各个领域的得分水平上能够替代 WHOQOL-100。它提供了一种方便、快捷的测定工具,但是它不能测定每个领域下各个方面的情况。因此,在选择量表时,综合考虑量表的长短和详细与否是最关键的。

第七章

患者报告结局量表调查技术与质量控制

第一节 患者报告结局量表现场调查技术

现场调查是 PRO 量表研制过程中不可缺少的关键步骤,是检验一项 PRO 量表是否符合最初理论假设,是否能达到既定目标的重要环节。现场调查设计和实施的好坏直接关系到 PRO 量表的质量。一般来讲,一项 PRO 量表进行现场调查时,包括以下几个基本步骤:

一、现场调查设计

设计是任何一项研究最为关键的环节。在现场调查开始时,要根据研究目的和研究内容,结合研究的条件、时间、人力和财力等情况,进行现场调查设计,撰写详细的可操作的现场调查方案,明确各调查环节的重要任务。现场调查设计应包括:

(一)选择调查对象

选择调查对象时,首先,应结合研究目的;其次,调查对象必须与开发的 PRO 量表的应用人群一致。在现场调查时,要制定具体的纳入排除标准来界定调查人群。要着重强调调查对象的代表性,以避免出现选择性偏倚。在研究设计之初,应充分考虑可能的影响因素,在确定调查对象时结合这些因素,可有效地避免选择偏倚。另外,随机抽样是避免选择偏倚的重要调查技术,若有条件,应采用随机抽样。在现场调查中,往往采用多中心研究的方式,既可加快研究进度,同时又能提高研究对象的代表性。

（二）确定调查方式

现场调查可以分为定性研究和定量研究。应根据研究目的和研究内容，选择适宜的调查方式。

在PRO量表的研制过程中，域体系的构建、条目池的建立以及条目筛选、认知测试等过程中可能较多采用定性研究的方式，而在后期PRO量表研制完成后，评价量表测量属性时，则较多采用定量研究的方式。定性研究的方法在第一章中已有介绍，在本章中主要围绕PRO量表的定量研究方法进行介绍。

（三）选择调查地点

综合考虑调查目的、研究设计和调查对象等因素，选择适宜的调查地点，如医院门诊、病房或社区等。选择调查地点时，应考虑以下因素：

1. 有足够数量的符合研究要求的调查对象。

2. 调查地点有足够的人员和硬件等条件支撑；如能提供相对独立、安静的场所；能配备工作人员完成调查任务等。

3. 调查地点的相关部门能给予应有的支持和配合。

（四）样本量

样本量估计是调查设计中的基本内容之一。现场调查中，样本量太小时，可能难以达到研究目的；样本量太大时，现场调查所需的人力、物力和财力太大，而且不易保证现场调查的质量。因此，样本量估算的目的是通过合理的统计学估算，确定能得出预期统计学结论所需的最小样本量。

不同的研究目的，样本量估算的方法不同。在PRO量表研制过程中，在进行条目筛选和量表的信度、效度、反应度等测量特性评价时，样本量一般根据多变量分析的样本量估算经验和方法，按照分析条目数的 5～10 倍来估算样本量。如在一项PRO量表中，条目数为 20，则样本量至少为 100 例。在量表研制完成后，进行实际应用时，可根据临床研究的样本量估计方法进行样本量计算。如根据组间效应差别大小、I 型错误、检验效能等因素按照相应的公式进行估算。

总之,样本量估算时应结合研究目的、统计学要求以及时间、经费和人力等条件综合考虑。

(五) 确定调查测量的频率和时间间隔

在研究设计阶段,应根据研究目的,事先确定调查测量的频率。重测信度所考察的是时间变化所带来的随机误差。因此,若要分析重测信度,则应事先设计好重复测试的间隔时间,若间隔太短,则容易受到练习和记忆效应的影响,得到的重测信度会偏高;若间隔时间太长,则受试者所处的情境可能已经发生了变化,尤其是在干预性临床研究中。一般来说,PRO 量表重测信度的时间间隔决定于研究目的、疾病的自然病程和干预措施的特点。例如 HIV/AIDS 患者报告的临床结局评价量表的重测信度的重测间隔,可选择 3～7 天。因为 HIV/AIDS 患者的病情相对稳定,在短期内不会有太大的变化。

此外,有些疾病、状况或试验设计需要进行多个基线比较和数次的 PRO 评价。此时,PRO 测量的频率应该根据所采用的 PRO 量表的特点和数据分析的要求而定。如,在分析量表的反应度时,往往需要在不同时点进行多次的 PRO 测量。

(六) 确定量表填写方式

由于 PRO 量表强调测量的是患者自觉症状,因此严格地说 PRO 量表应该由患者自填,但在临床上,由于受限于多种影响因素,往往难以实现。此时,可采用其他的量表填写方式,如调查员填写或陪护者、亲属等密切接触者填写。当受试者文化程度较低、年龄太小或太大而无法理解量表内容时,可由专门的经过课题组培训的调查员询问并填写。当受试者病情较重,无法交流或存在交流障碍时,可由其看护者或亲属来填写 PRO 量表。但要注意的是,患者自填、调查员填写与看护者等密切接触者填写三种方式之间是有差别的,采用何种方式,应事先规定。

（七）现场调查相关实施材料的准备

在调查设计阶段，必须要根据设计思路撰写出详细的现场调查实施的相关材料，包括详细可行的调查方案、调查执行手册、调查相关的标准操作规程（standard operation procedure，SOP），在调查方案中，应包括明晰的调查流程图、数据管理和统计分析方法。

在操作手册中，应对调查中涉及的概念、术语或指标进行解释，以便统一认识，提高研究的质量。如问题"您有气短吗?"，"气短"的含义是指呼吸短促而急，自觉气息不能接续的表现。也可对回答选项进行解释，以便更好地指导量表的填写。

总之，现场调查中各环节的相关细节都必须在设计时敲定并形成文档，对于可能出现的问题也应该事先考虑并提出解决方案，做到未雨绸缪，有备无患。

二、培训和预调查

培训和预调查是现场调查中不可缺少的环节，是质量保证的关键。

（一）培训

培训的目的是让研究者或调查员了解本次现场调查的目的和意义，掌握调查的方法和原则，对调查中的概念、指标和填写方式有统一认识，明确调查的质量控制措施和进度要求等。

在PRO量表的现场调查中，主要侧重于研究方案的培训和调查的操作性培训，以便研究者或调查员充分熟悉研究方案和PRO量表，对调查中涉及的概念、术语或指标有统一认识，并掌握必要的调查技巧。培训的同时，可进行3～5例的预调查，以保证被培训者确实掌握和熟悉了调查要求。

在PRO量表的培训中应该做到：患者自填或调查员填写PRO量表的标准化培训和指导；患者自填时，临床研究者监督的标准化培训和指导；量表完整性的审查、数据记录、储存、传输过程等相关内容的标准化培训和指导等。

（二）预调查

预调查是在正式调查开始之前进行的小规模的试验性调查，目的是检验调查设计合理性，以便发现问题并进行修改完善。预调查可以和培训结合进行，在培训同时进行小样本的预调查。预调查的例数没有明确规定，可根据实际情况决定。预调查的实施应根据预先设计好的调查方案实施，这样才能对后续的正式调查有帮助。另外，预调查的数据不纳入最后的数据统计分析范围。对预调查的结果进行详细分析，并撰写预调查分析报告，列出发现的问题和应对措施，说明对研究方案等文件的修改。在修改完善后，仍可再次进行预调查，直至认为各方面均已成熟，可以进行正式调查为止。

三、正式调查和质量控制

在完成培训和预调查后，可开始正式调查。正式调查的实施必须严格按照方案设计要求进行，并注意质量控制。在正式调查中，应成立专门的项目管理小组，针对研究进度、研究过程中的问题和质量控制进行管理。

质量控制的措施将在第二节中详细介绍。

四、数据管理和统计分析

调查数据的录入、核查和统计分析方法应事先在研究方案中作出规定，并严格按照该规定执行。数据录入应采用双人双份录入。数据核查的方法和程序以及使用的数据录入和统计分析软件应事先明确。针对数据录入、核查和统计分析过程制定详细的 SOP，并严格按照该 SOP 执行。

第二节 现场调查的质量控制

PRO 量表研究收集的资料多以现场调查的方式获得，现场调查的质量直接影响到研究结论的正确性和科学性。PRO量表调查内容具有一定的时限性,如HIV/AIDS患者报告的临床结局评价量表要求患者回答最近4周来的疾病感受,这些数据具有时效性和不可重复性,必须在调查时正确获取,无法进行事后再次调查或补充。因此,研究者应当始终将质量控制工作放在研究的核心地位。

在实际调查中,可采用以下措施提高现场调查的质量:

1. 制定周密而细致的调查方案　在调查设计阶段,应制定详细的调查方案,明确上节中提到的内容。此外,在研究开始之前,可聘请相关专家针对调查方案进行论证修改完善。

2. 制定详细的现场调查操作手册和调查流程图　在调查研究方案确定后,应制定详细的现场调查操作手册,以指导现场调查。操作手册是对调查和量表中的概念、术语或指标进行可操作化处理或解释,使所有参与者的理解达到一致。如HIV/AIDS患者报告的临床结局评价量表中对每个条目的含义进行了详细的解释。如"您感觉比一般人容易出汗吗?"出汗"的含义是非活动性汗出或夜卧出汗。此外,操作手册中,还可以包括针对某个敏感问题的调查方法和技巧。在调查开始之前,调查员应充分熟悉调查方案和掌握调查操作手册。对于复杂的现场调查,最好给出明晰的调查流程图,以指导调查的实施。如一项现场调查包含多项体格检查,涉及较多部门或人员参与时,通过流程图设计好何时采血,何时做心电图,何时进行调查,可以提高调查的质量和效率。

3. 建立项目管理小组,明确人员分工　在正式调查开始前,建立项目管理小组,安排专人负责调查的质量控制工作。此外,在多中心研究中,应在每个研究中心设立一名现场质控员,负责该研究中心的质量控制,包括完成的调查表的审核、保存、保证研究严格按照方案进行。

4. 培训和预调查　培训和预调查是保证现场调查质量的

关键,不再赘述。

5. 调查员与质控员的选择 要选择责任心强、能够尊重调查对象、经验丰富的医务人员作为调查员和现场质控员。调查员与质控员应接受过统一培训,要求不做假,认真负责、严格执行调查对象的纳入和排除标准、尊重调查对象,可应用调查技巧调查对象,能接受并解答调查对象的提问、及时提出碰到的问题,分享成功的经验。

6. 现场督导和检查 在多中心研究中,应进行定期和不定期的现场督导和检查。项目负责人与质量控制人员定期到各研究点进行巡回的工作检查与督导是十分必要的一项工作。现场督导和检查的内容主要包括:

(1)与一线研究人员深入交谈,了解研究进度和调查中遇到的各种实际问题。

(2)检查工作流程是否与实施方案的要求相符合。

(3)检查调查数据的完整性、抽检部分数据的有效性。

(4)检查数据管理是否遵循规定的 SOP 等。

现场督导和检查工作结束后,应当对调查问卷中的问题填写疑问表并写出书面的调查报告。另外,应针对现场督导和检查中出现的问题给出解决方案。

7. 数据管理 数据录入工作应当与现场调查工作同步进行,这样可以通过对已经收集到的数据进行统计描述分析,及时发现调查中存在的问题,尽可能早地对正在进行的工作进行调整,以减少同类错误的发生。在多中心研究中,数据应统一进行录入,或各研究中心采用统一的数据库进行录入,此时应对各中心录入员进行数据录入 SOP 的培训。

8. 资料的管理 研究相关的资料由专人专柜保存,资料的进出要填写详细的记录。

9. 实例 以 HIV/AIDS 患者报告的临床结局评价量表为例,介绍该量表研究的现场调查过程。首先调查对象的纳入标准为 HIV 阳性、年龄在 18～65 岁之间自愿接受本调查研究者。伴有严重的精神及神经疾病患者被排除。由于目前量表各部分指标的总数均未超过 40 个,按照分析条目数的 5～10 倍来估算样本量;另外考虑到脱落等因素,故总样本量定为 500 例。为保证研究对象的代表性,避免选择偏倚,采用了随机抽样和多中心研究的方式。调查地点为北京佑安医院、地坛医院、河南省中医药研究院、安徽中医学院和广西中医学院瑞康医院五家医院。利用国家现有《中医药治疗 HIV/AIDS 医疗救治项目》数据库,以各地区数据中心的患者为抽样框,以 AIDS 疾病分期、传播途径为重要分层因素进行随机抽样,每个地区随机抽取 100 例符合要求的 HIV/AIDS 患者。抽样方法为:①各地临床单位提交患者数据库中一般信息(姓名、性别、年龄、病情分期、身份证号、住址等),供抽样使用;②以 AIDS 疾病分期、传播途径为分层特征进行分层随机抽样;③制作随机数字表,给被抽取的患者编号,临床单位按照编号进行临床观察。

本次现场调查除了分析信度、效度外,还要考察量表的反应度等特性,因此,分别于入组时、入组后 1 个月、2 个月、3 个月共四个时点进行观察。考虑到调查对象文化程度较低,自填问卷难以实现,因此采用调查员一对一访谈的方式进行填写。

在研究方案等所有调查文件准备完成后,课题组对五个参与现场调查的研究单位的相关工作人员进行培训。要求所有参与调查的人员均进行培训,包括研究单位课题负责人、调查员、质控员、数据录入员等,以保证调查的质量。培训时,主要针对调查方案、量表的操作手册和质量控制等方面进行培训。

为保证现场调查的质量,在课题组层面成立了专门的项目管理小组,并进行明确的人员分工,负责现场调查的协调、指导;监测研究的进度;了解和解决调查中的问题;进行现场督查和监查等。各研究中心按照要求进行明确的人员配备和分工,要求每个研究中心至少有一名调查员、质控员。调查员和质控员不能交叉,质控员负责本研究中心的质控。

调查的数据录入和统计分析由课题组采用 Epidata 软件制定数据库,由各研究中心进行数据的双份录入;各研究中心根据数据录入的 SOP 进行操作。数据录入、核查完毕后,交由课题组进行统计分析。

第八章

患者报告结局量表统计方法

　　量表或者问卷是调查工作中收集数据最重要的测量工具，它主要由一系列与研究目标有关的条目组成。条目性质的优劣，量表结构的好坏直接影响研究结果的准确性和科学性，因此在量表的编制和修订中考评条目的特性及量表信度、效度是很重要的。在数据分析之前，缺失数据的处理对研究结果也是有影响的。目前横断面调查数据中的缺失值，多数属于随机缺失，一般缺失率较小，常使用删除法或者简单填补法进行处理。目前量表的评价方法主要有信度评价和效度评价，信度评价包括重测信度、复本信度、内部信度（Cronbach α 系数和分半信度）、评分者信度；效度包括表面效度、内容效度、结构效度、效标效度等。随着量表的不断发展，IRF 也逐渐被用于量表的信度、效度评价及条目分析，主要通过项目参数及各种拟合指标反映条目的优劣及量表的结构。一个初编的量表需要经过多次反复考核评价及修订才能形成一个信度、效度较优的量表。

第一节　量表性能评价

　　在心理健康测试、卫生服务、健康教育、社会医学以及生存质量研究等领域研究中，基于面谈、问卷、量表等方法得到的测量指标，如生存质量得分、疼痛得分、对某种服务的满意度等，由于其不能精确测量，那么所测得到的数据是否真实可信呢？为了考察所设计的量表是否符合要求，所使用的量表是否适合被试人群，以及考察调查研究结果的准确性和科学性，对量表进行信度、效度、反应度的评价分析是十分必要的。

一、可行性分析

该分析主要解决量表是否容易被人接受及完成量表的质量问题，可用患者完成量表的时间、可接受程度、受试者对量表的理解程度和满意程度等来评价。一般完成一份量表的时间控制在 20 分钟以内是比较容易被人接受的，如果时间太长，容易使被试厌烦，影响量表完成的质量[103]。

对于量表的回收率和完成率（被试完成量表的比例），通常要求达到 85% 以上，如果过低，说明量表太复杂，不适合被试人群。

二、信　　度

信度又称可靠性或者精确性，是用以反映同一被试在相同条件重复测量结果的一致程度，是以衡量变异理论为基础的，主要受随机误差的影响，如调查员、调查对象、调查情景等。目前衡量信度的方法主要有以下几种：

（一）重测信度（test-retest reliability）

让同一组被试在前后两个不同的时间完成同一量表，并假设被试的生存质量没有改变，以这两次测量结果的相关系数来表示重测信度。它是以两次测量结果的变化情况来反映测量结果的稳定程度，并从相关的角度评价量表的信度。因此，测量结果吻合度越高，重测信度越高。由于被试的某些特征可能会随时间发生变化，那么两次测量的差异可能不是单纯由误差引起；而且如果两次测量时间间隔比较短，后一次的测量可能会受前一次测量"记忆效应"的影响，测量结果不一定能真实的反映被试的特征[104]。因此，两次测量的时间间隔不宜太长，也不宜太短，多数研究者推荐 2～4 周较为合适，样本量为 20～30 人，且两次测量的时间段内主要调查指标没有发生改变。在对量表（问卷）的重测信度进行评价分析时，不同的资料类型需要选择不同的指标。当测量结果是分类或者等级变量时，可用 Kappa 系数来评估重测信度；当评估的变量是连续变量时，则用基于方差分析的组内相关系数（intraclass correlation coefficient，ICC）来评价量表的重测信度。对于这两种系数，在样本量足够大，经统计学检验有统计学意义的前提下，可根据如下标准判断重测信度的情况：信度系数＞0.75 表示重测信度好；0.4≤信度系数≤0.75 表示重测信度较好；而信度系数＜0.4 表示重测信度差。在量表的编制或者修改过程中，一般考虑对重测信度＜0.4 的条目进行修改或者删除该条目[105]。

（二）复本信度（parallel-forms reliability）

是在一个测量中采用两个测量复本来对同一群研究对象进行测量时所得到的结果的一致性程度，通过两个复本得分的相关系数反映复本信度[104]。复本信度的高低反映了这两个复本在内容上的等值性程度。复本信度也应考虑复本实施的时间间隔，一般来说，复本应尽量在同一时间实施，以剔除时间的影响。复本信度主要用于教育学领域，在医学领域应用较少。

（三）内部信度（internal reliability）

主要反映量表（问卷）中条目之间的相关程度，考察量表各条目是否测量了相同的内容，若一个量表包括几个不相关的内容，则需要分别计算每个内容的内部信度。内部一致性信度又分为分半信度（分半信度系数 R_h）和内部一致性信度（Cronbach α 系数）。

1. 分半信度（split-half reliability）　为了解决重测信度中时间的影响和复本信度中设计复本的困难，心理学家 Spearman 提出了分半信度这个方法：将量表（问卷）的条目分成等价的两半（在内容、形式、条目数上相近），如奇数题和偶数题，分开计分，计算这两部分的相关系数 R_h，即为分半信度。由于分半信度只计算了一半的测量信度,因此不能等价于整个量表的信度。分半信度经过 Spearman-Brown 公式校正后可计算整个量表的信度 $R=2R_h/(1+R_h)$。分半信度的优点是只需要用一个测量工具对同一组人群实施一次测量,不受记忆效应的影响,不容易出现误差项之间的相关。但由于分半信度没有一种严格的理论推导证明,且条目的组合方式多种多样,带有一定的随机性,因此,在实际应用中使用较少。

2. 内部一致性信度(internal consistency reliability) 用 Cronbach α 系数表示,是目前最常用的信度系数。假如将一个条目视为一个初始问卷,那么 k 条目问卷就相当于将 $k-1$ 个平行问卷与初始问卷相连接,组成了长度为初始问卷 k 倍的新问卷,k 条目问卷的信度系数根据 Cronbach 公式计算为:$\alpha=\left[\dfrac{k}{k-1}\right]\left[1-\dfrac{\sum\limits_{i=1}^{k}S_i^2}{S_T^2}\right]$,其中 k 表示问卷条目数,S_i^2 表示第 i 个条目的方差,S_T^2 为总得分的方差,这个信度系数称为 Cronbach α 系数,它相当于所有可能组合的分半法信度系数的平均值[104]。一般量表(问卷)包括多领域,宜分别计算每个领域的 Cronbach α 系数,否则可能会出现整个量表的内部一致性较低的情况。在样本量足够大,经统计学检验有统计学意义的前提下,一般认为:α 系数>0.8 表示内部一致性好,0.6≤α 系数≤0.8 为较好,α 系数<0.6 为差。一般要求量表(问卷)的 α 系数大于 0.8[105]。Cronbach α 系数也常用于量表条目的删选:计算某一领域的 Cronbach α 系数,比较去除其中某一条目后系数的变化,如果某条目去掉后 α 系数有较大上升,则说明该条目的存在有降低该方面的内部一致性的作用,应该去掉,反之则保留。

实际上,上述两种信度系数是同质的,Cronbach α 系数反映的是量表条目之间的一致性,而分半信度系数反映两半问卷所测分数间的一致性。

（四）评分者信度（scorer reliability）

是指不同评分者在同一时间点对同一对象进行评定的一致性程度。有些问卷不是根据客观的记分系统记分，而是由评分者给被测者打分或评定等级。

对于这种标准化程度较低的测量，就必须计算评分者信度，它分为评分者间信度和评分者内信度。前者是用于度量不同评分者间的一致性，后者是度量同一评分者在不同的场合下（如不同时间、地点等）的一致性。两名评分者的评分者间信度和测量两次的评分者内信度可用 Pearson 相关系数或 Kendall、Spearman 等级相关系数表示。如果评分者在三人以上或同一评分者测量三次以上，且采用等级记分时可以采用 Kendall 和谐系数来确定评分者信度[104]。

影响信度的因素：①样本特征：研究人群的同质性、平均能力水平等；②量表长度：一般量表中增加同质的条目，信度会提高；③条目难度，当量表的平均难度接近 50% 时，信度最高；④在重测信度中，时间间隔的影响。

三、效　　度

效度是测量的有效程度，即测量工具所能反映调查对象真实情况的程度，采用效度系数来衡量。效度是科学的测量工具所必须具备的最重要的条件。鉴别效度必须明确测量的目的与范围，考虑所要测量的内容并分析其性质与特征，检查测量的内容是否与测量的目的相符，进而判断测量结果是否反映了所要测量的特质的程度。效度是个多层面的概念，目前衡量效度的方法有如下 4 种[104~107]：

（一）表面效度（face validity）

是指从字面上看问卷能否测量研究者想了解的问题，主要通过专家的主观评价，根据研究目的来评判问卷可达到研究预期目的的程度。但有些问题如果直接提问得不到真实的信息，须"牺牲"表面效度，以换取其他效度。

（二）内容效度（content validity）

是指测量内容的适合性和相符性，主要以研究者的专业知识来主观判断所选择的测量工具是否能正确反映研究的目的，问卷是否包含足够多的条目来反映所要测量的内容。内容效度涉及量表语言表达的准确性问题，通常以专家评议为依据，也是主观评价指标。内容效度的具体测评方法为计算每个条目的得分与其所属领域得分的相关性，相关系数大，说明内容效度好。在条目筛选或者修订的过程中，内容效度也作为一个重要指标，如果某一条目的相关系数<0.4（有些研究认为 0.3 也可以），可考虑删除该条目，或者对条目的措辞进行修改。

（三）效标关联效度（criterion-related validity）

是指测量工具的内容具有预测或估计的能力，是外部参照比较的方法。由于测量相同构想或特质的测验彼此之间应该有较高的相关，因此，常以一个公认有效的同类研究的量表作为标准，检验新量表与标准量表测量结果的相关性，用这两种测量工具测量的总得分的相关系数表示效标关联效度。根据比较标准与测量结果之间是否在时间上有延迟，又分为预测效度（predictive validity）和同时效度（concurrent validity）。①预测效度是指测量结果与测量对象在一段时间以后的表现（预测标准）之间的相关程度，相关程度越高，预测效度就越高。②同时效度是指测量结果与一个已断定具有效度的现有指标之间的相关程度，相关程度越高，同时效度就越高。效标效度系数通常较低，一般以 0.4～0.8 之间比较理想。效标效度是用测量分数与效标分数之间的相关系数来衡量的，减少了主观判断的影响，但这种方法也存在一些局限：①效标的选择靠主观判断；②某些新研究的领域缺乏标准量表；③当新量表所构想的因子纬度与标准量表的因子纬度不完全符合时，如新量表的内容较多，则可能出现效标系数较低的情况。

（四）结构效度（construct validity）

又称构想效度，是指量表（问卷）能测量到理论上的构想或者特质的程度，即研究者所构想的量表结构与测量结果的吻合程度。要确定一个量表（问卷）的结构效度，则该量表不仅应与测量相同特质或构想等理论上有关的变量有高的相关，也应与测量不同特质或构想等理论上有关的变量有低的相关。前者称为聚合效度（convergent validity），后者称为区分效度（discriminate validity）。目前最常用的评价方法是因子分析法。在因子分析中，各条目在所属领域上的因子负荷越大（一般＞0.4），则聚合效度越好；而条目在非所属领域上的因子负荷越小（明显＜所属领域上的因子负荷），则区分效度越好。因子分析法的介绍详见本章第二节"项目反应理论"。

四、反应度分析

反应度（responsibility）是指一份量表反映微小特性变化（如微小生存质量的变化，某些具有临床意义的变化等）的能力[103]。在现实的研究中，特别是干预性研究，如果一份量表经上述评价后有一定的信度和效度，但不能检测出某些细微的、有临床意义的、随时间改变的变化，则这个量表还不算一个好的量表，因此还需进行反应度分析。目前多数研究者从如下两个方面评价量表的反应度：①量表应能区分同一群体生存质量随时间的变化，主要通过效应值（effect size，ES）、配对 t 检验统计量体现。②量表应能区分不同群体（如健康人和患者）的生存质量。其测评方法为分别计算这两个群体的生存质量各领域得分和总得分，再进行单因素或多因素分析，如果结果有统计学意义则表明这个量表有区分不同生存质量人群的能力。

五、实例分析

为了发展一个测量 HIV/AIDS 患者健康状况的 PRO，中国中医科学院临床研究组成员经过多个核心组的讨论(包括医师和患者),文献回顾等过程起草了基于 HIV/AIDS 报告的临床结局评价量表的条目池,包括 5 个领域(全身状况、局部身体状况、情志状况、能力状况、其他状况)、37 个条目,所有条目均为 5 级记分条目,从 1~5 表示从最好状态到最差的状态。由于篇幅的限制,本章只列出代表领域,其具体条目内容如下:

全身状况:

Q1. 您经常感到浑身没有力气吗?

Q2. 您经常气短吗?

Q3. 您总是比别人更容易出汗吗?

Q4. 您经常感觉疼痛吗?(包括头痛、关节痛、腰背痛、四肢痛等)?

局部身体状况:

Q7. 您经常皮肤瘙痒吗?

Q8. 您经常有皮疹吗?

Q9. 您经常长口疮吗?

Q10. 您咳嗽严重吗?

Q20. 您经常恶心吗?

Q21. 您经常呕吐吗?

Q22. 您经常腿脚麻木吗?

情志状况:

Q23. 您经常发火吗?

Q24. 您经常忧虑吗?

Q27. 您平时心情愉快吗?

Q28. 您在乎别人说您是艾滋病患者吗?

表 8-1-1 列出了基于 HIV/AIDS 患者报告的临床结局评价量表大样本测试的信度结果,4 个领域的内部一致性信度系数都大于 0.70,说明这些领域内部一致性信度较好。

表 8-1-1 HIV/AIDS PRO 量表的内部一致性信度（N=1892）

条目	克朗巴赫系数
全身状况	0.884
局部身体状况	0.917
情志状况	0.740
能力状况	0.789

本分析将量表条目分为奇数题和偶数题两部分，结果分半信度为 0.941，分半信度经过 Spearman-Brown 公式校正后得到整个量表的信度为 0.969，说明此量表的分半信度高，内部信度很好。

信度测量的是量表（问卷）测量结果是否一致的可靠程度，而不涉及测量结果是否真实的问题；而效度重点考察测量结果的有效性，它们之间的差别在于所涉及的误差不同，信度测量的是随机误差的影响，效度是反映由于测量了与测量目的无关的变量所引起的系统误差。对量表（问卷）而言，效度比信度有更高的要求，效度是首要条件，而信度是效度的必要条件，有效的问卷必是可信的问卷，但可信的问卷未必是有效的问卷。

第二节 项目反应理论

项目反应理论（item response theory，IRT）又称潜在特质理论，最早产生于心理和教育学领域，属于测量理论的范畴。每年都有许多研究者发展新的医学量表或者简化成熟的量表，其目的都是寻找一个可用于健康结局测量的可靠、有效、灵敏、易解释的量表。因这种需求的存在，越来越多的研究者在经典测量方法的基础上探索新的测量分析方法。IRT 就是在分析与克服经典测量理论（classical test theory，CTT）局限性的基础上发展起来的。与 CTT 相比,在健康结局测量方面,IRT 具有很多的优点[108,109,110]:①IRT 对项目参数(难度和区分度)的估计不受被试样本的限制,不同能力的被试者对同一个量表的反应可以拟合同一条项目特征函数曲线(ICC),同一条 ICC 所对应的项目参数是唯一的;并且 IRT 假定在不同的被试群体或者亚群中项目参数是稳定的。②IRT 对将被试者的潜在特质和项目难度放在同一尺度上进行估计,并且被试的潜在特质的估计不依赖于特定的量表条目,因此无论量表的难易,被试的潜在特质估计值不变。③CTT 对每个量表只给出一个平均信度,不能给出不同能力水平的准确测量精度。而 IRT 可以提供整个量表的测量信度以及不同能力水平对应的测量精度。IRT 因其在条目分析、量表分析、条目记分、测试的适应性、测试的等值处理等方面的优势,受到越来越多学者的关注,并在健康结局研究领域的应用大幅度上升。本章主要介绍 IRF 的基本内容(包括基本假定、项目反应函数、项目特征曲线、项目信息函数),及其在条目筛选及量表评价中的应用。在论述中,我们用术语项目或者条目表述每个问题,用测验或者量表描述条目的集合,用特性或者能力表示个体的潜在特性(常用"θ"表示)。

一、项目反应理论的发展历程

IRT 起源于 1905 年,Binet 和 Simon 在编制世界上第一个儿童智力量表时,所画的正确作答率与年龄量表之间的相关散点图,蕴含了 IRT 中"项目特征曲线"的思想。Richardson 于 1936 年首次提出了 IRT 的参数估计方法;Lawley 于 1944 年提出了一系列关于 IRT 领域中基本的理论问题,推出了几种很有价值的参数估计方法(如极大似然估计法);Guttman 于 1944 年提出了"无误差模型"(一种确定性模型,即理想量表项目),是以后 IRT 中项目特征曲线(item characteristic curve, ICC)的雏形。塔克于 1946 年首次提出的项目特征曲线这一关键性的概念。塔克把考生的某些维度（如能力、年龄）看作是自变量，考生对于某个测验项目的反应看作是因变量，在直角坐标系中做出散点图，然后用一条光滑的曲线去拟合这些数据，这样得到的曲线就称为 ICC。1952 年，美国心理和教育测量学家 Lord 在其博士论文中首次提出著名的正态卵形模型，它标志着 IRT 的正式诞生。1960 年丹麦数学家 Rasch 提出了一族 IRT 模型，也称 Rasch 族模型，是单参数 Logistic 模型，应用于发展阅读能力测验和丹麦军队测试。1957 年和 1958 年，Birnbaum 提出了双参数和三参数的 Logistic 模型。Rasch 模型的提出及 Wright 和 Panchapakesan 于 1969 年推出的名为 BICAL 的参数估计计算机程序对 IRT 的推广应用起了极大的推动作用。Samejima 于 1969 年提出等级反应模型，Bock 于 1972 年为无序的多级评分资料项目设计的称名反应模型，一起构成了多级评分资料项目反应模型的框架。Andersen(1977) 和 Andrich(1978) 提出了评定量表模型，用于各类型评分都有相等间距的多级评分资料。1982 年 Masters 提出了分部评分模型，这一模型也属于 Rasch 模型。1992 年 Muraki 在原分部评分模型基础上，通过放宽项目区分度相等的假设提出了拓广的分部评分模型（GPCM）。其中 Rasch 模型和等级反应模型是目前应用较广泛的模型。

除了单维模型外，在 IRT 中还有多维模型和非参数模型。在历史上，Lord、Novick、McDonald 和 Samejima 发展了多维项目反应模型，但是，多维模型的真正发展在实用参数估计软件编出之前都是很困难的。多维模型和非参数模型目前都主要用于二值评分项目，而对于多级评分项目，上述两种模型的发展仍需要一个逐步完善的过程。

20 世纪 70 年代后 IRT 因为其理论上的优越性吸引了越来越多的研究者，而计算机技术的发展又加速了它的应用和推广。目前有关 IRT 参数估计的软件主要有 RUMM、WINSTEPS、MULTILOG、BILOG、TESTFACT 和 PARSCALE 等。

二、项目反应理论的基本理论

IRT 是一系列心理统计学模型的总称,最初由美国心理测量学家 Lord 于 1952 年提出,而在国内于 20 世纪 80 年代由张厚粲教授首次引入。它的一个重要特点是对所测量的项目,可以找到一条 ICC,选择适当的数学模型来描述,即被试者对条目的反应与其潜在特质之间的关系可以用一单调递增的函数(项目反应函数)来表达,通常是 logistic 函数。潜在特质不是直接可见的,IRT 通过被试者对项目的反应与潜在变量的关系来估计一个人的潜在特质水平。在健康研究中,潜在特质常为一些测量结构如生理功能、躯体功能、抑郁情况等。项目特征曲线是 IRT 的基础,常被描述为一条基于 logistic 函数的 S 型曲线,如图 8-2-1 所示。对于两级记分(0 和 1)的条目,最常用的是双参数 logistic 模型。双参数 logistic 模型的区分度参数(a)和难度参数(b,也称位置参数,阈值参数)决定了这条项目特征曲线的形状。难度参数是指被试者对条目按某给定方向正确反应的概率为 50% 所对应的潜在能力点。难度参数越大,被试选择这个条目(选项)需要的能力就越大。区分度参数是指难度参数对应的 ICC 曲线上拐点的斜率。区分度参数越大,表示条目对不同潜在特质水平的人群有越高的区分能力。在三参数模型中还可以估计伪机遇参数(c)。在考试中,伪机遇参数的估计可以提高能力估计的精度,但在健康研究中,伪机遇参数的估计意义不大,反而增加了参数估计的复杂性。对于多级记分模型,每个条目也有一条类似的项目特征曲线及相应项目参数,但难度参数有(反应类别数－1)个。除了 ICC 外,IRT 还可以产生类别反应曲线(CRCs),它表示每个反应选项在特定能力水平下被选择的概率,因此,每个选项都有一条相应的类别反应曲线,如图 8-2-2 是一个 5 分类条目的类别反应曲线,有 5 条类别反应曲线及 4 个阈值参数,对于分部评分模型,相邻两个类别反应曲线的交点即表示为阈值,如第一个阈值参数即第一个选项与第二个选项的类别反应曲线的交点,表示能力低于这个阈值参数的人更可能选择第一个选项;同理,其他阈值参数依此类推。

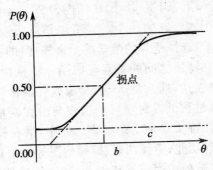

图 8-2-1　项目反应曲线(ICC)

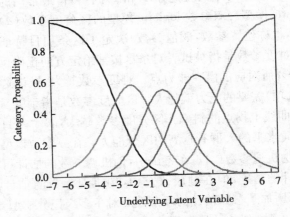

图 8-2-2　类别反应曲线(CRCs)

　　IRT 的另一个重要特征就是信息函数,它是潜在能力 θ 的一个连续函数。对具有同一能力值 θ 的一组被试,其估计值 $\hat{\theta}$ 的标准误差越小,表明在能力估计中减少的不确定性越多,能力估计值对能力真实值提供的信息量越大,因此能力估计的标准误差与能力估计的信息量是成反比的。当用极大似然法估计能力时，$\hat{\theta}$ 的取值随样本量的增大而渐近正态分布，此时测验信息函数可以定义为能力估计误差方差的倒数，即有 $I(\theta)=1/\text{var}(\hat{\theta})$ 或者 $SE(\hat{\theta})=1/\sqrt{I(\theta)}$。如图 8-2-3(b)所示，测验信息与测验误差有一一对应的关系，信息量越大，测量精度越高，信息量最大值所对应的能力水平代表该条目所能最精确测量到的能力参数估计值。若记项目信息函数为 $I_i(\theta)$，则 $I_i(\theta)=(P'_i)^2/P_iQ_i$，其中 P_i 是第 i 题的项目反应函数，$Q_i=1-P_i$，P'_i 是第 i 题项目反应函数对 θ 的一阶导数。各项目信息函数的累加可产生测验信息函数，故有 $I(\theta)=\sum\limits_{i=1}^{n}I_i(\theta)$。如图 8-2-3(a)为条目信息曲线，每个条目都提供相应的条目信息，n 个条目的信息累加，则可产生测验信息，如图 8-2-3(b)的测验信息曲线。可见，每个条目都可以单独地对测验总信息作贡献，贡献量大小不受量表其他条目的影响，因此可以为增加或者删除条目提供依据。然而，不同模型的信息函数会有不同程度的差异，如分部评分模型的条目信息函数为 $I_i(\theta)=\sum\limits_{i=0}^{k}i^2P_{ijk}(\theta)-\left[\sum\limits_{i=0}^{k}iP_{ijk}(\theta)\right]^2$，其中 $P_{ijk}(\theta)$ 为 PCM 模型，而等级反应模型的条目信息函数为 $I_i(\theta)=\sum\limits_{i=0}^{k}1.7^2a_iP_{ijk}(1-P_{ijk})$，其中 $P_{ijk}=P^*_{ijk}-P^*_{ijk+1}$，$P^*_{ijk}=\{1+\exp[-1.7a_i(\theta_j-b_{ik})]\}^{-1}$。因此不同的模型得到的条目信息量不同，不能直接比较。此外，条目信息量和条目的区分度参数是成正比关系的，区分度越大，对应的信息量也越大。

三、项目反应理论在条目筛选及评价中的应用

IRT 模型按照它所处理的数据类型可以分为三类：二级评分 IRT 模型、多级评分 IRT 模型和连续型 IRT 模型。连续型

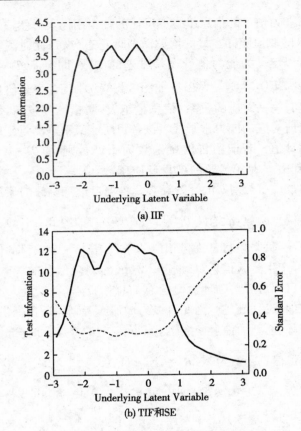

(a) IIF

(b) TIF和SE

图 8-2-3 基于等级反应模型的信息曲线

注：其中(a)为条目信息曲线，(b)为测验信息曲线(实线)和测量误差曲线(虚线)。由于这两个图是 5 分类条目的信息曲线，有 4 个阈值参数，因此显示有 4 个信息峰。对于二级记分条目，则只有一个信息峰(单峰)

IRT 模型由于其实际价值有限而应用较少，在此不做介绍。

（一）选择正确的 IRT 模型

IRT 模型是建立在强假设(单维性和局部独立性)的基础之上，如果假设不成立，而继续用选定的模型进行数据分析，则可能使得到的结果不能很好的解释数据信息，甚至导致错误的结论。因此，选择适当的模型是很重要的。本文主要介绍单维的 IRT 模型[108,109,110]。选择模型的时候首先要考虑条目的类别数（选项个数）。

1. 对于二级记分条目（0 和 1 记分），单参数 Logistic 模型（1PLM）、双参数 Logistic 模型（2PLM）、三参数 Logistic 模型（3PLM）等都是可以考虑的，具体模型的数学表达式如下：

$$单参数模型：P(\theta) = \frac{1}{1 + e^{-D(\theta - b)}} \tag{1}$$

式中 $D = 1.702$ 为量表因子常数；θ 为被试潜在特质水平；b 为难度；$P(\theta)$ 为能力为 θ 的被试答对项目的概率。

$$双参数模型：P(\theta) = \frac{1}{1 + e^{-Da(\theta - b)}} \tag{2}$$

式中 a 表示项目的区分度，其余参数同 1PLM。

$$三参数模型：P(\theta) = c + \frac{1 - c}{1 + e^{-Da(\theta - b)}} \tag{3}$$

式中 c 表示猜测参数，$c \in (0,1)$，其余参数同 2PLM。

2. 对于有序的多级记分条目，可以考虑选择分部评分模型（partial credit model，PCM）、拓广的分部评分模型（generalized partial credit model，GPCM）、评定量表模型（rating scale model，RSM）、等级反应模型（graded responses model，GRM）等等，这些模型的数学表达式如下：

$$P_{ijk}(\theta) = \frac{\exp \sum_{c=0}^{k} \{\theta_j - b_{ic}\}}{\sum_{h=0}^{m_i} \exp \sum_{c=0}^{k} \{\theta_j - b_{ic}\}} \quad 式中 \sum_{c=0}^{0} \{\theta_j - b_{ic}\} = 0 \tag{4}$$

公式（4）为分部评分模型，θ_j 为第 j 个被试的能力水平；b_{ic} 为第 i 个条目第 c 个反应类别的难度参数，$P_{ijk}(\theta)$ 为第 j 个被试选择第 i 个条目的第 k 个选项的概率。

$$P_{ijk}(\theta) = \frac{\exp\sum\limits_{c=0}^{k}\{Da_i(\theta_j - b_{ic})\}}{\sum\limits_{h=0}^{m_i}\exp\sum\limits_{c=0}^{k}\{Da_i(\theta_j - b_{ic})\}},$$

$$式中 \sum_{c=0}^{0}\{Da_i(\theta_j - b_{ic})\} = 0 \qquad (5)$$

公式(5)为拓广的分部评分模型，θ_j 为第 j 个被试的能力水平；a_i 为第 i 个条目的区分度参数；b_{ic} 为第 i 个条目第 c 个反应类别的难度参数，$P_{ijk}(\theta)$ 为第 j 个被试选择第 i 个条目的第 k 个选项的概率。

$$P_{ijk}(\theta) = \frac{\exp\sum\limits_{c=0}^{k}\{\theta_j - (\lambda_i - \delta_k)\}}{\sum\limits_{h=0}^{m_i}\exp\sum\limits_{c=0}^{k}\{\theta_j - (\lambda_i - \delta_k)\}}$$

$$式中 \exp\sum_{c=0}^{0}\{\theta_j - (\lambda_i - \delta_k)\} = 0 \qquad (6)$$

公式(6)为评定量表模型，θ_j 为第 j 个被试的能力水平；λ_i 为第 i 个条目的位置参数（难度参数的均数）；δ_k 为条目第 k 个反应类别的分类参数，$(\lambda_i - \delta_k)$ 表示条目第 k 个反应类别的难度参数；$P_{ijk}(\theta)$ 为第 j 个被试选择第 i 个条目的第 k 个选项的概率。

$$P_{ijk}(\theta) = \frac{\exp\{Da_i(\theta_j - b_{ik})\}}{1 + \exp\{Da_i(\theta_j - b_{ik})\}} - \frac{\exp\{Da_i(\theta_j - b_{ik+1})\}}{1 + \exp\{Da_i(\theta_j - b_{ik+1})\}} \qquad (7)$$

公式(7)为等级反应模型，θ_j 为第 j 个被试的能力水平；a_i 为第 i 个条目的区分度参数；b_{ik} 为第 i 个条目第 k 个反应类别的难度参数，$P_{ijk}(\theta)$ 为第 j 个被试选择第 i 个条目的第 k 个选项的概率。

3. 对于无序的多级记分条目（各选项不存在等级关系），可以选择称名反应模型(nominal response model)，其数学表达式如下：

$$P_{ijk}(\theta) = \frac{\exp(a_{ik}\theta_j + c_{ik})}{\sum\limits_{k=1}^{m} \exp(a_{ik}\theta_j + c_{ik})} \tag{8}$$

公式(8)为称名反应模型，θ_j为第j个被试的能力水平；a_{ik}为第i个条目的第k个区分度参数；c_{ik}为第i个条目的第k个反应类别的难度参数，$P_{ijk}(\theta)$为第j个被试选择第i个条目的第k个选项的概率。

从上述模型可以看出，不同的模型有不同的模型参数，或者参数受到不同程度的限制。表 8-2-1 总结了这些模型的主要特征。

表 8-2-1　各模型的基本特征

IRT 模型	条目反应类型	模型特征
Rasch 模型*/单参数 Logistic 模型	二分类	所有条目的区分度是相等的，一个条目有 1 个难度参数。
双参数 Logistic 模型(2PLM)	二分类	每个条目都有不同的区分度和难度参数（均为 1）。
三参数 Logistic 模型(3PLM)	二分类	每个条目都有不同的区分度、难度和猜测参数（均为 1）。
分部评分模型*(PCM)	有序多分类	所有条目的区分度是相等的，有（选项数−1 个）难度参数，且难度参数序列不是严格单调递增的。
评定量表模型*(RSM)	有序多分类	所有条目的区分度是相等的，有（选项数−1 个）难度参数，且每个条目的难度间距是相等的。

续表

IRT 模型	条目反应类型	模型特征
拓广的分部评分模型（GPCM）	有序多分类	每个条目有不同的区分度和（选项数－1个）难度参数，且难度参数序列不是严格单调递增的。
等级反应模型（GRM）	有序多分类	每个条目有不同的区分度和（选项数－1个）难度参数，且难度参数序列是严格单调递增的。
称名反应模型（NRM）	无序多分类	每个条目有不同的区分度和难度参数（均为选项数－1个）。

* 表示 Rasch 族模型

目前 IRT 中的参数估计方法很多，大体可以分为条件似然估计、联合似然估计、边际似然估计、用 EM 算法实现的边际似然估计、Bayes 估计以及近似估计等，但大多数方法是以极大似然估计方法和 Bayes 估计方法为基础，其中极大似然估计法是应用最广泛的方法。目前对于 PCM、GPCM、GRM 等模型的选择没有一个明确的标准，至于选择什么模型，可以根据个人的偏好或者是对软件的熟悉程度，选择其中一个模型来进行分析。比如 Rumm、Parscale、Winsteps 等软件可用于分部评分模型的估计，而 Multilog 软件多用于等级反应模型的估计。

以上所介绍的模型均为参数模型，实际上，项目反应模型还有大量的非参数模型，这里限于篇幅，不作介绍，有兴趣的读者可参考文献。

(二) 评价 IRT 模型的拟合情况

考察所选择的模型是否适合于欲解决的测量问题，则进行模型-数据拟合检验是十分必要的。

1. 考察模型假设　IRT 的应用有两个基本的假设：单维性（unidimensionality）和局部独立性（local independence）。IRT 模型应用的有效性与前提假设满足的程度是有关系的，只有两个假设都满足才能更好地体现 IRT 模型的优越性。

（1）单维性：是指量表或者子量表中的每个条目测量的都是同一种潜在特质。实际上任何量表都不可能是严格单维性，因为影响被试者对量表条目反应的因素除了该量表所测量的能力或特质之外通常还包括被试者的认知、个性以及调查情景等因素，因而 IRT 的单维性假设主要是指在所有影响被试者反应的因素中仅有一个因子占主导地位，而且该因素就是所要测量的能力或特质。目前检验单维性假设的方法主要有 4 种：①探索性因子分析：这是最常用的一种方法，它有两个判断标准：根据特征值大于 1 提取因子数；第一因子与第二因子的特征值之比值大于 3 或者 4，便可认为数据满足单维性[111]。②证实性因子分析：常用的拟合指标有比较拟合指数（CFI），赋范拟合指数（NFI），非范拟合指数（NNFI），拟合优度指数（GFI），近似误差均方根（RMSEA），标准化残差均方根（SMRS）。CFI、NFI、NNFI（TLI）、GFI 的期望值均为 1，越接近 1，表示模型拟合越好，大于 0.9 表示拟合好，大于 0.95 表示拟合很好。RMSEA 的期望值为 0，其越接近 0，表示模型拟合越好，小于 0.05 表示模型拟合好，小于 0.08 表示可接受水平。多数研究是先进行探索性因子分析，确定维度以后再用证实性因子分析考察这个模型的拟合情况；如果只进行证实性因子分析，则可同时检验多个模型，如单因子模型、多因子模型、高阶因子模型等，然后根据它们的拟合指数，判断数据是否拟合单维模型。③残差主成分分析，主要用于评价模型因子（第一因子）提取以后，残差分析里是否还存在其他的因子。有两个判断标准：模型解释的变异≥60%；残差主成分分析里的第一因素的特征值＜3，其解释的总变异<5%。满足上述两个标准,则可以认为满足单维性假设。④平行分析。在变量数与样本量和实际资料相同的条件下,模拟满足正态分布的随机数据,对模拟数据与真实数据都进行分析,若真实数据的第一因子解释的变异大于或者等于模拟数据的第一因子解释的变异,则可认为真实数据符合单维性。

上述检验单维模型的方法,各有其优缺点,具体使用时可根据条件许可选择其中一种,如检验结果不够明确,则还可用多种方法进行进行检验,使分析结果更加可靠。

(2)局部独立性:指被试者对量表中的每个条目的反应都只受其能力的影响而独立于其他条目的反应。目前检验局部独立性的方法主要有 χ^2 检验和残差相关分析,可以用因子分析检验条目的局部独立性,若条目的残差相关系数小于 0.2,则可以认为量表的条目是满足局部独立性的。其实,局部独立性与单维性是相关的,只有基于单一潜在特质变量的项目反应是局部独立的,这个数据才是单维的。

目前可以用于进行探索性因子分析和证实性因子分析的软件很多,常用的有 SPSS(只能进行探索性因子分析)、LISREL、MPLUS、AMOS、EQS 等等,其中 LISREL 和 MPLUS 可以分析有序分类数据。

(3)DIF 分析:若条目在不同群体(如性别)中表现不同的特性,则单维性假设也不能满足。而因素分析方法很难发现这种缺陷,以至于出现异常的结果。为了弥补这个不足,在进行 IRT 分析的时候,还要对条目进行 DIF 检测。在生存质量研究中,DIF 是指对于某个特定条目,具有不同的文化背景和生活经历但具有相同生存质量(简称为"能力")的不群体(比如性别)对同一条目的理解和反应不同,则称该条目存在 DIF。DIF 根据潜在能力与组别是否存在交互作用又可以分为一致性 DIF 和非一致性的 DIF。DIF 分析在教育、心理测量和生存质量研究中已得到广泛的应用。目前分析 DIF 的方法很多,如 STAND、

SIBTEST、Mantel-Haenszel、χ^2检验法、Logistic 回归、基于 IRT 的方法（MIMIC、DFIT、RCML、TESTGRAF、IRTLRDIF）等[112]，其中有很多 IRT 的分析软件都可以进行 DIF 分析，如 Rumm、Winsteps，但它们的分析原理和结果判断标准是不同的。比如对于 Rumm 2020 认为 χ^2 检验的 P 值小于 Bonferroni 校正后的检验水准才认为条目存在 DIF；而 Winsteps 认为不同群体的条目难度的差异大于 0.5 时表示存在 DIF。

2. 考察模型性质

（1）能力参数不变性检验：能力参数不变性检验是指使用不同项目时估计出的能力参数具有线性关系。检验为一假设，可以将各分量表的项目分半，然后分别用两半项目估计同一批被试者的能力值，如果用这些能力值绘制成的散点图近似直线，说明所选模型适当，也表明了被试者能力参数估计值不依赖于所用项目样本。

（2）项目参数不变性检验是指不同被试群体使用同一量表时，估计项目参数所得结果的一致性，在项目参数和能力参数均未知的情况下，项目参数的估计值也应有线性关系。

（3）模型-数据的拟合检验：不同的软件提供不同的拟合指标。多数软件是对观察值与模型预测值之间的分布进行 χ^2 检验。如 BIOLOG、MULTILOG 及 PARSCALE 等软件的拟合检验的统计量主要是 χ^2 统计量（即 -2 倍的对数似然函数）；Rumm 软件提供条目特质 χ^2 拟合统计量（item-trait interaction statistic），若 χ^2 值对应的 $P>0.05$ 表示数据对模型的拟合较好；然而 χ^2 统计量的大小受样本量的影响，当样本量很大时，即使模型-数据是拟合的，但 χ^2 值仍显示不拟合，因此不能只通过 χ^2 值来判断拟合的情况。因此，也可以通过条目拟合残差的均数和标准差判断条目是否拟合模型，如果拟合残差的均数和标准差分别接近 0 和 1，表明整体条目拟合模型。也有研究者认为对于同一条目的每个类别，观察的比例与模型拟合的比例的差异小于 0.02,则可认为模型与数据是拟合的。

3. 考察模型的预测能力　残差分析:残差是指观测值与模型预测值间的差异。Rumm 软件可以直接提供条目的拟合残差。对每个条目,如果条目拟合残差超出 ±2.5,表明条目不拟合模型。而 Winsteps 软件提供两个拟合统计量:Infit 均方(information-weighted fit statistic)和 outfit 均方(outlier-sensitive fit statistic)用于评价条目水平上的单维模型的拟合情况;它们的期望值都是 1,目前对这两个值的可接受程度尚没有一个统一的标准,很多研究认为可以有 30% 或者 40% 的变异,即 Infit 均方或者 outfit 均方的范围在 1.3~0.7 或者 1.4~0.6 之间,便可以认为条目是拟合单维模型的。此外,基于 SAS 软件的 IRTFIT 模块还可以针对上述 8 种模型通过 G^2 和 X^2 判断每个条目的拟合情况。从个体水平上判断模型与数据的拟合情况也是可能的。很多 IRT 软件都提供个体拟合指标,用于评价个体反应模式与模型预测模式的一致性。

(三) 条目筛选和评价指标

1. 区分度参数(a)　根据 IRT,区分度太小说明条目对被试者的能力估计提供的信息量太少,但如果 a 太大也会对结果造成影响。杨业兵等[113]研究者建议将 $a \leqslant 0.3$ 或 $a \geqslant 4$ 的条目删除。但这也不是绝对的,如 Mielenz[114] 等在 Tampa 量表的 IRT 分析中删除区分度为 0.36 的条目。

2. 根据类别反应曲线(CRCs)和难度参数(阈值参数)判断条目选项的有效性,判断量表是否存在逆反阈值条目(reversed threshold items)。若逆反条目存在,可考虑删除,或者相邻的反应类别合并,或者同时考虑条目内容,保留此条目。有研究认为若条目的难度参数大于 2.95 或者小于 -2.95,则表示条目太难或者太容易[115]。

3. 个体-条目图(person-item map)　这个图将条目难度和个体潜在特性反映在同一尺度上,可以同时反映这两者的关系。

如果同一量表或者维度的所有条目的最大阈值与最小阈值的范围覆盖个体能力 95% 的范围,表示这个量表或者维度的阈值范围是合适的。当相邻两个条目的难度差异 ≥1,表示这个领域的条目是不够的,需要增加条目。如果很多条目堆积在一起说明有些条目是多余的。

4. 条目拟合情况　对不拟合模型的条目可以考虑删除。

5. 条目信息量及信息曲线　每个条目都有相应的条目信息,根据条目信息量的多少及条目信息覆盖的特质水平范围,选择信息量大和覆盖范围广的条目,同时通过信息曲线可以判断条目冗余的情况。

6. 条目在不同群体上的功能差异分析情况　可以考虑删除在不同群体上存在 DIF 的条目。

不同的模型提供不同的指标,因此不是所有模型都提供上述 6 种指标,比如分部评分模型不提供区分度参数,等级反应模型不提供个体条目图等。对于量表的编制或者修订,应该根据选定的模型选择相应的筛选指标,删除某些不符合要求的条目后,再对剩余条目进行重新评价,直至所有条目都满足要求为止。对于较成熟的量表,除考虑上述指标外,还可以用其他方法考察量表简化的情况。Bjorner[116] 等根据简明量表的条目构建评分算法预测原始量表的总分,评价预测分与原始分的关系。

(四) 样本量

大多数应用 IRT 的文献都没有对样本量有明确的说明,样本量的多少是否会影响 IRT 模型的应用呢?根据国外文献[117],关于样本量大概有如下几方面的说明:①模型越复杂,需要的样本量越大。Linacre 等认为要保证 Rasch 模型参数估计的稳定性,至少需要 100 个被试者。对于拥有两个及两个以上参数的模型,至少需要 250,为了更精确的估计参数,样本量为 500 较为合适。也有研究者认为 DIF 的检测需要 200 就可以了。②样本量越大,条目参数估计对应的标准误越小,即测量越精确。如果 IRT 是用于条目池的项目分析,则需要的样本量较大,而若是用于量表条目特性的评价,则需要的样本量较小。此外,数据满足 IRT 模型的假设的程度越好,需要的样本量越小。

(五) 实例分析

以基于 HIV/AIDS 患者报告的临床结局评价量表为例说明 IRT 在量表条目筛选及评价中的作用。由于篇幅的限制,本文仅给出全身状况、局部身体状况、情志状况三个领域的条目分析过程。本分析采用软件 Rumm2020 中的分部评分模型 (PCM)进行条目分析,由于 PCM 模型限制所有条目的区分度都是相等的,则每个条目的信息量也是相近的,因此本研究的条目筛选不考虑条目的信息量。由于所给资料没有分组变量(如性别),所以不能进行条目的 DIF 分析。所有分析按维度进行,通过条目分析,可以判断每个维度是否拟合单维模型,条目与模型的拟合情况,以及条目测量调查对象能力的范围。经探索性因子分析,三个领域的第一因子与第二因子的特征值之比大于 3,说明数据满足单维性。除了有 3 对残差的相关系数大于 0.2 外,其他残差相关系数均小于 0.2,说明条目满足局部独立性。从表 8-2-2 可知,三个领域的数据均不拟合单维模型,条目 Q15 (吞咽疼痛)、Q19(便秘)、Q24(忧虑)、Q28(感觉)的拟合残差大于 2.5,且 P 值<0.05/维度条目数,说明这些条目不拟合单维模型。条目 Q4(疼痛)、Q5(发热)、Q9(口疮)、Q18(腹泻)、Q19 (便秘)、Q21(呕吐)、Q22(肢体麻木)的类别反应曲线出现重叠 (图 8-2-4 中 Q19 所示),且阈值范围较窄,说明条目质量较差。条目 Q19(便秘)、Q22(肢体麻木)出现逆反阈值(图 8-2-4 中 Q22 所示),说明调查对象不能很好的区分这些条目的选项。图 8-2-5 列出了"局部身体状况"领域的个体-条目阈值图,从图中可以看出,条目测量的范围为(-3~3),这个领域的条目总体偏难,不能测量能力较低(<-3.0)的调查对象的生存质量情况。

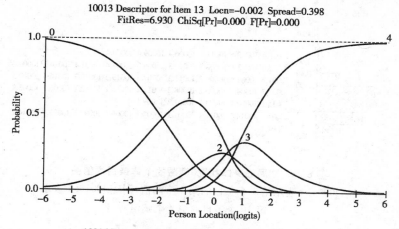

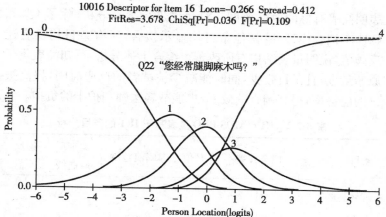

图 8-2-4 条目 Q19、Q22 对应的类别反应曲线

结合前两节的信度、效度分析结果,删除几个质量较差的条目(Q8、Q9、Q15、Q22、Q28)后对剩余条目(组成的量表简称为简表)进行重新分析。简表的内部一致性信度为 0.942,可认为简表信度很好。简表上述三个维度及总分与 WHOQOL-HIV量表总分的相关系数分别为 0.46、0.40、0.54、0.53,这些系数

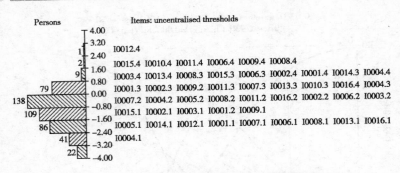

图 8-2-5 "局部身体状况"领域的个体条目阈值图

注：I0001.1 表示第 1 个条目的第 1 个阈值,同理 I0016.4 表示
第 16 个条目的第 4 个阈值

表明简表有好的效标效度。对简表进行条目分析,除了 Q7 和 Q24 不拟合模型外,其他条目均显示拟合,所有条目均没有逆反阈值,说明量表结构有所改善。综合上述分析,可知简表优于原始量表,且条目较少,同时能减少被试者的反应时间,提高被试的应答率,提高调查的效率,也能减轻医师和护士的负担。

表 8-2-2　HIV/AIDS PRO 量表基于 IRT 的条目分析

条目	拟合残差	P 值	阈值范围	类别反应曲线	逆反阈值
全身状况	59.7(0.04)				
Q1(乏力)	1.992	0.205	−2.6~2.2		
Q2(气短)	−2.625	0.045	−2.1~2.1		
Q3(出汗)	2.181	0.921	−2.0~1.8		
Q4(疼痛)	1.162	0.295	−2.3~1.8	√	
Q5(发热)	−2.176	0.019	−2.5~2.5	√	
Q6(感冒)	0.676	0.352	−2.9~2.7		

续表

条目	拟合残差	P 值	阈值范围	类别反应曲线	逆反阈值
局部身体状况	326.7 （<0.01）				
Q7（皮肤瘙痒）	3.173	0.103	−1.6～1.3		
Q8（皮疹）	2.776	0.049	−1.2～1.1		
Q9（口疮）	2.219	0.000	−1.1～0.8	√	
Q10（咳嗽）	−0.120	0.264	−2.3～1.8		
Q11（咳痰）	2.134	0.003	−2.2～1.7		
Q12（气喘）	−1.459	0.006	−2.2～2.0		
Q13（头晕）	−1.144	0.121	−1.8～1.7		
Q14（心慌）	−1.280	0.103	−2.1～2.1		
Q15（吞咽疼痛）	−4.853	0.000	−1.4～1.6		
Q16（腹痛）	−2.57	0.017	−1.8～1.7		
Q17（腹胀）	−1.225	0.104	−1.7～1.8		
Q18（腹泻）	0.521	0.007	−2.1～2.5	√	
Q19（便秘）	6.930	0.000	−1.9～0.9	√	√
Q20（恶心）	−1.043	0.001	−2.2～1.4		
Q21（呕吐）	−1.117	0.023	−2.0～1.3	√	
Q22（肢体麻木）	3.678	0.036	−1.6～0.7	√	√
情志状况	88.5 （<0.01）				

续表

条目	拟合残差	P 值	阈值范围	类别反应曲线	逆反阈值
Q23（心情）	-1.900	0.006	-1.7～1.6		
Q24（忧虑）	-2.975	0.000	-1.8～1.7		
Q27（亢奋）	0.711	0.271	-1.7～2.3		
Q28（感觉）	4.928	0.000	-1.3～1.1		

注：拟合残差的绝对值＞2.5，或者用 χ^2 检验条目的拟合情况，其 P 值＜0.05/条目数，说明条目不拟合单维模型；"√"表示类别反应曲线出现重叠或者条目存在逆反阈值

与 CTT 相比，IRT 由于具有项目参数不变性，不依赖于被试样本，这使它可以检查每个条目的特征并以此作为量表保留或删除条目的依据。同时 IRT 可以根据项目信息量的大小来选择对能力估计精度最有益的条目，为在量表中删除多余的项目，发展简短版量表提供了有益工具。删除质量差、信息量少的条目，可以减轻被试者的反应负担，提高调查效率。同时，IRT还可以用于评价量表的信度和效度，如果将 IRT 用于量表的条目筛选，无疑会提高量表的质量。因此，如果 IRT 使用恰当，可以成为量表或问卷发展、评价、精简的有力工具。但由于 IRT模式的数学复杂性、参数估计程序的复杂性、严格的假设、样本量大、潜在特质水平的分布范围要广和条目数量要多等限制，导致其应用范围受到很大限制。同时，CTT 也具有理论假设较弱、适用范围广、数学模型简单、计算方便和理论较成熟等优点，很多研究者建议联合 CTT 和 IRT 理论，充分发挥二者的优势，一起用于量表的编制和精简。随着生存质量研究的不断发展，IRT 理论在国内也受到越来越多专家学者的关注，研究 IRT 理论在量表条目筛选的方法对促进我国医学量表的发展具有很大的指导意义。

第三节 缺失数据处理

数据缺失根据缺失的程度分为：量表（问卷）缺失和条目缺失[118]。

量表缺失（unit non-response）是指调查对象由于某种原因没有接受测量，致使整份问卷缺失。这种缺失常发生于纵向研究中，有下列 3 种情况：①单调缺失：研究对象由于药物的副作用、病情恶化或者失访而离开试验并不再返回；②间断缺失：研究对象由于某种原因在整个随访期中偶有一次或者数次失访而造成问卷信息丢失；③后期加入：研究者加入的时间短于规定的随访时间造成前面的信息缺失。

条目缺失（missing data）是指调查对象虽然填写了问卷但对问卷中某些条目没有回答，又称部分条目缺失。Fayers[119]等研究者将条目缺失的原因分为 3 类：①调查对象忘填或者漏填，特别是老年人或者病情较重的患者；②调查对象不愿意填写某些涉及隐私的问题，或者某些不知道如何回答的问题，比如在民意调查中，某人可能不清楚某候选人是否优于另一个候选人；③条目本身的问题：调查对象不理解条目内容。不同原因的缺失有不同的含义，比如第二类缺失对评价治疗或者疾病影响是很有意义的，Cheung[120]等的研究显示中国人群对敏感问题的拒绝回答率高达 44%，如果简单的删除，可能会损失这方面的信息，使现有的样本不能很好的代表总体人群。

一、数据缺失的内在机制

根据数据发生缺失的概率是否与本变量的可观测值或者该数据集中其他变量的观测值有关，缺失数据分为三种缺失机制[121,122]：完全随机缺失（missing completely at random，MCAR）、随机缺失（missing at random，MAR）、非随机缺失

(missing not at random, MNAR)。

（一）完全随机缺失

数据缺失发生的概率既与具有完全数据的变量无关,也与有缺失数据的变量无关,即缺失不依赖完全数据或者其他缺失数据,这样的缺失数据类型称为 MCAR。比如,在有关年龄和收入的调查研究中,若缺失与年龄和收入的可观测值无关,则该缺失为完全随机缺失;若低收入群体愿意报告他们的收入,而高收入群体多数不愿意回答收入这个问题,此时的缺失就不是MCAR。要检验 MCAR 假设是否成立,可以用缺失值分析(missing values analysis, MVA)比较回答者和未回答者的分布来评价观察数据,也可以使用单变量 t-检验或者 Little's MCAR多变量检验来进行更精确的评价。如果 MCAR 假设为真,则可认为缺失现象是随机发生的,可观测到的数据是从总体中随机抽取的,此时可以直接删除有缺失值的个体,且不会发生估计偏差。其唯一不足是减少了样本量,降低检验功效。若 MCAR 假设不成立,则考虑其他缺失数据类型,并寻找相应的解决方法。

（二）随机缺失

这种缺失假设条件较少,比完全随机缺失情况较为严重,但在量表研究中最为常见。它是指缺失数据发生的概率仅依赖于数据集中其他无缺失变量的观测值,而与有未观测值的变量无关,简单理解为缺失的原因与调查对象的生存质量没有关系。比如在某高血压调查研究中,年龄是完全数据,而高血压有缺失,调查发现高年龄组的调查对象由于行动不方便,未到现场检查而造成缺失率较高,而高血压的缺失值与血压本身无关,则这样的缺失类型称为 MAR。随机缺失中的“随机”并不是指缺失值在整个样本中是随机分布的,而是指在不同的亚群体中是随机分布的,比如高收入群体的缺失值多于低收入群体,但在两个群体中缺失值都是随机分布的。通常可以从已收集到的数据分析出缺失的原因,并可以用某些方法估计出缺失数据值,因此完全随机缺失和随机缺失都可以称为"可忽略的"缺失。当缺失机制为随机缺失时，仅使用数据完整的个体进行分析会因为这些数据完整的个体组成的样本不是研究总体中的随机样本而导致选择性偏倚。

（三）非随机缺失

这种缺失类型是最严重的一种，是指数据缺失的概率不仅与其他变量的取值有关，也与自身的取值有关。比如进行阅读能力研究，低文化水平的调查对象可能不能理解条目的含义而放弃回答，说明条目的缺失与阅读能力有关。这种缺失大都不是偶然因素造成的，目前没有很好的处理方法，故又称为"不可忽略的"缺失。

二、缺失数据的处理方法

针对不同的数据缺失情况，目前缺失数据的处理方法大致可分为以下四大类：完全数据的方法、加权的方法、填补的方法、模型的方法。

（一）完全数据单元的方法

删除有缺失值的个体是缺失数据处理最简单的一种方法。当量表数据缺失较少时，用这种方法是可以接受的。当缺失类型为完全随机缺失时，删除有缺失的个体不会引起结果偏差。然而，一般的生存质量资料，特别是重复测量资料，缺失值比较多，且多数是随机缺失或者非随机缺失，仅使用完全数据分析是不合理的。有研究者用不同的缺失值处理方法处理同一份数据，发现删除法得到的生存质量得分最高，因为能够完成调查的对象通常是健康状况较好的，可见删除法得到的分析结果不能反映调查对象的真实情况。因此在对缺失值情况作评价时一定要谨慎，不可妄下结论。

（二）加权方法

当缺失比例较多时，只使用完全数据进行分析会引起信息损失和结果偏差。为了减少这种偏差,可以利用抽样调查(有限总体)的随机化推断中的加权原理对具有完全数据的个体赋予不同的权重[121]。个体的权重可以通过均数的加权类估计、logistic回归或者probit回归估计得到,若解释变量中存在对权重估计起决定性因素的变量,那么这种方法可以有效减小偏差。然而,若解释变量和权重不相关,则并不能减小偏差。对于存在多个属性缺失的情况,就需要对不同属性的缺失组合赋不同的权重,这将大大增加计算的难度,降低预测的准确性,这时权重法就不合适了。

(三)填补的方法

处理缺失数据问题,填补是一个常用、方便的方法,比全部删除不完全样本所产生的信息丢失较少,其基本思想是用填补值替代缺失值。填补值是缺失值预测分布的平均值或者一个抽样值,要求以观测数据为基础,为填补创建一个预测分布的方法。根据填补的原理,填补方法分为简单填补和多重填补。

1. 简单填补　常用的简单填补法有均值填补、邻近观察值填补、回归填补法、EM算法填补、hot-deck填补法等。

(1)均值填补:常用于条目丢失的填补,可用条目评分均值、样本均值或者组内均值填补条目缺失的评分。这种方法比较简单,但也不是最优的。因为当缺失主要发生在低生存质量群体时,若用均值填补缺失值,则会高估调查人群的生存质量。此外,均值填补会减少条目间的变异,降低条目间的相关性。有研究者认为当缺失是随机缺失时,均值填补才是有效的。

(2)邻近观察值填补:常用于重复测量资料,它是用距离缺失发生最近的前一时间点的可用观察值替代缺失值。由于它的假设是缺失值与前一时间点的观察值相同,当这一假设不成立就会引起偏差,结果偏向于保守。

(3)回归填补法:是用有缺失值的变量为因变量,无缺失值的变量为自变量建立回归模型,利用回归模型产生的预测值替代缺失值。当自变量中出现较多的相同值时,得到的相同的预测值也很多,这时回归的填补法类似于均值填补,也会降低条目间的相关性。为了弥补这一缺陷,有研究者提出了随机回归填补法,它是在回归预测值的基础上增加一个任意的随机项(又称回归残差),该随机项考虑了预测值的不确定性,使新的预测值更接近真实情况。

(4) EM 算法(expectation-maximization algorithm)填补[123]:当变量间呈现曲线联系时,线性回归填补是不合适的。此外,数据缺失较多时,回归算法效果一般也不好,此时 EM 算法将是更合适的方法。EM 算法是一种迭代算法,最初由 Dempster 等提出,主要通过期望步(expectation)和极大化步(maximization)多次迭代后,获得最大似然估计值,实现缺失值的估计。该算法在缺失值的估计上非常有效,其优越性在于能在数据模型的未知参数和缺失数据之间建立一种相互依赖的关系,用假定参数值预测缺失值,然后用预测值更新参数估计值,经过反复迭代,直至收敛,使得到的缺失值的估计值更加稳健。

(5)Hot-deck 填补法:是用具有完全数据的个体观察值填补那些状况相近的患者的缺失值。当条目缺失较多(超过半数的条目丢失)时,Hot-deck 填补法是简单填补法中效果较好的方法。然而它也存在不足之处:填补值产生于数据完整的个体,会造成类似删除法引起的选择性偏差,且在选择填补值时主观因素影响较大。

2. 多重填补(multiple imputation,MI) 简单填补法虽然方法多样,相对简单易行,但单一填补没有考虑填补本身带来的不确定性影响,不能反映在一个不响应模型下抽样的变异。为了利用更多的数据信息,Rubin 于 1978 年首次提出多重填补法,它既拥有简单填补的优势,又弥补了缺陷。多重填补的基本思想是在数据随机缺失的情况下,用已有的观测值通过填补模型对每一个缺失数据产生一系列可能的填补值,每个值都被用于填补,于是产生多个数据集,对每个数据集的分析结果进行综合,产生最终的统计推断[122,123]。这样的统计推断结果考虑了缺失数据的不确定性,从而使结果更为可靠。多重填补的应用需要满足两个假设,即数据是随机缺失的,且需要满足多元正态分布。在满足这两个假设的前提下,选择填补模型和选择加入模型的变量。常用的填补模型有回归模型、近似贝叶斯自举法、马尔科夫链蒙特卡罗法(MCMC)等,不同的模型可用于不同类型的缺失数据,如 MCMC 用于非单调模式的缺失数据。与 EM 算法相比,多重填补所依据的是大样本渐近完整数据的理论,在抽样调查和普查的大型数据集中,先验分布对结果的影响很小,同时多重填补对参数的联合分布作出了估计,利用了参数间的相互关系。然而,多重填补法在理论上比较完善,但在应用上仍存在一些问题。比如它只对随机缺失有效,对非随机缺失仍然无能为力;填充模型复杂,且需要根据某种概率分布假设产生相应的填补值,这限制了该方法的使用范围。因此,多重填补法多用于简单填补法所不适合的资料。

(四)模型的方法

该方法是用一系列数学模型对不完整数据(缺失数据)进行分析的方法。一般对观测的数据先定义一个模型,在该模型下基于似然或者适当的分布做出统计推断[118,121]。这个方法的优势表现在:某些模型能够在非随机缺失的假设下分析数据,比如混合模式模型、正态选择模型、Markov 链模型等;在模型假定的基础上产生的方法可以进行推演和评价;该方法可以考虑数据不完整时方差分析的可用性。不同的模型有不同的优势,所以选用模型时要考虑缺失数据的比例和缺失原因,并结合灵敏度分析,选择多个模型中灵敏度最高的模型。

目前许多常用统计分析软件都能对缺失数据进行处理,比如 SPSS 软件中的缺失值分析模块(MVA)提供四种缺失值处理方法,即列表状态删除、配对状态删除、回归算法、EM 算法,主要用于处理简单的横断面资料。对于重复测量资料中的缺失值可选用 SAS 软件中的 GLM 和 MIXED 模块进行分析。对于多重填补技术，也有很多的统计软件：SAS、S-plus 中的 DM 算法、MICE 软件、NORM 软件等。然而目前处理非随机缺失数据的软件仍然很少，有待进一步的开发。

在调查研究中，虽然有严格的质量控制，有时缺失数据的出现仍是很难避免的。缺失数据看似简单，但要区分其内在机制是十分复杂的，现在很多处理方法都是针对完全随机缺失和随机缺失，对于非随机缺失，尚没有很好的处理办法。在实际分析中，完全随机缺失是很少出现的，最常见的是随机缺失，因此，在调查之前就要考虑哪些变量可能有缺失值出现，在设计时尽量包含一些相关变量，以便用来估计缺失值。

上述介绍了很多种缺失值处理方法，那么该怎样选择处理方法呢？这主要取决于研究目的及数据缺失的情况。有研究认为数据缺失率<1%时，对结果影响很小，可采用删除的方法；当缺失率<10%时，可选用简单填补法；当缺失率在 15%～60% 之间时，可以用一些复杂精密的方法，比如多重填补、模型法等；然而当数据缺失率>60%时，所有填补方法都无能为力了。因此，为了提高研究效率，研究者在量表的设计、实施阶段都应该做好质量控制，尽量减少缺失值。

下篇 实践

第九章

HIV/AIDS患者报告的临床结局评价量表

第一节　简　介

艾滋病是人体免疫缺陷综合征,是传染性疾病,在全球都有蔓延趋势。长期以来,中医药在治疗艾滋病方面发挥了重要作用,从改善患者症状、提高免疫力、减低 HAART 疗法副作用、控制疾病发展、延长生存期等方面研究,都取得了一定进展。实践表明,越来越多的患者希望得到中医药的治疗,相当一部分患者长期坚持服用中药。但目前艾滋病疗效评价体系不完善,现代医学抗病毒和提高免疫力的治疗,多数以病毒载量和免疫系统功能的指标如 CD4、CD8 等作为主要疗效指标,尚不能客观全面地反映中医药疗效,因此,刘保延教授带领的团队从 2005 年开始,引入患者报告的治疗结局评价方法,研究艾滋病 PRO 量表,作为疗效评价指标的重要组成部分。

第二节　量　表　内　容

本量表以"不适"和"能力减退"为主要测量内容,用于 HIV/AIDS 治疗前后的疗效评价。量表分为躯体状况(全身和局部)、情志状况、能力状况 4 个方面,另设总体评价和治疗满意度,反映艾滋病患者的临床特点。设计时考虑了我国艾滋病患者人群的特点,其中相当一部分患者文化程度偏低,因此力图语言通俗易懂、容易理解和回答,经过三次测试,涉及一定的地域和不同传播途径的患者,数据显示具有较好的信度和效度。

一、使用目的

该量表用于测量 HIV/AIDS 患者自我感受,用于治疗前后的效果评价。

二、使用方法

所有测试条目均为问答式,问题应答尺度为 5 级,测试患者近四周的自我感受,填写的答案由前向后表示由最好的状态到最差的状态,分别记为 1、2、3、4、5 分,最好状态为 1 分,最差状态为 5 分。本量表总分数在 40～200 分之间。最后 1 条为满意度测量,不计入总分。该量表可以用于治疗前后总体疗效的分析评价,也可用于药物或疗法之间的疗效比较。条目举例,见表9-2-1:

表 9-2-1　HIV/AIDS PRO 量表条目举例

问题	完全没有	很少有	有	多数有	几乎总有
1. 您感到疲乏无力吗?	1	2	3	4	5
3. 您有气短吗?	1	2	3	4	5
5. 您感觉比一般人容易出汗吗?	1	2	3	4	5

三、结构划分

PRO 量表由一般信息、身体状况、情志状况、能力状况、其他情况等内容组成,结构划分如表 9-2-2:

表 9-2-2　HIV/AIDS PRO 量表领域划分

全身状况	乏力、气短汗出、疼痛、发热、感冒
局部状况	皮肤瘙痒、皮疹、口腔溃疡、咳嗽、咯痰、气喘、头晕、心慌、吞咽疼痛、腹痛、腹胀、腹泻便秘、恶心、呕吐、肢体麻木
情志状况	心情、亢奋、忧虑、感觉
能力状况	睡眠、记忆、饮食、生活自理、劳动能力、性能力
其他	身体状况、治疗满意度

四、使用说明

（一）填写方法规定

1. 原则

（1）在临床测试前，组织参加测试的临床医师进行培训，认真学习和理解量表中各条目的含义，以提高观察人员内部观察一致性和观察者间一致性，保证观察结果可靠性。

（2）参加指导患者测试的临床医师相对固定。

（3）量表所有项目的填写应由患者本人填写，或在医师的指导下进行，但均应保证填写的正确性与完整性，不可漏页或漏填。

（4）不识字的患者可由别人帮助认读，然后自行选择并填写。

2. 填写者规定　主要由 HIV/AIDS 患者本人填写，根据四周内患者自身真实感受的角度独立回答所有问题。如果某个问题不能肯定选择哪个答案，就选择最接近其真实感觉的那个答案，并在该答案相对应的"□"内画"√"。

辅助填写者规定：如果患者文化程度较低，不能独立完成各项目的填写，可以由临床医师、患者家属或其他患者读给患者听，帮助理解各个条目的基本含义，让患者自己感受，并逐一对问题作出选择。

3. 注意事项

(1)量表填写一律用钢笔或圆珠笔,不得用铅笔或红色笔书写。字迹要清楚,书写要工整。数字一律用阿拉伯正楷字书写,如 1、2、3······10,不得用自由体书写。

(2)填写务必认真、准确、清晰、如实,不得随意涂改。

(3)务必保证每个条目均有相应的回答,不可漏填或缺页!

(二)记分方法

所有 40 个条目为 5 级量化,填写的答案由前向后表示由最好的状态到最差的状态,分别记为 1、2、3、4、5 分,最好状态为 1 分,最差状态为 5 分。本量表总分数在 40~200 分之间。另外 1 条为可多选的分类变量,不计分,应用时可以按照总分或各领域的积分进行治疗前后的比较。

(三)用途

1. 本量表可以用于治疗前后总体疗效的分析评价,也可用于药物或疗法之间的疗效比较。

2. 对于患者治疗前后的疗效比较,可以按照指标、领域、方面等进行。

第三节　研制过程

本量表的研制目的是为了评价中医药治疗艾滋病的临床效果,研究过程经过了 3 个阶段。

1. 第一阶段,现场调研与文献资料收集　对我国农村艾滋病高发地区河南和云南等地进行现场调研,特别是对河南地区患者、艾滋病乡村医生、地区级中医院从事艾滋病临床治疗的专家三个层次进行了 40 余人次的访谈,收集与疾病各阶段紧密相关的症状表现,结合文献资料,得到艾滋病各期的主要症状,观察了患者最为关注的指标,研究过程中发现艾滋病患者自我感觉的严重程度与 CD 水平不完全吻合的现状,其中,医师关注病毒载量和免疫细胞的数量,而患者关注能不能胜任种庄稼的体力劳动。

2. 第二阶段,域体系及条目池建立　分析基础资料,研究小组反复讨论,发现艾滋病患者的特点是稳定期多表现为乏力、食欲缺乏等临床常见症状,出现机会性感染时又与各系统和器官的功能密切相关,如感染性腹泻、感冒等,患者最为关注的是本身的生活和劳动能力如何,因此,形成了以"不适"、"能力减退"两大领域为主,包含 42 个条目的《HIV/AIDS 患者自我感受的结局评价量表》,反复进行临床小样本测试,观察填表时间、问题难易程度、题目次序排布等的适宜性,形成初稿,并制定了应用手册。

3. 第三阶段:条目筛选与性能评价　先后 2 次进行多地区、多中心现场调查,进行条目筛选、信度、效度及反应度分析等,对量表性能进行了评价,并研究了被试者经干预后其病情的变化情况。

第四节　性 能 评 价

一、条目筛选研究

本量表在进行条目筛选研究时,测试了来源于北京、河南、云南、安徽 4 个省市的 HIV/AIDS 患者 109 例。观察病例为 HIV 阳性患者、年龄 18～60 岁,自愿接受本调查者。结果,已婚占多数,农民、自由职业、无业者居多,文化程度较低,未上学或中小学为主,共占 93.7%以上。传播途径分为有偿供血共 58 例,占 53.21%,静脉吸毒 17 例,占 15.60%,性接触 17 例,占 15.60%,不明原因 16 例,占 14.68%。

经过多种方法分析,发现一些易出现缺失和影响信度的条

目:如:

25. 您经常便秘吗?　28. 您经常腿脚麻木吗?

经过修改和调整,形成了初步的 PRO 量表。

二、性能评价

针对量表的性能进行评价,本次调查基于 HIV/AIDS 患者报告的临床结局评价量表、WHOQQL-HIV 生存质量量表以及社会人口学资料,其中 WHOQQL-HIV 作为标准量表。测试样本在 2007—2008 年之间完成,所测病例来源于北京、河南、云南、安徽、广东 5 个省市的 HIV/AIDS 患者,并且连续观察了 4 个月,每月测试 1 次。同时,将 WHO 生存质量简表汉化后作为对照进行观察。纳入和选择条件为 HIV 阳性或 AIDS 患者,共测试 512 例。

被测试患者都是正在接受中西医结合治疗或西医治疗,其中安徽 98 例,占总人数的 19.14%;北京地区 90 例,占总人数的 17.58%;广州 105 例,占总人数的 20.51%;河南 99 例,占总人数的 19.34%;云南 120 例,占总人数的 23.44%,各地区入组人数比例相当。

1. 一般信息分析　男性 337 例,占总人数的 65.82%;女性 175 例,占总人数的 34.18%,男性多于女性。汉族 473 例,占总人数的 94.79%;其他民族 26 例,占总人数的 5.21%,主要是汉族。婚姻情况:未婚 112 例,占总人数的 22.05%;已婚 318 例,占总人数的 62.60%;丧偶及离婚等占 98 例,占总人数的 15.35%;主要由已婚人构成,其次是未婚。职业情况:工人 49 例,占总人数的 9.61%;农民 243 例,占总人数的 47.65%;知识分子 19 例,占总人数的 3.73%;自由职业 86 例,占 16.86%,其他 113 例,占总人数的 22.15%,主要为农民,其次是其他职业和自由职业者。

2. 信度效度评价　对量表信度效度分析结果显示,一般信度系数在 0.7 以上,表示信度良好。

　　本量表信度比较,主要是针对 PRO 量表中躯体状况(分全身和局部)、情志状况、能力状况方面的条目,总体情况和满意度 2 个条目不作为评价内容。结果见表 9-4-1。

　　表 9-4-1 列出了 HIV/AIDS 患者报告的临床结局评价量表的信效度评价结果,结构效度详见本章第二节因子分析。用第一次和第二次访视的资料计算重测信度,两次时间间隔为 1 个月,包括领域和条目的重测信度。领域的重测信度都大于 0.6,说明领域的重测信度较好。然而条目的重测信度系数较低,介于 0.3~0.5 之间,可能与两次访视时间过长有关。这个量表的内部一致性信度为 0.946,3 个领域的 Cronbach α 系数都大于 0.75,可以认为这个量表的信度好。在 3 个领域中,某一条目删除后,除了条目 Q28,其他条目的 Cronbach α 系数都是降低的。从内容效度看,每个条目与其所属领域的相关系数都大于其他领域,且大部分大于 0.7,故可以认为量表的内容效度好。从效标效度(同时效度)看,基于 HIV/AIDS 患者报告的临床结局评价量表 3 个领域与 WHOQQL-HIV 总分的相关系数分别为 0.462、0.411、0.476,认为此量表的效标效度可以接受,它可以反映被试人群的生存质量情况。

表 9-4-1　HIV/AIDS PRO 量表的信效度

条目	重测信度 kappa 系数	Cronbach 系数	内容效度					效标效度
			全身状况	局部身体状况	情志状况	能力状况	其他状况	
全身情况		0.855 *						0.462
Q1(乏力)	0.401	0.837	0.74	0.465	0.477	0.466	0.362	
Q2(气短)	0.463	0.815	0.824	0.567	0.541	0.569	0.377	
Q3(出汗)	0.414	0.839	0.74	0.487	0.5	0.44	0.274	

续表

条目	重测信度kappa系数	Cronbach系数	内容效度					效标效度
			全身状况	局部身体状况	情志状况	能力状况	其他状况	
Q4(疼痛)	0.394	0.837	0.735	0.429	0.393	0.393	0.217	
Q5(发热)	0.493	0.821	0.797	0.584	0.585	0.548	0.34	
Q6(感冒)	0.49	0.835	0.736	0.574	0.501	0.489	0.27	
局部身体情况		0.929 *						0.411
Q7(皮肤瘙痒)	0.372	0.925	0.481	0.678	0.474	0.314	0.273	
Q8(皮疹)	0.358	0.926	0.46	0.66	0.424	0.318	0.295	
Q9(口疮)	0.386	0.925	0.432	0.684	0.481	0.289	0.291	
Q10(咳嗽)	0.378	0.924	0.506	0.715	0.433	0.385	0.208	
Q11(咳痰)	0.369	0.926	0.387	0.628	0.368	0.325	0.141	
Q12(气喘)	0.423	0.924	0.509	0.719	0.371	0.339	0.145	
Q13(头晕)	0.396	0.922	0.577	0.762	0.498	0.429	0.259	
Q14(心慌)	0.403	0.923	0.515	0.737	0.446	0.341	0.135	
Q15(吞咽疼痛)	0.368	0.922	0.453	0.787	0.471	0.346	0.257	
Q16(腹痛)	0.426	0.922	0.521	0.771	0.534	0.375	0.3	
Q17(腹胀)	0.374	0.923	0.533	0.748	0.485	0.428	0.25	
Q18(腹泻)	0.486	0.923	0.615	0.739	0.583	0.45	0.296	
Q19(便秘)	0.295	0.93	0.165	0.463	0.209	0.108	−0.011	
Q20(恶心)	0.431	0.924	0.472	0.717	0.374	0.396	0.122	
Q21(呕吐)	0.357	0.924	0.428	0.710	0.363	0.39	0.18	

续表

条目	重测信度kappa系数	Cronbach系数	内容效度					效标效度
			全身状况	局部身体状况	情志状况	能力状况	其他状况	
Q22(肢体麻木)	0.388	0.927	0.403	0.619	0.392	0.339	0.156	
情志状况		0.768 *						0.476
Q23(心情)	0.439	0.653	0.626	0.662	0.837	0.491	0.36	
Q24(忧虑)	0.382	0.637	0.632	0.642	0.850	0.498	0.377	
Q27(亢奋)	0.473	0.723	0.527	0.47	0.731	0.549	0.429	
Q28(感觉)	0.475	0.817	0.26	0.175	0.67	0.191	0.243	

* 表示维度的 Cronbach α 系数

三、重复测量分析

对 PRO 量表总分及各领域分值变化情况进行分析,观察在不同时间点上的结果,这里每次访视的时间间隔是 1 个月。随着病情的变化,显示出一些领域分值治疗后与治疗前比较有不同程度的改变,说明量表总分和各领域的重复测量值反映了病情变化,本次测试为今后作为疗效评价的指标奠定了基础,结果见表 9-4-2～表 9-4-5。

表 9-4-2 HIV/AIDS PRO 量表不同时间点 PRO 量表总分值分析

时间	N	缺失值个数	均值	标准差	中位数	配对 t	P
第 1 次访视	508	1	105.61	27.40	106.00		
第 2 次访视	509	0	105.13	27.15	106.00		
第 2 次与第 1 次差值	508	1	−0.54	27.64	−1.00	0.44	0.6579
第 3 次访视	508	1	111.75	31.60	110.00		
第 3 次与第 1 次差值	507	2	6.17	32.87	7.00	−4.22	<0.001

续表

时间	N	缺失值个数	均值	标准差	中位数	配对 t	P
第4次访视	509	0	98.94	20.85	105.00	4.83	<0.001
第4次与第1次差值	508	1	−6.74	31.45	−5.00		

注:PRO量表总分值第1次测试为 105.61 ± 27.40,第2、3、4次测试依次为 105.13 ± 27.15、111.75 ± 31.6、98.94 ± 20.85,和第1次比较分别降低0.54,增加6.17,降低6.74,其中第3、4测试和第1次测试比较有统计学意义,$P<0.01$

表 9-4-3　HIV/AIDS PRO量表不同时间点 PRO量躯体域分值分析

时间	N	缺失值个数	均值	标准差	中位数	配对 t	P
第1次访视	509	0	63.74	20.18	64.00		
第2次访视	509	0	63.22	19.67	63.00	0.57	0.5675
第2次与第1次差值	509	0	−0.53	20.76	−1.00		
第3次访视	509	0	67.83	22.72	67.00	−3.81	0.0002
第3次与第1次差值	509	0	4.09	24.24	5.00		
第4次访视	509	0	58.02	15.08	60.00	5.77	<0.0001
第4次与第1次差值	509	0	−5.72	22.38	−6.00		

表 9-4-4　HIV/AIDS PRO量表不同时间点 PRO量表情志域分值分析

时间	N	缺失值个数	均值	标准差	中位数	配对 t	P
第1次访视	509	0	11.77	3.59	11.00		
第2次访视	509	0	11.86	3.25	11.00	−0.60	0.5491
第2次与第1次差值	509	0	0.10	3.62	0.00		
第3次访视	509	0	12.05	3.56	12.00	−1.56	0.1194
第3次与第1次差值	509	0	0.28	4.12	0.00		
第4次访视	509	0	11.62	2.78	12.00	0.70	0.4864
第4次与第1次差值	509	0	−0.14	4.58	0.00		

表 9-4-5 HIV/AIDS PRO 量表不同时间点 PRO 量表能力状况域分值分析

时间	N	缺失值个数	均值	标准差	中位数	配对 t	P
第1次访视	509	0	21.82	5.33	23.00		
第2次访视	509	0	22.08	5.19	23.00		
第2次与第1次差值	509	0	0.26	6.53	0.00	−0.89	0.3743
第3次访视	509	0	23.40	6.00	24.00		
第3次与第1次差值	509	0	1.58	7.03	2.00	−5.07	<0.0001
第4次访视	509	0	21.67	4.53	23.00		
第4次与第1次差值	509	0	−0.15	6.74	0.00	0.51	0.6129

注:PRO量表全身域、局部域、躯体域分值第3、4次测试和第1次测试比较有统计学意义,$P<0.01$;情志域第2、3、4次测试与第一次相比无统计学意义;能力域表现为第3次测试相对第1次访视有意义,而第4次则无意义

结论:以上内容从量表条目筛选、信度效度评价、临床测试应用三方面分析了本量表的特点,初步研究结果显示量表信度和效度较好,一些领域的内容用于观察治疗前后的病情变化,出现了有统计学意义的差异,说明具有一定的敏感性,可以反映病情变化,因此,有一定应用价值。

第十章

类风湿关节炎患者报告的临床结局评价量表

第一节 简 介

"没有任何疾病会像关节炎一样，能使这么多的人在如此漫长的岁月中遭受这般痛苦"。类风湿关节炎（rheumatoid arthritis,RA)是一种病因不明的自身免疫性疾病，多见于中年女性，我国的患病率约为 0.32%～0.36%。主要表现为对称性、慢性、进行性多关节炎。关节滑膜的慢性炎症、增生形成血管翳，侵犯关节软骨、软骨下骨、韧带和肌腱等，造成关节软骨、骨和关节囊破坏，最终导致关节畸形和功能丧失。然而，目前尚没有一个从患者角度测量和评价类风湿关节炎患者的疾病状态的方法。现有的 RA 临床疗效评价方法如美国风湿病学会 ACR20/50/70、疾病活动积分（disease activity score,DAS)等，不能完全获取包括 RA 患者主观感受及疾病痛苦程度在内的疾病状态的信息，亦不能全面反映药物干预对 RA 疾病状态的调整程度。本节介绍 RA 患者报告的结局评价量表，从患者报告的角度评价 RA 疾病状态，为临床疗效评价提供一个新方法。

本量表经过文献资料查询、病历回顾、临床访谈、头脑风暴法、专家咨询等构建量表，确立躯体健康、心理状态及社会健康三方面作为量表领域体系，并确立量表条目；参考患者日常就诊时描述的常用语言；结合国内外成熟的中文版量表的条目，如临床医师关节疼痛 VAS 评分、生存质量综合评定量表-74、关节炎影响测量量表、自测健康评定量表、癌症行为特征量表、欧洲癌症研究与治疗组织生存质量测定量表等,形成 PRO 量表;现场调查获得 136 例有效测试数据,经过统计分析结果表明,本量表信度、效度较高,可用于类风湿关节炎患者报告的临床疗效评价。

第二节　量表内容

类风湿关节炎患者报告的 PRO 量表除一般信息外,条目分为 4 级 3 类 16 项,每项满分 3 分,共计 48 分。最高 3 分,最低 0 分。包括:患者的躯体健康、心理状态及社会健康三个方面。

躯体健康包括关节状况和全身状况两个方面,其中关节状况包括关节疼痛、关节肿胀、关节发热、关节僵硬、关节活动不利;全身状况包括怕风怕凉、疲乏、肌肉酸痛、食欲差。心理状态包括烦躁易怒和心情沮丧。社会健康包括生活不能自理、不能坚持日常工作。

一、使用目的

该量表主要用于类风湿关节炎患者报告的临床结局疗效评价,以弥补现有量表及其方法对患者自我感受测量的不足。

二、适用人群

该量表适用于符合类风湿关节炎诊断标准[参照美国风湿病协会(ARA)1987 年修订的类风湿关节炎分类标准],且符合关节功能分级标准Ⅰ、Ⅱ、Ⅲ级(参照美国风湿病协会修订的标准)的患者。

三、结构划分

该量表包括了类风湿关节炎患者躯体健康、心理状态及社会健康三个方面的评定内容,每一个方面的评分值和量表总分值均可以进行治疗前后的比较,以明确干预措施分别对躯体状态、心理状态及社会健康各方面的影响以及患者整体疾病状态的变化。现场调查数据分析结果表明,该量表信度、效度较高,可用于类风湿关节炎患者报告的临床疗效评价,其结构及代表性的条目举例如图 10-2-1 所示:

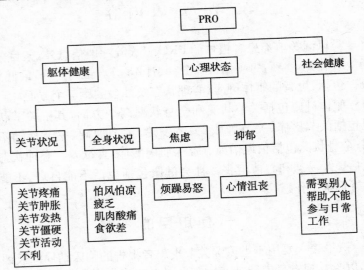

代表性的条目举例:
1. 您目前关节的疼痛程度如何?
□完全没有　□疼痛较轻　□疼痛较重,可以忍受　□疼痛很重,难以忍受
2. 您感觉关节肿胀程度如何?
□无　□很轻　□较重　□极重
3. 您感觉晨起关节僵硬持续多少时间（活动多长时间关节僵硬可以缓解）:
□无　□≤1小时　□>1小时,≤2小时　□>2小时

图 10-2-1　类风湿关节炎患者报告的 PRO

量表结构图及代表性的条目举例

四、使用说明

1. 量表需由患者自行填写完成,以下情况,可由调查员逐

条念量表内容给患者听,让患者自己作出评定,评定结果由调查员协助填写完成:

(1)患者手关节畸形无法书写。

(2)患者文化程度低,不能理解或看不懂量表问题内容。

(3)其他情况,如病情较重,无法自行完成。

2. 每次患者的评定都应该一次完成,如不能完成者,下次需要重新进行量表的填写。量表的条目需要完整填写,包括量表填写日期。缺项将会影响评定的效果。

3. 两次量表评定的间隔时间一般为 1~3 周。

4. 量表应答等级具体说明:

无——表示条目所问问题没有发生过。

偶尔——表示条目所问问题时有发生,但不经常,一般 3~7 天一次。

经常——表示条目所问问题常常发生,至少 1 天一次或是 2 天 1 次。

几乎总是——表示条目所问问题一直有发生。

各等级的具体定义,则应该由患者自己去体会,不必做硬性规定。

5. 尽量保证患者在安静的环境下填写量表。

第三节　研制过程

一、量表域的构建

(一)查阅中文文献

中国生物医学文献数据库、CNKI、重庆维普、万方等电子期刊数据库,主题词"类风湿关节炎"、"痹病"、"痹症"、"临床分析"、"临床特征"、"临床表现"、"症状"、"证候";收集相关症状名词,初步筛选类风湿关节炎 PRO 条目指标,最终整理出症状名词 46 个。

（二）查阅国外文献

Pubmed medline database，主题词：PRO、rheumatoid arthritis、arthritis、clinical character、clinical symptom，查阅 2005 年至 2008 年 3 月，共有相关文献 115 篇，共有 63 个 PRO 调查表被应用，涉及 14 个健康状态域。被应用频率高的域包括关节功能占 83%，患者总体评价占 61%，疼痛占 56%，晨僵占 27%。另外，疲劳、心理应对或睡眠障碍方面的报道较少。因此，国外研究表明，近年发表的 RA 相关 PRO 存在较大的异质性，一些涉及 RA 远期疗效评价的 PRO 条目太少，因此需要更多的工作来完善。

（三）病历回顾

分析 1995 年至今中国中医科学院广安门医院类风湿关节炎住院病例 412 例，对"现病史"中患者主诉的起病经过、症状及主观感觉进行整理，共收集到相关症状名词 68 个。

（四）患者访谈

访谈对象为 2006 年 5～7 月中国中医科学院广安门医院风湿免疫科 RA 门诊及住院患者 42 例；访谈医师为类风湿科主治医师职称以上的医师。访谈内容：RA 患者主观感觉的不适症状。结果共收集、整理到相关症状名词 92 个，体会临床访谈收集信息量大，患者主观感觉的主诉症状往往在传统的门诊及住院病例中记录很不全面，如"想死"、"想离婚"等。

（五）头脑风暴法

参加人员为本科室临床医师，均为主治医师职称以上，讨论既往治疗的 RA 患者表达的主观症状。

综合整理归纳以上信息，确立躯体状态、心理状态及社会健康三个域，其中躯体状态又分为躯体感觉和躯体功能两个方面，并确立指标 37 项：即关节疼痛、关节肿胀、关节发热、关节怕风怕凉、关节僵硬、口苦、关节发胀、口干、疲乏、食欲差、关节酸困、汗出、口淡无味、眼干、头痛、头晕、肢体麻木、关节屈伸不利、握拳困难、蹲起困难、生活不能自理、易患感冒、精疲力尽、消瘦、烦躁易怒、心情沮丧、绝望感、恐惧、紧张、自卑感、情绪低落、性格改变、对目前身体状况不满意、不愿与人交往、对周围环境不满、不能坚持日常工作。

（六）专家咨询

聘请中华中医药学会风湿病学会常委共16人进行咨询，最终筛选、确立可用于判断疗效的指标条目共13条。其中躯体健康域包括关节状况和全身状况两个亚域，关节状况亚域中包括关节疼痛、关节肿胀、关节发热、关节僵硬、关节活动不利五个指标；全身状况亚域中包括怕风怕凉、疲乏、肌肉酸痛、食欲差四个指标。心理状态域中包括焦虑和抑郁两个亚域，分别包括烦躁易怒和心情沮丧两个指标。社会健康域中包括生活不能自理和不能坚持日常工作两个指标。

（七）量表的初步形成

根据患者日常就诊时对疼痛描述的常用语言；结合临床医师对关节疼痛VAS评分、生存质量综合评定问卷-74、关节炎影响测量量表（arthritis impact measurement scale，AIMS）、贝克抑郁自评问卷（Beck pepression inventory，BDI）、自测健康评定量表（self-rated health measurement scale，SRHMS）、癌症行为特征量表（cancer behaviors，CB）、欧洲癌症研究与治疗组织生存质量测定量表（EORTC QLQ-C30）等相关量表中的成熟条目，与本量表的指标变量相对应，形成PRO量表。

二、条目筛选研究

（一）离散程度法

从敏感性角度筛选条目，利用各条目得分的标准差来衡量其离散程度，测试结果表明各条目的离散程度均较好。

(二) 简单相关系数矩阵分析

量表测试结果表明,a13(烦躁易怒)和a14(心情沮丧)相关系数最高0.748,其次为a15(需要别人帮助)和a16(不能坚持工作)相关系数0.732,a07(蹲起、上下楼困难)和a10(怕风怕凉)相关系数最低-0.003。

(三) 简单相关和复相关系数矩阵分析

简单相关和复相关系数矩阵反映各条目与其余条目总体的相关程度。量表测试结果表明,各条目与其余条目的总体相关程度较好。但a10较差,相关系数为0.179,表示该题得分的高低与总分高低相关性不大,删除该项后总α系数可达0.883。a10为怕风怕凉,本项目得分的高低和总分高低相关性不大。在其后的RA患者信息反馈中,分析其原因,可能在本条目问题设计上,"您是否怕风怕凉?",一部分患者表现为关节局部怕风怕凉,一部分患者表现为周身怕风怕凉,患者对该条目问题的理解存在分歧,导致该项得分产生较大偏倚,有待下一步工作中修改完善。

第四节 性能评价

本量表研究目的是构建RA基于患者报告的临床结局测量量表,从患者报告的疾病状态评价角度为RA临床疗效评价提供一个新的方法。研究方法采用文献资料查询、病历回顾、临床访谈、头脑风暴法、专家咨询等构建量表条目,确立躯体状态、心理状态及社会健康三个顶级域,并确立量表条目,形成PRO量表;并在北京协和医院、人民医院、西苑医院、望京医院及广安门医院进行了136例患者的量表测试,建立数据库,采用SPSS 12.0对量表信度、效度进行统计分析,结果表明本量表信度、效度较高,是一份比较好的基于类风湿关节炎患者报告的临床疗效评价量表。有待于今后进行国内多中心、多地域的大样本

PRO 量表测试和研究,进一步应用于临床疗效评价研究中。

一、信度效度评价

(一)信度分析

1. 内部一致性信度(Cronbach α 系数) 计算 Cronbach 系数 α=0.878,可以认为本问卷的信度较高,是一份比较好的基于类风湿关节炎患者报告的临床疗效评价量表。

2. 折半信度(split-α 系数) split-α 系数为 0.793,可以认为本问卷的信度较高。

(二)效度分析

1. KMO 检验 巴特利特球度检测观测值为 996.488,相应的概率接近 0,故认为相关系数矩阵与单位矩阵有统计学差异。同时 KMO 统计量数值为 0.834,因此各变量间的相关程度无太大差异,数据适合做因子分析。

2. 因子分析 利用主成分的方法进行因子分析,并进行最大正交旋转,选取特征值大于或等于 1 的公因子,前 4 个大于 1 的公因子可以解释总变异的 64.442%,所以只需取出前 4 个主成分即可。纳入在相应的公因子上载荷较大的项目,项目在公因子上的负荷大于或等于 0.5 为入选因子矩阵的标准。第一个因子主要包括 6、7、8、15、16 条,主要与躯体功能和社会健康有关,第 6、7、8 条主要表现为躯体功能下降,第 15、16 条与患者的社会健康有关,结合临床,我们认为很多类风湿关节炎患者蹲起、上下楼梯、行走及梳头等躯体功能有困难时,一般情况下也同样不能完成日常工作,重者需要别人帮忙,故这两个方面有较大的相关性。第二个因子包括 9、12、13、14 条,主要与患者心理状态有关,第 13、14 条与患者情绪有关,而在临床中患者情绪多能影响其食欲,很多有情绪不稳定的患者疲乏的感觉也较别的患者为重。第三个因子包括 3、5、6、11 条,主要与躯体功能有关,但与社会健康相关性不大。第四个因子包括 1、2、4、10 条,与躯体感觉有关,主要为关节局部症状。表明量表结构清晰,具有良好的结构效度。

3. 条目分析　条目区分度较好,能区分所调查条目的不同程度。

二、可行性分析

(一) 量表回收情况

即量表被测定对象接受的情况,实际操作中以量表的回收率表示。共发放 136 例,收回 136 例,接受率为 100%。

(二) 量表填写情况

即接受调查的对象完成量表的比例。共收回 136 例量表,每份量表条目答案填写均无空缺,完成率为 100%。

(三) 量表完成时间

一般完成一份量表的时间控制在 20 分钟内较易被人接受,时间过长,一是不易被接受,二是易使调查对象厌烦,从而影响量表的完成的质量,不利于真实测定。本量表完成时间在十分钟之内,易被患者接受。

第五节　患者报告的结局测量在类风湿关节炎疗效评价中应用

类风湿关节炎(rheumatoid arthritis,RA)被认为是一种异质性疾病,临床进程多变,预后难以预测[124]。很多患者预后差,并导致进行性关节破坏和关节功能丧失。然而,目前尚没有一个有意义的测量手段可作为"金标准"评价类风湿关节炎患者的疾病状态[125]。现有的临床和疾病状态功能测量不能完全获取患者疾病状态以及对其治疗后的个体化影响的信息[126]。基于患者报告的结局指标(patient reported outcomes,PRO)通过捕捉与患者健康相关的疾病相关信息,从患者报告的一个侧面反映患者的疾病状态,将在 RA 临床疗效评价中发挥重要作用,成为现有临床疗效评价方法的重要补充。

一、患者报告结局从患者报告的侧面反映疾病状态

国际药物经济与疗效研究协会等提出,临床疗效评估应包括 4 个方面的内容:临床(医务)人员报告资料、生理报告资料(实验室指标)、照顾者报告资料、患者报告资料或患者的自我感受。

PRO 是一种直接来自于患者,即没有医师或其他任何人对于患者反应的解释的对于患者健康状况的各个方面的测量[127],由 PRO 测量所得的数据可以从患者角度提供有关治疗效果的证据,PRO 量表通过捕捉与患者健康或状态相关的感觉或功能印象,提供了一种测量治疗效果的手段。因为对某些治疗效果来说,患者是唯一的资料来源。比如,疼痛的强度和疼痛缓解度、睡眠状况的改善等,对这些概念没有可观察的或有形的测量手段。此外,当用于测量研究终点时,PRO 量表能够扩大基于医师认识或生理测量所获得的医学产品信息。PRO 量表可以有效弥补现有的以医师主观判断结合客观辅助检查指标为主体的临床疗效评价体系的不足,从而使临床疗效的判断更为全面、真实、可靠。

PRO 的内容包括患者描述的功能性或症状性指标和生存质量指标两大内容。早在 20 世纪 70 年代初期人们已开始注重了 PRO 的研究,并产生了许多测量的问卷,如著名的有 Mcewen 等研制的 Nottingham 健康调查表(Nottingham health profile,NHP)、Marilyn bergner 等研制的疾病影响调查表、生存质量指数(quality of wellbeing index,QWB)等,奠定了 PRO 研究的雏形。随着研究的不断深入,早期的 PRO 目前已被分化成了健康相关的生存质量和患者报告的症状性指标两大领域。随着研制的临床结局相关量表的迅速增多,国际上已经成立了患者

报告的临床结局和生存质量量表数据库,促进临床研究中 PRO 量表的合理使用。这个数据库目前有 470 多个以结构化形式设置的 PRO 量表,并定期与量表作者密切协作校正量表内容,每年有 50 多个新的量表补充在数据库中。

为了评估临床试验中用作疗效终点的基于患者报告的结局,2006 年美国 FDA 起草的"基于患者报告的结局测量:在支持医药产品开发标签说明中的应用指南草案"中对 PRO 量表的研制、评价有具体说明。因为一些治疗效果只有患者知道(如疼痛的强度及缓解度),而患者自觉症状的一些信息在医师问诊时可能有些被过滤掉了,所以将 PRO 量表应用于医学产品临床试验的研发将会对临床疗效评价有重要指导意义。同时,该指南强调量表作为临床评价 PRO 指标工具的重要性,量表方法已被国际医学专家接受并得到广泛应用。

二、患者报告结局与类风湿关节炎疗效评价

1988 年 FDA 出台了抗炎和抗风湿药临床评价指南[128],1990 年 Paulus 等[129]提出治疗 RA 的 SAARD 的疗效评价标准。1995 年 Felson 等[130]提出 ACR 20%～70%疗效的概念并至今用于 RA 疗效。ACR20/50/70 评价内容包括关节压痛数改善程度、关节肿胀数改善程度、患者对疾病活动的总体评价、医师对疾病活动的总体评价及急性期反应物的血沉 5 个方面。其后,DAS28 平均疾病活动性评分用于临床评价 RA 疾病活动的药物控制的疗效,其内容亦多关注关节疼痛个数、关节肿胀个数、血沉及患者对疾病活动的整体评价四个方面。

这些疗效评价方法多源于医师对患者的报告资料及生物学指标(如血沉、C 反应蛋白);虽有患者对病情的总体评价,但患者自觉体验的许多方面,比如症状严重程度、频率、疲乏、睡眠、情感和社会健康度等,无法定量测量。以往建立在生物医学模式基础上的现代临床评价体系,更多关注的往往是医师对病情

活动性的评价及生物医学指标，缺乏对患者的自觉症状和健康有关的生存质量为代表的生物-心理-社会健康状态的观测和评价。因此，目前现有的评价方法，不能完全获取包括 RA 患者主观感受及疾病痛苦程度在内的疾病状态的信息，亦不能全面反映药物干预对 RA 疾病状态的调整程度[131]。

任何治疗的目的均是保护和保证患者生命和生活的质量。因此需要患者自己对其整体健康和（或）关节功能在治疗前、后通过一系列的问卷调查表进行回答，给以打分比较，也就是说患者主观上的感受也是衡量疾病活动性的主要终点项目之一[132]。准确测量患者对于健康和功能的认知水平对于疾病的干预是十分重要的，患者报告的结局指标的测量在 RA 临床疗效评价中具有重要意义。RA 临床试验中患者报告的结局被定义为完全由患者完成的结局测量，包括疼痛、躯体功能和患者的总体评价等。但是，在过去几年中，许多来源于 RA 患者小组讨论或患者焦点讨论组的文章显示某些对患者重要的健康域未被认识并被低估。这些域包括疲劳，健康状态，睡眠模式，工作能力丧失，或生活不能自理。Kalyoncu 等[133]对 2005—2007 年关于类风湿关节炎 PRO 临床研究做了系统评价，涉及十四个域，其中超过25％的文章中涉及了功能、患者总体评价、疼痛、晨僵四个方面，但如疲劳、睡眠障碍、幸福感、心理应对、心理状态等，尽管从患者的角度认为非常重要，但文献研究内容涉及较少。但是，目前国际上尚没有一个完整的 RA 基于患者报告的临床评价量表。因此，构建基于中国 RA 患者报告的临床评价量表以评价 RA 疾病状态以用于 RA 疗效评价是必要的。

三、中国人报告的类风湿关节炎 患者报告结局量表的研制

根据目前评价体系对患者自觉症状评价的缺陷，借鉴中医在临床诊疗过程中，关注患者自我评价结果、逐步调整治疗方案

的成功经验,本研究组应用社会科学中普遍使用的量表测量方法,针对 RA 患者自觉症状变化的特点,尝试并初步完成了适合中国 RA 患者群的量表。

用文献资料查询、病历回顾、临床访谈、头脑风暴法、专家咨询等方法构建量表条目,确立躯体状态、心理状态及社会健康三方面域体系,并确立了包括关节疼痛、关节肿胀、关节发热、关节僵硬、关节活动不利、怕风怕凉、疲乏、肌肉酸痛、食欲差、焦虑、抑郁、烦躁易怒和心情沮丧等指标,条目的设计参考患者日常就诊时描述的常用语言;结合国内外成熟的中文版量表的条目,如临床医师关节疼痛 VAS 评分、生存质量综合评定量表-74、关节炎影响测量量表、自测健康评定量表、癌症行为特征量表、欧洲癌症研究与治疗组织生存质量测定量表等,初步形成 PRO 量表;采用 SPSS 10.0 对量表信度、效度进行统计分析。结果表明,该量表信度、效度较高,可用于类风湿关节炎患者报告的临床疗效评价。从患者报告的角度初步尝试并建立的基于中国人报告的类风湿关节炎 PRO 量表,希望为 RA 临床疗效评价提供一个新的思路和方法。

第十一章

轻中度痴呆患者报告的临床结局评价量表

第一节　简　介

　　老年期痴呆是人类在衰老过程中的一种常见病、多发病、难治性疾病，是一组大脑智能损害的慢性进展性疾病。20世纪50年代以来，随着世界人口老龄化的迅速出现，痴呆位居老年人死亡性疾病的第4位，是严重威胁老年人身体健康和生存质量的常见重大疾病。有关痴呆疗效评价的研究是科学界研究的难点和重点，目前常用的痴呆评定量表有很多，如用于临床疗效评价的 ADAS-Cog 量表；用于认知功能评定的简易精神状态检查表（MMSE）、长谷川痴呆量表（HDS）或修订长谷川智能量表（HDS-R）等。这些量表在痴呆筛查、诊断、治疗过程中发挥着非常重要的作用。轻、中度痴呆患者自评量表借鉴了患者自身报告结局评价量表的研究方法，是以轻中度痴呆患者主观感受为中心，将其认知功能、思维情感、行为、社会活动能力和生活能力进行量化并测量，专门用于轻、中度痴呆患者报告的结局评价。这个阶段的痴呆患者理解力、判定力等认知功能基本正常，另外，参考美国 FDA 颁布的 PRO 行业指南中提到的"存在认知缺损的患者可将其密切陪护人员信息纳入"的观点，我们在研究中同时研制了密切陪护人员的对患者评价的量表，作为对患者自身评价的补充和参考。

第二节　量表内容

　　轻、中度痴呆患者评价量表,除一般信息外,条目分为 A 卷和 B 卷,A 卷针对患者本人,B 卷针对患者密切陪护人员,A 卷有 23 个问题,B 卷有 11 个问题,回答等级均为 4 级,分别从认知障碍、思维情感和行为异常、社会活动和生活能力三个方面测查患者的健康状态(表 11-2-1)。

一、量表的域体系及代表性条目

表 11-2-1　轻中度痴呆患者自评量表结构划分

域	条目数(卷 A)	条目数(卷 B)
记忆障碍	5	1
语言障碍	3	1
视觉空间障碍	3	1
计算力	1	1
判断力	1	1
执行力	2	1
思维异常	2	1
情感异常	2	1
行为异常	2	1
日常生活能力	1	1
社会交往能力	1	1
总计	23	11

　　A 卷(患者答卷)条目举例:

　　1. 您年轻时候发生的重大事情能想起来吗?(比如结婚日

期？建国日期?)

☐能　　　　　　　　☐不能

2. 您有把东西放哪儿后就想不起来的现象吗？

☐没有　☐偶尔　☐经常　　☐几乎总是

3. 您近来发现记常用的电话号码有困难吗？

☐没有　☐偶尔　☐经常　　☐几乎总是

B卷(患者家属/陪护答卷)条目举例：

1. 您觉得他/她与以前相比，有没有特别容易忘事？比如刚吃的饭就忘了吃什么，要做的事情转头就忘了等等。

☐没有　☐偶尔　☐经常　　☐几乎总是

2. 您觉得他/她目前说话的速度或表达词汇的能力有没有大不如从前？

☐没有　☐偶尔　☐经常　　☐几乎总是

3. 他/她有没有在熟悉的地方却不知道自己在哪的现象？

☐没有　☐偶尔　☐经常　　☐几乎总是

二、量表使用说明

1. 量表需由患者自行填写完成，以下情况，可由调查员逐条念量表内容给患者听，让患者自己作出评定，评定结果由调查员协助填写完成：

(1)患者因身体残疾因素无法持笔自行回答。

(2)患者文化程度太低，不能理解或看不懂量表问题内容。

(3)其他情况，如病情较重，无法自行完成。

2. 每次患者的评定都应该一次完成，不允许间断，准确记录患者每次量表评定所需时间及评定日期。

3. 强调评定时间范围为最近半年。

4. 量表中应答等级的具体含义　量表中第1道题需回答"能"与"不能"，只要有一项日期记不起来就选择"不能"，记3分。

其余所有问题按 4 个等级设立：没有，偶尔，经常，持续。记分分别为 0、1、2、3 分。以下为四个等级的解释：

没有——表示条目所问问题没有发生过。

偶尔——表示条目所问问题时有发生，但不经常，一般 1 周一次。

经常——表示条目所问问题常常发生，至少 1 周 2 次以上。

几乎总是——表示条目所问问题一直都有发生。

5. 尽量保证患者在安静的环境下独立填写量表。

第三节　研制过程

本量表的研制包括 5 个步骤，即概念澄清（identify concepts）、建立概念框架（develop conceptual framework）、条目采集（item selection）以及建立初级量表（preliminary questionnaire construction）。

一、概念澄清

（一）介绍轻中度痴呆的特点，测量人群的定位

目前临床广泛应用于痴呆患者评价的量表往往适用于痴呆的各个阶段。然而，在实践中无论是中药还是西药都很难对重度痴呆产生疗效，并且重度痴呆患者存在严重的认知障碍，难以沟通。所以研制一个对轻中度痴呆患者更为敏感的量表对今后新药开发以及疗效评价有着重要意义。

（二）患者和陪护测量的角度定位

由于痴呆患者对自身状况做出的评价可信度较低，并且，最初可以与医师沟通的患者，很可能随着其病情发展而不能理解并回答问题。所以我们将轻中度痴呆患者及家属或（亲密陪护者）作为目标人群，分为问卷 A（患者）以及问卷 B（密切陪护者）。

（三）轻中度痴呆测量内容的定位

该量表适用于符合美国精神病协会《精神障碍的诊断和统计手册》第 4 版（DSM-Ⅳ）诊断标准的痴呆患者，痴呆类型不限，男女不限，年龄不限，且依据各项量表综合判断符合轻中度痴呆的患者（主要参考简易智力状况检查法和临床痴呆评定量表 CDR），同时具有或部分具有语言表达能力和理解能力的痴呆患者；不适用于符合 DSM-Ⅳ诊断标准，但经各项量表综合判断属于重度痴呆的患者，或完全丧失语言表达能力或理解能力的患者，或无法配合的患者。

量表分 A 卷和 B 卷，A 卷由患者本人填写，B 卷由患者的密切陪护人员填写，两份问卷均包括了轻中度痴呆患者认知障碍、思维情感和行为异常、社会活动和生活能力三个方面的评定内容，每一个方面的评分值和量表总分值均可以进行治疗前后的比较，以明确干预措施分别对认知障碍、思维情感和行为异常、社会活动和生活能力各方面的影响以及患者整体疾病状态的变化。

二、建立概念框架

在对患者访谈、大量文献回顾，以及专家咨询的基础上，我们建立了轻中度痴呆的概念框架，包括认知障碍、思维情感行为异常以及社会活动和生活能力等 3 个域，认知障碍包括记忆障碍、语言障碍、视觉空间感知障碍、计算力、判断力以及执行功能障碍等 5 个方面；思维情感行为异常包括思维异常、情感异常以及行为异常等 3 个方面；社会活动和生活能力包括社会活动和生活能力等 2 个方面。

三、条目池的建立

（一）症状收集

本研究组与临床一线的若干位医师一道观察分析表现痴呆

患者主观感受的症状,采用文献调研、病历回顾、门诊和住院病例分析等方法,并对患者及其陪护访谈,获取轻中度痴呆患者症状群,最后,汇集相关症状 615 个。

(二) 条目池建立

当确立概念与概念框架之后,便是寻求每个概念框架之下的条目池(item pool)。条目池建立的依据,是所收集的症状群,将不同的症状归属于认知障碍涉及的不同领域,并归属于每一个相关的概念框架之下,便形成条目池。

(三) 条目筛选

将重复、语意模糊、俗语等条目进行反复斟酌、删减,再次经过小组讨论、专家论证等过程,并与痴呆患者及其陪护访谈,进一步了解条目是否代表了患者的真实感受,是否易于理解、是否是患者密切关心的问题,最终确立量表的条目。

四、建立初级量表

(一) 条目向问题的转化

条目经反复筛选之后,最终确定患者回答条目为 23 条,陪护回答 11 条,之后,将所有条目转化成问题形式,如"您有没有记不清现在的年、月"。之后,由专家组确定问卷初稿的可读性和可完成性。随后进行认知访问(cognitive interview),由 25 名不同性别、职业和教育背景的患者及其密切陪护者分别完成问卷初稿,研究人员评价患者及陪护者对各个问题的理解和反应,将存在问题的条目删除或修改后继续进行认知访问,直至患者以及家属可以很好的理解各个问题。结果表明问卷初稿所设条目大部分可被理解并即时反馈,某些条目在理解上存在困难或对答案难以选择,则作出适当的调整。

(二) 应答等级确定

在将条目转化成问题的同时,需考虑应答等级的确定,这要结合问题形式、国际通用量表的特点、方便统计、易于理解、专家意见等多个因素来考虑,最终确定为 4 个回答等级,因问题形式基本上均是"您……有没有……?"的形式,所以,确定的 4 个回答等级为"没有、偶尔、经常、几乎总是"。只有 1 个问题例外,即测试患者远期记忆的问题"您年轻时候发生的重大事情能想起来吗?(比如结婚日期? 建国日期?)",回答只有两个等级:能与不能。所以,确定回答等级时,既要讲究一致性,又要具有灵活性。

(三)卷首语等的确定

在完成以上的工作后,便可进行初步创建量表的工作,这便需要确定量表的卷首语及填写说明。卷首语需告诉患者本量表的使用目的及对个人信息保密性的重视。填写说明则对量表的整体形式、使用方法、注意事项有一个清晰简要的概括,它不仅能清晰地告诉被调查者如何完成量表,也能对操作人员起到提醒和指导的作用。

第四节 性 能 评 价

经过上述研制过程,将量表完善修改,增加和删减了部分条目,形成初级量表,随后进一步对初级量表的性能进行验证。根据初级量表对满足轻中度痴呆诊断的患者及其密切陪护者各 143 例进行问卷调查。其中 134 例患者及 133 例密切陪护者完成了填写,故对 133 例问卷进行统计,平均年龄为 72.43 岁 ± 8.04 岁,其中男性患者 79 人,占 59.4%,女性患者 54 人,占 40.6%。痴呆患者中文盲 15 例,小学 37 例,初中 36 例,高中 20 例,大专及以上 25 例。利用分半信度、Cronbach α 系数检验量表的信度。

此次测试的 A 卷,分半信度为 0.7677,说明量表的跨条目一致性较高;A 卷 Cronbach α 系数为 0.8748,校正后的 α 系数为 0.8726,显示该量表中的 23 个条目信度总体上是可以被接受的;A卷根据已知纬度数方法进行因子分析,得出的结论第一因子包括1、2、3、4、5、6、7、8、9、10、11、12、14、15条目,进行分析是属于"认知障碍"范畴;第二因子包括10、13、18、22、23条目,进行分析属"认知,思维情感行为,社会生活能力"三个域;第三因子包括16、17、21条目,进行分析是属于"思维、情感、行为异常",以上3个因子与量表设计之初的预想相符合,即因子分析结果表明,量表结构清晰,具有良好的结构效度。

B卷分半信度系数为0.8074,说明量表的跨条目一致性较高;B卷Cronbach α系数为0.8624,校正后的系数为0.8649,显示该量表中的11个条目信度总体上是可以被接受的;根据已知纬度数方法进行因子分析,得出的结论第一因子包括1、3、4、5、6条目,进行分析是属于"认知障碍"范畴;第二因子包括2、6、8、10、11条目,进行分析属"认知,社会生活能力"两个域;第三因子7、9条目,进行分析是属于"思维、情感、行为异常",以上3个因子与量表设计之初的预想相符合,即因子分析结果表明,量表结构清晰,具有良好的结构效度。

对量表信度效度分析结果显示,一般信度系数在0.7以上,表示信度良好。A卷调查表Cronbach α系数为0.87,各维度Cronbach α系数为0.51~0.87;B调查表总的Cronbach α系数为0.86,各维度Cronbach α系数为0.63~0.82,结果见表11-4-1。

表11-4-1 痴呆PRO量表简表信度分析

		认知域	思维情感行为	社会、生活能力	总体
A卷	条目数	15	6	2	23
	Cronbach α系数	0.87	0.51	0.57	0.87
B卷	条目数	6	3	2	11
	Cronbach α系数	0.82	0.66	0.63	0.86

对量表的效度分析结果显示:确定维度数后进行因子分析,A 卷提取 3 个因子,B 卷提取 3 个因子,与事先制定的域结构一致,共解释所有变量信息各自为 41.238%,60.489%。A 卷是由患者本人回答问题,因进行填表的患者存在认知功能下降,对自身病情的判定有一定的偏差,故 A 卷进行效度分析后共解释所有变量信息少于 50%。B 卷是由患者的亲密接触者回答问题,因此较为客观描述病情,故解释所有变量信息大于 60%。

小结:本量表创新之处在于,对轻度痴呆尚未出现认知障碍的患者,设计自我感觉评价量表,并同时设计了陪护者评价量表,对患者的病情进行评价,能够客观地反映患者的治疗的效果,扩大样本的深入研究尚在进行中。

第五节　引入患者报告结局方法研制轻中度痴呆患者疗效评价量表的思考

老年期痴呆是一个重要的公众健康问题。一旦诊断为痴呆,它的治疗将是一个漫长的过程,现今的医学水平尚不能阻止其进程,更不可能使其病愈如初,但是痴呆又不像癌症是直接与死亡相关联的疾患,从患病到死亡有相当长的生存期,期间的治疗非常复杂,病情变化多样。西方国家≥65 岁人群患轻度痴呆占 10% 左右,中重度痴呆为 5% 左右[134]。张振馨等调查北京、西安、上海、成都地区痴呆患病率,发现中国≥65 岁人群中的阿尔茨海默病(Alzheimer's disease,AD)总患病率为 5.9%,血管性痴呆(vascular dementia,VD)总患病率 1.3%[135]。有报道在国家"九五"攻关课题老年期血管性痴呆临床研究时运用中医药治疗轻度痴呆取得一定的疗效[136],很多研究都表明痴呆在轻度阶段进行积极的治疗,可以延缓其发展。但是目前尚缺乏针对轻度痴呆患者的合理有效的临床疗效评价标准。临床常采用多个量表联合评分的方法对其疗效进行评价,但量表本身不能涵盖全部病情,故对治疗效果不能做出全面的评价。2006 年 2 月美国 FDA 在 *Guidance for Industry Patient-Reported Outcome Measures：Use in Medical Product Development to Support Labeling Claims* 中正式提出 PRO 概念,并尝试性的把它作为新的疗效指标引入医学领域[137]。如何把这个新的理念融入痴呆的疗效评价体系中,是一个值得深入探讨的问题。

一、PRO 的观念

当前的医学模式是"生物-心理-社会医学模式",人们越来越重视整体观。随着社会的发展,人们"回归自然"呼声高涨,中医药学防病治病的理念和良好的效果越来越受到世界人民的关注。有效性是一种干预措施存在和发展的前提,而客观科学评价疗效显得更为重要,因此中医药的疗效评价在中医药研究中越来越占有举足轻重的地位。

长期以来,很多人为了表明中医临床或研究的有效性和科学性,多习惯于沿用西医的指标体系来衡量中医中药的疗效。用西医的指标评价中医的疗效,则无异于本末倒置,拿自己的弱势与西医的优势去比,这样对中医药很不公平。中医是根据望、闻、问、切收集到的资料,进行辨证论治,并不是根据一些实验室指标进行辨证的。辨证论治是以状态调整为导向的过程,包括对人体状态、自觉症状、功能变化、生存质量等的综合判断,但其所需辨的"证"有其不足之处,如主观因素太多,描述太模糊,科学性不够,结果的可重复性和可信性较差,不利于多中心、大样本的研究及经验的交流。

如何建立中医药疗效评价体系,提高中医临床评价的公认度和接受程度是当前中医药工作者所面临的一个重大课题。

2006 年 FDA 提出 PRO 概念并把它引入到医学领域中。PRO 英文直译为"患者报告的临床结局",FDA 将其解释为一种直接来自于患者对于自身健康状况的各个方面的反应,并指出对于有认知障碍的患者可以在研究一开始就由看护人帮助回答一些问题以减少数据缺失。PRO 是一个信息获取系统，首先建立条目域体系，形成疾病自觉症状的域体系，在此基础上建立条目池，通过专家和患者访谈，回顾讨论，认知测试等方法形成条目库。由 PRO 测量所得的数据可以从患者角度提供有关治疗效果的证据。PRO 包括患者描述的功能状况或客观症状性指标及与健康相关的生存质量，这里的生存质量和客观症状性指标并重[136]。这种中间指标比替代指标更科学，它注重整体的思想更接近于中医学思想。

二、PRO 用于痴呆疗效评价的意义

检索 1994 年至 2006 年 7 月万方数据库、MEDLINE、CNKI 等期刊数据库，查阅治疗痴呆的相关文献 400 余篇，发现目前痴呆治疗评定时多采用以下方法。①认知功能评定：从简易精神状态检查表（MMSE）、长谷川痴呆量表（HDS）或修订长谷川智能量表（HDS-R）中选择一个或多个量表，对治疗前后认知功能进行评分；采用韦氏记忆量表（Wechsler）计算其记忆商（MQ），对患者治疗前后记忆进行评价。②社会、生活能力评定：采用日常生活能力量表（ADL）、Blessed 行为量表（BBS）对患者治疗前后社会、生活能力进行评分。③临床痴呆程度量表（CDR）检测患者的痴呆程度。④中医证候疗效判定标准：依据《中药新药治疗老年病的临床研究指导原则》中医证候疗效评定标准；或依据 1990 年 5 月中国中医药学会和内科学会北京全国老年痴呆专题会议讨论修订的《老年痴呆病的诊断、辨证分型及疗效评定标准》评定。⑤尚存在部分自己拟定的评定方法。

不难发现量表在痴呆筛查、诊断、治疗过程中发挥着非常重要的作用，医师在通过量表检测的过程中，对患者的病情、疗效可进行初步判定。但痴呆量表各有其侧重点，迄今为止没有敏感性和特异性均达到 100％ 的量表，因此评价时常采用多个量

表联合应用。而痴呆患者存在明显的记忆力、注意力、理解力降低及语言障碍,量表又往往涉及的题目较多,让痴呆患者一一给予答复很困难,大部分需要家人或护理人员回答或协助回答。那么,能否制定一个让痴呆患者及陪护共同来回答的信息获取系统,并且二者之间具有协调、互补作用,应该是我们致力于研究的内容。

近年中医药治疗痴呆取得一定的成果,但如何去评定它的疗效?如何获取辨证所需的资料?单靠量表获取信息有一定的局限性。中医一向注重与患者的沟通,首先通过"望、闻、问、切"四诊获取信息,再对此信息进行逻辑思考,依据中医理论进行辨证,给出治疗方案。中医非常重视问诊,明代张景岳指出问诊是"诊病之要领,临证之首务"。中医证候中很多是以患者自身的主观感受为主的症状群,如果忽略患者的主诉,单靠舌、脉及家属的描述,则偏离了中医的整体观的理念。四诊合参与辨证论治基础上的中医个体化诊疗体系是中医几千年来长久不衰的核心。

当前提出的 PRO 概念,非常重视疗效评价体系中患者本身的感受,这个理念与中医的整体观,以人为本的观点不谋而合!那么,如何运用 PRO 理念,制定一个基于 PRO 的信息获取系统,使其更加符合中医理论及临床,客观的评价中医药疗效,是一项非常有意义的工作。

三、引入 PRO 以评价轻度痴呆的可行性

痴呆是由于脑部疾病引起的获得性智能损害综合征,它是一种慢性、进行性、持续性的智能损害。查阅文献,发现对于痴呆常用描述有善忘、反应迟钝、思维缓慢、理解力差、神情呆滞、表情淡漠、精神抑郁、言辞缺乏或颠倒、失用、失认、失算、嗜睡、性格改变、肢体笨拙、步履蹒跚等 15 个名词。可以看出其中大部分是医师观察或与患者交流获得的。而目前临床上常用的量

表采用的是医师询问、患者回答的形式，其专业术语较多，对于认知功能障碍的患者来说，往往理解起来比较困难，其准确性有待进一步探讨。

实际临床医师常听到痴呆患者（尤其是轻度患者）反映"现在我说完就忘"、"经常找不到××放在哪了"、"我记忆力不好，我常记不住事情！"、"我经常叫不出熟人的名字"、"我记不住家里电话号码"等非常直白的言语，而目前恰好就缺乏这种直接能反映患者自身感受的信息获取方法，于是，在临床疗效评价时会缺失很重要的一部分内容——即患者最关心的问题能否通过治疗得到改善。

随着社会的进步，医学工作者逐渐认识到某项实验室检查指标作为疾病的疗效评判指标，已不能满足当前医疗活动，尤其对于那些慢性疾病，众多医学家逐渐注意到患者在医疗活动中的重要性，患者对治疗过程有何感受、如何评价，都是疗效评价中不可或缺的指标。

轻度痴呆患者保留一定的认知功能，大部分问题通过解释，患者可以理解并给予比较真实的回答，故临床不能完全忽略了患者本身的感受，但痴呆患者毕竟存在认知功能障碍，完全由患者自己来评价疗效，它的准确性又有一定的质疑。临床上中医药治疗轻度痴呆患者取得一定的疗效，如何建立痴呆 PRO 信息获取系统，使其更符合中医理论，并且能够系统评价中医药疗效，是当前中医药治疗痴呆工作中的一个重要的问题。FDA 鼓励从研究一开始就将看护者的回答和患者的自我报告一同记录下来，这样可以分析评估患者的报告和看护者的报告之间的关系，针对患者报告和看护者报告之间的关系就可以进行评价。

目前我们把 PRO 概念引入到痴呆研究中，制定了患者及家属（亲密看护者）的 PRO 信息获取系统，此系统以直接提供给患者及家属（亲密看护者）的自填式问卷为主，因这种方式不受医师的干预，常常要比由临床医师实施的访谈或打分等方法更为可取。自填式问卷没有第三方的干扰,可直接捕获患者对治疗反应的知觉感受,因为这些数据未受到观察者间变异性的影响,可能比基于观察者报告的测量更为可靠。痴呆 PRO 系统的制定工作处于刚起步阶段,还有很多问题有待于进一步的完善及实践。

第十二章

中风痉挛性瘫痪患者报告的临床结局评价量表

第一节 简 介

中风痉挛性瘫痪是由于中风引起上运动神经元损害,使脊髓水平的中枢反射从抑制状态解放,产生肌张力亢进,并伴有随意运动障碍[138]。中风痉挛性瘫痪患者除肢体痉挛外,往往出现运动障碍,日常生活活动困难及由此引发的焦虑、抑郁、淡漠等社会心理问题。痉挛程度的评定有助于确定脑卒中患者病情严重程度及判断临床疗效。目前临床常用的痉挛评定量表有Ashworth量表(ASS)[139]、改良 Ashworth 量表(MAS)[140]、临床痉挛指数(CSI)[141]等。但这些评定方法缺乏对痉挛和社会活动障碍的综合评价,而且其评价主体都是临床医师或是临床康复技师,缺少患者对疾病主观感受方面的评价。中风痉挛性瘫痪患者自我感受的临床结局评价量表是借鉴患者自身报告结局评价量表(PRO)的研究方法,以中风痉挛性瘫痪患者主观感受为中心,将中风痉挛性瘫痪患者的肢体症状、心理感受和社会交往量化并测量,专门用于中风痉挛性瘫痪患者自身报告的结局评价。该评定方法简单,易于操作。

第二节 量 表 内 容

中风痉挛性瘫痪患者自评量表分为三个域,包括:患者的肢体症状、心理感受和社会交往。共有 19 个条目,肢体症状包括疼痛、麻木、僵硬、发沉、颤抖、无力、肿胀、抽筋、半身汗出；心理感受包括难过、着急、发火、闷闷不乐、康复信心、疾病结局担心；社会交往包括日常活动、兴趣爱好、人际交往、经济影响。每个条目满分 4 分，最高 4 分，最低 0 分，共计 76 分。具体评定内容举例如下：

一、使用目的

该量表主要用于中风痉挛性瘫痪患者报告的临床结局疗效评价，以弥补现有量表及其方法对患者自我感受量化的不足。

二、适用人群

该量表适用于符合脑血管病诊断标准，头颅 CT 或 MRI 证实为脑梗死或脑出血，偏瘫、单瘫或四肢瘫痪，患侧肢体僵硬，没有意识障碍，具有一定的理解力和记忆力，且能够正确表达自主意愿的患者。不适用于无肢体瘫痪的患者，或有意识障碍的患者，或患侧肢体无僵硬，或患者理解力、记忆力下降，或不能表达自主意愿的患者。

三、特　点

该量表包括了中风患者肢体症状、心理感受和社会交往三个方面的评定内容，每一个方面的评分值和量表总分值均可以进行治疗前后的比较，以明确干预措施分别对肢体症状、心理感受和社会交往各方面的影响以及患者整体疾病状态的变化。

现场调查数据分析结果表明，该量表与 Ashworth 痉挛量表、脑卒中专用生存质量量表（SS-QOL）及 Barthel 指数量表有一定的相关性，而且能够更好的反应患者临床症状的变化，是对中风痉挛性瘫痪患者疾病状态评定量表的补充。

本量表条目采用了患者能够理解的通俗易懂的语言表达方式,背后隐含了体现中医特点的专业用语,专业词汇主要参考了2004年科学出版社全国科学技术名词审定委员会公布的《中医药学名词》。例如:

1. 您有肢体疼痛的感觉吗?

2. 您有肢体麻木的感觉吗?该条测量的中医术语是"肢体麻木",其含义指肢体肌肤局限性知觉障碍的表现,"麻"指自觉肌肉内有如虫行感,按之不止;"木"指皮肤无痛痒感觉,按之不知。

3. 您有肢体僵硬的感觉吗?

四、填写方法规定

1. 量表需由患者自行填写完成,以下情况,可由调查员逐条念量表内容给患者听,让患者自己作出评定,评定结果由调查员协助填写完成:

(1)患者瘫痪侧为利手侧。

(2)患者文化程度低,不能理解或看不懂量表问题内容。

(3)其他情况,如病情较重,无法自行完成。

2. 每次患者的评定都应该一次完成,如不能完成者,下次需要重新进行量表的填写。量表的条目需要完整填写,包括量表填写日期。缺项将会影响评定的效果。

3. 两次量表评定的间隔时间一般为1~3周。

4. 量表应答等级具体说明

(1)根本没有、从来没有、根本不影响——均指患者无该方面的任何感受。

(2)偶尔有、略有一点、很少影响——指患者很少有该方面的感受,但对患者并无实际影响,或影响轻微。

(3)有(一般)、有一些、影响(一般)——均指患者有一定的该方面的感受,对患者有一定影响。

（4）经常有、比较有……、有比较大影响——均指患者有较大的该方面的感受，对患者有相当程度的影响。

（5）总是有、极有……、有极大影响——自觉该方面的感受强度和出现次数都十分突出，对患者的影响严重。

各等级的具体定义，则应该由患者自己去体会，不必做硬性规定。

5. 尽量保证患者在安静的环境下填写量表。

第三节　量表研究过程

本量表的研制经过了以下三个阶段。

1. 第一阶段：中风痉挛性瘫痪患者自觉症状的量化　运用社会研究方法学中资料搜集的方法，参照生存质量量表设计，运用中医问诊，从中风痉挛性偏瘫患者报告的自觉症状出发，对中风痉挛性偏瘫自觉症状概念进行操作化。采用访谈法、文献资料检索法等积累中风痉挛性偏瘫患者报告的自觉症状，初步设计制定了"中风痉挛性偏瘫患者症状自评问卷"。然后以问卷的形式对 93 例患者进行现场调查，对问卷的信度、效度进行初步分析，确定了"中风痉挛性偏瘫患者自觉症状自评问卷"；并以该问卷对 93 例患者的自觉症状进行初步评价，结果显示问卷在临床有一定的适用性。

2. 第二阶段：量表编制与性能检验　在前期工作基础上，根据 PRO 研究目标，参考社会研究方法学，按照量表设计技术，通过查阅以往关于中风病测评量表，搜集中风病患者日常活动、心理情绪等方面的相关内容；咨询神经病学和心理学专家，了解中风痉挛性瘫痪的生理、心理特点；与 20 名中风痉挛性瘫痪患者进行开放式访谈，广泛积累患者最痛苦的、最希望改善的自觉感受，整理访谈结果，统计患者报告的主观感受描述词语出现的频数。经以上三种方式，对中风痉挛性瘫痪患者报告的临床结局进行概念操作化,补充基于中风痉挛性瘫痪患者报告的心理、社会方面的指标。根据初步形成的心理、社会方面的具体测量指标,编写条目问题和设立反应尺度,以问卷的形式反复请患者试测,让患者对各指标的普遍性和代表性进行评价,同时咨询神经病学和心理学专家,针对中风痉挛性瘫痪疾病的特点,判断各指标对所测概念的域的解释情况,对指标进行优化筛选,结合前期工作中已确立的症状性指标,确定所测量的概念的域分别为症状、心理、社会,完成量表的理论框架。

将初步形成的问卷,对患者试测并咨询专家,要求患者校正各条目的表达方式是否恰当,请相关专家审定各个条目的内容以及词语表达的准确性,反复修订条目,最终形成 19 个条目问题。参考患者和专家意见,量表反应尺度采用"5 点评分法",并要求患者对自己的整体健康状态进行估分。制定卷首语、填写说明、条目编号,小范围测试 20 例患者,表明患者对量表内容可以理解和接受,设计形成"基于中风痉挛性瘫痪患者报告的临床结局评价量表"初稿。

制定量表调查手册,对调查员进行统一培训,在调查员确认完全掌握了调查手册具体内容后,用设计形成的量表初稿开始进行现场调查。共有 182 例患者参与调查,搜集数据,建立数据库,保证数据质量和操作规范,对数据进行整理、筛选,共完成 106 例有效数据。分析不同人群完成量表的情况,研究量表适应人群和性能。结果表明,本量表的施测人群为符合脑血管病诊断标准,偏瘫、单瘫或四肢瘫痪,没有意识障碍,患侧肢体僵硬,具有一定的理解力和记忆力,且能够正确表达自主意愿的患者。统计分析结果表明,该量表跨条目一致性较高,19 个条目的内在一致性较好;量表结构清晰,具有良好的标准效度和结构效度;治疗前后分值有统计学差异,说明量表的反应度较好。根据量表初稿检验结果,最终形成"基于中风痉挛性瘫痪患者报告的临床结局评价量表"。

3. 第三阶段：量表应用评价 使用该量表对 109 名来自广安门医院、宣武医院、护国寺中医院的中风患者进行间隔 4 周±1 周的现场调查，在填写"中风痉挛性瘫痪患者报告的临床结局量表"时，同时填写 Barthel 指数量表、SS-QOL 量表和 Ashworth 痉挛量表，评价量表的信度、效度。

第四节　性 能 评 价

本部分研究在中国中医科学院广安门医院针灸科、北京中医院针灸科、北京护国寺中医院针灸科、北京宣武区老年病医院康复科、北京电力医院康复科、北京宣武区广外社区、白纸坊社区进行。现场调查时间为 2006 年 12 月 15 日至 2007 年 2 月 10 日，共发放问卷 200 份，收回 182 份，其中 76 例患者填写问卷不完整或是空白，106 例患者完成了前后 2 次调查。另外，为了考察量表区分能力，24 例中风后肢体呈弛缓性瘫痪的患者进行了问卷试测。

一、信 度 分 析

如表 12-4-1 所示，前后 2 次量表的折半信度系数分别为 0.9047、0.9396，说明量表的跨条目一致性较高。

表 12-4-1　中风痉挛性瘫痪 PRO 量表分半信度

信度检验	Reliability Coefficients	折半信度	α
第 1 次（N=106）	0.8296	0.9047	0.8757
第 2 次（N=106）	0.8862	0.9396	0.9005

按量表初步构建的 3 个维度（症状、心理、社会）分别计算前后 2 次各维度的 Cronbach α 系数，结果见表 12-4-2。

表 12-4-2 中风痉挛性瘫痪 PRO 量表各维度 Cronbach α 系数

维度	条目数量	Cronbach α 系数 第1次	Cronbach α 系数 第2次
症状	9	0.8249	0.9014
心理	6	0.7594	0.7967
社会	4	0.8653	0.8598

如上表所示,前后两次各维度的 α 系数均达到 0.75 以上,这表明每个维度上的各条目之间有较高的正相关,它们所测到的是同一种心理特质,每个维度的条目在构思上具有良好的一致性。

二、效 度 分 析

(一)区分效度

本研究采用计算每个项目和量表总分之间的相关系数作为项目区分度指标,用 Spearman 相关系数法计算量表中中风痉挛性和迟缓性瘫痪数据的各条目积分,表 12-4-3 所示所有条目的区分度均非常显著,$P < 0.001$,表明具有很好的条目区分度。

表 12-4-3 中风痉挛性和迟缓性瘫痪 PRO 量表各项目区分度结果分析

项目	Spearman 相关系数	项目	Spearman 相关系数
疼痛	0.564	想哭	0.453
麻木	0.594	着急	0.569
僵硬	0.664	发火	0.564
沉重	0.603	低落	0.611
颤抖	0.529	信心	0.383
无力	0.492	担心	0.346
肿胀	0.600	日常活动	0.542
抽筋	0.505	兴趣爱好	0.589
出汗	0.249	人际交往	0.660
		经济影响	0.522

（二）标准效度

又称标准关联效度，即以公认有效的量表作为标准，检验新量表与标准量表测定结果的相关性，用两种测定工具测得量表总分的相关系数来表示。标准量表的要求是，必须和新量表是同类量表。本量表是针对中风痉挛性瘫痪患者的特异性量表，因此采用 Ashworth 痉挛量表、脑卒中专用生存质量量表（SS-QOL）作该量表的效标。

Ashworth 痉挛量表由 Ashworth 于 1964 年首先倡用，目前已成为国际上通用的评定痉挛的标准。SS-QOL 量表由美国印第安纳大学医学院 Willams 等研制的评定量表，是一个以患者为中心设立的脑卒中专门化生存质量量表，并已在美国进行了信度、效度和敏感度测试，本研究采用的是国内王尹龙修订的版本。

将第 1 次量表填写的总分值和即总分 1、第 2 次量表中的总分值和即总分 2、Ashworth 量表 1 等作频数及正态分析，结果见表 12-4-4。经独立样本 t 检验，可知各量表总分不全呈正态分布，所以采用 Kendal 相关系数。

表 12-4-4 中风痉挛性瘫痪 PRO 量表总分与各量表的相关系数分析

	样本数	M±SD	最小值	最大值	P
总分 1	106	52.01±13.383	28	89	0.841
总分 2	106	47.31±12.673	23	75	0.604
Ashworth 量表 1	106	1.83±0.833	1	4	0.000
SS-QOL 量表 1	106	152.27±34.757	80	232	0.582
Ashworth 量表 2	106	1.47±0.886	0	4	0.000
SS-QOL 量表 2	106	162.13±32.551	89	240	0.827

结果显示，前后 2 次自评量表总分与 Ashworth 量表的相关系数分别为 0.288、0.384；与 SS-QOL 量表相关系数分别为

—0.371、—0.329,表明两次量表总分与 Ashworth 量表、SS-QOL 量表均有显著相关性。自评量表与 Ashworth 量表总分越高提示患者整体健康状态越差,即二者呈正相关;而 SS-QOL 量表总分越高提示患者整体健康状态越好,与自评量表正好相反,即自评量表与 SS-QOL 量表呈负相关。可见,量表的标准效度较好。

(三)结构效度

本研究采用因子分析来评价量表的结构效度。

对数据进行线性检验,KMO 和 Bartlett 球体检验结果,KMO 值为 0.827,巴特利特球度检测观测值为 1382.011,相应的概率接近 0,结果表明数据呈较好的线性,可以进行因子分析。选用主成分分析抽取公共因素,求得初始载荷矩阵,特征根值大于 1 的因子共有 5 个,解释总变异的 75.155%。然后用方差最大法正交旋转,得到旋转因子载荷矩阵。

本研究根据以下标准确定因子数目:①因子的特征值≥1,即因子贡献率≥1;②因子必须符合卡特尔"陡阶"检验原则;③每个因子至少包含三个项目;④因子比较容易命名。根据以上原则,第 5 因子中的信心、担心两个变量合并到代表心理变量的因子中。这样,用 4 个因子解释所有的变量,丢失的信息最少。

分析各因子所含条目的内容:第一个因子包括疼痛、麻木、僵硬、沉重、无力 5 个条目,涉及的主要是症状中自我报告的主观感觉的问题,可命名为"主观症状"。第二个因子包括想哭、着急、发火、低落、信心、担心 6 个条目,涉及的主要是与心理相关的问题,可命名为"心理感受"。第三个因子包括日常活动、兴趣爱好、人际交往、经济影响 4 个条目,涉及的主要是与社会相关的问题,可命名为"社会交往"。第四个因子包括颤抖、肿胀、抽筋、出汗 4 个条目,涉及的主要是症状中可知觉的相关问题,可命名为"客观症状"。这与预想的三个维度实际上是一致的,因子 1 和 4 是症状维度的两个方面。因子分析结果表明,量表结构清晰,具有良好的结构效度。

(四)实证效度

对实证效度的研究主要是对无抑郁患者与抑郁患者采用差异被试比较法。以是否抑郁为分组变量,以各维度得分和量表总分为因变量,进行独立样本的平均数差异检验。

如果按前面所述的抑郁严重度指数将样本量分 4 组,个别组的样本量较少,不适于统计分析。故将 106 例样本按抑郁严重度指数在 0.50 以下的为一组,称为无抑郁组;抑郁严重度指数大于 0.50 的为一组,称为抑郁组。将两组的各维度得分和量表总分进行频数和正态检验,结果见表 12-4-5。

表 12-4-5 抑郁和非抑郁组测试时总量表和各维度间比较

		样本数	$M \pm SD$	P
无抑郁组	量表总分	78	47.83 ± 10.656	0.536
	主观症状	78	14.41 ± 5.236	0.123
	客观症状	78	7.33 ± 2.781	0.040
	心理感受	78	13.10 ± 3.333	0.032
	社会交往	78	12.99 ± 4.170	0.195
抑郁组	量表总分	28	63.64 ± 13.489	0.986
	主观症状	28	17.75 ± 4.797	0.600
	客观症状	28	10.32 ± 4.047	0.594
	心理感受	28	19.39 ± 5.370	0.833
	社会交往	28	16.18 ± 3.400	0.553

注:以上数据采用 t 检验

从表 12-4-5 可知,两组数据中客观症状和心理感受两个维度得分不全呈正态分布,采用非参数秩和检验;主观症状、社会交往两个维度得分和量表总分呈正态分布,采用单因素方差分析。

单因素方差分析结果显示,抑郁组在"主观症状"、"社会交往"以及量表总分都显著高于无抑郁组;非参数秩和检验结果显示(表12-4-6),抑郁组在"客观症状"、"心理感受"平均秩次均大于无抑郁组,抑郁组在"客观症状"、"心理感受"得分显著高于无抑郁组。可见,抑郁患者在症状、心理及社会方面的健康状况较无抑郁患者程度重。

表 12-4-6　抑郁组与非抑郁组客观症状、心理感受维度比较

		N	Mean Rank	Sum of Ranks	Asymp. Sig.
客观症状	无抑郁	78	47.41	3698.00	
	抑郁	28	70.46	1973.00	0.001
心理感受	无抑郁	78	44.46	3467.50	
	抑郁	28	78.70	2203.50	0.000

三、反应度分析

量表常用于评价不同治疗措施的疗效比较,因此量表必须能反映出患者细微的疗效差别,即具有一定的反应度,本研究自评量表总分1、自评量表总分2经配对样本 t 检验,P 值为 0.000,结果有统计学差异;同样 SS-QOL 量表第1次、SS-QOL 量表第2次评分经配对样本 t 检验,P 值为 0.000,结果有统计学差异;Ashworth 量表1、Ashworth 量表2 经秩和检验,结果 P 值小于 0.05,有统计学差异,说明经治疗后中风痉挛性瘫痪患者的痉挛程度有改善,且改善程度有统计学意义。

综上所述,自评量表能随时间反映出患者经治疗后的变化,且与 Ashworth 量表变化方向一致,与 SS-QOL 量表变化方向

相反,表明标准量表能够测量的内容,我们所制定的量表同样也可以测量,而且结果与标准量表结果一致。

第五节　应用评价

量表正式测试于2008年3月至2008年6月在中国中医科学院广安门医院针灸科、北京宣武医院康复科及北京护国寺中医院针灸科进行。共回收量表139份,其中,完成治疗前后两次填写的量表为109份,间隔28天,应用该数据进行了信度效度评价[142]。

一、信度分析

(一)分半信度

量表两次填写的分半信度分别为0.786和0.775,说明量表具有良好的跨条目一致性。

(二)内部一致性信度

用内部一致性信度(Cronbach α)检验量表的内在一致性,量表前后两次填写数据得到的Cronbach α系数分别为0.732和0.757。症状、心理、社会功能三个领域前后两次的Cronbach α系数分别为0.6734、0.6779、0.8725、0.8008、0.6640、0.8938,说明量表具有良好的内在一致性。

二、反应度

本次调查结果入组前患者的平均得分为33,标准差为10,入组4周后的平均得分为29,效应尺度为$(33-29)/10=0.4$。经配对t检验,$t=4.757$,$P<0.01$,差别具有统计学意义,说明中风痉挛性瘫痪PRO量表能够区分治疗前后症状的改善。

三、效度分析

本次研究主要检验了中风痉挛性瘫痪PRO量表的效标效度。以国际公认的Barthel指数量表、SS-QOL量表及Ashworth 痉挛量表为标准，评价 PRO 量表与上述各个量表的关联性。PRO 量表、Barthel 指数量表、SS-QOL 量表分值为计量资料，故使用 Pearson 相关对其进行检验。Ashworth 痉挛量表分值为等级资料，故使用 Kendal 相关系数对其与中风痉挛性瘫痪 PRO 量表之间的关联性进行检验。

表 12-5-1 结果表明，中风痉挛性瘫痪 PRO 量表与 SS-QOL 量表的相关程度最高，且二者呈负相关，即 SS-QOL 量表得分越低，则中风痉挛性瘫痪 PRO 量表得分越高，说明患者生存质量越低，其自身感受越差。

表 12-5-1　中风痉挛性瘫痪 PRO 量表效标效度分析

	Barthel 指数量表	SS-QOL 量表	Ashworth 量表
第 1 次测试	−0.253	−0.377	−0.022
第 2 次测试	−0.182	−0.403	0.102

中风痉挛性瘫痪 PRO 量表与 Barthel 指数量表有一定的相关性，且二者呈负相关，即 Barthel 指数量表得分越低，则中风痉挛性瘫痪 PRO 量表得分越高，说明患者日常生活能力越低，其自身感受越差。

中风痉挛性瘫痪 PRO 量表与 Ashworth 量表的相关性检验结果为−0.022、0.102，说明二者无明显相关。将中风痉挛性瘫痪 PRO 量表按照不同领域拆分与 Ashworth 量表再次进行相关性评价，结果见表 12-5-2。

表 12-5-2　中风痉挛性瘫痪 PRO 量表不同领域与 Ashworth 量表效标效度分析

	症状	心理	社会	症状＋社会功能	症状＋心理
第 1 次测试 Ashworth	−0.038	−0.064	0.078	0.011	−0.048
第 2 次测试 Ashworth	0.088	0.016	−0.057	0.079	0.116

本量表经过了中风痉挛性瘫痪患者自觉症状的量化和测量、量表编制与性能检验等研究过程,经过了临床 109 例患者量表临床应用分析,表明该量表适用于具有一定的理解力和记忆力,且能够正确表达自主意愿的中风痉挛性患者的疾病状态评定和疗效评价。

中风痉挛性瘫痪 PRO 量表,经过了以上长期的研究过程,先后进行了 3 次的测试,对量表条目筛选、认知测试、信度效度反应度进行评价,还进行了适宜人群的探索,可供临床疗效评价研究使用。

第六节 中风痉挛性瘫痪评价
指标的研究进展

中风痉挛性瘫痪即由脑中风引起上运动神经元损害,痉挛是影响中风痉挛性瘫痪患者肢体功能恢复的关键问题,确定痉挛的存在和其严重程度的评定是最基础的工作。

一、痉挛评定

目前对于痉挛的评定有主观和客观的两种方法。

主观的评定方法即依靠检查者徒手操作及观察来主观判断患者的痉挛情况。传统的方法主要是根据被检测肌群的肌张力是否增高来判断有无痉挛;或者根据肌张力增高的程度将痉挛分为轻度、中度、重度 3 个等级。常用的主观评定方法有两大类:①由 Ashworth 在 1964 年提出的 Ashworth 量表法(ASS)[139],Bohannon 和 Smith 1987 年在 Ashworth 量表基础上总结形成的"改良的 Ashworth 量表法(MAS)"[140]。这两种方法分别把痉挛分成 5 个和 6 个级别使其评定由定性转为定量。ASS 评定时,令患者处于舒适的坐姿或仰卧,检查者徒手牵张痉挛肌进行全关节活动范围内的被动运动,通过感觉到的阻力及其变化情况把痉挛分成 0～4 级,共 5 个级别。MAS 是前人总结了 ASS 的经验,发现被评定为 Ashworth"1"级的人数太多,所以将"1"级进一步区分,在原量表的基础上增加了"1⁺"级,并对这 6 个级别重新描述。②加拿大学者 Levin 和 Hui-Chan 于 20 世纪 90 年代初根据临床实际应用提出的临床痉挛指数(CSI)[141]。其评定内容包括腱反射、肌张力及阵挛 3 个方面。

ASS 和 MAS 均是徒手痉挛检验法,用于评定四肢各肌群,操作简便,但其量化欠准确,以关节被动运动中对阻力的主观感觉作为评定基础,检查者的判断力对痉挛变化的辨别能力等因素使主观评定方法的应用受到一定限制。有文献报道 CSI 主要用于评定脑损伤和脊髓损伤后的下肢痉挛特别是累及踝关节,其评定的内容包括跟腱反射,小腿三头肌的肌张力及踝阵挛[143]。

客观的评定方法有神经生理学方法和生物力学方法等。一般认为,上运动神经元损伤后,脊髓因失去上位中枢的控制而导致节段内运动神经元和中间神经元的活性改变,以致相应电生理改变[138]。临床上常用肌电图通过检查 F 波、H 反射、T 反射(腱反射)等电生理指标来反映脊髓节段内 A 运动神经元、C 运动神经元、Renshaw 细胞及其他中间神经元的活性。这为评价痉挛的基本节段性病理生理机制提供可能。生物力学方法则是在近 20 年来广泛应用。其中,尤为突出的是应用等速装置进行痉挛量化评定。具体的方法一种是借助等速装置描记重力摆动试验曲线进行痉挛量化评定,该方法在 20 世纪 80 年代中期由国外学者率先使用[144,145],近来国内学者亦有应用[146];另一种则是近年来应用等速装置控制运动速度,以被动牵张方式完成类似 Ashworth 评定的痉挛量化指标的评定方法[147],这一方法不仅提供了一定的痉挛量化指标,而且还可作为其他痉挛量化评定可靠性的参照[148,149],该方法尚未见国内报道。

二、功能障碍综合评定

标准化量表评定法是目前国内外广为采用的方法。西医学对急性期患者多采用神经功能缺损计分[150,151]及肢体运动功能的评价，也采用CT、MRI等指标进行评价。在中风病恢复期的疗效评价越来越多地使用日常活动能力、生存质量等身体残疾和社会生活障碍水平的指标。

目前常用的综合评定方法有脑卒中量表（NIHSS）[152]、欧洲卒中量表（ESS）[153]、Fugl-Meyer评价法（FMA）[154]等；侧重活动能力评价法有日常生活活动能力（ADL）的评定[155]、Barthel指数（MBL）[156]、功能独立性量表（FIM）[157]。谢瑛等[158]应用NIHSS、FMA、ADL评定方法观察早期综合康复治疗对急性脑卒中偏瘫患者神经功能缺损、运动功能及日常生活活动能力的影响。金家宝[159]采用ESS探讨急性期脑卒中患者应激性高血糖与病情程度及预后的关系。丁宇等[160]采用FMA及Barthel指数分别评定早期康复治疗对脑梗死患者肢体运动功能的影响。朱冬胜等[161]在治疗脑出血时，采用Barthel指数对该指标进行对比观察。上述评价方法常用于评定脑中风患者的肢体功能活动，但也存在一定不足，如神经功能缺损计分主要是肌力和关节活动度的评价，其改善程度与神经功能恢复往往不同步，Barthel指数、功能独立性量表等不能全面反映患者的肢体功能恢复情况，而CT、MRI等影像学指标在治疗前后的比较敏感性较差。

关于脑中风患者生存质量的测评，目前发展的量表较多，如脑卒中特异性生存质量量表（SS-QOL）[162]、生存质量指数（QLI）、EuroQOL调查表、疾病影响问卷（sickness impact profile，SIP）、Nottingham健康问卷（NHP）、健康测量量表MOS SF-36、Karnofsky操作量表（KPSS）、健康质量量表（QWBS）、Niemi的中风生存质量研究量表、Frenchay活动指数（FAI）等，其中后两者为中风专用量表。蔡亚平等[163]在对自然人群中194例脑血管病存活患者的生存质量进行随访时应用了Spitzer-QLI评分表。郑良成等[164]对69例脑梗死患者治疗后2周和8周生存质量进行比较分析时，亦采用Spitzer-QLI。高谦等[165]认为 QLI 测定脑卒中患者有效，且简单、易用，患者的完成率高。徐晓云等[166]在探讨脑梗死患者康复期认知改变与生存质量的危险和保护因素的研究中，使用何成松等[167]编制的 SS-QOL 量表。李凌江等[168]编制了慢性脑卒中患者生存质量评估问卷（QOL-ICAP），包括躯体健康、社会功能、疾病症状维度、心理健康 4 个维度，并评价信度、效度等，认为可用于慢性脑卒中患者生存质量评价。从以上可见，目前国内使用的中风病的生存质量量表多数为国外翻译过来的量表，亦有一些量表是国内学者自己制定的，是否得到同行的认可，目前尚无定论，有待进一步研究。

现有的评定量表或工具已经广泛应用于临床[169~172]，但这些评定方法或是关于痉挛方面的评定，或是关于脑中风患者功能障碍方面的评定，而中风痉挛性瘫痪的特点是既有痉挛，又伴随社会活动障碍，所以上述评定方法用于评定中风痉挛性瘫痪并不完善。其次，现有的评定方法评价主体都是临床医师或是临床康复技师，缺少患者对疾病主观感受方面的评价；有些量表较复杂，临床评定耗时长，而且在患者临床症状改善方面的评定涉及很少。比较各种评价方法可以看出，现今中风痉挛性瘫痪尚缺乏敏感性较强、适用性较好的疗效评定标准。

因而，基于患者报告的临床资料角度研制一种有较高的信度、效度，易于操作的，具有可分析性的标准化测量工具是十分必要的。

目前循证医学发展迅速，它强调生物-社会-心理的整体医学模式，以可靠的证据指导临床实践和医学决策[173]。遵循循证医学的原则，从患者的利益出发，充分尊重患者的自身价值和愿望，优先考虑影响患者生活自理能力最严重的、患者感到最痛苦和最迫切希望解决的问题，探索中风痉挛性瘫痪的临床评价方法学路径，这一点值得进一步研究。

第十三章

慢性肝病患者报告的临床结局评价量表

第一节 简 介

慢性肝病是多种因素导致慢性肝损伤,包括慢性乙型肝炎、慢性丙型肝炎、脂肪性肝炎、肝硬化等常见病。临床上对于这些疾病的疗效评价多采用肝脏穿刺活检病理及生化指标等,肝脏穿刺活检为有创性评价方法,生化指标的变化有时又不能真正反应患者的感受与病情。评价的量表有慢性肝病特异性量表[174](chronic liver disease questionnaire,CLDQ),该量表注重慢性肝病患者生存质量的测评,而对患者社会参与能力的评价欠缺。本部分内容采用量表研制的相关策略和方法,编制了符合我国人文特点及语言习惯的慢性肝病患者自我感受的临床结局评价量表。该量表借鉴 PRO 量表的研制方法,以慢性肝病患者主观感受为主体,将慢性肝病患者的躯体症状、心理感受和社会交往量化并测量,专门用于慢性肝病患者自我感受的临床结局评价。

第二节 量 表 内 容

慢性肝病患者自我感受的临床结局评价量表分为 3 个域,包括躯体症状、心理感受和社会交往。躯体症状包括疲劳、睡眠、恶心、饮食、口感、腹胀、肝区胀闷不舒或疼痛、头昏、气短、眼睛干涩、皮肤瘙痒、皮下及齿龈或鼻等部位的出血、大便异常、腰膝酸软;心理感受包括易激动、情绪低落、心烦、多疑、悲观、康复信心;社会交往包括日常活动、兴趣爱好、人际交往、经济影响。
本量表由 30 个条目组成,举例如下:

1. 您经常觉得疲劳吗?
1□从来没有;2□偶尔;3□时有;4□经常有;5□总是有

2. 您疲劳的程度如何?
1□没有;2□很轻;3□一般;4□比较重;5□极重

3. 您活动后的疲劳恢复困难吗?
1□一点也不难;2□有点难;3□比较难;4□很难;5□非
常难

一、使 用 目 的

该量表用于测量慢性肝病患者(慢性乙型肝炎、慢性丙型肝炎、酒精性肝炎、脂肪性肝炎、肝硬化代偿期)自我感受,用于治疗前后的效果评价。

二、使 用 说 明

所有测试条目均为 5 级量化,测试患者近二周的自我感受,填写的答案由前向后表示由最好的状态到最差的状态,分别记为 1、2、3、4、5 分,最好状态为 1 分,最差状态为 5 分。该量表可以用于治疗前后总体疗效的分析评价,也可用于药物或疗法之间的疗效比较。

三、条目意义解析

本量表条目采用了患者能够理解的通俗易懂的语言表达方式,背后隐含了体现中医特点的专业用语,专业词汇主要参考了 2004 年科学出版社全国科学技术名词审定委员会公布的《中医药学名词》。例如:

1. 您经常觉得疲劳吗? ——该条测量的中医术语是"疲劳",其含义指自觉肢体懈怠,软弱无力的表现。

2. 您疲劳的程度如何？——该条测量的中医术语是"疲劳"，其含义指自觉肢体懈怠，软弱无力的程度。

3. 您活动后的疲劳恢复困难吗？——该条测量的中医术语是"疲劳"，其含义指出现自觉肢体懈怠，软弱无力时是否易于恢复。

四、填写方法规定

（一）原则

1. 在临床流行病学调查开始前，组织参加流行病学调查的医师认真学习实施方案，理解量表中各条目的含义；对参加流行病学调查的临床医师进行事先培训，使之熟悉并掌握实施方案，以提高观察人员内部观察一致性和观察者间一致性，保证观察结果的可靠性。

2. 参加流行病学调查的医师相对固定。

3. 量表所有项目的填写应由患者本人填写，或在医师的指导下进行，但均应保证填写的正确性与完整性，不可漏页或漏项。

4. 不识字的患者可由别人帮忙，边读边选，进行填写。

5. 每次患者的评定都应该一次完成，不允许间断，准确记录患者每次量表评定所需时间及评定日期。

6. 量表总共填写 2 次。治疗前填写一次，治疗后填写一次。

7. 当患者对量表条目理解不清时，由调查人员以中性语言进行解释，最终答案由患者自行判断。

（二）填写者规定

主要由慢性肝病患者本人填写，根据 2 周内患者自身真实感受情况独立回答所有问题。如果某个问题不能肯定选择哪个答案，就选择最接近其真实感觉的那个答案，并在该答案相对应的"□"内画"√"。

辅助填写者规定：如果患者文化程度较低，不能独立完成各项目的填写，可以由临床医师、患者家属或其他人员读给患者听,帮助理解条目的基本含义,让患者自己感受,并逐一对问题作出选择。

(三)注意事项

1. 量表填写一律用钢笔或圆珠笔,不得用铅笔或红色笔书写。字迹要清楚,书写要工整。数字一律用阿拉伯正楷字书写,如1、2、3……10,不得用自由体书写。

2. 填写务必认真、准确、清晰、如实,不得随意涂改。

3. 务必保证每个条目均有相应的回答,不可漏填或缺页。

4. 尽量保证患者在安静的环境下填写量表。

第三节　研制过程[175]

一、测定概念的定义与域的确定

以 WHO 生存质量的概念及其构成[176]为出发点,并参考 Bufinger 等[177] 和 Bonomi 等[178] 对健康相关生存质量(health related quality of life, HRQOL)的理解来确定慢性肝病自我感受的临床结局评价量表的概念。Bonomi 等认为健康质量评价不仅包括特定症状或现象的发生或承受特定症状或现象的能力,而且包括对该领域的关心和满意度。因此,我们确定从 3 个领域进行评价:①症状与身体不适感受;②心理状况与情感;③社会功能。每个领域下又细分为 2~4 个亚域,并对每个领域和方面的内涵进行了说明和规定。其中躯体功能包括疼痛感知、睡眠、食欲、精力等,心理功能包括认知、情绪、自我意识、应对方式等,社会功能包括工作、家庭、社会支持、经济状况等。

二、指标筛选

(一)指标来源

为获得反映慢性肝病患者临床表现的条目,我们做了以下三方面的工作：①查阅文献资料：检索现代国内外文献数据库，参考古代及现代书目，参考慢性肝病相关量表，获取慢性肝病相关症状、心理及社会参与等方面的信息。②参考既往研究资料总结：本研究回顾了课题组既往收集的 1586 份慢性乙型肝炎的病例，总结该病患者的表现及特点，获得了慢性乙型肝炎症状由高到低出现的频率。这些信息的获取，为项目访谈内容的制定提供了依据。③访谈资料：为了了解慢性肝病患者症状、心理情感及其所关注的社会问题，本研究拟定了慢性肝病访谈提纲，采取面对面访谈的形式，选择慢性肝病患者 62 人进行了访谈。通过对被访者进行有关自身感受及表现特点的了解，探讨慢性肝病在人群中的表现形式及特征，分析被访者对不适的具体表现时的用词习惯，以便研制的慢性肝病自评量表适合中国的本土文化背景。经以上分析，确定有 96 个指标与慢性肝病有关。

（二）指标初步确定

将上述确定的 96 个指标进行优选，以便能达到合适的指标数量。本量表既要符合患者自评的功能，又要反映疗效的变化，因此，我们确定指标选择的依据是：①出现频率高；②与肝病相关性好；③反应疗效变化；④除外有诊断意义而对疗效评价意义不大的指标。根据以上原则，经议题小组和核心小组讨论，发挥专家作用，进行逐个指标征求意见和认真讨论，删除了一些意义相对不太重要的指标，最后形成量表指标 30 项，其中躯体症状域 15 项：疲倦、睡眠障碍、头昏、食欲下降、气短、异常部位的出血、皮肤瘙痒、腹胀、肝区胀闷不舒、肝区疼痛、异常的口感、眼睛干涩、腹痛、恶心、不耐疲劳；心理情绪域 7 项：心烦、悲观、多疑、情绪低落、易激动、精神不能集中、对疾病康复存在信心不足；社会参与域 8 项：社会交往受到了影响、交往中缺乏主动性、担心疾病影响工作和升迁、担心疾病影响家庭生活、担心增加家庭经济负担、担心家人嫌弃自己、娱乐活动的能力差、精力不足。

三、形成条目池

在上述研究工作基础上，将指标转换成具体的测试条目，并组织专家论证，进一步确定条目是否能反映测试内容。此外，为了提高量表的信度、效度，对于同一测试内容，编制了不同表达方式的测题，而且为了避免被试答题时的惯性思维，不将内容相近的词条编排在一起。按照上述条目组建的依据，编制出 38 个条目。

四、形成初步量表

各条目按其等级指标从没有、较轻、较重、严重到非常重 5 级依次计 1～5 分，使其能反映患者不同病症状态及严重程度，各因子分数按累积得分法计算。对慢性肝病患者、医师、护士等共 36 人进行问卷调查与访谈，以了解量表条目语气是否委婉、表述有无歧义或是否容易理解，有无补充的新条目，等等。将问卷回收，并对有些条目进行语气、表述方面的修改后，得到包含 30 个条目的初步量表。

五、量表预试分析及条目筛选

于 2007 年 8 月 15 日至 2007 年 9 月 15 日在中国中医科学院广安门医院、中国中医科学院西苑医院、北京市中医院、北京中医药大学附属东方医院等 4 家医院收集 207 例慢性肝病患者作为量表预试研究对象，其中慢性乙型肝炎例 150 例、慢性丙型肝炎 8 例、酒精性肝炎 5 例、脂肪性肝炎 24 例、肝硬化代偿期 20 例，样本中男性 146 例，平均年龄 49.16 岁±11.30 岁，女性 61 例，平均年龄 48.02 岁±12.80 岁。调查者以医师的身份出现，作简单的解释和说明后，将上述形成的初步量表发给患者填写，等待其完成后收回并检查有无漏项。采用 4 种条目筛选方法[177]进行筛选。①变异度法：计算各条目标准差 SD（各条目量纲相同,直接用标准差反映变异度),并删除小于 1 者。②相关系数法:计算各条目与其领域得分的相关系数 r,删除相关系数低于 0.5 的条目。③因子分析法:进行因子分析,提取特征根大于 1 的因子,并作方差最大旋转,删除在各因子上载荷系数(factor loading,FL)均较小(即最大的因子载荷系数小于 0.5)的条目以及在 2 个或 2 个以上因子上载荷系数相近的、无特异性的条目。④系统聚类分析法:采用系统聚类法把条目聚为 3个类别,删除每类中相关系数平方的平均值最小的 2 个条目。最终形成量表。

第四节　性 能 评 价

量表性能评价。

在第一次预调查数据分析基础上,进行了量表修订及其性能评价[179],第二次现场调查在中国中医科学院广安门医院、中国中医科学院西苑医院、北京市中医院、北京中医药大学附属东方医院等 4 家医院进行,共发出问卷 104 份,收回有效问卷 104份,回收率为 100%。病种分布如下:慢性乙型肝炎 58 例,慢性丙型肝炎 14 例,脂肪性肝炎 9 例,酒精性肝炎 3 例,早期肝硬化17 例,漏填病种 3 例。并与 51 例正常人进行了量表反应度比较。

(一) 信度分析

经 Cronbach α 系数、Guttman 折半系数检验,结果如表13-4-1。

(二) 效度检验

采用因子分析方法进行了效度检验,并进行最大方差正交旋转。KMO 统计量为 0.783>0.7,说明各变量间信息的重叠程度较高。Bartlett 球形检验 χ^2 值 1801.149,P 值<0.001,可知各变量的独立结果表明该量表有较好的效度。提取特征根值

表 13-4-1　慢性肝病 PRO 量表信度检验结果

检验系数	总量表	躯体症状域	心理情绪域	社会参与域
Cronbach α 系数	0.915	0.883	0.822	0.849
Guttman 折半系数	0.703	0.782	0.774	0.798

＞1 的 8 个公因子，累计贡献率为 69.636%，可概括为躯体症状、心理情绪、社会参与，其中躯体症状域可解释为体力状况、腹部症状、双目症状、皮肤口鼻症状、饮食口感及其他症状六方面，该结果与量表的设计构想和慢性肝病患者临床特点基本相符。

（三）不同慢性肝病间比较

本研究还对慢性乙型肝炎与其他慢性肝病量表得分及不同域之间进行了比较。结果见表 13-4-2。从表中可知，慢性乙型肝炎量表总得分及各个域得分与其他肝病无显著性差异，说明该量表在本研究所纳入的慢性肝病之间不存在差别。

表 13-4-2　慢性肝病 PRO 量表在慢乙肝与其他慢性肝病中的评分比较$(X \pm s)$

分组	总量表	躯体症状域	心理情绪域	社会参与域
慢性乙型肝炎($n=58$)	67.48±17.37	38.17±10.12	11.73±4.38	15.33±5.62
其他慢性肝病($n=46$)	70.40±18.08	41.76±11.36	11.57±3.90	14.98±5.28
t	−0.822	−1.678	0.192	0.324
p	0.413	0.096	0.848	0.747

（四）慢性肝病与正常人组间比较

本研究还对慢性肝病量表得分与正常人量表得分进行了比较，结果见表 13-4-3。从表中可知，量表总得分及各个域得分之间均有显著性差异，说明该量表对慢性肝病有良好的反应度。

表 13-4-3 慢性肝病 PRO 量表在慢性肝病与正常人中的评分比较($\bar{X}\pm s$)

分组	总量表	躯体症状域	心理情绪域	社会参与域
慢性肝病患者($n=104$)	68.67 ± 17.46	39.78 ± 10.68	11.62 ± 4.14	17.28 ± 6.13
正常人($n=51$)	43.86 ± 9.35	26.21 ± 4.72	8.02 ± 2.36	9.63 ± 3.82
t	9.490	8.625	5.750	8.166
p	0.000	0.000	0.000	0.000

结论:两次现场调查后的数据统计分析结果表明,该量表具有较好的信度、效度和反应度,该量表有一定应用价值,是对目前现有慢性肝病评定量表的补充。

第五节 量表在慢性肝病疗效评价中的应用进展

慢性肝病主要有慢性病毒性肝炎(HBV 和 HCV)、慢性酒精性肝炎、脂肪性肝炎等,这些疾病是导致肝纤维化、肝硬化的主要原因。目前,临床上对于这些疾病的疗效评价多采用肝脏穿刺病理及生化指标等,肝脏穿刺为一有创性评价方法,生化指标的变化有时又不能真正反应患者的感受与病情,因此,客观的评价指标仍在探索之中。慢性肝病患者除出现生理功能障碍外,还出现与患者健康相关的生存质量问题,以及日常生活活动和社交困难问题,还可出现由此引发的焦虑、抑郁、淡漠等社会心理问题。因此,了解慢性肝病特点并对其进行合理的评定,对慢性肝病患者的治疗有指导意义。

一、慢性肝病的疗效评价

慢性肝病患者存在明显的生存质量影响,因此要评价一种治疗方法的疗效,单纯的症状是否缓解、临床化验指标是否恢复或改善均不能全面评估其对肝病患者的疗效,纳入量表综合分析则可补充其不足。近年来,健康状况及生存质量的调查已被广泛地应用,从宏观上提供了人群健康状况的信息,对患者的管理保健提供了良好的信息,健康相关生存质量被认为是慢性肝病自然病程和疗效评价的重要手段。目前已报道用于肝病方面的生存质量测定量表有许多种:Younossi[180]等1999年推出慢性肝病量表(chronic liver disease questionaire,CLDQ)被较多人用于临床,Younossi研究发现肝硬化患者中胆固醇性疾病的健康相关生存质量(health related quality of life,HRQL)比肝细胞性疾病在某些领域损害轻,疾病严重程度越高,CLDQ和简明健康状况调查问卷(the medical outcomes study 36-item short-form health survey,SF-36)的总体得分越低。这种损害在不同疾病间差别无显著性意义。年老和疾病严重程度与HRQL呈负相关。CLDQ作为慢性肝病的生存质量评估的一种特异性的新型量表,具有较好的可信度与灵敏度,可以用于慢性肝病生存质量的评价。但是,和普适性量表如SF-36比较,它虽然也可以反应肝病的严重程度,但在生活的精力及情感方面的测试分值明显缺乏特异性,从而不能捕捉肝病患者的一些特殊改变。而且,以上的量表同属于疾病特异性量表,共有的缺点是不能在不同疾病之间进行比较,仅限于一定疾病群体和干预措施,可能丢失预期之外的信息。Marchesini等[181]对544名肝硬化疾病患者的HRQL进行纵向研究发现,SF-36、诺丁汉健康问卷(Nottingham health profile,NHP)中除疼痛外,其他所有领域都有改变,性别差异很小,与病因学无关。疾病严重程度对HRQL损害最明显。可感知的健康问题使男性的工作、性生活和女性的家庭及社会生活受到影响。邓开盛等[182]应用医学对应问卷(medical coping modes questionnaire,MCMQ)量表、综合医院抑郁焦虑自评量表(hospital anxiety and depression scale,HAD)、汉密尔顿抑郁量表(Hamilton depression rating scale,

HAMD)和汉密尔顿焦虑量表(Hamilton anxiety rating scale, HAMA)评定慢性乙型肝炎患者心理状况。刘建军[183]应用 SF-36 测评 138 例慢乙肝患者和 62 名健康体检者,结果慢乙肝患者的生存质量普遍下降,苦参碱治疗后患者临床客观指标显著改善,生存质量明显提高,且不良反应少,耐受性较好。胡玉琳等[184]采用 SF-36(中文版)调查肝炎患者及部分健康人的工作、学习、生活、情绪、社交等方面情况后,认为肝炎患者的生存质量比健康人明显下降,经过保肝治疗后患者的生存质量较治疗前提高。巩英凤等[185]用 SF-36 量表调查 200 例慢乙肝患者及 200 例健康人,通过多因素逐步回归分析得出:临床分型、乏力、黄疸、血清转氨酶、总胆红素、血浆白蛋白以及 HBV-DNA 是主要影响因素($P<0.01\sim0.05$)。易露茜等[186]应用 SF-36(中文版)调查 150 例慢性乙型肝炎患者的生存质量,通过对照分析,证实抗病毒治疗能从不同方面提高各型慢乙肝患者的生存质量。姚光弼等[187]发现拉米夫定治疗慢性乙型肝炎半年、1 年后生存质量有明显提高,主要集中在心理状态方面,表明拉米夫定可以明显改善患者的心理状态、提高其社会适应能力。刘静等[188]采用症状自评量表(SCL-90)及 SF-36 量表研究发现,心理干预可改善慢性乙型肝炎患者的健康状况,提高生存质量。李德敏等[189]用艾森克个性问卷、焦虑、抑郁自评量表,Olson 婚姻质量问卷对 43 例慢性乙型肝炎患者和 43 例健康者进行对照研究。结果提示:慢性乙型肝炎患者存在着不同程度的心理卫生问题,其婚姻质量欠佳,在应用药物治疗的同时,应重视心理干预和家庭治疗。杜耀民等[190]研究认为健康教育明显有利于慢乙肝患者的康复。为了解慢乙肝患者的家庭支持和生存质量的相关性,陈利群等[191]采用领悟社会支持量表(PSSS)、简明 SF-36 对 59 例住院乙肝患者进行问卷调查,探讨住院乙型肝炎患者领悟社会支持和生存质量的现状及相互关系。结果提示,护理人员应对患者及家属加强健康教育,提供高质量、个性化的社会支持,以提

高患者的生存质量。目前慢性乙肝领域常用的特殊量表是慢性肝病问卷(CLDQ)。该量表基于肝病患者常见的临床表现,分为腹部症状(AS)、乏力(FA)、全身症状(SS)、活动(AC)、情感功能(EF)、焦虑(WO)等6个维度。冯慧芬等[192]采用CLDQ量表评估了干扰素与常规保肝药物联合应用对慢性乙肝患者生存质量的影响,认为心理因素在干扰素治疗过程中有重要影响,HRQL的改善可作为干扰素治疗慢性乙型肝炎考核的标准之一。陈晓蓓等[193]用SCL-90量表对142例病毒性肝炎患者进行调查,表明患者有焦虑、抑郁、恐惧、躯体不适、强迫及精神病性行为等症状。张国强等[194]进行了慢性乙型肝炎患者生存质量测量与影响因素分析,表明慢性乙型肝炎患者生理、心理、社会功能受到很大影响,生存质量全面下降。采用"健康调查简易量表MOS SF-36"测量患者的生存质量,表明QOL对慢性乙型肝炎患者的预后评价有重要意义。巫贵成[195]等进行了慢性乙型肝炎患者远期生存质量的研究,对SF-36进行了补充,制定了肝病患者生存质量量表,表明除了肝功能损害导致患者远期生存质量下降的原因之外,心理因素不容忽视。聂勇战等[196]用CLDQ尝试性测评慢性丙型肝炎及无症状肝病患者的HRQL,显示该量表可行性较强,可用以辅助指导肝病相关疾病的疗效评估。刘卫东等[197]应用CLDQ量表研究临床综合治疗对慢性乙肝患者生存质量的影响,提示除药物治疗外心理治疗也起决定性作用。傅文青等[198]对152名住院慢乙肝患者CLDQ、SCL-90、MCMQ进行调查,发现心身症状及不良的应对方式对患者的生存质量有较大影响,要想通过心理干预减轻患者心身症状,提高生存质量,重点应放在改变不良应对方式上。

二、慢性肝病生存质量的评定内容

慢性肝病患者生存质量的测定,应分为几个维度,各维度间既有相关性又有独立性,某一维度的主观满意度主要与该维度的客观状态有关,而较少受生命其他方面的影响。

1. 身体功能　身体功能包括自我感觉与体征,如疼痛与不适、经历与劳累疲倦,及身体感觉功能如嗅觉、视觉等,以及有无其他的慢性疾病。

2. 心理状态　慢性肝病常常表现出急躁易怒等心理活动的改变,心理状态不仅包括情绪,还包括自信心、自身思考、学习、记忆、思想集中、健康的自我评价等,以及患者对生活满意度,例如对家庭条件、对健康、对所采取的治疗措施、对婚姻、对事业、对人际交往等方面的主观感受。

3. 社会人际关系　影响慢性肝病患者的社会人际关系的原因是多方面的,一方面由于许多慢性肝病患者多为病毒性肝炎发展而来,容易导致人们敬而远之,加重患者的心理负担,另一方面由于慢性肝病患者常常出现急躁易怒、多疑,也导致人际关系紧张。因此,社会人际关系应包括:人际交往频度与和谐、社会的支持以及给予社会支持和网络等,并且包括患者的独立生活能力以及工作、业余娱乐生活。

三、结　　语

基于慢性肝病患者报告的临床结局,研制一种包含患者身体功能、心理状态、社会人际关系内容,且有较高的信度、效度,并易于操作及具有可分析性的标准化测量工具是十分必要的。

第十四章

女性慢性盆腔痛患者报告的临床结局评价表

第一节 简 介

慢性盆腔痛主要指慢性盆腔炎症形成的粘连、瘢痕以及盆腔充血，引起下腹部坠胀、疼痛及腰骶部酸痛，常在劳累、性交后及月经前后加剧，并且反复发作。12%～15%的妇女患各种慢性盆腔痛（《NOVAK 妇科学》13 版）。其病因有：妇科原因、胃肠道原因、泌尿系统原因、神经和肌肉骨骼方面的原因、心理学原因。妇科原因包括：子宫内膜异位症、粘连、盆腔淤血、输卵管卵巢炎、卵巢残留综合征、子宫平滑肌瘤、卵巢肿瘤、盆腔松弛。其中子宫内膜异位症和粘连为最常见的原因。课题研究对象为妇科原因引起的女性慢性盆腔痛。对疼痛的评定有助于确定女性慢性盆腔痛患者病情严重程度及判断临床疗效。女性慢性盆腔痛患者自评量表是借鉴 PRO 的研究方法，以女性盆腔痛患者主观感受为中心，将患者的肢体症状、心理感受和社会交往量化并测量，专门用于女性慢性盆腔痛患者自身报告的结局评价。该评定方法简单，易于操作。

第二节 量 表 内 容

女性慢性盆腔痛患者自评量表分 35 项，包括：患者的躯体

健康、心理影响及日常生活能力三个顶级域。其中躯体健康又
分为局部状况和全身状况两个次级域,日常生活能力又分为生
活能力和社会能力两个次级域,并确立指标如下:腹部疼痛的程
度、腹部疼痛的频率、腰部疼痛的程度、腰部疼痛的频率、肛门坠
痛的程度、肛门坠痛的频率、性交疼痛的程度、性欲降低的程度、
月经周期异常、经期异常、经量异常、带下量异常、带下气味异
常、痛经的程度、痛经时间长短、疲乏的程度、不孕、对事物态度
消极的程度、社交能力受影响的程度、工作能力受影响的程度、
烦躁、抑郁、焦虑。

一、使用目的

该量表主要用于女性慢性盆腔痛患者报告的临床结局
疗效评价,以弥补现有量表及其方法对患者自我感受量化的
不足。

二、使用说明

符合女性妇科原因导致的慢性盆腔痛患者可使用本量表,
包括子宫内膜异位症、粘连、盆腔淤血、输卵管卵巢炎等,年龄在
18~45 岁之间。本量表共 35 个条目,采用五级分类,从轻到
重,积分为 1、2、3、4、5,积分越高,说明症状越重。

三、特 点

该量表包括了女性慢性盆腔痛患者躯体健康、心理影响及
日常生活能力三个方面的评定内容,每一个方面均可以进行治
疗前后的比较,以明确干预措施分别对躯体健康、心理影响及日
常生活能力各方面的影响以及患者整体疾病状态的变化,如表
14-2-1。

表 14-2-1 女性慢性盆腔痛患者 PRO 量表域体系划分

躯体健康	局部状况	腹痛	腹部疼痛的程度
			腹部疼痛频率
		腰痛	腰部疼痛的程度
			腰部疼痛频率
		肛门坠痛	肛门坠痛的程度
			肛门坠痛的频率
		性交异常	性交疼痛的程度
			性欲降低的程度
		月经异常	月经周期异常
			经期异常
			经量异常
		带下异常	带下量异常
			带下气味异常
		痛经	痛经的程度
			痛经时间长短
	全身状况	疲乏	疲乏的程度
		不孕	不孕
日常生活能力	生活能力	生活态度	对事物态度消极的程度
	社会能力	社会参与能力	社交能力受影响的程度
			工作能力受影响的程度
心理影响	情绪	情志影响	烦躁

四、量表中应答等级具体含义

没有——表示条目所问问题没有发生过。

偶尔——表示条目所问问题发生过，但次数很少，两周约

1~4 天发生。

时有时无——表示条目所问问题发生过，但次数一般，两周约 5~8 天发生。

经常——表示条目所问问题发生过，次数较多，两周约 9~12 天发生。

持续——表示条目所问问题天天发生。

轻度——表示条目所问问题的程度较轻。

中度——表示条目所问问题的程度中等。

重度——表示条目所问问题的程度较严重，但尚能忍受。

极重——表示条目所问问题的程度非常严重，难以忍受。

以下是与您疾病相关的一些感受：

1. 您平时下腹疼痛吗？

□没有　　□偶尔　　□时有时无　　□经常　　□持续

2. 下腹疼痛的具体部位

□无　　□下腹正中　　□一侧下腹　　□两侧下腹

□下腹正中及一侧下腹　　□下腹正中及两侧下腹

3. 腹部疼痛的程度

□没有　　□轻度　　□中度　　□重度　　□极重

第三节　量表研究过程

首先形成了女性慢性盆腔痛患者初步的调查问卷。将形成的问卷进行现场调查，共调查 21 例患者。在进行调查之前，对临床资料收集者培训，使临床人员学习研究者手册，了解研究目的，掌握数据采集方法和要求。在数据采集的过程中，出现问题及时解决。结果表明初步问卷具有较好的信度、效度和反应度，应对某些条目作出调整。随后将量表完善修改，增加和删减了部分条目，形成了量表初稿，进行了第二次现场调查。其主要目的是明确量表的适用人群，并对修改后的量表性能进行检测。

调查 2007 年 1 月至 2007 年 3 月中国中医科学院广安门医院门诊就诊的慢性盆腔痛患者,发放问卷 210 份,合格问卷的判断:①一般信息中除地址和联系方式外的项目必须填写;②排除有肿瘤等严重疾病诊断者;③全部问题的缺失和漏填不超过 5%。共收回 201 例有效问卷。PRO 形成的初步技术路线如图 14-3-1 所示。

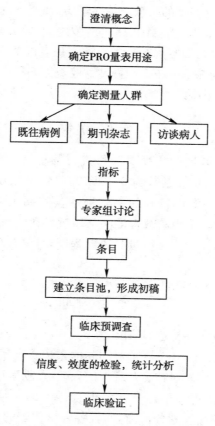

图 14-3-1 PRO 形成的初步技术路线图

第四节　性能评价

一般情况分析:婚姻情况:无人选分居及丧偶,已婚者占绝大多数,分析表明盆腔痛大多发生在性活跃期、有月经的妇女。初潮前、绝经后或无性生活者很少发生盆腔痛,若发生盆腔痛也往往是邻近器官炎症的扩散。最高学历:在调查过程中,由于纳入调查标准规定年龄限制在 18~45 岁之间,故大多数患者学历以大专水平居多。职业分布:本次调查患者的职业以自由职业者最多,其次为知识分子。因慢性盆腔炎为妇科疾病,故性别因素不在考虑的范围之内。

一、信度分析

从内部一致性的角度对项目进行筛选,计算 Cronbach 系数 $\alpha=0.809$,split-α 系数为 0.709、0.714,可以认为本问卷的信度较高,是一份比较好的基于慢性盆腔痛患者报告的临床疗效评价量表。采用离散程度法从敏感性角度挑选题项,利用各项目得分的标准差来衡量其离散程度,可见各项的离散程度均较好。

二、效度分析

数据通过线性检验,KMO 为 0.712,因子分析结果显示提取出 10 个公因子,各公因子对问卷的累积贡献率达 70.113%。其中第 1 因子代表对社会及工作的兴趣,贡献率达 20.1%;第 2 因子代表情志,贡献率达 8.9%;其他因子的贡献度依次减少。说明该问卷的结构划分清晰,而且各因子代表的侧面与原问卷多数能对应。分析还发现,理想的因子分析结果是公因子数少,累积贡献率大,问卷结构较集中。本问卷提取的公因子数(10

个)与累积贡献率(70.113%)之间并未达到十分理想的程度,其中一些条目的载荷值较小,说明本问卷有待于在结构、方面、条目上进一步精简。我们从不同侧面对慢性盆腔痛调查问卷的功能进行了评价,根据数据结果可知,总体信度与折半信度系数均较高,结构效度的划分大部分合理实用。

第十五章

慢性胃肠疾病患者报告的临床结局评价量表

第一节　简　介

　　常见慢性胃肠疾病包括慢性胃炎、肠易激综合征、功能性消化不良、胃食管反流病、消化性溃疡等，这些疾病的共同特点是患病率高、病情反复难愈，严重影响患者生存质量，同时临床表现缺乏特异性，与病情严重程度不平行，多以主观感觉性症状为主，交叉重叠严重。当前常用疗效评价指标如病理组织学、胃镜、症状、生存质量测评等以医师及理化指标评价为主，对患者主观感受和功能状态的报告重视不足，在一定程度上影响疗效评价的全面性和科学性。本篇引入近年来国际上已经应用的基于患者报告的临床结局评价方法，结合慢性胃肠疾病患者的临床特点，编制了基于慢性胃肠疾病患者自我感受报告的测量量表，对当前疗效评价方法进行丰富和补充。

第二节　量表内容

　　慢性胃肠疾病患者自我感受的 PRO 量表包含消化不良、反流、全身症状、排便异常、心理、社会功能 6 个方面的评定内容，由 35 个条目组成，应答选项采用 5 级评分法。切合慢性胃肠疾病临床特征和患者最关心的临床问题，且用词通俗易懂，患者易于理解和作答，临床可操作性好。初步调查数据显示该量表具有较好的信度和效度。条目举例如表 15-2-1：

表 15-2-1　慢性胃肠疾病 PRO 量表条目举例

条目	没有	偶尔	有时	经常	一直
1. 您觉得疲乏吗?	□	□	□	□	□
2. 您的睡眠有问题吗?	□	□	□	□	□
3. 您自己不知道饿吗?	□	□	□	□	□

一、使 用 目 的

该量表用于慢性胃肠疾病患者自我感受和状态变化的测量,用于治疗前后的效果评价。

二、适 用 人 群

该量表适用于符合慢性胃肠疾病包括慢性胃炎(慢性浅表性胃炎和慢性萎缩性胃炎)、胃食管反流病、消化性溃疡(胃溃疡、十二指肠溃疡及复合溃疡)、功能性消化不良、肠易激综合征、功能性腹泻和便秘患者。不适用于同时合并心、脑血管,肝、肾、造血系统等严重疾病者,怀疑或确诊有消化系统或其他系统恶性病变者,三个月内接受过胃部手术者,严重精神及心理疾病患者,语言及精神意识障碍不能配合调查者。

三、量表使用说明

1. 量表需由被调查者自行填写完成,以下情况,可由调查员逐条读量表内容给患者听,让患者自己评定,评定结果由调查员协助填写完成:

(1)书写困难。

(2)文化程度低,不能理解或看不懂量表部分条目内容。

(3)其他情况造成无法自行读写者。

2. 每次评定都应该一次完成,不允许间断,评定所需时间及评定日期需准确记录。

3. 量表应答等级具体说明

(1)条目 20～25 答案选项具体含义：

无：表示条目所问问题没有发生过。

轻度：表示条目所问问题程度很轻，不影响日常工作和生活。

中等：表示条目所问问题的程度中等，可以忍受，影响部分日常工作和生活。

较重：表示条目所问问题的程度较严重，不能忍受，影响日常工作和生活，需要休息。

很重：表示条目所问问题的程度很严重，完全不能进行日常工作和生活。

(2)条目 30～35 答案选项具体含义：

没有：表示条目所问问题根本没有发生过。

有一点：表示条目所问问题程度很轻。

有些：表示条目所问问题的程度中等。

相当：表示条目所问问题的程度较严重。

非常：表示条目所问问题的程度非常严重。

(3)条目 1～19、25～28 答案选项具体含义：

没有：表示条目所问问题没有发生过。

偶尔：表示条目所问问题偶尔有发生，但不经常。

有时：表示条目所问问题时有发生。

经常：表示条目所问问题常常发生。

一直：表示条目所问问题一直持续存在。

4. 量表前后两次填写的时间间隔为 2～3 周，最多不超过 4 周。

5. 要求患者认真填写量表的各项内容，避免缺项漏项。

6. 不能完成量表的患者，根据具体情况，能完成多少就完成多少，保证数据真实性。

7. 尽量保证患者在独立空间、安静的环境下填写。

第三节 研制过程

本量表制作方法参考美国 FDA2006 年发布的基于患者报告临床结局评价量表指南草案及 2009 年的正式版。具体包括：

一、明确研究目的及对象

本研究目的是研制基于慢性胃肠疾病患者报告的临床结局评价量表，用于临床疗效评价。研究对象为常见慢性胃肠疾病患者。

二、设立研究工作组

由慢性胃肠疾病患者、消化科临床医师、护士、量表及方法学专家、统计人员等组成核心工作组，负责设计和实施，具体工作由消化病专业医师和医学研究生完成。

三、概念的澄清与界定

1. 基于患者报告的结局是指患者所能感觉到他们接受了某些新治疗措施后自身健康状况或疾病症状的改变。

2. 常见慢性胃肠疾病 根据消化系统疾病构成分布情况，结合文献分析、专家意见等确定病种范围包括慢性胃炎（慢性浅表性和萎缩性）、胃食管反流病、功能性消化不良、消化性溃疡（胃溃疡，十二指肠溃疡）、肠易激综合征、功能性腹泻和便秘。

3. 量表用途 普遍适用于常见慢性胃肠疾病患者，主要用于临床疗效的判定。

四、收集测量指标建立条目池

用"自下而上"的方式，从了解患者最关心的病情变化开始收集测量指标，具体方法以典型病例访谈和患者自填式问卷为主,结合专家群体启发式讨论及核心小组意见,并参考文献及国内外相关量表,建立初步条目池。

五、条目的筛选和优化

核心小组反复讨论去除重复、语义相近的条目,将其剩余条目制成专家和患者咨询问卷,从条目重要性、患者理解情况等方面对条目进行反复筛选和优化,最终确定慢性胃肠疾病相关、患者最关心、可用于疗效测评的 35 个条目。

六、确定维度与方面

组织专家讨论对筛选后条目进行维度和方面的划分,初步确定反流、消化不良、排便、全身状况、心理、社会 6 个维度。

七、形成初步量表

将条目转化为易于理解、无歧义并通俗易懂的问题,确定各条目的应答等级,根据程度或频率的大小,确定为 5 级量化,完善指导语及基本信息等形成初步量表,并通过多次小样本调查进行了完善和修改。

八、条目筛选与性能评价

2007 年 1~8 月在中国中医科学院西苑医院、广安门医院、首都医科大学附属天坛医院、北京中医药大学附属东方医院 4 家单位同时进行现场调查,共回收有效调查问卷 274 份,运用离散趋势法、相关系数法、Cronbach α 系数法、t 检验法、逐步回归分析、因子分析法等对条目进行筛选,并分析量表的信度、效度等。

该量表包含 35 个条目,每项分为 5 级,最高 4 分,最低 0 分,得分越高代表症状越重。包括:反流、消化不良、全身状况、排便异常、心理、社会功能 6 个维度。反流包括反酸、胸骨后烧灼感、胸骨后疼痛、胃灼热感、胸骨后疼痛及烧灼感程度 6 个指标；消化不良包括胃痛、胃胀、嘈杂、腹胀、嗳气、口臭和胃痛、胃胀、腹胀程度 9 个指标；全身状况包括疲乏、睡眠、饥饿感、食欲、体重下降 5 个指标；排便异常包括腹痛及其程度、腹泻、便不尽感、便意急迫 5 个指标；心理包括咽部异物感、情绪波动、焦虑或精神紧张、对疾病担心 4 个指标；社会功能包括限制社会活动及影响家庭（或工作）2 个指标。

　　本量表维度划分基本符合慢性胃肠疾病临床特征和患者最关心的临床问题。目前拟在域体系建立、条目筛选优化和性能测试方面进行深入研究，使之逐步完善，达到适合临床广泛应用的目的。

第四节　性　能　评　价

一、一　般　资　料

　　2007 年 1～8 月在以上中西医 4 家单位同时进行现场调查。共调查慢性胃肠疾病患者 290 例，回收有效量表 274 份。其中男性 124 例（45.3％），女性 150 例（54.7％），男女分布比例基本一致；年龄 18～86 岁，平均 49.25 岁±17.38 岁；小学及以下学历占 12.0％，初中占 19.0％，高中或中专 28.8％，大专 20.4％，本科 14.2％，研究生及以上 3.6％；职业分布：知识分子 20.1％，工人 16.8％，行政工作者 11.4％，农民 10.3％，其他 25.7％；病种分布：慢性胃炎 75 例（慢性浅表性胃炎 44 例、慢性萎缩性胃炎 31 例）、胃食管反流病 54 例、消化性溃疡 37 例（胃溃疡 21 例、十二指肠溃疡 16 例）、功能性消化不良 38 例、肠易激综合征 34 例、功能性腹泻 13 例和功能性便秘 23 例。

二、条目筛选

用离散趋势法、相关系数法、Cronbach α 系数法、t 检验法、逐步回归分析、因子分析法等对条目进行筛选：

(一)离散趋势法

本初步量表各条目标准差和变异系数均较大，离散趋势较好，即用于评价时具有较好的区分能力。

(二)相关系数法

从各条目与初始量表总分 Pearson 相关系数和条目间相关系数两方面进行分析，如表 15-4-1、表 15-4-2：

表 15-4-1 慢性胃肠疾病 PRO 量表各条目与初始量表总分相关系数小于 0.4 的条目

条目	相关系数
A07. 您口中有异味吗？	0.359
A09. 您有反酸吗？	0.333
A10. 您有呃逆(打嗝)或嗳气吗？	0.394
A11. 您有恶心或呕吐吗？	0.377
A26. 您腹泻吗？	0.182
A27. 您便秘吗？(排便间隔≥3 天,或虽间隔时间短但大便干结或排出困难)	0.327
A29. 您排便急吗？	0.339
A30. 近两个月您的体重明显下降了吗？	0.283
A35. 患病影响了您在家庭(或工作)中的地位或作用吗？	0.377

分析显示以上条目与量表总分 Pearson 相关系数小于 0.4,可考虑修改或删除

表 15-4-2 慢性胃肠疾病 PRO 量表条目间相关系数大于 0.4 的条目

条目	条目	相关系数
A12. 您有胸骨后烧灼感吗？	A21. 您胸骨后烧灼感的程度如何？	0.7742
A13. 您有胸骨后疼痛吗？	A20. 您胸骨后疼痛的程度如何？	0.7584
A14. 您有胃痛吗？	A22. 您胃痛的程度如何？	0.6685
A15. 您有胃胀吗？	A23. 您胃胀的程度如何？	0.7776
A18. 您有腹痛吗？	A24. 您腹痛的程度如何？	0.7496
A19. 您有腹胀吗？	A25. 您腹胀的程度如何？	0.8060

以上各对条目间相关性大，因为均是针对同一个问题的频率和程度两方面，征询量表及消化专家认为这样的两个条目间相关系数大是合理的。另外，条目 A31（您的情绪易波动吗？）和 A32（您焦虑或精神紧张吗？）之间相关性较大，原因可能是情绪波动范围太广，包含了焦虑或精神紧张。

（三）Cronbach α 系数法

1. 量表总体 Cronbach α 系数　本初步量表总 Cronbach α 系数为 0.8862，校正后为 0.8876。

如表 15-4-3 所示以上条目与总分相关系数均较低，其中如果去除条目 A26，Cronbach α 系数会提高至 0.8881，因此以上条目尤其 A26 可以考虑修改或删除。

表 15-4-3 慢性胃肠疾病 PRO 量表各条目与总量表的关系研究

条目	条目-总分相关系数	条目删除后 α 系数
A03	0.3484	0.8842
A05	0.3475	0.8844
A06	0.3898	0.8835

续表

条目	条目-总分相关系数	条目删除后 α 系数
A07	0.2960	0.8854
A08	0.3421	0.8845
A09	0.2744	0.8856
A10	0.3354	0.8845
A11	0.3346	0.8844
A12	0.3583	0.8840
A22	0.3842	0.8835
A26	0.1222	0.8881
A27	0.2625	0.8861
A29	0.2769	0.8857
A30	0.2294	0.8861
A35	0.3290	0.8844

2. 各维度 Cronbach α 系数,如表 15-4-4:

表 15-4-4 慢性胃肠疾病 PRO 量表条目与维度的关系研究

条目	条目-总分相关系数	条目删除后 α 系数
反流 α=0.8241　矫正 α=0.8301		
A09	0.3590	0.8462
A12	0.7364	0.7641
A13	0.5985	0.7946
A17	0.5247	0.8107
A20	0.6641	0.7826
A21	0.7236	0.7710

条目	条目-总分相关系数	条目删除后 α 系数
消化不良 α＝0.802　矫正 α＝0.8084		
A07	0.1692	0.8276
A10	0.3722	0.7997
A14	0.5333	0.7782
A16	0.5389	0.7775
A15	0.6567	0.7611
A19	0.5641	0.7741
A22	0.5051	0.7823
A23	0.6657	0.7628
A25	0.5269	0.7795
全身状况 α＝0.6781　矫正 α＝0.6754		
A01	0.4098	0.6369
A02	0.4605	0.6150
A03	0.4143	0.6351
A04	0.5494	0.5719
A30	0.3291	0.6678
社会 α＝0.7125　矫正 α＝0.7161		
A34	0.5578	
A35	0.5578	
排便 α＝0.7552　矫正 α＝0.7584		
A18	0.5650	0.6962
A24	0.5234	0.7136
A26	0.4826	0.7251

续表

条目	条目-总分相关系数	条目删除后 α 系数
A28	0.5796	0.6893
A29	0.4730	0.7317
心理 α=0.7140 矫正 α=0.7245		
A08	0.2676	0.7927
A31	0.6665	0.5553
A32	0.6758	0.5441
A33	0.4571	0.6787

A09 与反流维度总分相关系数低,且去除后 Cronbach α 系数提高;A07、A10 与消化不良维度总分相关系数低,其中 A07 去除后 α 系数上升;A30 与全身状况维度总分相关系数低;A08 与心理维度总分相关系数低,去除后 α 系数上升。

（四）t 检验法

经分析各条目都达到了 t 检验法的保留标准,$P<0.05$。

（五）逐步回归法

回归分析中各条目均达到了保留标准,$P<0.05$。

（六）因子分析法

分析发现如表 15-4-5 所示条目在所有因子上载荷值均较低(<0.4),说明其意义不明确,应考虑修改或删除。

表 15-4-5　慢性胃肠疾病 PRO 量表在各因子中载荷值均小于 0.4 的条目

条目	因子					
	1	2	3	4	5	6
A05. 您想吃不敢多吃吗?	0.202	0.166	0.190	0.124	0.133	0.130
A06. 您有口苦口干吗?	0.262	0.092	0.067	0.071	0.388	0.206

续表

条目	因子					
	1	2	3	4	5	6
A11. 您有恶心或呕吐吗?	0.232	0.038	0.137	0.176	0.156	0.227
A27. 您便秘吗?（排便间隔≥3 天，或虽间隔时间短但大便干结或排出困难）	0.125	0.367	0.315	−0.019	−0.255	0.122

以上筛选结果经过核心小组多次讨论及征询专家意见,对以下条目进行删除或调整见表 15-4-6:

表 15-4-6 删除或调整的条目及调整意见

原条目	调整意见
A05. 您想吃不敢多吃吗?	是胃痛、胃胀等胃部的伴随效应,可不单独列出
A11. 您有恶心或呕吐吗?	慢性胃肠疾病较少,故去除
A02. 您的睡眠有问题吗?	改为"您睡眠不好吗?"
A06. 您有口苦口干吗?	复合条目,患者有其中一个症状是不知如何作答,遂拆分为"您口干吗?"和"您口苦吗?"
A07. 您口中有异味吗?	改为"您有口臭吗?"
A10. 您有呃逆（打嗝）或嗳气吗?"	呃逆和打嗝是两个不同概念,且不是慢性胃肠疾病常有症状,改为"您有嗳气（打嗝）吗?

续表

原条目	调整意见
A26. 您腹泻吗？	调整为"您腹泻（拉肚子）吗？"
A27. 您便秘吗？（排便间隔≥3天，或虽间隔短但大便干结或排出困难）	附加解释患者反倒不易理解，改为"您便秘吗？"
A29. 您排便急吗？	部分患者理解困难，改为"您排便急吗（需冲向厕所）？"
A30. 近两个月您体重明显下降了吗？	修改为"近2个月您体重减轻了吗？"

此外，A31和A32两条目之间相关性较大，分析原因可能是"情绪波动"范围大，表述不明确，修改为"您脾气急，容易发火吗？"；A35"患病影响了您在家庭（或工作）中的地位或作用吗？"修改为"患病影响您在家庭中的地位或作用吗？"和"患病影响您的工作了吗？"，专家讨论一致认为还应该补充"您出汗多吗"。另外，通过患者和调查员反馈信息，有如下几个条目患者存在理解困难。A3"您自己不知道饿吗？"改为"到了进餐时间，您仍然感觉不到饥饿吗？"，需对"胸骨后"具体位置以图例形式进行解释和说明，并培训调查员在调查时给患者准确指出。

三、性 能 检 验

（一）信度

1. 内在信度（Cronbach α 系数法）　本量表包括35个条目，总Cronbach α 系数为0.8862，校正后Cronbach α 系数为0.8876，各维度Cronbach α 系数如表15-4-7。

表 15-4-7 慢性胃肠疾病 PRO 量表各维度 Cronbach α 系数

维度	Cronbach α 系数	校正后 Cronbach α 系数
反流	0.8241	0.8301
消化不良	0.8027	0.8084
排便	0.7552	0.7584
全身状况	0.6781	0.6754
心理	0.7140	0.7245
社会	0.7125	0.7161

各维度 Cronbach α 系数均在 0.65 以上，说明内部一致性较好。

2. 折半信度　将 35 个条目按奇、偶数分半，两部分信度分别为 0.8113 和 0.8070，两部分间的相关系数为 0.7058，说明信度较好。

(二) 效度

1. 区分效度　将受试对象按总得分高低进行排序，得分最高的 27% 的样本组成高分组，得分最低的 27% 样本组成低分组，以 t 检验比较各条目高分组与低分组得分，删除两组得分差别无统计意义的条目。分析表明该量表各条目都达到了 t 检验法的保留标准（$P < 0.05$），说明各条目区分效度较好。

2. 结构效度　本研究采用主成分法进行因子分析，并进行最大方差正交旋转。KMO 统计量为 0.793 > 0.7，说明各变量间信息的重叠程度较高，因子分析的效果比较好。Bartlett 球形检验 χ^2 值为 3935.316，P 值 < 0.001，适合进行因子分析，采用主成分法计算载荷矩阵，根据因子载荷矩阵说明各因子在各变量上的载荷，即影响程度。对初始因子载荷矩阵进行方差最大正交旋转，提取到特征根 > 1 的 6 个公因子，累计方差贡献率为 52.14%，基本可以反映量表的总体水平。旋转后各公因子的意义更加明确合理,分别可解释为全身状况、反流、消化不良、排便、心理、社会功能。确定的 6 个公因子代表的维度,与设计时的理论构想和慢性胃肠疾病患者临床实际症状特点基本吻合,说明结构效度较好。

第五节 慢性胃肠疾病特点及其疗效评定进展

消化系统作为人体的一个重要系统,涉及的疾病种类多,其中以慢性胃炎、肠易激综合征、功能性消化不良、胃食管反流病、消化性溃疡等慢性胃肠疾病多见。这些疾病具有患病率高,病因和发病机制不明确,临床治疗棘手,反复难愈,严重影响身心健康,临床表现缺乏特异性,多以主观感觉性症状为主,且与病情不平行。当前常用疗效评价指标如病理组织学改变、镜下黏膜情况、症状、生存质量量表测评等,对患者主观感觉性症状和主观报告的功能状态等重视不足,影响疗效评价的全面性和科学性。将基于患者报告的临床结局评价引入慢性胃肠疾病疗效评价,更加符合慢性胃肠疾病患者的临床特点,可对当前疗效评价方法进行丰富和补充。

当前慢性胃肠疾病常用的疗效评价方法包括胃镜、病理组织学等理化检查评价,症状测评,生存质量量表测评,满意度测评等。

一、理化指标评价

对于反流性食管炎、慢性胃炎、消化性溃疡等器质性胃肠病,确诊和疗效评估主要靠胃镜和病理组织学检查,其中反流性食管炎、消化性溃疡有国际公认的内镜学诊断和疗效判定标准。但慢性胃炎包括浅表性胃炎和萎缩性胃炎现有的胃镜和病理诊断标准不统一,各诊断标准中内镜分类和描述存在不同程度的差异,并且存在人为主观因素影响大或过于繁琐等缺点,难以根据内镜所见进行严重程度的分级,同样也难以进行疗效评价和比较,因此合理而实用的分级有待进一步研究。病理诊断由于对病变认识、诊断标准上存在差异,缺乏国际公认的统一标准,在病变分类、记分方法上存在不一致性。悉尼系统分类的直观模拟评分法过于繁琐,不易推广[199]。我国标准仅有文字叙述,可因理解不同而造成诊断上的差别,各研究间因分类及记分方法不同而缺乏可比性;各研究者对诊断标准的理解和把握也不一致,加之病理取材、包埋等操作环节缺乏规范性,诊断过程中缺乏严格的质量控制,难以消除诊断者主观因素的影响,使得诊断和评价的准确性和科学性均不理想,各研究间也因此而缺乏可比性。

此外,一些酶学、血液流变学、基因相关的指标也尝试用于慢性萎缩性胃炎等疾病的疗效评估,但多处于探索研究阶段,并未在临床获得公认和广泛应用。

二、症状测评

国内研究常用症状评价方法有三种:①比较各疗效等级如"痊愈、显效、有效、无效"例数及构成比变化,此方法中疗效等级划分各研究存在差异,且划分合理性有待商榷;②各症状例数/比例变化,该方法对治疗前后疗效变化敏感性不强,不利于疗效显现;③比较治疗前后症状积分变化,该评价方法客观,有利于症状评价的标准化,但症状指标的选择及其分级量化方法不一致,未合理划分主次症状,主要症状未从程度和频率两方面综合考虑。

三、生存质量评价及生存质量量表研究及应用

在疾病状态缺乏良好的客观过程指标时,生存质量测定量表将补充传统临床测量措施不足,提供有价值的信息,提高疾病严重程度和处理效果的评价水平。

可用于慢性胃肠疾病常用的生存质量测评量表包括普适性和疾病特异性量表。普适性量表是各种人群和疾病均能使用的量表,主要反映被测者的总体生存质量。用于慢性消化系统疾病患者测量的普适性量表主要有疾病影响程度问卷(SIP)、健康质量指数(QWB)、一般心理健康指数(PGWB)量表、总体健康量表(GHQ),诺丁汉健康调查(NPH),简明健康状况调查(SF-36)、WHOQOL-100 等[200]。消化系统特异性量表主要有消化健康状况量表 DHSI(digestive health status instrument)[201],胃肠病生存质量指数 GEQLI(gastrointestinal quality of life index)[202],消化性疾病生存质量量表 QPD(quality of life in peptic disease questionnaire)[203],胃肠疾病生存质量指数 GIQLI(gastrointestinal quality of life index)[204],胃肠症状等级量表 GSRS(gastrointestinal symptom rating scale)[205],上消化道疾病生存质量患者自评 PAGIQOL(patient assessment of upper gastrointestinal disorders-quality of life)[206],消化不良健康相关满意量表(satisfaction with dyspepsia related health scale,SODA)[207] 和尼平消化不良指数(Nepean dyspepsia index,NDI)[208]。疾病特异性量表有胃食管反流疾病健康相关生存质量量表 GERD-HRQL(gastroesophageal reflux disease health related quality of life scale)[209],胃食管反流及消化不良的生存质量量表 QOLRAD(quality of life in reflux and dyspepsia)[210],胃食管反流疾病特异性治疗满意量表 TSQ-G(disease-specific treatment satisfaction questionnaire for gastroesophageal reflux disease)[211],反流和消化不良生存质量 QOLRAD(quality of life in reflux and dyspepsia)[212],消化性溃疡疾病量表 PUDQ(peptic ulcer disease questionnaire)[213],十二指肠溃疡患者生存质量量表 QLDUP(quality of life in duodenal ulcer patients)[214],改良便秘评价量表 MCAS(the modified constipation assessment scale)[215],肠易激综合征生存质量量表 IBSQOL(irritable bowel syndrome quality of life questionnaire)[216]，肠易激综合征特异性量表 GSRS-IBS(irritable bowel syndrome-specific questionnaire)[217]，肠易激综合征生存质量测量 IBSQOL(irritable bowel syndrome quality of life measure)[218]，肠易激综合征量表 IBSQ(irritable bowel syndrome questionnaire)[219] 用于各疾病的生存质量测评，但多是以医师评价为主。

四、满意度测评

部分慢性胃肠疾病治疗性研究采用满意度进行疗效测评。如在 IBS 治疗性研究中，通过患者对问题"Have you had satisfactory relief of your IBS symptoms in the past week? Yes/No?"或"Over the past week have you had adequate relief of your IBS symptoms? Yes/No?"肯定回答的比例，界定有效性，并进行组间疗效的比较[220,221]。但也有很多研究者对此提出质疑，认为对一两个简单问题的肯定回答很难真正反映患者对治疗和缓解的满意度。因此，用于慢性胃肠疾病临床疗效评价的规范的满意度测评还有待进一步研究。

五、基于患者报告临床结局评价

PRO 是指患者所能感觉到他们接受了某些新治疗措施后自身健康状况或疾病症状的改变[222]，国际药物经济与疗效研究协会、欧洲生存质量评估协调处、FDA 与 HRQOL 工作组和国际生存质量研究协会共同提出的临床疗效评价方案应包括四方面的内容：医师对患者的功能的评估、理化指标、照顾者的报告和 PRO 属于临床主要评价内容之一的 PRO 是软指标，它包括患者描述的功能状况、症状和与健康相关生存质量。引入近年来国际上已经应用的基于患者报告的临床结局评价方法，结合国内慢性胃肠疾病患者的临床特点，根据量表学研究的技术路线，编制具有良好信度和效度的基于慢性胃肠疾病患者报告临床结局测量初步量表,并将其引入临床疗效评价,可以更好地反映慢性胃肠疾病临床特点和患者最关心的临床问题,重视患者反馈的疗效信息,对理化指标等疗效评价方法进行丰富和补充,使得疗效评价更为全面和科学,同时也符合"以人为本"、"以患者为中心"的"生物-心理-社会"医学新模式的要求。

六、小 结

慢性胃肠疾病具有患病率高、反复难愈、对患者生存质量影响大、临床表现与病情不平行、缺乏特异性等特点,这就要求在规范合理使用生物、理化指标时,更应重视软指标在疗效评价中的作用,通过规范方法制定的并具有良好信度、效度的基于患者报告临床结局评价量表可以很好地反映慢性胃肠疾病患者状态变化,用于临床疗效评价,便于医师更好地了解患者自身对治疗有效性的看法,便于及时调整治疗。

第十六章

颈肩腰腿疼痛患者报告的临床结局评价量表

第一节 简　介

颈肩腰腿痛是指由于肌肉、筋膜、韧带、关节囊、骨膜、脂肪以及结缔组织等软组织损伤引起的一组临床多见的症状。多因长期的过度劳累或持续在某一特定姿势下劳动,较长时间的肌肉紧张和疲劳而反复的轻度损伤等所致。如经常低头、弯腰工作伤及颈项与肩部、腰部的肌肉、软组织、筋膜或韧带而导致相应部位的疼痛。具体包括神经根型颈椎病、颈腰软组织劳损、腰椎间盘突出症、腰椎管狭窄症、腰椎滑脱症、骨关节炎(髋、膝关节)、肩周炎。对于颈肩腰腿痛患者治疗的效果,过去主要由医师凭借影像学指标、实验室数据和临床体征等评定,若加入患者评价的内容将有助于全面体现治疗的效果。

第二节 量表内容

本量表分为肢体症状体征、心理、功能活动三个域,共 15 个条目,每个条目应答等级分为 5 级,从第①到第⑤的评分依次为 0~4 分。评分越高代表症状越重。颈肩腰腿疼痛患者量表总分最高为 60 分,最低分为 0 分。肢体症状体征包括疼痛、麻木、手指灵活性、坐、走路、站立。心理包括情绪、担心、性生活、睡眠。功能活动包括大小便功能、休闲活动、正常工作、家务活动。

具体条目举例如下：

1. 您有肢体的疼痛吗？

应答等级：①轻微疼痛　②较明显疼痛　③明显疼痛　④严重疼痛　⑤疼痛不能做任何事情

2. 您有麻木吗？

应答等级：①无　②轻度　③中度　④重度　⑤不能忍受

3. 您干活时有手指不灵活吗？

应答等级：①无　②轻度　③中度　④重度　⑤无法完成任何动作

一、使用目的

根据颈肩腰腿疼痛患者自身评价治疗前后量表分值的变化，来评价临床治疗的效果。

二、适用人群

适用于颈腰椎退行性病变引起的一系列疾病，包括神经根型颈椎病、颈腰软组织劳损、腰椎间盘突出症、腰椎管狭窄症、腰椎滑脱症、颈腰部软组织劳损、骨关节炎（髋、膝关节）、肩周炎。以上各类疾病的诊断标准参照国家中医药管理局拟定的行业诊断标准。

三、填写方法

1. 尽量保证患者在独立、安静的环境下自行填写量表。

2. 量表所有项目的填写应由患者本人填写，或在医师的指导下进行，但均应保证填写的正确性与完整性，不可漏页或漏填。

3. 不识字的患者可由别人帮忙，边读边选，进行填写。

4. 主要由颈肩腰腿疼痛患者本人填写，根据二周内患者自身的真实感受独立回答所有问题。如果某个问题不能肯定选择哪个答案,就选择最接近其真实感觉的那个答案,并在该答案相对应的"□"内画"√"。

5. 如果患者文化程度较低,不能独立完成各项目的填写,可以由临床医师、患者家属或其他患者读给患者听,帮助理解各条目的基本含义,让患者自己感受,并逐一对问题作出选择。

四、填写注意事项

1. 量表填写一律用钢笔或圆珠笔,不得用铅笔或红色笔书写。字迹要清楚,书写要工整。数字一律用阿拉伯正楷字书写,如 1、2、3……10,不得用自由体书写。

2. 填写务必认真、准确、清晰、如实,不得随意涂改。

3. 务必保证每个条目均有相应的回答,不可漏填或缺页。

第三节　性能评价

一、一般情况分析

本部分研究测试病例来源于中国中医科学院望京医院、北京中医药大学第三医院住院患者,纳入和选择条件同上,共入组受试者 146 例。入组时受试者性别情况:男性 61 例,占总人数的 41.8%;女性 85 例,占总人数的 58.2%,女性多于男性。受试者婚姻情况:未婚 8 例,占总人数的 5.5%;已婚 129 例,占总人数的 88.4%;其他如丧偶、离婚、分居等共占总人数的 6.1%,本研究受试者主要由已婚人构成。受试者职业情况:工人 53 例,占总人数的 36.3%;服务行业 19 例,占总人数的 13.0%;农民 7 例,占总人数的 4.8%;行政工作者 33 例,占总人数的 22.6%;服务行业 19 例,占总人数的 13.0%;知识分子 14 例,占总人数的 9.6%;自由职业 7 例,占 4.8%,其他 12 例,占总人数的 8.2%，本研究主要受试者为工人，其次为行政工作者和服务行业。

二、性能评价

（一）信度分析

从内部一致性的角度对项目进行筛选，计算 Cronbach 系数 $\alpha=0.871$，split-α 系数为 0.823，分半信度为 0.759 和 0.812，可以认为本量表的信度较高，是一份比较好的基于颈肩腰腿疼痛患者报告的临床疗效评价量表。

每个条目的 Cronbach α 信度系数均在 0.85 以上，总体看量表 15 个条目的内在信度是较理想的。复相关系数分析结果，条目 12（疼痛影响您的体育或休闲活动吗？）与其他条目的总体相关性最高，相关系数为 0.780；而条目 2（您有麻木吗？）与整体相关性最低，可以考虑对此条目作适当调整，而剔除该条目后整体的信度系数提高，意味着条目 2（您有麻木吗？）与前面的条目相关程度不高，而其他的条目相关性稳定。

（二）效度分析

KMO 统计量数值为 0.805，> 0.7，χ^2 值 918.917，$P<0.001$，因此各变量间的相关程度无太大差异，数据适合做因子分析。

（三）因子分析

纳入在相应的公因子上载荷系数大于或等于 0.5 的条目，得到 4 个公因子，第一个因子主要与躯体功能和社会活动有关，第二个因子主要与患者睡眠情绪有关。第三个因子与马尾神经受压症状有关。第四个因子与上肢运动有关。这与预想的四个维度实际上是一致的。

因子分析结果表明，量表结构清晰，具有良好的结构效度。

第四节　腰腿痛疗效评价的研究现状

腰腿痛是腰椎退行性疾病中常见的临床症状,是骨科与康复科的常见临床表现。有效、可靠的腰腿痛评价方法对判断病情变化、选择治疗方法、评定疗效以及估计预后等诸方面至关重要。现就腰腿部疼痛及功能状况的评定方法的现状进行综述。

一、疼痛的评定

在腰椎退行性疾病的诊治过程中,一方面要了解患者有无疼痛,另一方面也要了解疼痛强度的变化,从而对疾病的转归和疗效做出正确的判断。临床上常采用疼痛强度量表和问卷进行评估[223]。

疼痛强度量表有视觉模拟评分法、语言评价量表、数字评价量表等,临床上以视觉模拟量表最为常用。该方法采用一条10cm长的直线或尺,两端分别表示"无痛"(0 分)和想象中最剧烈疼痛(10 分)。被测试者根据感受程度,在直线上相应部位做记号,从无痛端至记号之间的距离即为痛觉评分分数。不过该方法存在一定的缺点,如对患者精神状态和视力的要求,以及它的应用需由患者估计,医师或护士测定等。

McGill 疼痛量表是根据疼痛的生理感觉、情感因素和认识成分等多方面因素设计而成,简化的 McGill 疼痛量表较为常用,是由 McGill 疼痛问卷基础上简化而来的。该量表由 11 个感觉类和 4 个情感类对疼痛的描述词以及现时疼痛强度和视觉模拟量表组成。所有感觉类描述词均用 0～3 分,表示无痛、轻度痛、中度痛和重度痛。疼痛的强度使用视觉模拟评分法量表评定。表情感觉类描述词用 0～5 分,表示无痛、微微痛、不舒适、痛苦的、可怕的、难忍受的。由此分别求出疼痛评定指数或总的疼痛评定指数。该法在临床使用中可测定有关疼痛的多种信息,实用于临床科研工作或较为详细的疼痛调查工作,但对患者的要求较高,表中的词类比较抽象,相对复杂,有时患者难以理解,并且花费时间较多,所以临床应用中具有一定的局限性。

二、功能状况的综合评定

功能状况的评价包括症状量表评价与问卷调查。

(一)症状量表

症状量表的评价以临床诊断作为评估依据,采用临床症状和体征作为评定指标,例如疼痛主诉、压痛程度、脊柱外形及活动范围、直腿抬高度数、神经根累及体征、工作或劳动恢复情况等。

日本骨科学会制定[224]的 JOA 腰痛评分系统是目前国内常用的评分系统之一。分别就主观症状(腰腿痛、步态)、临床体征(直腿抬高试验、感觉、肌力)、日常活动、膀胱功能 5 个方面对应量化评分,通过改善指数与改善率反映疗效,有参考借鉴价值。Spengler[225]根据神经体征,坐骨神经紧张体征,性格因素,脊髓造影和计算机扫描表现提出的腰椎间盘突出症评价标准具有一定的实用价值。在国内,青岛医学院[226]通过症状(腰腿痛、步行能力、膀胱直肠及性功能、工作或生存质量)、体征(脊柱运动、感觉障碍、肌力改变、反射),电生理,椎管测定减少面积,椎管造影减少面积等指标量化,对病情严重性及术后疗效进行评定。陆一农[227]也推出腰痛指数检测表,分别对 3 项主诉(腰痛、腿痛、压痛)和 7 项客观检查(步行和活动、脊柱外观、运动、直腿抬高、感觉、肌力、反射)累计记分评定,该方法重复性好,可比性强。

国内外不少学者根据腰腿痛的治疗效果提出许多评分标准。Prolo 腰椎功能评定表[228]是腰痛患者功能结果评定最为广泛使用的评分表之一,尤其适用于腰椎术后。从社会和腰椎功能状况两方面进行评分,通过评分结果对治疗效果分为差、可、良。Macnab 标准[229]通过对腰腿痛症状,膀胱功能,腰椎活动、下肢肌力几方面的改善情况对术后患者进行评估。国内中华骨科学组[230]根据术前症状缓解,腰椎活动度,直腿抬高试验,神经功能的改善以及恢复原来的工作生活情况对腰腿痛术后患者疗效进行判定。这些评定方法简便可行,但标准不一,可比性较差,较难精确反映许多疗法的实际疗效,并进行客观比较。

(二)问卷调查

该评定方法多以自评问卷的形式,所涉及问题包含日常生活的诸多方面,以评价患者涉及日常活动的功能状况,结合腰背痛改善状况、镇痛药使用情况、情绪状态、生活满意度、返工情况等方面,在治疗前、后进行综合对比评价。国外常采用此种方式。目前国内也逐渐使用该方法对腰腿痛患者进行评定。其中以 Oswestry 功能障碍指数量表(ODI)[231]、Roland-Morris 功能障碍问卷表(RDQ)[232]应用较为普遍。

Oswestry 功能障碍指数量表与 Roland-Morris 功能障碍量表都是 1995 年荷兰颁布的腰痛病情评价标准化方案中被推荐使用的,临床医师和患者都认为真实记录了腰痛患者的生存质量,两者有很好的直线相关性,与评价腰痛患者的生存质量有同样的评价效果。

Oswestry 功能障碍指数是由 O'Brien 和 Fairbank 等专家在 1976 年开始设计的,他们针对大量腰腿痛患者经过大量试用问卷后于 1980 年形成了 Oswestry 功能障碍指数问卷表的 1.0 版本,并在 1981 年巴黎举行的国际腰椎研究协会会议上得到广泛的推广,ODI 问卷简单易懂,能在数分钟内完成对患者的测试及分数计算,它由疼痛的强度、生活自理、提物、步行、坐位、站立、干扰睡眠、性生活、社会生活、旅行等十个方面的问题组成,用 0～5 分表示每个问题的 6 个选项,计算出实际得分占最高可能得分的百分比,即为 Oswestry 功能障碍指数。0 为正常,越接近 100%则功能障碍越严重,目前推荐使用的版本是由 Medical Research Council（MRC）改进的 2.0 版本。Oswestry 功能障碍指数量表可以免费使用，并且无需征得作者的同意，但如果想对其进行修改则必须征得作者的同意。Oswestry 功能障碍指数量表的效度和信度较高，且一致性较好，在国外已使用 20多年，在脊柱外科方面应用非常广泛并将其作为金标准。

Roland-Morris 功能障碍量表是由英国学者 Roland 和 Morris 等设计的对下腰痛患者功能状态进行评估的方法。由 24 个受腰痛特定影响的问题组成，这些问题主要涉及腰痛对行走、弯腰、坐位、卧位、穿衣服、睡眠、生活自理能力和日常生活等方面的影响。每个问题的分值为 1 分，回答"是"得 1 分，回答"不是"得 0 分。分数越高表明功能障碍越明显。Roland-Morris 功能障碍问卷表的问题简短、通俗易懂，患者易于答题。通过研究证明 Roland-Morris 功能障碍量表一致性也很好。但 Roland-Morris 功能障碍量表的问题主要集中在与腰痛患者相关联的体格功能方面，不能对精神和社会健康方面进行测定。

Oswestry 功能障碍指数量表和 Roland-Morris 功能障碍量表之间并没有很大的差别，两者都广泛应用于多种场合，两种方法都是通过纸张试卷来答题的。另外，两者的反应性也存在差别，总的来说，Oswestry 功能障碍指数量表更适用于存在较严重功能障碍的患者，而 Roland-Morris 功能障碍量表则更适用于轻度功能障碍的患者。然而，对于大多数的患者来说，两者均可获得较满意的结果，而且两者的测试结果也是高度相关的。随着国内学者对问卷调查的重视，近些年来国内不少学者也对以上两种问卷表在国内临床中的应用问题进行了研究。郑光新等[233]通过使用中文版 Oswestry 功能障碍指数问卷表对 22 例患者进行评定，认为 Oswestry 功能障碍指数量表评定腰痛是稳定、可靠的，可作为腰痛患者是否需要手术或康复疗效评定的参考指标。高明暄等[234]也通过应用汉化的 Roland-Morris 功能障碍量表对 57 名腰痛患者评价，认为汉化的 Roland-Morris 功能障碍问卷表具有很好的信度、效度及较高的敏感度,是一种可靠的腰痛失能评价方法。还有些学者对以上二问卷测量慢性下腰痛患者生存质量实用性进行研究评价[235]。

除了以上问卷表,还有 NASS 腰痛问卷[236]、临床腰痛问卷(CBPQ)[237]、腰椎问卷(LSQ)[238]等问卷,这些问卷在临床中都有所应用。

近年来,随着循证医学的发展,医学模式开始向生物-社会-心理的整体医学模式转换。一方面,对于腰腿痛疾患的认识上,心理和社会的因素被考虑其中,另一方面,在治疗上,患者的自身价值和愿望逐渐被尊重,影响患者生活自理能力最严重的、患者感到最痛苦和最迫切希望解决的问题成为腰腿痛治疗的核心问题。以临床诊断作为评估依据的症状量表虽然在临床中已广泛应用,但它可能会慢慢不适应新的医学模式的需求。目前国外学者在腰腿痛患者自评问卷方面做了不少研究,并且设计出不少具有较高的信度、效度的量表。国内在这方面研究仍有差距,迫切需要研制一种符合我国国情的,基于患者报告的临床资料的,易于操作的和具有可分析性的标准化测量工具,更好地对腰腿痛患者进行临床评价。

第十七章

心血管疾病患者报告的临床结局评价量表

第一节 简 介

　　高血压病、冠状动脉粥样硬化性心脏病和慢性心力衰竭是心血管系统最常见的疾病,常合并存在,具有发病率高、致死/残率高、知晓率低、服药率低、控制率低等特点,对人们的生命和健康构成了严重威胁。这部分慢性心血管疾病患者往往常年甚至终生服药,临床疗效评价多局限于一些生化指标和心功能测定。其实这类患者的主观感受在临床评价中尤为重要,所以很多测评量表也应运而生,如杜克活动状态指数(Duke activity status index,DASI)[239]、成人生存质量评估量表(schedule of evaluation of individual quality of life,SEIQL)[240]、明尼苏达心衰问卷(Minnesota living with heart failure questionnaire,LHFQ)[241]以及西雅图心绞痛问卷(Seattle angina questionnaire,SAQ)[242]。前两个量表主要侧重于患者的生存质量评价,缺乏反映临床疗效的特异性;后两个量表虽然可反映患者病情改善程度,而且目前在世界上广泛应用,但其应用对象局限性较大,缺乏心血管系统患者普适性应用特点。高血压病、冠状动脉粥样硬化性心脏病和慢性心力衰竭3种疾病常合并存在,并构成心血管系统疾病患者群的主体,因此以该3种疾病患者为研究对象,构建患者自评量表具有可行性。目前,国际国内基于心血管疾病患者自身报告的用于临床疗效评价研究尚属空白,因此,研制基于心血管疾病患者报告的临床疗效评价量表具

304

有现实意义。该研究成果可为心血管疾病患者的临床疗效评价体系的完善提供一定的依据。PRO 量表可以有效弥补现有的以医师主观判断结合客观辅助检查指标为主体的临床疗效评价体系的不足，从而使临床疗效的判断更为全面、真实、可靠。

　　本研究以心血管系统常见疾病（高血压病、冠状动脉粥样硬化性心脏病、慢性心力衰竭）患者群为研究对象，编制具有普适性的心血管疾病临床疗效评价的量表，并对其信度和效度进行检验。应用及统计结果表明，该量表评定方法简单，易于操作，具有良好信度和效度。

第二节　量 表 内 容

　　本量表划分为不适、不能（能力减退）、社会心理因素三大域体系，共 24 个条目，比较全面地反映了高血压病、冠状动脉粥样硬化性心脏病和慢性心力衰竭 3 种疾病患者自我感受的临床特点，量表设置语言通俗易懂、容易理解和回答，小样本测评结果显示具有较好的信度和效度。

　　例如：以下是与您疾病相关的一些感受（最近 2 周）：

　　1. 您感到疲乏无力吗？

　　□没有　□很轻　□中等程度　□较重　□非常严重

　　2. 您有气短或呼吸困难的感觉吗？

　　□没有　□很轻　□中等程度　□较重　□非常严重

　　3. 您有胸部紧箍感、胸痛、胸闷或心绞痛的感觉吗？

　　□没有　□很轻　□中等程度　□较重　□非常严重

　　心血管疾病（高血压、冠心病、心力衰竭）患者自我感受的结局测量量表结构划分如表 17-2-1：

表 17-2-1　心血管疾病患者 PRO 量表域体系

领域 1 不适	躯体方面	乏力 气短 失眠 胸痛 心慌 头晕 头痛 晕厥 水肿 小便 饮食 腹部不适 恶心 呕吐 失眠
领域 2 不能	生活工作能力方面	性生活 工作能力
领域 3 社会心理因素	情志方面	忧虑 担心 依从性

一、使用目的

该量表适用于依据相关标准明确诊断有高血压病和(或)冠心病和(或)慢性心力衰竭的慢性病程,且接受专科治疗的门诊或住院患者,用于评价治疗前后疗效。由于量表还在继续研究中,测试对象根据下一步研究结果会进行更明确的规定。

二、使用说明

本量表由"不适"、"不能"和"社会心理因素"3 个域体系,24个条目构成,所有测试条目均为 5 级量化,测试患者治疗前近 4周的自我感受,填写的答案由前向后表示由最好的状态到最差的状态,每个问题有 5 个答案,依次记 0、1、2、3、4 分,最好状态为 0 分,最差状态为 4 分。问题 1~24 参与计分,总计 96 分。

不适症状包括疲乏无力、胸闷胸痛、气短或呼吸困难、心慌、头晕、头痛或头胀、晕倒、失眠、腹胀、尿量少、饭量减少、水肿、恶心呕吐、失眠;不能包括工作能力和性能力;心理感受包括忧虑和对疾病的担心。该量表可以用于治疗前后总体疗效的分析评价,也可用于药物或疗法之间的疗效比较。

三、填写方法规定

1. 量表一般应由患者自行填写完成。在下列情况下,可由调查员或患者陪护人员逐条念读问题,然后由患者自己做出评定:患者文化程度限制,不能看懂量表内容;其他情况,如病情较重无法自行完成的。

2. 每次患者的评定应该一次完成,如未能完成,下次需重新进行量表填写;量表各项目应填写完整,不应空缺。

3. 对同一患者,治疗前后填写量表的间隔一般为2~4周。

4. 本量表可与临床医师评价的结果相结合,用于临床疗效评价。

5. 尽量让患者在安静环境下填写量表。

第三节　研制过程

本研究分为4个阶段:

第一阶段:课题组成员经多次集中讨论,并吸收课题组外特邀专家的意见,采用文献查询、开放式患者访谈(46位患者)、半开放式患者访谈(63位)、封闭式患者访谈(48位)、专家咨询(共咨询专家16位)等方法,共筛选35个条目,又经过小样本(54位患者)初筛,最后确定28个条目,分属于"不适"、"不能"、"社会心理因素"和"满意度"4个域体系。

第二阶段:将条目转化成患者可以理解的、通俗易懂的问题,形成初始量表。每个问题均经过课题组和相关专家讨论后,经小样本预调查确定。依据有关文献[243],为了统一计分,将症状、行为、感觉等的有无和轻重进行5分法答距。初始量表经148位患者的预调查,结果表明具有较好的信度、效度和反应度。

对上述初始量表进行修改完善,增减了部分条目,调整了部分问题顺序,进行了第二次现场调查。其主要目的是明确量表的适用人群,并对修改后的量表进行性能检验。

第三阶段:量表性能检验。

由未参与量表调查研制的专业统计人员采用 SPSS10.0 对修改后量表进行信度、效度、反应度、灵敏度等进行分析。根据统计分析结果,结合专家意见,将量表进行进一步调整,将相关性差的条目进行了调整,去掉满意度部分,最后保留了 3 个域体系,含 24 个条目,形成终量表。

第四阶段:专家评定,完善量表。

由 8 位心血管领域专家、量表领域专家及统计领域专家组成子课题结题专家评审团,对本研究进行了结题评审。在充分肯定本量表的基础上,也提出了建议,希望进一步完善量表:①适当调整相关问题的问法;②不同单一心血管病患者对该量表反应的对比研究;③与国外相关量表进行平行对比;④扩大样本调查数及区域分布;⑤在合理时间段内对同一人群进行重复调查等。

在吸收上述专家建议后,对上述经统计学检验的量表进行了微调,形成了终量表。目前正在进行高血压、冠心病、慢性心力衰竭单病种及复合病种的患者的对比研究,还需根据结果对量表的内容及应用进一步进行完善和规范。

第四节 性 能 评 价

一、条目筛选研究

本量表在进行条目筛选研究时,测试了来源于北京 5 家医院的心脏病患者 235 例,获取 205 份有效量表。其中调查人群中男性 91 例,女性 112 例,2 例性别缺失,女性比男性多10.4%,性别分布较均匀;年龄范围在 34~89 岁,平均年龄

61.39 岁±13.44 岁;不同性别的平均年龄之间无显著差异(男性 62.52 岁±13.84 岁;女性 60.58 岁±13.08 岁,$P>0.05$)。学历以初中和高中、中专为主,共占 50%,考虑与调查人群年龄相对较大,而我国早年教育水平相对较低有关。婚姻状况以选择"已婚"为主,占 85.2%;"分居"选项无 1 例选择,可能与我国人群对婚姻状况认识偏于传统,避讳该选项有关。职业以"工人"和"行政管理人员"为主,可能与职业划分界限欠明确,涵盖不全,部分患者不知该选择何种有关。经过多种方法分析,发现部分条目未应答情况较多,按缺失情况严重程度排序,最多者为条目 A20(您的性生活是否有困难?),有 40 例没有回答该问题,考虑可能与问题本身性质有关,也可能与调查对象年龄偏大,对该问题不太关心有关;条目 A22(您胜任现有的工作是否有困难?)缺失 26 例,可能与调查的人群大多已经退休,不存在能否胜任工作的问题,考虑可改换为是否能胜任日常生活起居;条目 A25(您的不良生活习惯是否有改善?)缺失 24 例,考虑与部分人群不存在此类不良生活习惯,部分人群即使存在而自身不觉得与不良生活习惯有关。

二、性能检验

(一)信度分析

内部一致性信度(Cronbach α 系数):量表总 Cronbach 系数为 0.897。

折半信度(折半 Cronbach α 系数):对整个量表的折半信度进行分析。本量表共 34 个条目,分为两部分,第一部分由 A01~A14 组成,第二部分由 A15~S08 组成,两部分条目数目相等。第一部分和第二部分信度分别为 0.890 和 0.798,两部分间的相关系数为 0.536。其折半信度亦说明本问卷信度较好。

(二)效度分析

结构效度是评价可观测变量之间的相关关系是否与理论预

测一致的一个指标。本量表的结构效度采用最大方差正交旋转因子分析,按特征根值＞1 提取公因子,利用主成分的方法进行因子分析,根据构建量表时的理论结构确定因子个数,选取在相应的公因子上载荷＞0.4 的条目。量表 KMO 统计量为 0.809,经 Bartlett 检验,$\chi^2 = 2200.924$,$P < 0.0001$,说明各变量间信息不独立,适合做因子分析。

因子分析结果显示从统计学角度出发,量表可分为 8 个因子。条目 A1～A6 归属于因子 1,条目 A7～A10 归属于因子 2,条目 A14～A15、A20～A22 归属于因子 3,条目 A11、A12 和 A18 归属于因子 4,条目 A19、A23 和 A24 归属于因子 5,条目 A16、A17 归属于因子 6,条目 A25、S01、S06 和 S08 归属于因子 7,条目 A13 归属于因子 8。经过与临床实际结合分析后,将因子归为 3 类:躯体症状和感觉、全身症状和感觉、社会心理因素。

结论:以上内容从量表条目筛选、信度效度评价分析了本量表的特点,初步研究结果显示量表信度和效度较好。尚需进一步扩大样本的研究。

第五节 用于心血管系统疾病的量表研制进展

由于受生物医学模式的影响,在相当长的时间里,西医学对疾病的疗效标准,着重于评价病因学、解剖学、病理损害、生化等指标的改变。过去在中医临床疗效评价中,也多数自觉或不自觉地照搬了西医过去生物医学模式的疗效评价方法和标准,从单侧面、单生物学因素进行疗效评价的研究。

临床常会遇到患者"病"的指标恢复正常,而主观不适症状仍然存在的现象,因此对于疾病的疗效评价,只重视疾病的生物学指标是不够的,还应该重视患者"人"的一面。随着医学模式和疾病谱的改变,现代医学逐渐认识到患者自身心理感受在临床疗效中的意义,临床疗效评价体系中也开始重视对于人体功能活动和生存质量的整体评价。在此种背景下,患者报告的临床结局应运而生。患者主观的痛苦与不适是软指标,软指标需要合理评价才能得以推广使用。在完善现代临床评价体系的过程中,如果应用合适的量表,建立基于患者报告的结局评价指标量化测量体系来评价临床疗效,将会解决临床疗效评价中的模糊性和不确定性问题。PRO就是一种直接来源于患者,没有医师或其他任何人对于患者反应的解释,对患者健康状况的各个方面进行评定的量表,它可以体现患者最关心的症状和问题,可以捕捉最细微、最微妙的心理变化和功能改变,作为临床疗效的补充。心血管系统疾病患者,尤其是慢性病程的患者,往往在客观指标有了改善以后,自我症状缓解不明显,自我感觉比较差,因此各种相关量表纷纷出台,临床应用各有千秋。兹将近年来国内外基于心血管系统疾病研制的常用量表综述如下:

一、心力衰竭

(一)明尼苏达心衰量表

明尼苏达心衰量表(Minnesota living with heart failure questionnaire,MLHFQ)主要用于心力衰竭的临床疗效评价。该量表由 21 个简单问题组成,包括心衰的症状和体征、躯体活动、社会关系、性活动、工作和心理因素等几个方面[244]。Ancheta IB 等研究表明心衰患者 MLHFQ 总分和 BNP 水平高度相关,用客观指标证实 MLHFQ 评价心衰患者的有效性和高反应性[245]。

(二)堪萨斯城心肌病量表

堪萨斯城心肌病量表(Kansas city cardiomyopathy questionnaires, KCCQ)是专门用于评价慢性充血性心力衰竭(CHF)患者生存质量的量表。该量表包括症状、躯体受限、社会功能、患者的价值感、生存质量等几个方面[246]。Parissis JT 等采用 KCCQ、炎症因子(IL-1,IL-6,TNF,ICAM-1,VCAM-1)、血浆 B 型尿钠肽（BNP）和六分钟步行试验（6MWT）等多种指标和检查项目，评估慢性充血性心力衰竭（CHF）患者远期预后，以死亡和心衰再入院作为研究的主要终点事件，随访 8 个月，结果表明，KCCQ 功能评分低的患者心功能差，是 CHF 患者长期预后的独立预测指标[247]。

（三）MRF28 量表

Hatta M 等认为大多数用于评价心力衰竭的生存质量量表都是用于评价轻到中度心衰患者生存质量，他们研制的日本版本的 MRF28（Maugeri foundation respiratory failure，MRF28）量表，经统计分析信度和效度都非常高，是专门用于评价有症状的中到重度心衰患者的有效生存质量量表[248]。

二、冠 心 病

（一）西雅图心绞痛量表

西雅图心绞痛量表（Seattle angina questionnaire，SAQ）是目前国内外应用频率最高的冠心病特异性量表之一。该量表包括躯体受限程度、心绞痛发作频率、心绞痛稳定程度、患者对疾病的感受和对治疗的满意程度 5 个方面，共 19 个条目[240]。SAQ 在评价冠心病心绞痛的临床疗效中比一般的普适性生存质量量表更具有特异性和灵敏性[249]，因此 SAQ 一直在世界范围内广泛应用于心绞痛的临床疗效评价研究。

（二）心绞痛生存质量量表

心绞痛生存质量量表（angina pectoris quality of life，APQOL）除了包括一般的生存质量评分，还包括躯体活动、躯体症状、生活满意度、情绪紧张 4 个子方面[250]。APQOL 主要用于评价心绞痛患者的生存质量，具有很好的临床应用前景[251]。

（三）心肌梗死综合评价量表

心肌梗死综合评价量表（myocardial infarction dimensional assessment scale，MIDAS）是广泛覆盖了心肌梗死患者各个方

面的普适性量表,包括躯体活动、不安全感、情绪反应、依赖性、饮食及药物副作用等几个方面,共 35 个问题。MIDAS 具有良好的信度和效度,不仅可以用于测定心肌梗死患者的一般生存质量、用药安全性,还可以用于心肌梗死临床治疗方案的疗效评价[252]。

(四)心肌梗死后生存质量问卷(quality of life after-myocardial infarction,QLMI)**和 MacNew 心脏量表**(the MacNew heart disease questionnaire)

QLMI 的原始版本包括症状、自卑、自信、自尊和情感 5 个维度,是通过医师、护士或者医疗专业人员通过面对面询问经过心脏复苏的患者的有关感受和看法,从 97 个条目中筛选患者最关心的问题组成的,目的是评价心脏康复方案是否有效。QLMI 的原始版内部信度较低,没有进行因子分析。后来经过改进,形成了现在的 MacNew 心脏量表[253]。修改后的量表包括精神、躯体和社会三个维度,共有 27 个问题,用 7 分法评分标准,有较高的效度、信度和反应度,主要用于心肌梗死的远期预后,是预测 AMI 后死亡率和致残率的独立指标,在世界范围内得到广泛应用,已经有多个国家的译本量表经过了信度和效度的验证,用于本国的冠心病临床疗效评价[254]。

(五)冠心病心绞痛(气虚血瘀证)**症状疗效评分量表**

吕映华等根据心绞痛症状发作频率、专家评定的重要性以及严重性 3 种因素,筛选了 6 个症状作为疗效评分症状群,根据其发生率、重要性和严重性确定了各自权重因子和量表等级分值,建立了冠心病心绞痛(气虚血瘀证)症状疗效评分量表,并通过信度、效度、反应度的评价,确认其可行性和合理性[255]。为中医辨证分型相关量表的研制提供了一定的借鉴。

三、高 血 压

(一)西班牙高血压生存质量量表

西班牙高血压生存质量量表(Spanish hypertension quality

of life questionnaire,MINICHAL):包括躯体表现和精神状态2个领域,具有良好的可操作性和心理特性。MINICHAL 可以作为高血压患者临床常规评价生存质量的工具[256]。

(二)慢性病患者生存质量测定量表体系中的高血压量表

杨瑞雪等采用程序化决策方式,结合我国语言和文化背景进行慢性病患者生存质量测定量表体系中的高血压量表(QLICD-HY)开发和研制,并通过 157 例高血压患者的测定,对其效度、信度、反应度等考核评价。结果表明,高血压患者QLICD-HY,共包括慢性病共性模块 30 个条目和高血压特异模块 17 个条目,具有较好的信度、效度、反应度,能够反映出高血压患者治疗前后生存质量的变化。可以作为我国高血压患者生存质量的测评工具[257]。

(三)老年原发性高血压生存质量量表

徐伟等采用形成条目库并进行条目分析和因子分析以选取合适条目构成多维度量表的方法,编制和检验适合国情、符合老年原发性高血压特点的生存质量评定工具。该老年原发性高血压生存质量量表包括躯体、心理、社会 3 个维度,共 22 个条目。并选择 96 例老年轻、中度高血压患者,对量表进行信度和效度检验。经筛选和测试形成包括躯体健康、心理健康和社会功能3 个分量表共 22 项条目的自评量表。因子分析显示因子数与量表的理论结构一致;各分量表与 SF-36 健康调查表对应部分存在中度相关,中度或新近诊断高血压患者量表得分与轻度或非新近诊断高血压患者存在统计学差异。表明本量表通过信度和效度检验,可作为老年原发性高血压患者生存质量评定工具[258]。

四、总结与展望

综上所述,用于心血管系统疾病患者生存质量和(或)疗效评价的量表研制已取得不少成果。其方法学已渐趋成熟。以心血管系统单个疾病病种如心衰、冠心病或高血压患者为应用对象的各特异性量表大多以躯体活动(症状、体征)、心理因素(情感、心情、焦虑)、社会(工作或社会交往能力)为维度,条目一般不超过 25 个,均具有较好的信度和效度。某些量表如 KCCQ 还将实验室检查的客观指标与患者报告的结局相结合,发现二者间具有较高的关联性,并通过长期评价,认为可作为预后判断指标。但在心血管系统疾病专业量表的研究领域目前也存在一些值得思考的问题。如:①高血压病、冠状动脉粥样硬化性心脏病和慢性心力衰竭等疾病常合并存在,而局限于某单一病种的量表针对该病种的临床疗效评价和生存质量评价,虽具有高反应性和相对专一性,却限制了其临床应用的普适性;②目前单病种量表多重生存质量评价,且条目多含有医师判断指标,很难界定为"基于患者报告"内容;③某些量表如 KCCQ 虽为心肌病量表,但由于心肌病在早期或在获得临床确诊之前与在心功能明显受损后的临床情况存在较大差异,而该量表围绕心功能受损进行量表设计,对比心衰量表缺乏特异性,且与心肌病的关联性不强;④随着中医药治疗临床及研究的不断深入,用于中医药治疗效果评价的患者自评量表研究应受到重视,但目前此方面研究尚处于起步阶段。高血压病、冠状动脉粥样硬化性心脏病和慢性心力衰竭 3 种疾病常合并存在,并构成心血管系统疾病患者群的主体,因此以该 3 种疾病患者为研究对象,构建患者自评量表具有可行性。Oldridge N 等同时在患者群中同时进行了 MLHFQ、SAQ、MacNew 心脏量表,和通用的 SF-36 健康状况(the generic SF-36 health status)调查研究,结果表明,编制普适性的用于同时合并有心衰、心绞痛和心肌梗死的量表在临床上可能会更有效[259]。目前,国际国内基于心血管疾病患者自身报告的用于临床疗效评价研究尚属空白,因此,研制基于心血管疾病患者报告的临床疗效评价量表具有现实意义。我们正在进行的基于心血管系统疾病(冠心病、高血压、心力衰竭)患者报告的临床结局量表研究,为心血管疾病患者的临床疗效评价体系的建立提供了一定的方法学研究和临床应用依据,但以系统疾病人群为应用对象,由于各疾病既彼此独立,又彼此联系,复杂性很强,因此该项工作一定会经过螺旋式上升模式,在实践中不断完善。

<<< 附 录

附录 1 法国数据库中收录的肿瘤生存质量和患者报告结局量表(附表 1-1)

附表 1-1 法国数据库中收录的肿瘤生存质量和 PRO 量表

Disease(s) 疾病	Abbrev. 缩写	Full name 全名	Author(s) 作者
generic for neoplasms 肿瘤通用量 表	AQEL	Assessment of Quality of life at the End of Life 终末期生存质量评定量表	Axelsson Bertil
	ARTQ	Attitudes to Randomised Clinical Trials Questionnaire 对随机临床试验态度的问卷	Brennan C
	BFI	Brief Fatigue Inventory 简明乏力量表	Cleeland Charles S Mendoza Tito R
	BIS	Body Image Scale 体像量表	Hopwood Penny

续表

Disease(s) 疾病	Abbrev. 缩写	Full name 全名	Author(s) 作者
generic for neoplasms 肿瘤通用量表	BPD	Brief Pain Diary for ambulatory patients with advanced cancer 晚期癌症非卧床患者简明疼痛日记	Allard Pierre Maunsell Elizabeth
	Care-Notebook	Care Notebook 护理手册	Kobayashi Kunihiko, MD PhD
	CARES	Cancer Rehabilitation Evaluation System 癌症康复评价系统	Coscarelli Anne Heinrich Richard L
	CASC	Comprehensive Assessment of Satisfaction with Care 护理满意度全面评估量表	Bredart Anne
	CPNS	Cancer Patient Need Survey 癌症患者需求调查量表	Gates Marie F. Lackey Nancy R.
	CQOLC	Caregiver Quality of Life Index-Cancer 癌症看护者生存质量指数	Weitzner Michael A
	CRFDS	Cancer-Related Fatigue Distress Scale 癌症相关乏力、痛苦量表	Holley Sandra K

续表

Disease(s) 疾病	Abbrev. 缩写	Full name 全名	Author(s) 作者
generic for neoplasms 肿瘤通用量表	CTSQ	Cancer Therapy Satisfaction Questionnaire 癌症治疗满意度问卷	Pfizer Inc,USA
	ECOG Performance Status	Eastern Cooperative Oncology Group performance status scale 东方肿瘤协作组体力状态量表	Eastern Cooperative Oncology Group
	ESAS	Edmonton Symptom Assessment System 埃德蒙顿症状评价体系	Bruera Eduardo
	FACIT	Functional Assessment of Chronic Illness Therapy Measurement System 慢性疾病疗法测量系统功能性评价	Cella David F
	FLIC	Functional Living Index:Cancer 功能的生活指数:癌症	Schipper Harvey
	FLIE	Functional Living Index-Emesis 呕吐功能生活指数	Lindley Celeste

Disease(s) 疾病	Abbrev. 缩写	Full name 全名	Author(s) 作者
generic for neoplasms 肿瘤通用量表	GIVIO	Interdisciplinary Group for Cancer Care Evaluation Questionnaire 癌症护理评价的综合专家组问卷	Apolone Giovanni Liberati Alessandro Meyerowitz Beth
	GLQ-8	Global Quality of Life-8 全球生存质量量表	Coates Alan S, MD FRACP AStat
	HQLI	Hospice Quality of Life Index 临终关怀医院生存质量指数	McMillan Susan C
	IDS	Illness Distress Scale 疾病痛苦量表	Noyes Russell
	KPS	Karnofsky Performance Status 卡诺夫斯基能力状态量表	Karnofsky David A
	LASA-S	Linear Analogue Self-Assessment-Selby 线形模拟自我评价量表	Selby Peter J
	MAC	Mental Adjustment to Cancer Scale 癌症心理调节量表	Burgess C Greer S
	MANE	Morrow Assessment of Nausea and Emesis 恶心和呕吐的评价量表	Morrow Gary R

Disease(s) 疾病	Abbrev. 缩写	Full name 全名	Author(s) 作者
generic for neoplasms 肿瘤通用量表	MDASI	MD Anderson Symptom Inventory 安德松博士症状量表	Cleeland Charles S Mendoza Tito R
	MMQL	Minneapolis-Manchester Quality of Life instrument 明尼阿波利斯-曼彻斯特生存质量量表	Bhatia Smita Bogue Monica K Jenney Meriel E M
	MPAC	Memorial Pain Assessment Card 痛觉记忆测定卡	Fishman Baruch Foley Kathleen
	MPQOL	The Miami Pediatric Quality of Life Questionnaire:Parent Scale 迈阿密儿科生存质量问卷:父母量表	Armstrong F Daniel Fishkin Peter E Gay Caryl L
	MSAS	Memorial Symptom Assessment Scale 记忆的症状评价量表	Portenoy Russell K, MD
	NA-ACP	Needs Assessment for Advanced Cancer Patients 晚期癌症患者需求评价量表	Perkins JJ Rainbird KJ Sanson-Fisher Rob
	NEST	Needs at the End-of-Life Screening Tool 终末期需求筛选量表	Emanuel Linda

Disease(s) 疾病	Abbrev. 缩写	Full name 全名	Author(s) 作者
generic for neoplasms 肿瘤通用量 表	NV5	Osoba Nausea and Vomiting Module Osoba 恶心和呕吐模 块	Elting Linda S, Dr- PH Kim Young Jun, MPH
	PACA	Palliative Care As- sessment 姑息疗法评价量表	Ellershaw John
	PACIS	Perceived Adjustment to Chronic Illness Scale 慢性疾病程度认知度 量表	Hurny Christoph
	PDI	Psychological Distress Inventory 心理学痛苦量表	Costantini Massimo Morasso Gabriella
	PNAT	Patient Needs Assess- ment Tool 患者需求评价量表	Coyle Nessa, RN, ANP
	QL	Quality of Life 生存质量量表	Ferrell Betty R Grant Marcia
	QLQ-C30+ modules	Quality of Life Ques- tionnaire Core 30 I- tems（QLQ-C30）+ modules 生存质量问卷核心 30 条目 +模块	EORTC Quality of Life Group

Disease(s) 疾病	Abbrev. 缩写	Full name 全名	Author(s) 作者
generic for neoplasms 肿瘤通用量表	QOL-CA	Quality of Life Cancer Scale 癌症生存质量量表	Padilla Geraldine V
	QOL-RTI	Quality of Life Radiation Therapy Instrument 放疗生存质量量表	Casey Linda Johnson Darlene J
	QQ-q	Q（uality）-Q（uantity）questionnaire 质量-数量问卷	De Haes Johanna CJM, Stiggelbout Anne M
	QUAL-E	Quality of Life at the End of Life Measure 终末期生存质量测量量表	Bosworth Hayden B, Christakis Nicholas A Clipp Elizabeth C
	RSCL	Rotterdam Symptom Checklist 鹿特丹症状清单	Cull A De Haes Johanna CJM,
	SCFS-6	Schwartz Cancer Fatigue Scale 施瓦茨癌症乏力量表	Schwartz Anna L
	SCI	Subjective Chemotherapy Impact scale 主观的化疗影响量表	Tamburini Marcello
	SCNS	Supportive Care Needs Survey 支持疗法需求调查	Bonevski Billie Boyes Allison

Disease(s) 疾病	Abbrev. 缩写	Full name 全名	Author(s) 作者
generic for neoplasms 肿瘤通用量表	SDS	Symptom Distress Scale 症状痛苦量表	McCorkle Ruth
	SFSS	Structural-Functional Social Support Scale 结构-功能-社会支持量表	Lehto Ulla-Sisko, PhD Kellokumpu-Lehtinen Pirkko
	TIQ	Therapy Impact Questionnaire 疗法影响问卷	Tamburini Marcello
Breast neoplasms 乳腺肿瘤	BCQ	Breast Cancer Chemotherapy Questionnaire 乳腺癌化疗问卷	Levine Mark N
	IBCSG-QLC	International Breast Cancer Study Group-Quality of Life Core Form 国际乳腺癌研究小组生存质量核心调查表	International Breast Cancer Study Group
	REPERES-60	Recherche Evaluative sur la Performance des Réseaux de Santé	Defossez Gautier Gasquet Isabelle
	SHE	Subjective Health Estimations 主观健康评估	Bacchi M Bernhard Jürg, PD PhD

Disease(s) 疾病	Abbrev. 缩写	Full name 全名	Author(s) 作者
Digestive system neoplasms 消化系统肿瘤	GSRS	Gastrointestinal Symptom Rating Scale-original interviewer-administered version 胃肠道症状分级量表	Svedlund Jan
	QLI-CP	Quality of Life Index for Colostomy Patients 结肠造口术患者生存质量量表	Padilla Geraldine V
Genital neoplasms, Female 女性生殖器肿瘤	UFS-QOL	Uterine Fibroid Symptom and Quality of Life questionnaire 子宫纤维瘤症状和生存质量问卷	Spies James .B
Genital neoplasms, Male 男性生殖器肿瘤	EPIC	Expanded Prostate Cancer Index Composite 扩展的前列腺癌复合量表	Dunn Rodney L, MS Litwin Mark S, MD, MPH Sanda Martin G, MD
	PC-QoL	Prostate Cancer Quality of Life scale 前列腺癌生存质量量表	Cowen Mark E Giesler R Brian

Disease(s) 疾病	Abbrev. 缩写	Full name 全名	Author(s) 作者
Genital ne- oplasms, Male 男性生殖器 肿瘤	PROSQOLI	Prostate Cancer Spe- cific Quality of Life Instrument 前列腺癌特定生存质 量量表	Tannock Ian
	QOLM-P14	Quality of Life Mod- ule-Prostate 14 生存质量模块-前列 腺	Neville Alan J Osoba David, MD
	UCLA-PCI	UCLA Prostate Can- cer Index 加州大学洛杉矶分校 前列腺癌量表	Litwin Mark S, MD, MPH Brook Robert H, MD
	UCLA-PCI-SF	UCLA Prostate Cancer Index Short Form 加州大学洛杉矶分校 前列腺癌简表	Litwin Mark S, MD, MPH Brook Robert H, MD
Head and Neck neo- plasms 头颈部肿瘤	HNQOL	Head and Neck Quality of Life instrument 头颈部生存质量量表	Terrell Jeffrey E
	LORQv3	Liverpool Oral Reha- bilitation Questionna- ire(version 3) 利物浦口腔康复问卷	Pace-Balzan Adrian

续表

Disease(s) 疾病	Abbrev. 缩写	Full name 全名	Author(s) 作者
Head and Neck neoplasms 头颈部肿瘤	LPSQ	Liverpool-PEG-Specific Questionnaire 利物浦 PEG 特定问卷	Lowe Derek Rogers Simon
	NDII	Neck Dissection Impairment Index 颈淋巴清扫术损伤量表	Chepeha Douglas B Chepeha Judith C
	UW-QOL	University of Washington Quality of Life Instruments 华盛顿大学生存质量量表	Weymuller Ernest A
	XQ	Xerostomia-specific Questionnaire 口腔干燥特定问卷	Eisbruch Avraham, MD
Lung neoplasms 肺肿瘤	LCSS	Lung Cancer Symptom Scale 肺癌症状量表	Gralla Richard J Hollen Patricia J
Nervous system neoplasms 神经系统肿瘤	Norfolk QOL-NET	Norfolk Quality of Life-Neuroendocrine Tumor Questionnaire 诺福克生存质量量表-神经内分泌肿瘤问卷	Vinik Aaron I Vinik Etta J

附录2 形成患者报告结局量表条目的 小组访谈和深度访谈法

一、小 组 访 谈[260]

小组访谈是由一个经过训练的主持人以一种无结构的自然的形式与一个小组的被调查者交谈。主持人负责组织讨论。小组访谈的主要目的,是通过与一组从调研者所要研究的目的中选择被调查者进行交谈,从而获取对一些相关问题的深入了解。这种方法的价值在于常常可以从自由进行的小组讨论中得到一些意想不到的发现。小组访谈会可以应用于需要一些知道概貌或者需要深入了解的研究课题的前期设计,如获取有助于构造问卷的信息,生成能够定量地进行检验的假设,解释定量结果。

(一)访谈前准备

1. 小组访谈的人员 一般为 8～12 人,人太少了动力不足;人太多了过于拥挤,不易组织成有凝聚力的、自然的讨论。而且小组的成员在人口状况和社会经济特征方面应该具有同质性,以避免在一些问题上发生相互摩擦和冲突。例如,妇女小组访谈的成员不应该同时包括小女孩、年轻的未婚职业女性、已婚的家庭主妇、年老的离异或守寡的妇女,因为她们的生活方式是完全不同的。而且,参加者应当按一定的准则进行认真的筛选,参加者对要讨论的问题必须有相当的经验或经历。但不应该选择那些曾经多次参加过小组访谈的人们。这些所谓的"调查专业户"的参与可能导致严重的问题以致讨论的结果无效。

2. 主持人要求 主持人对于访谈会的成功与否起着关键的作用。主持人应当与参加者建立友好的关系,使讨论不断深入进行。主持人还应具有熟练的交流技术,探索参加者的内心从而引出其深层看法的能力。此外,主持人在分析和解释数据时也可能会起到中心作用。因此,主持人应具备熟练的技巧、经验和与所讨论内容有关的知识以及对小组的动态的性质有合乎实际的理解和反应。主持人应具备的基本素质要求:①训练有素的(不偏不倚的)超脱的态度与理解对方、投入感情这两者很好地结合起来;②必须容许出现小组的兴奋点或目的不集中的情况发生,但必须保持警觉性;③必须鼓励和促进被调查者热情的个人介入;④通过摆出自己对问题的不完全理解,进而鼓励参加者更具体地阐述其看法;⑤必须鼓励不发言的成员积极参与;⑥当小组访谈过程出现混乱时,主持人必须能够随机应变并及时改动计划的访谈提纲;⑦必须足够敏感,以便能够在既有感情又有理智的水平上去引导小组的讨论。

3. **访谈环境和访谈时间**　访谈应在放松的、非正式的气氛中进行,这可以鼓励人们自由地、本能地发表评论。少量的点心、饮料等在访谈开始前直至结束都应当供应。访谈的时间可以限制在 1～3 个小时之内,但最好在一个半小时至两个小时之间。为了与参加者建立和睦的关系,并深层次地探索他们的信念、感情、观点、态度以及对有关问题的动机、认识,这个长度时间是必需的。

4. **会议内容记录设备**　小组的访谈情况要记录,可以使用录像带,以便于事后的抄写、分析等。录像带具有记录人们面部表情和身体动作的优点,利用音像传送技术还可以使远处的客户也能看到访谈会的生动场面。

5. **拟定小组访谈会议提纲**　可以采用一张问答题式的清单,上面的问题都是调研者希望被调查者能够回答的,然后准备一份用于筛选潜在参加者的问卷。由此问卷获取的信息一般包括目前职业、对小组访谈会的态度和参加意向。还要制定一份小组访谈会进行期间主持人使用的详细提纲。这要求调研者、被调查者与主持人三者之间进行广泛的讨论。主持人应当能够跟踪参加者提及的重要观点和想法,必须对访谈目的以及调查结果将如何使用等等都十分了解。特别是同样内容的调查要由几位不同的主持人同时进行时，这份提纲就显得更为重要。

（二）访谈的实施

详细的访谈提纲拟好之后，就要征集小组访谈会的参加者并组织小组访谈。在访谈讨论期间，主持人必须做到：建立与小组访谈成员的友善关系，营造良好的讨论氛围，说明访谈会的规则（大家可以相互影响）；设定访谈讨论的目标，引导被调查者、诱发他们在相关的范围内进行热烈的讨论；总结小组的讨论，确定大家看法的一致程度。

（三）访谈资料整理分析

在小组访谈讨论结束之后，主持人或是分析者重新回顾访谈情况并进行分析。分析者不仅要报告访谈会的发现和具体的建议，还要寻找由脸部表情或是身体语言所表达的一致的反应、新的想法和所关心的问题，以及可能从全体参加者中得到证实和没有得到证实的其他假设。因为参加的人数很少，所以在小组访谈的总结中一般都不报告频数和百分数。而是以类似"大多数参加者认为"，或"在这个问题上参加者被划分为两派"的表达方式报告。细致的解释和分析报告是最后一步采取行动的基础工作。通常这意味着还要做其他的调研。

（四）小组访谈的组数

关于召开小组访谈的组数设计通常需要考虑以下因素：需要研究问题的性质；研究对象的群体分类；预计对于该问题每组访谈会能产生新想法的数量；结果要求提交的时间；委托方的研究经费。一般对同一主题进行了 3 个或 4 个小组访谈后就能预测到与会人员如何回答所要研究的问题。小组访谈组织得好，就可以为后续的定量研究提供作为基础的重要的理论假设。

（五）小组访谈的优缺点

小组访谈方法本身在信息获取方面有一定优势，因为参加者的感觉与小组中的其他成员是类似的，所以参加者感到比较舒服并愿意表达他们的观点和感情,他们的回答可以是自发的、不遵循常规的,能够准确地表达他们的看法。由于同一时间内同时访问了多个被调查者,因此数据收集和分析过程相对比较快。因为多个被调查者要同时参与,所以会产生更广泛的信息、更深入的理解和观点看法,小组访谈协同放大了访问的信息获得量;常常会由于某个受访者的评论或者经历引发其他与会者一种"滚雪球"效应,即一个人的评论会启动其他参加者的一连串反应。与一对一的访问相比,小组的讨论更容易激发灵感、产生想法。然而,小组访谈所得到的数据可能是凌乱的,回答的无结构性使得编码、分析和解释都很困难,因此,小组访谈会是探索性的,其结果对总体没有代表性,不能把小组访谈的结果当作是决策的唯一根据。

小组访谈根据访谈目的可以分为不同类型,可能是非结构的或没有访谈者指导的头脑风暴会议,也可能是结构式的或有访谈者指导的德尔菲小组模式。前者参与者是在一起的,而后者参与者是完全分开的,但通过一个协调人或访谈者分享和交流意见。

二、头脑风暴法

"头脑风暴"(brainstorming)是由现代创造学的创始人阿历克斯·奥斯本在 1938 年提出的,可以解释为"一个团体试图通过聚集成员自发提出的观点,为一个特定问题找到解决方法的会议技巧"[261]。通过该方法可以使正常人思维高度活跃,处于打破常规的创造性思维状态,它是应用一系列激励和引发新观点的特定的规则和技巧。

在"头脑风暴"的过程中,与会者的讨论是在没有规则的情况下进行的,因而可以自由发挥,这样最终可以得到很多观点,并从中得出问题的解决办法,这是平时的严肃会议所达不到的效果。然而"头脑风暴"不应该是不靠谱的"胡说",也不应该是衡量个人是否积极活跃的标准，"头脑风暴"应该是轻松、有趣和充满活力的群体思维活动。那么，要想充分发挥"头脑风暴"的作用就要遵循其基本程序[262]：

（一）确定议题

研究小组首先要考虑本次会议目的和拟解决的问题，做到心中有数，这可以避免与会者的思维"漂浮不定"，没有方向感。确定会议议题时需注意，议题一定要明确具体，具有一定的难度，并对所要解决的问题有时间限定。例如，"我们打算在下面的一个小时里，针对'疼痛'的描述想出尽可能多的创意，再从中筛选出 3～4 个最好的想法。"

（二）会议前准备

会前研究小组要准备一些与议题有关的资料，并在开会的前一天发给大家，这样做可以使与会者充分了解问题，做到有备而来，提高会议的效率。会议开始时，可以先讨论一些与创造力有关的题目，调动大家的积极性，不仅可以活跃气氛，同时还可以启动大家的创造性思维。此外，会议环境应该使人感到轻松愉快，室内光线充足，不要在昏暗或让人感觉压抑的环境中进行，这样会更易于形成平等的气氛。

（三）确定人选和分工

研究小组要针对会议议题确定拟邀请参会的人员。如果是自上而下的研究，参会人员主要是与所论议题相关的领域专家，涵盖面要广。比如，研究与中风痉挛性瘫痪患者肢体痉挛症状相关条目的议题，那么，除了要邀请中西医神经科、针灸科、康复科等临床医师和技师以外，针对中风病特点，也要考虑邀请认知心理领域的专家。如果是自下而上的研究，参会人员主要是患者及了解患者病情的家属、护工等。要注意参会者一定是与所论议题相关的"专家"，对于"新手"一般不大可能提供真正有意义的创造性思维结果，绝大多数会让"风暴"不着边际地"刮"，真是"才思泉涌，离题万里"。因此，如果有"新手"参与，不必急着发言,可以就自己擅长的问题提出一些有益的建议。

每个会议都要有一位主持人,一位会议内容记录人员。主持人最好是对会议议题背景有一定了解(不一定很专业、很全面)的研究小组外人员,这既可以有效引导和掌控会议讨论内容和进程,又可以避免给参会人员,尤其是患者带来心理压力。需要注意,参会人员应该不受任何条条框框的约束,思维自由驰骋,从问题的不同方向,不同层次提出解决办法。这个过程是需要宽松的环境,研究小组内部人员,尤其是研究组长最好不要参加或主持会议。会议内容记录人员主要对讨论内容进行笔录,尤其要注意参会者的表情、动作,也要如实记录。此外,要有录音设备及录像设备对会议进行同步录音和摄像,这便于会后资料整理分析。

（四）规定纪律

首先,避免马拉松式的长谈。"头脑风暴"的时间最好掌握在几十分钟内。美国创造学家帕内斯认为,"头脑风暴"的时间以 30～45 分钟为宜。时间太短,与会者的观点不能充分表达,也可能慢热型人的思维还未充分打开,"头脑风暴"就结束了。时间太长,甚至达到几个小时以上,与会者就容易疲劳。如果议题确实需要较长时间来讨论,那么,最好把问题分解成几个小问题,这样先逐个解决完小问题,大问题的解决方案也就自然明了。其次,避免过早评判。"头脑风暴"未到结束时是不能对任何提议进行评价的,既不能肯定,也不能否定。这是因为评价会扰乱大家的思维角度,假如在进程中对某个提议给予了肯定,会导致大家的思维向这一方向倾斜。若给予了否定,又会无形中将大家的思路带到相反的方向去。此外,进程中的评价会牵掣大家的精力。例如,评价者本可以用这段时间思考更好的提议,而被评价者则开始关注自己的提议是否得到大家的认同,而之后的提议者在发言之前就会关注大家的反应,中断了自己的思路。

（五）资料整理分析

在"头脑风暴"过程中，由于参会者将重点放在了自己的思维上面，没有关注所有人的提议有何异同，因此，风暴的结果可能是混乱的。这就需要在方案筛选过程中，先将这些提议就内容进行分类，例如将"疼痛"描述的提议按频率、程度和对其他方面的影响进行分类汇总，这样也便于大家清楚地看到提议是关于哪一层面的。可以先在不同类别中筛选出最好的提议，然后再与其他类别的提议进行比较，从而得出最佳提议。

总体上看，"头脑风暴"方法应用的成功要素包括：自由畅谈、延迟评判、禁止批评、追求数量、避免误区等关键环节。根据上述要素的描述，可见该法应用时屏蔽了与会者对于犯错误的担忧，给他们更自由、充分的畅谈空间；最大限度地消除了部分与会者对于"权威"的害怕，使得更科学、合理的方案能够脱颖而出。另外，"头脑风暴"法可初步发现一些能够代表所讨论议题的结论，为下面介绍的德尔菲法提供一些背景资料。

三、德 尔 菲 法

德尔菲（Delphi），原是古希腊的一座古城名，起源于古希腊有关太阳神阿波罗的神话，在古希腊神话中，人们把德尔菲城看成是能够预告未来的神谕之地。德尔菲法是在 20 世纪 40 年代由赫尔默（Helmer）和戈登（Gordon）首创，美国兰德公司进一步发展而成的。在方法学研究中，人们把组织者对被咨询的专家提出问题，针对问题做出评价或判断的方法，称为德尔菲法（Delphi Method），又称专家咨询法。此法经常可用来论证所收集的提议的可行性，这对于减少提议收集过程中存在的风险、设定正确的收集方案是十分有用的。

德尔菲法的典型特征：①专家参与预测，充分利用专家的经验和学识；②采用匿名或背靠背的方式，使每一位专家独立自由地作出自己的判断；③判断过程几轮反馈，使专家的意见逐渐趋同。因此，已经成为一种最为有效的判断预测方法。其应用范围主要包括：通过集体主观判断做出决策的问题；对同一问题个人的见解体验分歧较大时；无法召开多次会议时；有必要采用匿名的方式达成共识；作为一个专家会议的前奏等。德尔菲法的工作程序如下：

1. 设置研究项目评估、预测组织小组　主要由研究小组成员组成，根据研究内容确定开展德尔菲法的具体议题，拟解决的问题等。

2. 选择专家组　针对前期应用头脑风暴法对相关议题所形成的初步结论进行专家评估与预测。所咨询的专家由课题组织者决定，这些专家，其中许多高级专家往往参与国家决策的咨询或有关政策的制定。专家的挑选决定着德尔菲法实施的成败，因而，德尔菲法专家选择的基本原则是必须突出广泛性、代表性和权威性，一般认为要从与研究主题相关的各个分支学科中选择有一定经验的、对研究感兴趣的专家。兼顾相关专业领域和地域分布，专家人数的确定要根据研究的主题和课题要求达到的精确性而定。该法在很大程度上受到了专家经验的影响，因此，专家的选择是关键。该法一般时间周期较长，所以在研究过程中不可避免会有专家脱落的现象。

3. 编制专家咨询表　在这一环节中，应向专家对德尔菲的概念和基本原理进行充分的说明，以及专家在本研究中的作用。然后再根据研究主题设计出具体要咨询的问题和必要的填表说明。专家咨询表要简化，问题的数量要适当。

4. 组织调查实施　主要是针对所关心的问题选择一批专家，通过匿名方式将咨询表通过信件邮递、电子邮件发送形式进行几轮函询征求专家的意见。

（1）实施并分析第一轮调查：在与各专家取得联系后，征得专家同意，进行第一轮调查，给每位专家发放专家信息表。在信中向专家简要介绍本次研究的目的和任务，以及专家的回答在评估中的作用,同时对德尔菲法进行介绍和说明。经第一轮的问卷回收后,将专家的评估建议进行汇总分析,并清晰归类、列出专家对标准条目的肯定、否定态度及原因。

（2）实施并整理第二轮调查:将第一轮调查的统计总结附在第二轮调查材料上面,寄给第一轮征询的专家组,征询每位专家组成员在看完统计结果后是否希望改变自己的预测,请专家回答的同时给出理由。回收第二轮咨询表并整理结果。包括新预测结果及部分专家不同意第一轮统计分析结果的意见和理由。

（3）实施第三轮调查并综合分析前三轮调查材料:整合前两轮的统计分析结果及部分专家不同意预测结果的意见,并实施第三轮调查,回收、整理第三轮调查材料。

以上过程进行轮回,直至专家的建议趋同性较强,可决定不再进行下一轮调查。

该步骤的主要特点有[263]:①采用发函咨询的方式。这种方式是以发函形式进行信息反馈,答询专家之间互不接触,从而使得专家们有较多的时间进行充分思考,对所提出的问题可以畅所欲言,各抒己见,自由自在地发表意见或评论。避免了专家会议的会场气氛、心理因素等条件的影响。②要经过若干轮咨询。反馈是德尔菲法的核心,对每一轮专家答询的反馈结果,课题的组织者都要进行认真地汇总和整理,从而进一步提出问题,再反馈给每一位专家,以便专家们据此结果作出进一步的判断。在此过程中,由于各项指标经过专家们的多次反馈意见给出,又经课题组织者科学的统计分析,因而使得最后结论具有较强的可靠性。

5. 整理分析专家建议　专家们的意见表达要经过表格化、符号化、数字化的科学处理,因此而得出的结论便于统计分析,这样为信息的定量化分析开辟了重要途径。统计分析应包括:专家的积极系数、专家意见的集中程度、专家意见的协调程度、专家的权威程度等。如此多次反复整理分析专家意见,逐步使意见趋于一致,得到一个比较一致的且可靠性较大的结论。

总体上讲,德尔菲法是利用专家的知识、经验、智慧等无法量化的带有很大模糊性的信息,通过通信或其他匿名的方式进行信息交换,逐步取得比较一致的意见。本研究具有专业性强、匿名性、信息反馈性、统计推断性的特点,对信息的咨询结果经过组织者定性与定量相结合的系统分析和论证,其结论更具准确性和可行性。

头脑风暴法、德尔菲法是常用的社会学研究方法,以围绕专家意见、建议为核心,并以达成专家共识为最终目标,二者在实施前都须严格设计、实施中须严格遵循前期设计。前者是发散式、启发式思维,便于个体创造性的发挥;后者是集中式、专业性较强的思维模式。两种方法的比较如下(附表 2-1):

附表 2-1　头脑风暴法与德尔菲法的比较

方法名称	头脑风暴法	德尔菲法
特点	平等性、自由性、创造性	专业性强、匿名性、信息反馈性、统计推断性
局限性	建议分散、意见暴露	时间局限性、主观局限性
应用	多应用于议题的提出、筛选	多应用于关键性议题的确定
操作性	实施步骤较简单	项目实施步骤较复杂、干扰因素多

四、深度访谈[264]

深度访谈是一种无结构的、直接的、个人的访问,即在访问过程中,一个掌握高级技巧的访谈员深入与一个被调查者访谈,以揭示对某一问题的潜在动机、信念、态度和感情。深度访谈主要用于获取对问题的理解和深层了解的探索性研究。不过,深度访谈不如小组访谈使用那么普遍,主要用于详细地刺探被访者的想法;或是讨论一些保密的、敏感的或让人为难的话题;或是存在很严密的社会准则、被调查者容易随着群体的反应而摇摆的情况；或是做某项专门的调研，访问专业人员等情况。

(一)深度访谈的特点

与小组访谈类似，深度访谈也是无结构地获取信息的直接方法。不同之处在于深度访谈是一对一进行的。一次深度访谈可能要花 30 分钟至一个小时以上的时间。例如，在了解患者对治疗的满意度时，访谈可以这样开始："您对在此医院看病的感觉如何？"然后鼓励被访者自由地谈论他对医院的看法、态度。问了开始句之后，访谈员就将采用无结构的形式。访谈的方向完全根据被访者最初的反应、访谈员的刺探技术以及被访者的回答来决定。假定被访者对最初问题的反应是"对看病已经感到失望了"，访谈员就可以用类似"为什么感到失望"来进一步探寻。如果被访者的反应不是那么明显，比如说"现在不愿意来看病了"，访谈员可以用类似"为什么以前没有这样感觉？有什么方面发生变化了吗？"来刺探。

虽然访谈员事先有一个粗略的提纲并试图按提纲来访谈，但问题的具体措辞和顺序会受被访者反应的影响。为了获取有意义的反应并揭示内在的问题，刺探技术是十分关键的。在进一步刺探时常采用这一类的问话："你为什么这样说"，"很有意思，你能再详细些说说吗"或"你想再补充些什么吗"等等。

(二)深度访谈的技巧

比较常用的深度访谈技术主要有三种：阶梯前进、隐蔽问题寻探和象征性分析。阶梯前进是顺着一定的问题线探索，使得访谈员有机会了解被访者的思想脉络，比如想知道患者的睡眠情况，可以从睡眠的时间、质量、白天精力、工作能力等多方面询问。隐蔽问题寻探是将重点放在个人的"痛点"而不是社会的共同价值观上，放在与个人深切相关的而不是一般的生活方式上，比如，对于慢性盆腔痛患者在性生活、夫妻感情方面的影响。象征性分析是通过反面比较来分析对象的含义。要想知道"是什么",先想办法知道"不是什么"这一逻辑反面。例如,在了解患者的心理感受时,其逻辑反面是:不愿意或不喜欢处于什么情境。

(三)访谈员要求

访谈员的作用对深度访谈的成功与否是十分重要的。应该聘请能够做深度访谈的有技巧的访谈员,一般是专家,需要有心理学或精神分析学的知识,费用很昂贵,也难于找到。访谈员应当避免表现自己的优越性,不要采用高高在上的姿态,应该让被访者放松;以提供信息的方式问话,刺探受访人的内心;不要接受简单的"是"或"不是"的回答。

(四)深度访谈的优缺点

深度访谈强调研究者和被研究者之间的接触要更加直接、充分,它通过观察、揣摩、记录、探询、追问、背景分析等各种手段,把研究者的言词表达放在其表情、动作、情绪、场景、用词、经历等组成的立体背景中去理解,抓住最鲜活生动的日常语言,从最可能的深度理解被研究者所要表达的心理意识。深度访谈较之小组访谈的优点主要是深度访谈可以更自由地交换信息,更深入地探索被访者的内心思想与看法,并且可以将被访者的反应与被访者直接联系起来,而在小组访谈中也许做不到这些,因为有时会因社会压力而不自觉地形成与小组大多数人一致的意见。

深度访谈的不足之处主要是,由于无结构式的访谈使得结果十分容易受访谈员自身的影响,其结果的完整性十分依赖于访谈员的技巧,致使数据常常难以分析和解释,要解决这些问题则需要熟练的心理学家,这就又增加了项目费用。由于占用的时间和所花的经费较多,因而在一个调研项目中深度访谈的数量十分有限。不过尽管如此,深度访谈也有一定的实际应用。尤其是对典型病例进行的开放式深入访谈,访谈员结合中医问诊的特点,对患者关注的域、指标、条目等进行搜集记录。

附录3　测量理论的基本概念

提起测量，人们并不陌生。在日常生活和工作中，人们用米尺测量距离，用体温计测量体温，用秤测量蔬菜水果的重量……人们还常用自己的感官对事物的大小、距离、高低、长短等进行测量。除此之外，人的能力、气质、性格等诸多心理特征也可以在不同程度上进行测量，如目前广泛应用的心理测试。可以说，测量无处不在，无处不有。美国著名心理学家 E. L. Thorndike 和美国教育学家 W. A. Mocall 分别提出"凡客观存在的事物都有其数量"、"凡有数量的东西都可以测量"。然而，如此纷繁的测量，都是基于基本的科学活动。

一、测　　量

（一）什么是测量

1951 年美国心理物理学家 S. Stevens 提出，"测量是按照法则给事物指派数字"[265]。这个定义已被科学研究人员广泛采用，后来的学者在此定义基础上也对测量的内涵进行了修正和补充。美国最有影响的社会历史学家 Duncan 提出，测量不仅仅是指派数字，而是要遵循所测事物的属性或品质的不同程度指派数字，测量的根基在于社会程序，所有的测量都是以社会为目的[266]。测量是依据优先次序的规则，对测量对象的变量分类或数值进行赋值的过程，目的是去描绘测量对象基本概念（或因素）的分类或数量。成素梅[267]认为，测量是一种形式的观察，目的在于借助仪器将被测对象的某种物理特性表现为人的感官能够直接接受的量值，通过观察这种量值来确定测量结果。孙庆祝[268]认为，测量泛指依特定的规则，将所观察的事物予以量化以代表其属性。凤笑天[269]认为，测量是根据一定的法则，将某种物体或现象所具有的属性或特征用数字或符号表示出来的过程[270]。

虽然关于测量的内涵有诸多解释，然而测量的基本特点是一致的，即依据一定的规则，对所观察事物的特征进行定量描述的过程。这种规则是指任何测量都要符合科学原理，通过科学的方法和程序完成测量。如用体温计测量体温，依据的是热胀冷缩原理；用杆秤测量物体的重量，依据的是物理学上的杠杆原理；用测评量表评估个人的性格，依据的是心理学和量表设计原理。

根据测量的内涵分析，测量包括三个要素[271]：事物及属性、数字或符号、法则。

1. 事物及属性　事物即测量对象，测量的客体，是要用数字或符号进行表达、说明的对象；属性即测量内容，是测量客体的特征。如我们测量水果的重量时，水果是事物，重量是属性；测量患者报告的临床结局时，患者是测量对象，其报告的临床资料是测量内容。

2. 数字或符号　表示测量结果的符号。测量内容不同，数字或符号的代表意义也不一样。如测量水果的重量，那么1.2kg、3kg则可表示所测水果的实实在在的重量。如测量患者对治疗效果的满意度，三个患者分别得出的结果为1、2、3，那么这里数字不是代表满意度本身，1、2、3本身没有量的意义，需要我们赋予量的内涵，才能变成数字进行比较分析。

3. 法则　即如何用数字或符号对事物的属性进行表达的规则，也就是说，如何对事物指派数字以及如何赋予数字某种量的内涵所要依从的原则或方法。如"电子秤接通电源，校准归零，将水果放在承重台上，显示屏的读数就是水果的重量"，此即使用电子秤测量水果重量的法则。再比如使用量表测量患者报告的临床结局，那么量表的设计技术、临床结局特点、量表使用说明等就是测量患者报告的临床结局的一系列法则。

(二) 测量形式与层次

1. 测量的形式　社会的发展离不开测量，科学的各个领域都有自身的测量程序和方法。广义的测量大体可分为直接测量和间接测量两种形式。

直接测量的测量规则一般比较完善，有一套特定的测量程序和方法，测量的结果比较准确、可靠，而且相对稳定，不会因为时间、地点、测量主体的不同而出现不同的结果，能如实反映事物的特性。如采用尺、秤、温度计对事物的测量，用生化检测仪对人体血液中的胆固醇、血糖、血脂的测量，用遥感器接收和测量地球及其大气的可见光、红外与微波辐射等都属于直接测量。

间接测量目前虽借鉴心理学、社会学、信息学等多学科的相关理论，然而测量规则尚不完善，测量程序和方法仍处在探索阶段，测量结果的准确性、可靠性需要经过多次反复测量与验证，常会因时间、地点、测量主体等外在条件的变化及测量客体的内在因素的变化出现不同的测量结果。如对人的气质、性格或态度等方面的测量往往需要借助所测对象的外在表现加以衡量，对某一区域的人口普查或疾病分布情况的测量往往与该区域的经济条件、人文环境等因素有关，这种测量结果并不是恒定不变的，因此间接测量的测量依据、程序和方法需要结合新的情况加以总结与发展。由于 PRO 反映的是患者对自身健康状况的报告，常常包括患者描述的功能性或症状性指标，以及与生存质量相关的指标，比如疼痛的强度和疼痛缓解度、睡眠状况的改善等，对这些概念的测量也属于间接测量。

2. 测量的层次　1951 年 S. Stevens 提出了测量的四个层次，即定类测量、定序测量、定距测量和定比测量（附表 3-1）。

(1) 定类测量（nominal measurement）：这是最低层次的测量水平，对事物指派名称或符号，以确定其类别。这种指派可根据事物的不同属性或特征加以区分，但所分的类别要互相排斥，没有交叉重叠。如果两类事物有同一种与之相关的名称或符号,他们就属于同一类别,一个事物只能属于一类,这是定类测量唯一的重要性。社会学研究中,定类测量变量包括性别、职位、民族、宗教信仰、党派、专业和出生地等表示人、社会的属性或特征,以及地区国际电话号码等表示该地区的地理位置。如在问卷现场调查过程中,将被测者划分成"男性、女性","未婚、已婚、离婚、丧偶……"等诸多类别;也可将"男性"定义为"1"、"女性"定义为"2","未婚、已婚、离婚、丧偶……"定义为"1、2、3、4……",这都属于定类测量。指派的数字也是一种符号,数字之间唯一可以作比较的是相等还是不等,没有大于或小于关系,也不能进行加减操作。

　　(2)定序测量(ordinal measurement):定序测量指根据事物的属性或特征,按照某种逻辑顺序,将事物按等级排序。如测量人们的文化程度,可将它们分为"文盲、小学、初中、高中、大专、大学、研究生……",由低到高的等级排列;测量患者对医疗服务的满意度,可设计为"非常不满意、不满意、一般、满意、非常满意",程度由低到高 5 个类别。在社会学研究中,人们的社会地位、工资收入、住房条件以及对待事物的态度等特征都可采用定序测量。定序测量不仅可以反映不同的事物区分为不同的类别,而且可以反映事物的属性或特征在高低、大小、先后、强弱等等级序列的差异。定序测量的每个变量也可以用数字符号来表示,此时的数字除了可以进行等于、不等于比较外,也可以进行大小比较,然而,传统意义上的加减运算还是没有意义的。

　　(3)定距测量(interval measurement):定距测量指分配给事物的数字或符号除了具有定序测量的所有特征以外,还可以确定结果间的距离,即任意一对测量结果之间的差异比较均有意义。日历中年的表示、摄氏温度或华氏温度计的温度表示都是定距测量。如测量北京与南京的温度,北京的温度是 20℃,南京的温度是 30℃。从这一测量中,我们不仅可以了解到北京与南京的气温不同(定类测量的测量结果),了解到南京的气温比北京的气温高（定序测量的测量结果），而且还了解到南京的气温比北京的气温高出 10℃（定距测量的测量结果）。因此，定距测量的结果间取平均值和减法运算是有意义的，但是测量中的零点确定带有主观性，因此加法运算没有意义，测量结果的比率是没有意义的，乘除法的运算不能直接使用。

（4）定比测量（ratio measurement）：定比测量除了具有以上3 种层次测量的全部性质之外，还必须要求有一个绝对的、明确的、有实际意义的、不是武断决定的零点，目的是使任意两个测量结果的比值有意义。所以定比测量的结果既能进行加减运算，又能进行乘除运算。大部分物理量，如质量、长度、能量等均属于定比测量；温度相对于绝对零度来讲，开氏温度计的温度是一种比率测量；定比测量的一般变量包括年龄、收入、某一地区的出生率、性别以及给定位置的长度测量、特定时间内组织机构的数量、出席教堂的人数等，是否有具有实际意义的零点存在，是定比测量与定距测量的唯一区别。

附表 3-1　四种测量层次的比较

测量层次	基本特征	基本运算	功能描述
定类测量	无序	=、≠	分类、描述
定序测量	有序、无距离	=、≠、>、<	分类、描述、区分等级
定距测量	有序、有距离、有相对零点	=、≠、>、<、－（减法）	分类、描述、区分等级、差异比较
定比测量	有序、有距离、有绝对零点	=、≠、>、<、＋－×÷（加减乘除）	分类、描述、区分等级、差异比较、差异比值

Stevens 提出关于测量的四个层次虽然被广泛接受，然而这种分类仍存在争议。一方面，定类测量的规则与其对测量的

定义存在不一致。根据 Stevens 对测量的定义,给事物指派数字有一定的规则,唯一不允许的规则是随机分配,因为随机等于无规则。而定类测量涉及指派数字的任意分配,如"男性"指派数字为"1"、"女性"指派数字为"2",也可以"男性"指派数字为"2"、"女性"指派数字为"1",只是表示不同类别而已,指派的数字或符号是可以转换的。另一方面,严格限制数据分析方法是不合理的。选择数据分析方法一定要适合待分析的数据和想要回答的问题。测量过程中所指派的数字或符号是否有意义取决于要分析的问题,如"某品牌汽车发动机的缸数有 4、6、8、10缸",如果想知道"不同缸数之间是否存在差异",这可以按照定类测量分析,得出该品牌汽车发动机缸数有 4 类;由于这些分类顺序都是清晰的,因此定序测量的分析方法也适合。但如果想知道"近几年该品牌汽车发动机的汽缸平均数量",这就需要将这些数字作为数值,称为距离测量的值,那么 10 缸与 8 缸、8 缸与 6 缸、6 缸与 4 缸之间均相差 2 缸,其相差的缸数是相同的;我们或许考虑每个汽缸的容量,计算各类型汽车置换汽缸数量的比值,采用定比测量,这是完全合适的运算。由此可见,数据的基本特征取决于我们所提出的问题和我们对问题希望得到的,能够接受的结论。总体来讲,Stevens 对测量层次的分类在通常情况下是合适的,后来学者对 Stevens 观点提出的质疑可以作为我们应用这四种测量层次时需要考虑的问题。

(三)四种测量尺度

　　尺度是依据事物的属性或特征,按照一定的法则,使得一组数字能够表达事物所拥有的属性或特征的程度。作为间接测量的一种方法,具有测量学的基本特征。根据 S. Stevens 提出的四种测量水平,产生了四种类型的测量:定类、定顺、定距、定比。

　　1. 定类尺度(nominal scale)　即根据法则指派给事物某一类别的数字或符号,是最简单的一种尺度。这里的数字或符号仅是标志,数字的顺序可以改变、可以互换,没有任何数量大小的含义。可计算某一数字出现的频率或次数,但不能进行加减运算。如足球队队员的号码就属于定类尺度。

2. 定顺尺度(ordinal scale)　根据法则指派给事物某一类别的数字或符号具有等级性或序列性,也称位次尺度。有序的数字或符号可以区分事物在某一属性或特征的差异,但只能定性,不能定量,因为这种有序并不表示数字与数字、符号与符号之间的差距是相等的,或是能够精确测量的。例如比赛结果的名次表为定顺尺度,表示第一名优于第二名,第二名优于第三名……但不能表明优多少,即能力上的差异并不能由名次之间的差异来确切反映,也不能表明最后一名的运动能力为零。

3. 定距尺度(interval scale)　等距量表除了具有类别和顺序量表的性质外,还要求代表事物属性或特征的数字或符号按等级排列,而且他们之间相邻类别之间的差距都是相同的,也就是说,定距尺度结果之间的距离可以反映出不同等级之间的差异程度。如学生的考试分数、某品牌运动鞋的尺码等都属于定距尺度。然而等距量表没有绝对的零点,只有相对零点,只能作减法运算,加法运算没有意义,也不能作乘除法运算。虽然如此,定距尺度的信息含量也相对较多,一个定距尺度所得到的测量值,可以与另一个与该组资料单位和零点不同的定距尺度进行转换。

4. 定比尺度(ratio scale)　定比尺度除含有以上三种量表的特征外,还有一个具有实际意义的绝对零点,可以表示不同等级之间的大小,也可以计算它们之间的比值。如身高 180cm 的人可以说是身高 90cm 儿童身高的两倍。但是,测量体育成绩时,要特别注意定比尺度的适用范围和特殊性。例如跳高成绩 2m 是跳高成绩 1m 的两倍,但不能说跳 2m 者的能力是跳 1m 者能力的两倍。如果一项测量结果在定比尺度上是零,那么我们可以认为该事物不具备所测量的属性或特征。定比尺度所含信息量最多,它具有绝对的零点,因此可以进行加减乘除四则运算。所以说定比尺度是测量的最高水平,也是科学家们理想的尺度。

（四）测量理论的发展

1. 我国古代的测量思想　我国古代具有丰富的测量思想。尺、斗、秤是我国古代主要器具,秦始皇统一度量衡,颁布"一法度衡石丈尺"诏书,规定依秦制划一全国度量衡标准;同时统一田亩制度,规定以六尺为一步,二百四十方步为一亩。日晷又称"日规",是我国古代根据天文现象,利用日影测得时刻的一种计时仪器;沙漏又称"沙钟",是我国古代第一个摆脱天文现象的计时工具。在间接测量方面,我国古代也有鲜明的特色。早在两千多年前,孔子在《论语》中就提出"性相近,习相远"的观点,认为通过"听其言而观其行"便可以洞察一个人的内心,他还在教育实践中根据自己的观察,将学生分为中上之人、中人和中下之人三类,这是对人类个别差异的认识。《礼记·射义》中记载道:"古者,天子以射选诸侯、卿、大夫、士。射子之事也,因而饰之以礼乐也。"提出试射是当时选择官吏的办法,由诸侯向皇帝推荐候选人,皇帝亲自在射宫主试,录取的标准是以射中次数的多少,结合行动是否合乎乐律为根据,这是早期的测量操作的具体体现。战国时期的孟子认为"权,然后知轻重;度,然后知长短,物皆然,心为甚",这里的权、度就是测量。我国古代科举制度的兴起和完善推动着教育测量的发展。总体上看,我国古代社会的测量思想与当时的整个科学技术水平相适应,产生了多种测量工具;同时,我国古代社会的心理测量已经注重对人作整体的鉴定和评价,并倾向于和人的道德品质相联系,然而科学的心理测量理论的诞生,则要追溯到 19 世纪的西方。

2. 西方测量理论的发展　测量始于人类朴素的感觉功能,并已发展到人类感觉能力所不能完成的领域,具有深刻的社会时代背景,又与科学技术的发展水平相适应。在直接测量方面,起初是依赖于视觉测定的物理量,如长度、大小、形状等;进而开始测量有关重量、容积、面积、速度及天体运动等；更进一步测量与触觉有关的震动，如声音、光、热的测量，甚至包括人类感觉不能直接接触到的电磁、化学中的各种量的测量。所以说，测量是所有科学技术的基础，复杂微妙的事物现象，借助测量理论的引导进行分析与评价。

在间接测量方面，主要是对个体心理行为的测评。承认个体心理行为能力的差异是进行间接测量的基本前提。在西方，科学家最初发现人的心理的个体差异的重要性，是起因于世纪天文学上的一个偶然事件[272]。1796 年，英国格林尼治天文台的皇家天文学家 N. 马斯林基因为其助手金内布鲁克观察星体通过的时间比自己晚了 0.8 秒钟而将他辞退。20 年后，另一天文学家贝塞尔对这一事件做了研究，认为这不是金内布鲁克的过错，而是一种不可避免的个人观察的误差。贝塞尔的这一发现引起了学者们对个体差异的重视和研究，自此拉开了研究个人能力真正差异的序幕。随着社会的发展，分工日益精细，对专门人才的训练和选拔，促使个体测量的不断发展，产生了一定的测量方法和技术手段。其中，量表就是主要用于心理测量的一种测量工具。20 世纪初，法国心理学家比纳-西蒙编制了第一个儿童智力测验量表，该量表问世之后，立刻传到世界各地，并不断涌现出各类新的测评量表。21 世纪，计算机技术迅速发展，使传统的纸笔测评量表逐渐被电脑测评所取代；新的测量理论（尤其是 IRT 和概化理论）在某种程度上弥补了经典测量理论（真分数）的缺陷；并产生了新型的测评系统——计算机自适应系统，由计算机根据个体能力差异做出估计和判断，从而大大提高了心理测量的精度和效率，将成为今后测量领域的研究新动向。

（五）疗效评价体系与测量的关系

1. 疗效评价体系具备测量的基本特征　所谓评价，是通过系统地收集信息从而客观地作出价值判断的过程，即价值的确定[273]。评价与测量相互依存,密不可分。评价是通过对照已建立起来的某些标准判断测量的结果,并赋予这种结果一定的意义和价值;而测量则在于为评价采集和提供有关评价的可靠、有效、客观的信息资料,保证评价的科学性。疗效评价体系则是一系列保证客观、真实地对治疗效果和效力进行评价的原则、方法、技术和规范,可以理解为,疗效评价体系是对疗效的测量,具备测量的基本特征。疗效评价体系的目的在于将有效的测量结果加以分析、整理,从而实现其实际意义和价值,真正确定其信息价值的大小。

2. 疗效评价体系应当是一个跨学科的"公平秤"　疗效评价体系是横跨在各种医学之上的一个跨学科的、统一的度量衡系统,这个系统对任何医学体系都应该是同等的、公平的,用此"公平秤"可以称量出不同学科与各种疗法的优劣和特点[274]。然而,目前的疗效评价体系是根据西医学的学科特点构建的,并不能体现中医学的诊疗特点,反映不出中医学的优势特色。

具体来讲,西医学从人体的形体结构入手,采用分析、分离、鉴别的方法,借助现代仪器设备,来发现结构和功能之间的联系,形成了以病为中心的防病、抗病体系。中医学则从人体运动状态入手,通过司外揣内、取象比类等手段,创建了"望、闻、问、切"四诊合参的诊病手段,从功能的角度研究人体的生命过程,形成了以人为中心的健康保障体系。由于中西医了解生命体变化规律的切入点不同,构建了两种不同的学科体系。西医学以疾病为中心,往往找到人体的共性规律,注重同质的群体,因此以西医学为基础的疗效评价体系是对同质疾病人群抽样研究的系列原则、方法、技术规范。中医学以人为中心,强调辨证论治,从整体、动态、个体化角度掌握和调控人体,中医的个体化治疗不只取决于个体,在很大程度上还取决于主体,它比现在西医所说的个体化治疗还要高一个层次。然而,目前中医药辨证论治个体化治疗,对临床研究中日益受到人们重视的综合疗法复杂干预,则缺少有效的设计方法和质量保障方法,尤其是对"有病的人"的状态、对临床疾病发生质变间的量变,缺少足够的量化评价方法。

所以,目前的疗效评价体系实际上并不是公平秤,主要是其"秤砣"大小是为西医学定制的,对中医学不合适。现代疗效评价体系存在的这些缺陷,随着个体化医疗的出现,随着综合疗法的日益盛行,已经受到学术界的高度重视。国际上近年重视对患者报告结局的测量研究,已经说明了这一点。PRO 为从患者角度测量治疗效果提供了一种有效手段,相当于与医学体系无关的"公平秤",开展 PRO 研究与应用,是完善疗效评价体系的必然。

二、经典测量理论

心理测量理论是编制量表的理论基础,它起源并广泛应用于心理和教育学领域。当今心理测量理论包括经典测量理论、概化理论(generalizability theory,GT)和 IRT。其中,经典测量理论是测量理论的基石,现代测量理论中的概化理论和 IRT 都是通过对经典测验理论的发展和突破建立起来的。

经典测量理论包括真分数理论和平行测验理论,起始于 19 世纪末,经过几十年的发展,到 20 世纪 30 年代形成比较完整的体系而渐趋成熟,20 世纪 50 年代格里克森(Gulliksen)的著作使其具有完备的数学理论形式。1968 年洛德(F. M. Lord)和诺维克(M. R. Novick)的《心理测验分数的统计理论》一书,在精辟论述经典测量理论的同时,提出了现代测量理论的基本概念和方法。经典测验理论具有弱假设、方法简单完善、意义直观、适用范围广等特点,因此在目前测量中仍被广泛采用。本节主要介绍经典测验理论的基本概念及其局限性。

(一) 真分数的概念

真分数(true score)通常是在用考卷测量学生某学科能力

的考试中,反映学生真实能力的值,考卷所得分数叫观测值。观测值是真分数与误差值之和。真分数是指观测对象在所测特性(如能力、个性、生存质量、疾病状态等)上的真实值。我们用测量工具(如量表和测量仪器)对其进行测量,在测量工具上直接获得的值,称为观测值或观察分数。真分数理论认为,真分数与实际观测值的不全相等是由于测量时的误差引起的,所以观察分数就包含了真分数和误差两部分。在真分数理论中,误差的判断是关键。在实际测量中,产生误差的原因很多,如测量的工具、测量的方法、测试者的技术、测试对象的状态,问卷或量表测试时涉及的条目的形式、条目的质量、条目的评分规则等因素。要保证测量的准确、可靠,就要分析测量中的误差包括哪些,如何确定,什么程度的测量误差可以接受,什么样的误差不能接受。在真分数理论中按照测量误差产生的原因,通常将误差分为以下几种类型。

1. 随机误差　在测量过程中,由偶然因素引起的没有一定偏向又难找到原因的误差叫随机误差。这种误差有时偏高,有时偏低。例如,同一测试者,在相同条件下,对同一测量对象进行连续三次血压测量,其结果不一样。这种测量误差是不可避免的,具有随机性质,故称为随机误差。

2. 系统误差　是指由于测量用具和仪器的精度和标化程度不同、操作不当或规格要求不一致等,使测量值产生偏高或偏低的结果,称之为系统误差。系统误差本身有一定的倾向性,所以常常能够事先发现。例如,测量坐高时,坐板平面与刻度尺的零点未保持在一个水平面上,刻度尺零点高于或低于坐板平面,致使测量结果出现偏高或偏低的情况。采用标准化测量用具和仪器,并在测试前和测试中对量具和仪器进行认真的校验,可以减少或避免系统误差。

3. 过失误差　过失误差是指由于测试者的某些过失而造成的误差。如测量人员工作认真程度不够,操作不当,不熟悉测量的程序和操作的细则等而造成的测量误差,或对测量结果误读、误认、误记等。这种误差在实际工作中时有发生,要减少或避免这种误差,应加强测量人员的工作责任心,提高测量的技术和技巧,建立和严格执行有效、科学的操作规范与核查制度,达到减少或消除过失误差。

在真分数经典测量理论中,在严格控制系统误差与过失误差后,可以将所有的误差均假设为"随机误差"而建立理论模型。

(二)经典测量理论的假设

经典测量理论提出了以下三个方面的基本假设:

假设一,真分数具有不变性。其实质就是真分数所反映的被测者的某种特质(如生存质量或疾病状态)必须具有稳定性,至少在所讨论的问题范围内,或者说在一个特定的时间内,个体具有的特质为一个常数。

假设二,误差是完全随机的。首先,测量误差为服从均值为零正态分布的随机变量。误差项记为 ε,则 $E(\varepsilon)=0$。其次,测量误差与所测的特质即真分数之间相互独立;再次,测量误差之间,测量误差与所测特质外其他变量间均相互独立。

假设三,观测分数是真分数与误差的和,即 $X=T+\varepsilon$。其中,X 为观察值,T 为真分数,ε 为误差。

在上述三个基本假设的基础上,真分数理论得到两个重要推论:①真分数等于实得分数的平均数,$T=E(X)$;②在一组测量分数中,观测分数的变异(方差)等于真分数的变异(方差)与误差的变异(方差)之和。即 $\sigma_x^2=\sigma_t^2+\sigma_e^2$。

由假设一,真分数的变异(方差)为零或接近零。

(三)平行测验

能以相同程度测量同一特质的两个或多个测验。

获得平行测验的方法主要有:在测量特质保持不变的时间段内,采用同一测验进行重复测量,编制两个平行复本测验,将一份完整测验分成等值的两半等等。其中,平行复本的关键是等价。所谓等价就是要符合下列条件：

1. 复本测验的是同一种特质。

2. 复本测验的形式相同但不重复。

3. 复本测验题目的数量相等，并且有大体相同的难度和区分度结构。

4. 复本测验的分数分布（平均数和标准差）大致相同。

经典真分数理论的误差有一条重要性质：平行测验误差的方差与被试误差的方差相等，这也是信度理论的基础。

（四）经典测量理论的局限性与现代测量理论的提出

经典测量理论的假设体系具有如下：①真分数与观测分数间存在线性关系的假定不一定符合事实。②统计量（难度和区分度，信度和效度）的样本依赖性。真分数理论中条目的难度通过"率"表示，因此被试样本能力高则同一条目的难度低，反之则高；两组被试能力差别大时，同一条目的区分度就高，反之则低；为避免抽样误差对参数估计的影响，强调样本要具有较强代表性；对信度较低时，增加量表条目会导致信度的"提高"，同时会增大应答者负担。③对被试者能力的估计与条目和测验的难度有关。不同难度的测验会得到不同的能力估计值，不同测验结果间难以进行比较。④信度是建立在平行测验假设的基础上的，但严格的平行测验现实中是不可能实现的。⑤假设所有被试者的测量标准差相等，由于不同能力组在测验上的稳定性也不同，能力水平低的人作答时由于存在猜测性，导致其测量误差会高于能力高的人；不同的测验、不同的被试都会引起测量误差的差异；另外，信度是基于整个测验的，对单个条目的测量标准误，经典的真分数理论无法得到。⑥对条目筛选、测验等价等问题也无法解决[275]。

上述问题随着现代测量理论的出现，得到了一定的发展和解决。

概化理论，又称为概括力理论（generalizability theory，

GT),在 CTT 的基础上,结合方差分析原理将笼统的误差分解为真方差与相对方差,定义"类信度系数"[统计中的组内相关系数(intraclass correlation coefficient)]来考核测量精度。经典测量理论并没有进一步对误差进行区分,比如通过时间、背景或题项来区分[276]。而概化理论则提出了测量情境关系概念,并据此进行误差分解。测量情境关系是指测量目标与测量工作所处的情境条件的结合[2]。施测的过程中,对测量情境关系进行不断优化,以提高测量的准确性和可靠性。另外,与 CTT 不同,GT 中被试者总体不一定服从正态分布。但是,与 CTT 一样,它仍没有摆脱抽样的基本思想。

附录 4　EMPRO 的应用

EMPRO 是指评价 PRO 研究质量的方法。目前,国际范围内已经研发了大量的 PRO 量表。如何从中选择最合适的量表就是一个关键的问题。鉴别一个 PRO 量表的关键在于分析 PRO 量表的概念和理论基础,以及心理测量学特性(信度、效度、敏感度)。尽管已经出现一些评估 PRO 量表的方法,但是存在一些问题,没有能够得到实际应用。

Red-IRYSS(Spanish Cooperative Investigation Network for Health and Health Service Outcomes Research)组成了专家组,开发了 EMPRO(evaluating the measurement of patient-reported outcomes)。

EMPRO 包含了 8 个方面的内容,共计 39 项:

1. 概念和测量模型(7 项)。
2. 信度(8 项)。
3. 效度(6 项)。
4. 反应性(3 项)。
5. 可解释性(3 项)。

6. 负担(7 项)。

7. 其他的操作方式(2 项)。

8. 文化和语言调适(3 项)。

每个条目下都有评级参考,用来解释这个条目的应用。采用 4 级法评估每个条目,1、2、3 和 4 分别代表完全不同意、不同意、同意和完全同意。在评估各个条目时,应该考虑 PRO 量表研制者是否提供了足够的信息,方法是否合适,报告是否充分反映了结果。只有满足全部或者大部分标准才能评为 3 级或 4 级,否则至多只能评为 2 级。

1. 概念和测量模型　主要评估测量对象和条目产生过程。要求:清楚地表述将被测量的概念(功能状态,幸福感,健康相关生存质量,满意度等),并提供所有领域或者维度的清单;恰如其分且清楚地表述条目获取、条目融合的理论与实践基础以及依据;具体描述量表的维度及其结构和特性,并有充分的依据;清楚描述量表涉及的目标人群,量表内容通过了目标人群中的评估,并且方法适当,结果满意;明确描述量表在人群中的变异性(分布,分数的集中趋势和离散趋势,天花板和地板效应),并符合预期的应用目的;清楚地定义预期的测量水平(顺序标度,间隔标度,或者比率尺度),并提供支持证据;清楚地描述从初始分数到量表标准化分数的原理和步骤。

2. 信度　包括了"内在一致性"和"可重复性"。"内在一致性"要求:清楚地描述收集内部一致性数据的方法(采集样本和计算样本量的方法,样本的特征和量表的描述性统计),并且这个方法是适当的;Cronbach α 系数和(或)KR-20 值是可以接受的(总体系数 0.9 以上,亚组系数 0.7 以上,可以评为 4 级。如果总体系数和亚组系数低于 0.7,只能评为 1 级);清楚地报告使用 IRT 方法估计信度,估计的结果是可以接受的;清楚地描述每一个有关人群(不同疾病,文化,年龄)数据的内在一致性。

"可重复性"要求:清楚地描述收集可重复性数据的方法(采集样本和计算样本量的方法,样本的特征和量表的描述性统计),并且该方法是适当的;有充分依据应用测试-重测比较的设计,两次操作之间有合适的间隔,注意确定样本稳定性的方法和访谈者的独立性;清楚描述重测信度系数和(或)测试者之间信度,该信度所有分数都是适当的[总体的组内相关系数(ICC)大于 0.9,亚组大于 0.7,则可以评为 4 级。如果多数低于 0.7,则评为 1 级。如果有描述性统计,则可以评为 2 级];清楚地描述采用 IRT 估计条目参数,并且是适当的。

3. 效度　效度的评估要求是:针对量表预期的应用,提供足够证据说明其内容相关效度(条目和量表清晰性、综合性、中肯性和重复性);清楚描述评价结构效度和效标关联效度所使用的方法(采集样本和计算样本量的方法,样本的特征和量表的描述性统计),并且是适当的清楚描述检验结构效度和效标效度的样本构成,并且样本适当,提供细节;具体描述结构效度的假设,并且结果与其一致;选择效标或金标准有清楚的理由和支持;清楚地描述量表在各种目标人群中效度的考察,应该提供每项的效度资料。

4. 反应性　反应性的评估要求是:清楚地描述评价反应性的方法(采集样本和计算样本量的方法,样本的特征和量表的描述性统计),且是适当的;清楚地描述变化幅度的估计值,且结果可以接受;通过一个纵向研究,比较两个组的变化大小,一组预期有变化,另一组预期稳定。

5. 可解释性　可解释性要求:清楚描述选择和评价外部标准的理由(采集样本和计算样本量的方法,样本的特征),且有充分依据;进行解释的策略清楚描述并且适当(提供样本分值分布的比较资料,根据个人特征解释评分,解释纵向变化);从量表获取数据的方法要明确地报告(理论值和观察值)。

6. 负担　包括"调查对象的负担"和"操作的负担"。评估

"调查对象的负担"要求：清楚描述完成量表所需要的技能（阅读和理解能力）和时间（平均时间和时间范围），且是可接受的，目标人群对量表设计的接受性（字体大小、回答选择项、间隔等）；量表的可接受性经过评估，并有证据证明量表不会造成调查对象身体或精神上过分紧张，对此有清晰描述；说明调查对象在何时或者什么情况下不适合此量表。评估"操作的负担"要求：明确量表使用所需要的资源；清楚描述训练有素的调查者完成量表所需要的时间，且是可接受的；明确规定操作量表所需要的培训、教育水平或者专业知识和经验，且是可接受的；对量表的评分规则及其负担提供适当的信息，并且这种负担是可接受的。

7. 其他的操作方式　这是是指不同于量表初始设计的用途，如自我报告，访谈者操作，计算机辅助，基于表现或其他方式。替代方式可能包括量表的自我测量版本，由患者直接完成，而不是由代理人如父母，配偶等。评估的要求是：每一种替代操作方式的可靠性，效度，反应性，可解释性，负担都需有明确信息，其心理统计特征要具体描述，并且是适当的；提供各种替代方式与原操作方式比较的信息，并且结果是可接受的。

8. 文化和语言调适　本项适用于翻译的量表。评估的要求是：适当描述实现与评价语言等价性的方法，并且是可接受的（至少两个人独立翻译原语言版本，至少回译原语言一次，多则更佳；翻译版本必须经专家小组和患者审查；进行现场测试，证明量表的可接受性和可解释性）；适当描述实现与评价条目的概念等价性的方法，并且是可接受的；原版与调适后的版本中的重要差异，要明确发现这种差异并满意克服。

附录5　术语中英文解析

1. 敏感度　PRO 量表能够将一段时间后患者个体或群体在测量概念上产生的变化以得分差异的形式识别的证明。

Ability to detect change: evidence that a PRO instrument can identify differences in scores over time in individuals or groups who have changed with respect to the measurement concept.

2. 认知访谈法 一种用于确定患者对概念和条目的理解是否与量表研发者相同的定性研究工具。包含对合并的随访问题的现场访谈以获得患者对被提问问题的解释的更好理解。应用这种方法,受访者在回答量表问题时需要有声思考并描述其思维过程。

Cognitive interviewing: a qualitative research tool used to determine whether concepts and items are understood by patients in the same way that instrument developers intend. Cognitive interviews involve incorporating follow-up questions in a field test interview to gain a better understanding of how patients interpret questions asked of them. In this method, respondents are often asked to think aloud and describe their thought processes as they answer the instrument questions.

3. 认知报告 一种用以确定患者对概念和条目与测量量表的研发者有相同理解的定性研究工具。认知报告访谈应包括对纳入后续问题的现场访谈,以使患者更好理解被提及问题的解释。

Cognitive debriefing: a qualitative research tool used to determine whether concepts and items are understood by patients in the same way that instrument developers intend. Cognitive debriefing interviews involve incorporating follow-up questions in a field test interview to gain a better understanding of how patients interpret questions asked of them.

4. 认知模型 指以理解和预测为目的认知过程的近似模拟,可以在一定的认知体系下产生,也可以独立出现,二者不易区别。与认知体系相比,认知模型更倾向于研究单独的认知现象或过程,或过程之间的相互作用,或为具体的任务或工具做出行为预测。

Cognitive model: is an approximation to animal cognitive processes(predominantly human)for the purposes of comprehension and prediction. Cognitive models can be developed within or without a cognitive architecture, though the two are not always easily distinguishable. In contrast to cognitive architectures, cognitive models tend to be focused on a single cognitive phenomenon or process, how two or more processes interact, or to make behavioral predictions for a specific task or tool.

5. 概念　指测量的特定目的(也就是用 PRO 量表测量的内容)。在临床试验中,PRO 量表用于测量医疗措施干预对一个或者多个概念的影响。PRO 概念表示患者与健康状况或治疗措施相关的功能或者感觉。

Concept: the specific measurement goal(i. e. , the thing that is to be measured by a PRO instrument). In clinical trials, a PRO instrument can be used to measure the effect of a medical intervention on one or more concepts. PRO concepts represent aspects of how patients function or feel related to a health condition or its treatment.

6. PRO 量表的概念框架　对问卷或 PRO 量表中的条目与测量的概念之间关系的明确描述或图解。PRO 量表概念框架在量表研制过程中逐步形成,作为经验证据集中起来以支持条目分组和计分,最终的概念框架与临床试验的目的、设计、和分析方案是否相符需要审查。

Conceptual framework of a PRO instrument: An explicit description or diagram of the relationships between the questionnaire or items in a PRO instrument and the concepts measured. The conceptual framework of a PRO instrument evolves over the course of instrument development as empiric evidence is gathered to support item grouping and scores. We review the alignment of the final conceptual framework with the clinical trial's objectives, design, and analysis plan.

7. 域　由测量多个域组成的较大概念的量表得分代表的子概念。例如，心理功能这个较大的概念所包含的域又被细分为多个表示情感功能和认知功能的条目。

Domain：a subconcept represented by a score of an instrument that measures a larger concept comprised of multiple domains. For example, psychological function is the larger concept containing the domains subdivided into items describing emotional function and cognitive function.

8. 结局指标　指用于在治疗组之间做统计学比较以评价治疗效果，且符合临床试验目的、设计、数据分析的测量结果。例如，测试一种治疗措施能否缓解症状 Z 强度，在这种情况下，结局指标指由基线到时间 T，代表症状 Z 强度的概念的得分的变化。

Endpoint：the measurement that will be statistically compared among treatment groups to assess the effect of treatment and that corresponds with the clinical trial's objectives, design, and data analysis. For example, a treatment may be tested to decrease the intensity of symptom Z. In this case, the endpoint is the change from baseline to time T in a score that represents the concept of symptom Z intensity.

9. 结局指标模型　表示符合临床试验目的、设计和数据分析方案的 PRO 和非 PRO 的所有结局指标的等级关系的图解。

Endpoint model：a diagram of the hierarchy of relationships among all endpoints, both PRO and non-PRO, that corresponds to the clinical trial's objectives, design, and data analysis plan.

10. 患者报告结局　一种直接来源于患者(也就是研究对象)的关于其健康状况报告的测量,患者的应答未经过临床医师或其他任何人修改或者解释。可以通过自我报告或仅记录患者应答的访谈的形式对 PRO 测量。

Patient-reported outcome(PRO): a measurement based on a report that comes directly from the patient(i. e. , study subject) about the status of a patient's health condition without amendment or interpretation of the patient's response by a clinician or anyone else. A PRO can be measured by self-report or by interview provided that the interviewer records only the patient's response.

11. 代理人报告结局　一种基于非患者本人的其他人充当患者的角色的报告的测量。代理人报告结局不同于 PRO。亦不同于观察者(如临床医师或护理者)报告,观察者不仅要报告其观察到的情况,还要根据其观察作出解释或者提出意见。一般不提倡使用代理人报告结局尤其是在有些症状只能由患者自身了解的条件下。

Proxy-reported outcome: a measurement based on a report by someone other than the patient reporting as if he or she is the patient. A proxy-reported outcome is not a PRO. A proxy report also is different from an observer report where the observer(e. g. , clinician or caregiver), in addition to reporting his or her observation, may interpret or give an opinion based on the observation. We discourage use of proxy-reported outcome measures particularly for symptoms that can be known only by the patient.

12. 健康相关生存质量　表示患病和治疗措施对于患者躯体、心理和社会功能影响的总体感觉的多元域概念。在统计学方面改进的有意义的 HRQL 指：①HRQL 的所有域都要测量，这些域对于理解临床试验对象的感觉和功能的改变有重要意义，而这些改变是由于其所患目标疾病和所接受的治疗措施产生的；②普遍得到改善；③无任何域的递减。

Health-related quality of life(HRQL)：HRQL is a multidomain concept that represents the patient's general perception of the effect of illness and treatment on physical, psychological, and social aspects of life. claiming a statistical and meaningful improvement in HRQL implies：①that all HRQL domains that are important to interpreting change in how the clinical trial's population feels or functions as a result of the targeted disease and its treatment were measured；②that a general improvement was demonstrated；③that no decrement was demonstrated in any domain.

13. 生存质量　评价生活的各个方面对总体幸福感影响的一般概念。由于这一术语暗含着对生存状态非健康的各方面的评价，一般认为是指患者的想法，因此过于宽泛且不明确而不适合作为医疗产品索赔的依据。

Quality of life：a general concept that implies an evaluation of the effect of all aspects of life on general well-being. Because this term implies the evaluation of nonhealth-related aspects of life, and because the term generally is accepted to mean what the patient thinks it is, it is too general and undefined to be considered appropriate for a medical product claim.

14. 主要结局　指那些对患者影响最大、最直接、患者最关心、最想要避免的临床事件，最常见的是死亡，以及急性心肌梗死、脑卒中、心衰等。

Primary outcome: the clinical event with severe consequence that patients always focus on (care about most) and try to avoid, such as death, AMI, stroke, heart failure and so on.

15. 次要结局　指能完全反映干预所引起的主要结局指标的变化,并在主要指标不可行(时间、财力等)的情况下对其进行替代的间接指标,主要指单纯的生物学指标,包括实验室理化检测和体征发现,诸如血脂、血糖、血压等。

Secondary outcome: refers to indirect indicators which could fully reflect the changes of the primary outcome caused by the intervention and replace the primary outcome in the case of it is not feasible(time, money, etc.), mainly refers to a simple biological indicators, including laboratory physical and chemical testing and signs such as blood lipids, blood glucose and blood pressure.

16. 患者报告的结局测量信息系统　由美国国家卫生研究院资助的主要研究网站和协调中心,旨在合作开发能够可靠并有效的测量患者临床报告结局的动态工具。

The Patient-Reported Outcomes Measurement Information System(PROMIS): a network of NIH-funded primary research sites and coordinating centers working collaboratively to develop a series of dynamic tools to reliably and validly measure patient-reported outcomes(PROs).

17. 量表　一种获取资料(即问卷)的工具并附加所有支持其运用的信息及文件。通常应包含定义明确的方法、执行和应答的说明、数据采集的标准格式以及有文献依据的方法用于评分、分析以及解释目标患者的结果。

Instrument: a means to capture data(i. e. , a questionnaire) plus all the information and documentation that supports its use. generally, that includes clearly defined methods and instructions for administration or responding, a standard format for data collection, and well-documented methods for scoring, analysis, and interpretation of results in the target patient population.

18. 条目　针对某个特定的概念,由患者进行评估的一个单独的问题,陈述,或任务(以及其标准应答选项)

Item: an individual question, statement, or task (and its standardized response options) that is evaluated by the patient to address a particular concept.

19. 尺度评分表　用于为条目赋值或者评分的数字体系或者口头的界定。例如视觉模拟评分,Likert 量表和等级量表。

Scale: the system of numbers or verbal anchors by which a value or score is derived for an item. Examples include VAS, Likert scales, and rating scales.

20. 得分　来源于患者对于问卷中所列条目应答的数字。得分的计算是基于事先界定的、有效的记分法则并随之用于临床试验结果的统计分析。可以计算单独的条目、域或者概念的得分,也可以计算一系列条目、域或者概念的得分。

Score: a number derived from a patient's response to items in a questionnaire. A score is computed based on a prespecified, validated scoring algorithm and is subsequently used in statistical analyses of clinical trial results. scores can be computed for individual items, domains, or concepts, or as a summary of items, domains, or concepts.

21. 饱和度　指对患者的访谈进行到已经没有重要的或者相关的新信息出现的阶段,即使另外收集资料也不能增加患者领会问卷中有意义的概念或对条目的理解。

Saturation: when interviewing patients, the point when no new relevant or important information emerges and collecting additional data will not add to the understanding of how patients perceive the concept of interest and the items in a questionnaire.

22. 信度　PRO量表能够真实地反映治疗效果,并具有可重复性评估的能力。

Reliability:the ability of a PRO instrument to yield consistent,reproducible estimates of true treatment effect.

23. 问卷　出于研究目的向被访者展示的以获取答案的一系列问题或条目,问卷类型包括日记和事件日志。

Questionnaire:a set of questions or items shown to a respondent to get answers for research purposes. Types of questionnaires include diaries and event logs.

24. 治疗获益　指治疗措施对患者生存、感觉或者功能方面的影响,治疗获益可由有效性或安全性来体现。例如,治疗措施的效果可通过症状好转或者缓发,或与治疗措施相关的毒性降低或者延迟为依据来判断。不能直接反映治疗措施对患者生存、感觉,或者功能影响的指标是治疗获益的替代指标。

Treatment benefit:the effect of treatment on how a patient survives,feels, or functions. treatment benefit can be demonstrated by either an effectiveness or safety advantage. For example, the treatment effect may be measured as an improvement or delay in the development of symptoms or as a reduction or delay in treatment-related toxicity. Measures that do not directly capture the treatment effect on how a patient survives,feels, or functions are surrogate measures of treatment benefit.

25. 使用性试验　对被访者使用量表能力评价的正式文件材料,也包括对指令的理解,记忆,并严格遵照的程度的评价。

Usability testing:a formal evaluation with documentation of respondents' abilities to use the instrument,as well as comprehend,retain,and accurately follow instruction.

26. 域框架　描绘每个目标域的结构及其概念框架,或在适用的情况下的层级结构的域的映射图。

Domain framework:a domain map that portrays the structure of each target domain and its conceptual framework or, where applicable,hierarchical structure.

27. 体征　任何关于疾病、健康状况或者相关治疗措施影响的客观证据。体征通常由临床医师观察得出并给予解释,也可以由患者自身察觉并报告。

Sign:any objective evidence of a disease,health condition, or treatment-related effect. signs are usually observed and interpreted by the clinician but may be noticed and reported by the patient.

28. 症状　任何关于疾病、健康状况或者相关治疗措施影响的只能被患者自身察觉的主观证据。

Symptom:any subjective evidence of a disease,health condition, or treatment-related effect that can be noticed and known only by the patient.

29. 最小显著差异　临床试验中通过 PRO 测量所观察到的代表治疗获益的各治疗组之间差异或变化的量。

Minimum important difference(MID):the amount of difference or change observed in a PRO measure between treatment groups in a clinical trial that will be interpreted as a treatment benefit.

30. 条目跟踪矩阵　指在量表中使用的条目创作记录(如添加,删除,修改,及更改原因)。

Item tracking matrix:a record of the development(e. g. , additions, deletions, modifications, and the reasons for the changes)of items used in an instrument.

31. 测量属性　指所有与 PRO 量表相关的属性包括内容效度,结构效度,信度,敏感度。这些属性只是针对应用的测量,并不能涵盖所有需要测量的情况、目的、人群,或量表使用的环境。

Measurement properties:all the attributes relevant to the application of a PRO instrument including the content validity,construct validity,reliability,and ability to detect change. These attributes are specific to the measurement application and cannot be assumed to be relevant to all measurement situations,purposes,populations,or settings in which the instrument is used.

32. 回忆期　指患者回答 PRO 条目或问题时的考虑时间。回忆可以是瞬间的(实时的)也可以是不同长度时间段的回顾。

Recall period:the period of time patients are asked to consider in responding to a PRO item or question. Recall can be momentary(real time)or retrospective of varying lengths.

33. 均值　所有值的算术平均数。均数用于衡量中间倾向或位置。

Mean:the arithmetic average of all values. Mean is used to measure the number of central tendency or location.

34. 标准差　即分散量数,为方差的平方根。

Standard deviation:means to dispersion measures,which is square root of variance.

35. 全距　一组数据的最大值与最小值之差,用于测量分散度。

Range:is the difference between the maximum and minimum and used to measure dispersity.

36. 偏态　数据分布的不对称性,称为偏态。

Skewness:skewness is defined as asymmetry of data distribution.

37. 峰态　数据分布的平峰或尖峰程度。

Kurtosis：refers to flat hump or peak level of data distribution.

38. 内部一致性信度　描述测试结果一致性程度，以确保测量不同概念的各种条目得分一致。

Internal consistency reliability：defines the consistency of the results delivered in a test，ensuring that the various items measuring the different constructs deliver consistent scores.

39. α系数　α系数是描述所有条目彼此相互关系的量。

Coefficient alpha：is a measure of how correlated all the items are to each other.

40. 项目反应理论模型（IRT）　项目反应理论模型包含：一维和多维模型。一维模型需要一个单独的特征（能力）维度θ。多维 IRT 模型模拟假定产生于多重特征的响应数据。然而，由于复杂性的增加，大多数 IRT 研究和应用都采用单维模型。

Item Response Theory（IRT）Model：IRT models can be divided into two families：unidimensional and multidimensional. Unidimensional models require a single trait（ability）dimension θ. Multidimensional IRT models model response data hypothesized to arise from multiple traits. however，because of the greatly increased complexity，the majority of IRT research and applications utilize a unidimensional model.

41. 多分格相关　一种用于评价来源于两个有序观察变量的理论上成正态分布的连续的潜变量之间相互关系的方法。

Polychoric correlation：is a technique for estimating the correlation between two theorised normally distributed continuous latent variables，from two observed ordinal variables.

42. **探索性因子分析**　一种用于探索一组观察变量的潜在结构的因子分析方法。

Exploratory factor analysis: a factor analysis technique used to explore the underlying structure of a collection of observed variables.

43. **残余相关矩阵**　指再生相关矩阵与原始相关矩阵的之差，用于判断给定的数据集与条件的拟合程度。

Residual correlation matrix: the difference between the reproduced correlation matrix and the original correlation matrix is the residual matrix and the degree to which a given data set fits this condition can be judged from an analysis of what is usually called the "residual correlation matrix".

44. **模型拟合**　指数据与模型的拟合程度。条目质量差则被称为条目不拟合，如果出现大量的不明原因的不拟合条目，测试的结构效度需要重新考虑，而且测试规范也要重新编写。

Model fit: defines the fit of the data to the model. If item misfit with any model is diagnosed as due to poor item quality, if, however, a large number of misfitting items occur with no apparent reason for the misfit, the construct validity of the test will need to be reconsidered and the test specifications may need to be rewritten.

45. **条目特征曲线**　模拟研究对象对条目每个类别的反应与其潜在结构水平(θ)的关系的曲线，也称为多歧条目的类别反应曲线，二歧条目的项目反应函数。

Item Characteristic Curve(ICC): models the probabilistic relationship between a person's response to each category for an item and their level on the underlying construct(θ). Also called category response curve(CRC)for polytomous items, and item response functions for dichotomous items.

46. 信息曲线/函数　表示条目,条目反应,或量表用于测量研究对象水平的最有帮助的、最精确的 θ 范围。当用于条目类别反应时,称作类别信息函数,将其相加可得到一个条目的条目信息函数,进一步将条目信息相加可得到一系列条目的测试或量表信息函数。当条目信息相加得到条目库中所有的条目时,其结果就是条目库信息函数。

Information curves /function: indicates the range over θ for which an item, item response, or scale is most useful (precise) for measuring persons' levels. when applied to an item category response, it's called the category information function; these can be summed for an item to obtain the item information function; these in turn can be summed for a set of items to obtain the test or scale information function. when item information is summed for all the items in a bank (such as might be used for a CAT) the result is the bank information function.

47. 证实性因子分析　一种用于检验研究者对于结构(或因子)本质的理解与结构的量是否一致的特殊的因子分析形式。

Confirmatory Factor Analysis (CFA): is a special form of factor analysis. It is used to test whether measures of a construct are consistent with a researcher's understanding of the nature of that construct (or factor).

48. 似然比检验　用来考察两个模型的拟合优度是否相同,其目的是从简单备选假设中检测无效假设。

Likelihood Ratio Test: is used to compare the fit of two models one of which is nested within the other and aimed at testing a simple null hypothesis against a simple alternative hypothesis.

49. Logistic 回归　用二进制数据模拟指定的结果的出现

概率。

Logistic Regression：is used with binary data when you want to model the probability that a specified outcome will occur.

50. 结构方程模型　一种用统计数据与定性因果假设相结合来检验和评价因果关系的统计方法。

Structural equation modeling：is a statistical technique for testing and estimating causal relations using a combination of statistical data and qualitative causal assumptions.

51. theta(θ)　θ 指经量表测量的不可见的概念（或潜变量），是通过研究对象对经 IRT 模型校准的测试条目的反应来评价的。

Theta(θ)：unobservable construct(or latent variable)being measured by a scale. it is estimated from the responses people give to test items that have been previously calibrated by an IRT model.

52. 条目定性审查　是对条目进行分类筛选并进一步审查以完成指定域的条目库的过程。包括三种途径：①专家条目审查(EIR)；②焦点小组讨论；③认知访谈。

The Qualitative Item Review(QIR)：the Qualitative Item Review(QIR)process begins once classification of items and selection of items for further review for a given domain's potential item bank is complete. QIR will consist of three efforts：①expert item review(EIR)；②focus groups；③cognitive interviewing.

53. 焦点小组讨论　一种要求其成员考虑健康对与指定域相关的经历的多方面影响的定性研究形式。主要目的是确定域定义和与域相关的公用语言，次要目的是为条目库未来发展考虑，识别患者报告结局信息测量系统条目库当前尚未涵盖的重要测量区域。

Focus groups: is a form of qualitative research in which a group of people are asked to reflect on the various ways that their health affected their experience in a given domain. primary aim of the focus groups was to confirm the domain definitions and identify common language related to the domain. A secondary goal was to identify important measurement areas that are not currently covered by PROMIS item banks for consideration for future banks.

54. 描述统计学　指用于总结和描述数据集的统计技术，也表示在如下总结中使用的统计资料（量），其中集中趋势测量（如平均数，中位数）及变异（如极差，标准差）是主要的描述统计资料，而直方图和箱式图等数据显示方式也被认为是描述统计学技术。

Descriptive Statistics: refers to statistical techniques used to summarize and describe a data set, and also to the statistics (measures) used in such summaries. Measures of central tendency(e. g. mean, median) and variation(e. g. range, standard deviation) are the main descriptive statistics. Displays of data such as histograms and box-plots are also considered techniques of descriptive statistics.

55. IRT 模型假设　其核心包括一维性假设，局部独立性假设和单调性假设。

Assumptions of the Item Response Theory(IRT) Model: the core assumptions of the model refer to unidimensionality, local independence, and monotonicity.

56. 局部独立性假设　指一旦控制了研究对象对条目反应的主要影响因素，条目反应之间就失去了有效联系。通常应用于有共同的刺激因素或词干的条目。

Local independence assumption: once you control for the dominant factor influencing a person's response to an item, there should be no significant association among the item response. usually occurs in items for which there is some common stimulus or word stem.

57. 一维性假设 假设一个潜在的(或主导的)因素(变量或特征)决定研究对象对量表问题的反应。

Unidimensionality assumption:Assumes that one underlying (or dominant) factor (variable or trait) accounts for a subject's response to a question within a scale.

58. 判断参数(a、α) 是表示条目(或条目反应)和测量结构的关系强度的 IRT 模型条目参数,该参数也表示条目辨别应答者在阈值参数之上或之下的能力,如同条目特征曲线的斜率所表示的意义。

Discrimination parameter(a,α):IRT model item parameter that indicates the strength of the relationship between an item(or item response)and the measured construct. Also, the parameter indicates how well an item discriminates between respondents below and above the item threshold parameter,as indicated by the slope of the ICCs.

59. 阈值参数(b,β)-难度、位置、严重程度 IRT 模型条目参数表示条目反应的严重程度或难度或沿 θ-连续的条目反应类别的位置。在 IRT 的教学培养方面,"难度"反映困难的数学条目需要有较高数学能力的人才能正确回答,在健康结局测量方面,难度是用于测量躯体功能,而"严重性"则反映疼痛测量(及其他相关的结构),如疼痛程度可用"非常……在过去的四周中,疼痛已经妨碍了正常的工作"来表示。

Threshold parameter (b, β)-difficulty, location, severity:IRT model item parameter that indicates the severity or difficulty of an item response,or the location along the θ-continuum of the item response categories. The term "difficulty" reflects IRT's educational upbringing where a "difficult" math item would require a person with high math skills to answer the question correctly. In health outcomes measurement, the term difficulty may apply when measuring physical functioning. The term "severity" could reflect, for example, in pain measurement(and for other relevant constructs)how severe the pain must be to indicate "quite a bit... over the past 4 weeks pain has interfered with normal work".

60. 条目库 指有序的,经过校正的,与给定结构相匹配的一系列问题。可作为 CAT 测量依据或小型固定量表的来源根据。

Item bank: a large collection of questions that are organized, calibrated, and matched to a given construct. An item bank can be used as the foundation for CAT-measurement or deriving short fixed instruments.

61. 条目入库 某项条目在与其测量相同的潜在特质或结构的一系列其他条目中的数据驱动定位过程。

Item banking: the data-driven positioning of items within a set of other items measuring the same underlying latent trait or construct.

62. 验证 评价 PRO 量表测量特定某个概念或一系列概念的能力的过程。这一能力从来源于验证过程的测量属性的角度来描述。在这一过程结束时,针对特定人群、PRO 量表的特殊形式和格式的测量属性将会产生。验证过程包括:

● 对于待评价概念的确认。

● 评价内容效度(即确保问卷条目从患者角度来说涵盖了所有重要方面的概念)。

● 评价量表的推荐分数。

● 对 PRO 概念和其他量表之间期望关系提出推理假设。

● 通过报告观察到的得分的相互关系来检验假设。

Validation：the process of assessing a PRO instrument's ability to measure a specific concept or collection of concepts. This ability is described in terms of the instrument's measurement properties that are derived during the validation process. At the conclusion of the process，a set of measurement properties is produced that are specific to the specific population and the specific form and format of the PRO instrument tested. the validation process involves：

● Identifying the concept to be measured.

● Assessing the content validity(i. e. ，being sure the items in the questionnaire cover all important aspects of the concept from the patient perspective).

● Evaluating the proposed scores to be obtained from the instrument.

● Defining a priori hypotheses of the expected relationships between PRO concepts and other measures.

● Testing the hypotheses by reporting the observed correlations among scores.

63. 潜在特质　指不可见的潜在维度，如沮丧，疲劳，或疼痛等，被认为可引起一系列的可见的条目反应，在项目反应理论中，通过量表测量的潜在特质定义为 θ。

Latent trait：a latent trait is an unobservable latent dimension，like depression，fatigue，or pain，which is thought to give rise to a set of observed item responses. in IRT，the latent trait being measured by a scale is denoted as theta(θ).

64. 一致的功能差异性　指模型的阈值参数的功能差异性，表示焦点小组和相关群体对测试条目产生一致的不同反应概率。

Uniform DIF: refers to DIF in the threshold parameter of the model. Which indicates that the focal and reference groups have uniformly different response probabilities for the tested item.

65. 不一致的功能差异性　见于判断参数,表示潜在测量变量与组员之间的相互作用,即条目与潜在的结构的相关程度取决于被测量组自身。

Nonuniform DIF: appears in the discrimination parameter and suggests interaction between the underlying measured variable and group membership; that is, the degree to which an item relates to the underlying construct depends on the group being measured.

66. 分组　患者报告结局信息测量系统的域工作组首先从一系列条目中选择能够代表其所研究的域的条目,进而根据条目的意义和具体的潜在结构将其分组的过程。

Binning: the PROMIS domain workgroups first selected those items from the item library that they believed represented their domain. Binning refers to a systematic process for grouping items according to meaning and specific latent construct.

67. 筛选　筛选的目的是将大的条目池缩减为一系列具有代表性的条目。筛选过程有助于识别条目特征,进而根据域定义来决定将条目收入条目库或者从条目库中排除。

Winnowing: the goal of winnowing was to reduce the large item pool down to a representative set of items. The process of winnowing helped to identify item characteristics that would include or exclude them from the PROMIS item banks based on domain definitions.

68. 应答者定义　经过已被证明的在目标人群中有重大治疗获益的预定的时间段后,患者个体得分在某种程度上的变化。

Responder definition: a score change in a measure, experienced by an individual patient over a predetermined time period that has been demonstrated in the target population to have a significant treatment benefit.

参考文献 >>>

1. FDA. Guidance for Industry Patient-Reported Outcome Measures: Use in Medical Product Development to Support Labeling Claims [EB/OL]. [2010-09-09]. *http://www.fda.gov/Drugs/GuidanceCompliance-RegulatoryInformation/Guidances/default.htm*

2. Sloan JA, Berk L, Roscoe J, et al. Integrating patient-reported outcomes into cancer symptom management clinical trials supported by the National Cancer Institute-sponsored clinical trials networks[J]. J Clin Oncol, 2007, 25(32):5070-5077.

3. F Tubach, Revaud P, Baron G, et al. Evaluation of clinically relevant states in patient reported outcomes in knee and hip osteoarthritis: the patient acceptable symptom state [J]. Ann Rheum Dis, 2005, 64 (1): 34-37.

4. Schiff MH, Yu EB, Weinblatt ME, et al. Long-term experience with etanercept in the treatment of rheumatoid arthritis in elderly and younger patients: patient-reported outcomes from multiple controlled and open-label extension studies [J]. Drugs Aging, 2006, 23(2):167-178.

5. Kalyoncu U, Dougados M, Daurès JP, et al. Reporting of patient-reported outcomes in recent trials in rheumatoid arthritis: a systematic literature review [J]. Ann Rheum Dis, 2009, 68(2):183-190.

6. Rock EP, Kennedy DL, Furness MH, et al. Patient-reported outcomes supporting anticancer product approvals[J]. J Clin Oncol, 2007, 25 (32):5094-5099.

7. Trotti A, Colevas AD, Setser A, et al. Patient-reported outcomes and the evolution of adverse event reporting in oncology[J]. J Clin Oncol,

2007,25(32):5121-5127.

8. Brundage M, Osoba D, Bezjak A, et al. Lessons learned in the assessment of health-related quality of life: selected examples from the National Cancer Institute of Canada Clinical Trials Group[J]. J Clin Oncol, 2007,25(32):5078-5081.

9. Pettengell R, Donatti C, Hoskin P, et al. The impact of follicular lymphoma on health-related quality of life[J]. Ann Oncol, 2008, 19(3): 570-576.

10. 方积乾. 生存质量测定方法及应用[M]. 北京:北京医科大学出版社,2000:3-5.

11. 方积乾,万崇华,郝元涛,等. 与健康有关生存质量的研究与应用[J]. 统计与预测,2001,1:26-29.

12. PROMIS cooperative group. Domain Hierarchy Framework[DB/OL]. [2010-09-09]. http://www. nihpromis. org/Web%20pages/Domain%20Framework. aspx.

13. Ventegodt S, Kandel I, Merrick J. A short history of clinical holistic medicine[J]. Scientific World Journal,2007,7:1622-1630.

14. Koeberle D, Saletti P, Borner M, et al. Patient-reported outcomes of patients with advanced biliary tract cancers receiving gemcitabine plus capecitabine:a multicenter, phase Ⅱ trial of the Swiss Group for Clinical Cancer Researc h[J]. *Journal of Clinical Oncology*, 2008, 26 (22): 3702-3708.

15. Lipscomb J, Snyder CF, Gotay CC. Cancer outcomes measurement: Through the lens of the Medical Outcomes Trust framework[J]. Qual Life Res,2007,16(1):143-164.

16. Harding G, Coyne KS, Thompson CL, et al. The responsiveness of the uterine fibroid symptom and health-related quality of life questionnaire (UFS-QOL)[J]. Health Qual Life Outcomes,2008,6:99.

17. Wagner LI, Wenzel L, Shaw E, et al. Patient-reported outcomes in phase Ⅱ cancer clinical trials:lessons learned and future directions[J]. J Clin Oncol,2007,25(32):5058-5062.

18. 王志兴,李铁治. 顾客满意理论综述[EB/OL]. （2010-01-26）

［2010-09-09］. http://www. studa. net/market/100126/16240863. html

19. 张富山. 顾客满意-关注的焦点［M］. 北京：中国计划出版社，2001：90.

20. 厉传琳，陈英耀. 病人满意度调查问卷研制初探［J］. 中华医院管理杂志，2006，22：472-475.

21. Evans CJ，Trudeau E，Mertzanis P，et al. Development and validation of the pain treatment satisfaction scale(ptss)：a patient satisfaction questionnaire for use in patients with chronic or acute pain［J］. Pain，2004，112：254-266.

22. Loblaw DA，Bezjak A，Bunston T. Development and Testing of a Visit-Specific Patient Satisfaction Questionnaire：The Princess Margaret Hospital Satisfaction With Doctor Questionnaire［J］. J Clin Oncol，1999，17：1931-1938.

23. Nordyke RJ，Chang CH，Chiou CF，et al. Validation of a patient satisfaction questionnaire for anemia treatment，the PSQ-An［J］. Health Qual Life Outcomes，2006，4：28.

24. Revicki DA，Kimel M，Beusterien K，et al. Validation of the revised patient perception of migraine questionnaire：Measuring satisfaction with acute migraine treatment［J］. Headache，2006，46(2)：240-252.

25. 蔡湛宇，陈平雁. 综合医院门诊满意度预量表的分析［J］. 中国医院，2002，22(8)：12-13.

26. 王增珍. 国外病人满意度指标及其量表介绍［J］. 国外医学社会医学分册，1994-2008，6：203-205.

27. Huey-Ming Tzeng，Chang-Yi Yin. Patient satisfaction versus quality［J］. Nursing Ethics，2008，15(1)：121-124.

28. 张家钧，胡健，肖叔明，等. 医院住院病人满意度的模糊综合评价［J］. 中国医院统计，1997，4(4)：209-212.

29. 陈平雁，Chit-Ming Wong，区燕萍. 综合医院住院病人满意度量表研制初报［J］. 中国医院管理，1999，19(2)：15-18.

30. 邓春华，孙祥宙. 应用新的治疗满意度量表来评估 ED 患者及其性伴侣对伐地那非治疗的满意度［J］. 中华男科杂志，2005，11(9)：716-719.

31. 厉传琳,陈英耀. 病人满意度调查问卷研制初探[J]. 中华医院管理杂志,2006,22:472-475.

32. 李建生,余学庆. 患者治疗满意度测量工具建立与应用的初步探讨[J]. 河南中医学院学报,2008,23(135):9-12.

33. 杨辉,刘峰,张拓红. 病人满意度调查研究中存在的问题及建议[J]. 中华医院管理杂志,2006,21(7):437-442.

34. 王家良. 临床流行病学-临床科研设计、测量与评价[M]. 第3版. 北京:人民卫生出版社,2009:4.

35. 赖世隆. 中西医结合临床科研方法学[M]. 第2版. 北京:科学出版社,2008:29.

36. CONSORT Group. Glossary [DB/OL]. [2010-09-09]. http://www. consort-statement. org/resources/glossary/

37. 郭新峰,赖世隆,梁伟雄. 中医药临床疗效评价中结局指标的选择与应用[J]. 广州中医药大学学报,2002,19(4):251-255.

38. WHO. International Clinical Trials Registry Platform(ICTRP) [DB/OL]. [2010-09-09] http://www. who. int/ictrp/network/trds/en/index. html

39. 李立明. 流行病学[M]. 北京:人民卫生出版社,2007:109.

40. 英国医学杂志出版集团. 临床证据[M]. 唐金陵,王杉,译. 北京:北京大学出版社,2007.

41. Sanzaro PJ. Research in patient care[J]. Science, 1965, 148: 1489-1491.

42. 张拓红,陈少贤. 社会医学[M]. 北京:北京大学医学出版社,2006: 91-92.

43. 李鲁. 社会医学[M]. 北京:人民卫生出版社,2007:109.

44. Costanza R, Norton B, Haskell B, et al. Ecosystem Health —New Goals for Environmental Management [M]. Island Press,1992.

45. 兰亚佳,邓茜生态健康的观念与方法[J]. 现代预防医学,2009, V36(2):298-299.

46. 王如松. 生态健康的科学内涵和系统调理方法[J]. 科技导报, 2005,V3(23):4-7.

47. 李亚洁. 谈新世纪的健康战略—生态健康[J]. 中国医药导报,

2006,3(24):139.

48. 殷浩文,张胜年. 从人类健康到生态健康:新世纪更积极的健康战略[J]. 环境与职业医学,2002,19(1):3-5.

49. 南华静. 21 世纪—3P 医学的时代[J]. 家庭医学,2007,(8):14-15.

50. CONSORT Group . The CONSORT Statement[EB/OL]. [2010-09-09]. http://www. consort-statement. org/consort-statement/

51. WHO. International Clinical Trials Registry Platform(ICTRP)[DB/OL]. [2010-09-09] http://www. who. int/ictrp/en/

52. 张宏伟,刘建平,万霞,等. 临床干预结局评估指标的分类及效应表达[J]. 中西医结合学报,2007,5(5):497-501.

53. 张宏伟,刘建平. 临床试验中的结局指标及效应测量[J]. 中医杂志,2007,48(8):696-698.

54. Fleming TR,DeMets DL. Surrogate End Points in Clinical Trials:Are We Being Misled? [J] Ann Intern Med,1996,125(7):605-613.

55. Biomarkers Definitions Working Group. Biomarkers and surrogate endpoints:Preferred definitions and conceptual framework [J]. Clin Pharmacol Ther,2001,69(3):89-95.

56. Prentice RL. Surrogate endpoints in clinical trials:definition and operational criteria [J]. Stat Med,1989,8:431-440.

57. Feinstein AR. The need for humanised science in evaluation medication [J]. Lancet,1972,2(7774):421-423.

58. Piantadosi S. Clinical trials,a Methodologic Perspective[M]. New York:Wiley,1997:127-137.

59. 徐勇勇. 医学统计学[M]. 第 2 版. 北京:高等教育出版社,2004:25-26.

60. 方积乾. 医学统计学与电脑实验[M].第 3 版.上海:上海科学技术出版社,2006,8:430.

61. 吴大嵘,杨小波,赖世隆. 中医药研究中软指标测量工具的建立和应用探讨[J]. 中国中西医结合杂志,2006,26(4):293-297.

62. The Harmonization Coordination CommitteImportant Representing. Issues in Patient Reported Outcomes(PRO)Research[EB/OL](2001-

02-16)〔2010-09-09〕http://www. eriqa-project. com/pro-harmo/docu-ments/harmoniz. pdf.

63. THE NIH. NIH Roadmap for medical research〔DB/OL〕〔2010-09-09〕. http://nihroadmap. nih. gov

64. Pettengell R,Donatti C,Hoskin P,et al. The impact of follicular lymphoma on health-related quality of life〔J〕. Ann Oncol,2008,19(3):570-576.

65. Siena S,Peeters M,Van Cutsem E,et al. Association of progression-free survival with patient-reported outcomes and survival:results from a randomised phase 3 trial of panitumumab〔J〕. Br J Cancer,2007,97(11):1469-1474.

66. Victorson D,Soni M,Cella D. Metaanalysis of the correlation between radiographic tumor response and patient-reported outcomes〔J〕. Cancer,2006,106(3):494-504.

67. Brundage M,Osoba D,Bezjak A,et al. Lessons learned in the assessment of health-related quality of life:selected examples from the National Cancer Institute of Canada Clinical Trials Group〔J〕. J Clin Oncol,2007,25(32):5078-5081.

68. Rock EP,Kennedy DL,Furness MH,et al. Patient-reported outcomes supporting anticancer product approvals〔J〕. J Clin Oncol,2007,25(32):5094-5099.

69. Lipscomb J,Reeve BB,Clauser SB,et al. Patient-reported outcomes assessment in cancer trials:taking stock,moving forward〔J〕. J Clin Oncol,2007,25(32):5133-5140.

70. Efficace F,Horneber M,Lejeune S,et al. Methodological quality of patient-reported outcome research was low in complementary and alternative medicine in oncology〔J〕. J Clin Epidemiol,2006,59(12):1257-1265.

71. 刘凤斌,王维琼. 中医脾胃系疾病 PRO 量表理论结构模型的构建思路〔J〕. 广州中医药大学学报,2008,25(1):12-14.

72. 刘凤斌,王维琼. 中医脾胃系疾病 PRO 量表的研制和条目筛选〔J〕. 世界科学技术-中医药现代化,2009,11(4):527-530.

73. 刘保延. 有关辨证论治临床评价若干问题的思考〔J〕. 中医杂志,

2007,48(1):12-14.

74. 黄汉儒. 张景岳在诊断学上的贡献[J]. 新中医,1983,(12):8-10.

75. 华良才. 问诊歌[J]. 陕西中医学院学报,1986,1(1):31.

76. 李丽霞. 中医诊断学[M]. 广州:广东高等教育出版社,1988:15.

77. 老膺荣,朱泉.《十问歌》的演变及补遗[J]. 山西中医,2005,21(4):61-62.

78. Smith SA. An Evaluation of Response Scale Formats of The Culture Assessment Instrument[J]. SA Journal of Human Resource Management Citation,2003,1(2):60-75.

79. 风笑天. 现代社会调查方法[M]. 武汉:华中科技大学出版社,2005:124.

80. Uebersax JS. Likert scales:dispelling the confusion[EB/OL](2009-07-06)[2010-09-09]. http://ourworld. compuserve. com/homepages/jsuebersax/likert. htm

81. 万崇华. 生命质量测定与评价方法[M]. 昆明:云南大学出版社,1999:63.

82. 安胜利. 应答条目的级数及条目数对量表内部一致性信度影响的研究[D]. 第一军医大学卫生统计教研室,2001.

83. Birkett NJ. Selecting The Number Of Response Categories For A Likert-Type Scale[EB/OL][2009-09-09]. www. amstat. org/Sections/Srms/Proceedings/papers/1986_091. pdf

84. 罗伯特·F·德威利斯. 量表编制理论与应用[M]. 重庆:重庆大学出版社,2006:84.

85. Streiner DL,Norman GR. Health measurement scales:a practical guide to their development and use Second Edition[M]. Oxford:Oxford University Press,1995.

86. Miller GA. The magic number seven plus or minus two:Some limits on our capacity for processing information[J]. Psycho Rev, 1956, 63:81-97.

87. Nagata C,Ido M,Shimizu H,et al. Choice of response scale for health measurement:comparison of 4,5 and 7-point scales and visual ana-

log scale[J]. J Epidemiol,1996,6(4):192-197.

88. Nishisato N,Torri Y. Effects of categorizing continuous normal distributions on the product-moment correlation [J]. Japanese Psychological Research,1974,13:45-49.

89. 中国大百科全书出版社编辑部. 中国大百科全书(社会学卷)[M]. 北京:中国大百科全书出版社,1991.

90. U. S Department of Health and Human Services FDA Center for Drug Evaluation and Research,U. S. Department of Health and Human Services FDA Center for Biologics Evaluation and Research,U. S. Department of Health and Human Services FDA Center for Devices and Radiological Health. Guidance for industry:patient-reported outcome measures:use in medical product development to support labeling claims:draft guidance [J/OL]. 2006,4:79. http://www. biomedcentral. com/content/pdf/1477-7525-4-79. pdf,2006-10-11/

91. WILLITS FK,KE B. Part-whole question order effects[J]. Public Opinion Quarterly,1995,59:392-403.

92. 方积乾,郝元涛. 生存质量研究的设计与实施[J]. 中国肿瘤,2001, 10(2):69-71.

93. 郝元涛,方积乾. 生存质量测定量表等价性评价研究[J]. 中国行为医学科学,2003,12(3):338-340.

94. Orley J,Kuyken W. Quality of life assessment:international perspectives[M]. Heidelberg,Germany:Spinger-Verlag,1994:41-60.

95. 方积乾,郝元涛,李彩霞. 世界卫生组织生活质量量表中文版的信度与效度[J]. 中国心理卫生杂志,1999,13(4):203-205.

96. 方积乾,万崇华,郝元涛,等. 与健康有关生存质量的研究与应用 [J]. 统计与预测,2001,(109):26-28.

97. 方积乾,万崇华,郝元涛. 与健康有关的生存质量的研究概况[J]. 中国康复医学杂志,2000,15(1):40-43.

98. 韩耀风,郝元涛,方积乾. 在跨文化生存质量研究中 WHOQOL-100 的项目功能差异分析[J]. 中国卫生统计,2009,26(4):338-340.

99. 郝元涛,方积乾. 世界卫生组织生存质量测定量表中文版介绍及其使用说明[J]. 现代康复,2000,4(8):1127-1130.

100. 郝元涛,方积乾.证实性因子分析在量表等价性评价中的应用研究[J].中国卫生统计,2003,20(3):130-132.

101. WHOQOL Group. Development of the World Health Organization WHOQOL-BREF Quality of Life assessment[J]. PsycholMed,1998,28:551-558.

102. 郝元涛,方积乾,Power M J,等.WHO生存质量评估简表的等价性评价[J].中国心理卫生杂志,2006,20(2):71-75.

103. 方积乾.生存质量测定方法及应用[M].北京:北京医科大学出版社,2000.

104. 李灿,辛玲.调查问卷的信度与效度的评价方法研究[J].中国卫生统计,2008,28(5):541-544.

105. 方积乾,生物医学研究的统计方法[M].北京:高等教育出版社,2007.

106. Edward GC, Richard AZ. Reliability and validity Assessment (Sage University Paper Series on Quantitative Applications in the Social Sciences). Newbury Park,CA:Sage,1979.

107. Hernon P,Schwartz C. Reliability and validity[J]. Library &. Information Science Research,2009,31:73-74.

108. 漆书青.现代教育与心理测量学原理[M].北京:高等教育出版社,2002.

109. Reeve, BB. An Introduction to Modern Measurement Theory. http://appliedresearch. cancer. gov/areas/cognitive/immt. pdf

110. Embretson SE,Reise SP. Item response theory for psychologists [M]. Mahwah. NJ:Lawrence Erlbaum,2000.

111. Slocum,SL. Assessing unidimensionality of psychological scales:using individual and integrative criteria from factor analysis,2005.

112. Shealy RT,Stout WF. An item response theory model for test bias and Differential Item Functioning[M]. Lawrence Erlbaum:Hillsdale,1993.

113. 杨业兵,苗丹民.应用项目反应理论对《中国士兵人格问卷》的项目分析[J].心理学报,2008,40(5):611-617.

114. Mielenz TJ,Edwards MC,Callahan LF,et al. First item response theory analysis on Tampa Scale for Kinesiophobia (fear of movement) in

arthriti[J]. Clin Epidemiol, 2010, 63(3): 315-320.

115. 孔燕, 张凡. 基于条目反应理论的中国公民科学素质测评方法研究[J]. 科技管理研究. 2009, (4): 280-283.

116. Bjorner JB. Use of item response theory to develop a shortened version of the EORTC QLQ-C30 emotional functioning scale [J]. Qual Life Res, 2004, 13(10): 1683-1697.

117. Edelen MO, Reeve BB. Applying item response theory (IRT) modeling to questionnaire development, evaluation, and refinement [J]. Qual Life Res, 2007, 16(1): 5-18.

118. 胡运涛, 曹袁媛, 章诗琪, 等. 生存质量资料中缺失值的内在机制及处理措施 [J]. 中国卫生统计, 2008, 25(6): 661-664.

119. Fayers PM, Curran D, Machin D. Incomplete quality of life data in randomized trials: missing items[J]. Statistics in Medicine, 1998, 17: 679-696.

120. Cheung YB, Daniel R, Ng GY. Response and non-response to a quality-of-life question on sexual life: A case study of the simple mean imputation method[J]. Quality of Life Research, 2006, 15: 1493-1501.

121. 孙山泽, 译. 缺失数据统计分析[M]. 北京: 中国统计出版社, 2004.

122. Baraldi AN, Enders CK. An introduction to modern missing data analyses[J]. Journal of School Psychology, 2010, 48: 5-37.

123. 张文彤. SPSS 统计分析高级教程[M]. 北京: 高等教育出版社, 2004.

124. Seott DL, Symmons DP, Coulton BL, et al. Long-term outcome of treating rheumatoid arthritis: results after 20 years[J]. Lancet, 1987, 1: 1108-1111.

125. Pincus T, Bergman MJ, Yazici Y, et al. An index of only patient-reported outcome measures, routine assessment of patient index data 3(RAPID3), in two abatacept clinical trials: similar results to disease activity score(DAS28)and other RAPID indices that include physician-reported measures [J]. Rheumatology, 2008, 47: 345-349.

126. PincusT, Segurado OG. Most visits of most patients with rheu-

matoid arthritis to most rheumatologists do not include a formal quantitative joint count[J]. Ann Rheum Dis,2006,65:820-822.

127. U. S. Department of Health and Human Services Food and Drug Administration. Contains Nonbinding Recommendations. Patient-reported outcome measures:use in medical product development to support labeling clairms[S]. Guidance for Industry,2006:2.

128. FDA. Giudelines for the clinical evaluation of anti-inflammator and antirheumatic drugs(adults and children)[S]. April,1988.

129. Paulus HE,Egger MJ,Wand JR,et al. Analysis of improvemen in individual rheumatoid arthritis patients treated with disease-modifying antirheumatic drugs based on findings in patients with placebo[J]. Arthritis Rheum,1990,33:477-484.

130. Felson DT, Anderson J, Boers M, et al. American College of Rheumatology preliminary defination of improvement in rheumatoid arthritis[J]. Arthritis Rheum,1995,38:727-735.

131. Pincus T, Amara I, Segurado OG, et al. Relative efficiencies of physician/assessor global estimates and patient questionnaire measures are similar to or greater than joint counts to distinguish adalimumab from control treatments in rheumatoid arthritis clinical trials[J]. J Rheumatol,2007,15:632-640.

132. 董怡. 抗风湿药物的疗效评价[J]. 中国新药杂志,2001,10(7):549-550.

133. Kalyoncu U,Dougados M,Daurès JP,et al. Reporting of patient-reported outcomes in recent trials in rheumatoid arthritis:a systematic literature review[J]. Ann Rheum Dis,2008,3:1060-1066.

134. 汤哲,孟琛. 瑞典老年医学及老年痴呆研究现状[J]. 中华老年医学杂志,1999,3:191.

135. 张振馨,刘军,洪震,等. 中国北京、西安、上海和成都地区痴呆亚型患病率的研究[J]. 中国现代神经疾病杂志,2005,5(3):156-157.

136. 王永炎,张伯礼,张允岭,等. 血管性痴呆现代中医临床与研究[M]. 北京:人民卫生出版社,2003.

137. Guidance for Industry Patient-Reported Outcome Measures:Use

in Medical Product Development to Support Labeling Claims. U. S. Department of Health and Human Services Food and Drug Administration. February 2006.

138. Halstead LS, Seager SW, Houston JM, et al. Relief of spasticity in SCI men and women using rectal probe electrostimulation[J]. Paraplegia, 1993, 31(11):715-721.

139. Ashworth B. Preliminary trial of carisoprodol in multiple sclerosis[J]. Practitioner, 1964, 192:540-542.

140. Bohannon RW, Smith MB. Interrater reliability of a modified Ashworth scale of muscle spasticity[J]. Phys Ther, 1987, 67:206-207.

141. Levin MF, Hui-Chan C. Are H and stretch reflexes in hemiparesis re producible and correlated with spasticity? [J]. J Neurol, 1993, 240: 63-71.

142. 王扬, 赵宏, 刘保延, 等. 基于中风痉挛性瘫痪患者报告的临床结局评价量表的信度、效度及反应度[J]. 中国全科医学, 2009, 74(12): 1168-1170.

143. Levin MF, Hui-Chan C. Ankle spasticity is inversely correlated with antagonist voluntary contraction in hemiparetic subjects[J]. Electromyogr Clin Neurophysiol, 1994, 34(7):415-425.

144. Bohannon RN, Larkin PA. Cybex Ⅱ isokinetic dynamometer for the documentation of spasticity[J]. Phys Ther, 1985, 65(1):46-47.

145. Bohannon RN. Variability and reliability of the pendulum test for spasticity using a Cybex Ⅱ isokinetic dynamometer[J]. Phys Ther, 1987, 67(5):659-661.

146. 纪树荣, 杨今姝. 等速运动测试仪量化评定肌痉挛[J]. 中国康复, 2000, 15(2):177-180.

147. Firoozbakhsh KK, Kunkel CF, Scremin AM, et al. Isokinetic dynamometric technique for spasticity assessment[J]. Am J Phys Med Rehabil, 1993, 72(6):379-385.

148. Boiteau M. Use of a hand-held dynamometer and a Kin-Com dynamometer for evaluating spastic hypertonia in children: a reliability study [J]. Phys Ther, 1995, 75:796-802.

149. Lamontagne. Evaluation of reflex-and non reflex-induced muscle resistance to stretch in adults with spinal cord injury using hand-held and isokinetic dynamometry[J]. Phys Ther,1998,78:964-978.

150. 范大公,赵伟. 甘油果糖注射液和甘露醇用于缺血性脑梗死的比较研究[J]. 齐齐哈尔医学院学报,2002,23(7):754.

151. 全国第四次脑血管病学术会议(1995). 脑卒中患者临床神经功能缺损程度评分标准[J]. 中华神经科杂志,1996,29:381.

152. Brott T, Adams HP, Olinger CP, et al. Measurements of acute cerebral infarction:a clinical examination scale[J]. Stroke, 1989, 20:864-870.

153. Hantson L, De Weerdt W, De Keyser J, et al. The European Stroke Scale[J]. Stroke,1994,25:2215-2219.

154. Fugl-Meyer AR,Jaasko L. Post-stroke hemiplegia and ADL performance[J]. Scand J Rehabil Med Suppl,1980,7:140-152.

155. Katz S. Progress in development of the Index of ADL[J]. Gerontologist,1970,10(1):20-30.

156. Mahoney FI, Barthel DW. Functional evaluation:the Barthel Index [J]. Md state Med J,1965,14:61-65.

157. Segal ME,Ditunno JF,Staas WE. Interinstitutional agreement of individual Functional Independence Measure(FIM)items measured at two sites on one sample of SCI patients[J]. Paraplegia,1993,31:662-631.

158. 谢瑛,郝永玲,尤欣. 早期综合康复治疗对急性脑卒中偏瘫患者的疗效观察[J]. 中华中西医杂志,2006,7(19):1739-1741.

159. 金家宝. 脑卒中后应激性高血糖的临床意义[J]. 实用临床医学,2007,8(1):16-18.

160. 丁宇. 早期康复治疗对脑梗死患者运动及认知功能的影响[J]. 第三军医大学学报,2002,24(12):1396-1399.

161. 朱冬胜,徐敏华,张晔,等. 中风系列制剂对急性中小量脑出血患者日常生活活动能力的影响[J]. 中国中西医结合急救杂志,2001,8(5):276-277.

162. Linda S,Williams MD. Development of a stroke-specific quality of life scale[J]. Stroke,1999:1362-1369.

163. 蔡亚平,俞顺章. 脑血管病患者的生存质量[J]. 中国康复医学杂志,1991,6(1):13-14.

164. 郑良成,罗祖明,胡艳,等. 脑梗死患者的生存质量及改善相关影响因素研究[J]. 现代康复,2001,5(12):28-29.

165. 高谦,王福根. 脑卒中患者的生存质量[J]. 现代康复,2000,4(9):1294-1295.

166. 徐晓云,黄蕾,郑洁皎. 脑梗死患者康复期认知改变与生存质量及相关因素研究[J]. 现代康复,2001,5(6):28-29.

167. 何成松,杨大鉴,南登昆,等. 脑卒中患者生活质量量表的编制及试测[J]. 中国康复,1995,10(3):111-113.

168. 李凌江,杨德森,胡治平,等. 慢性脑卒中患者生活质量评估工具的研究[J]. 中国行为医学科学,1997,6(1):47.

169. 袁毓. 跨穴位皮肤电刺激治疗脊髓性肌痉挛[J]. 中华医学杂志,1993,(10):539.

170. 燕铁斌,许云影. 综合痉挛量表的信度研究[J]. 中国康复医学杂志,2002,17(5):263-265.

171. 胡晓晴,李志军,李倩华,等. 规范化 A 型肉毒毒素治疗肌痉挛性疾病[J]. 中国康复,2003,18(2):93-94.

172. 马超,许俭兴,燕铁斌,等. 体感诱发电位在预测脑卒中急性期肢体运动功能恢复中的价值[J]. 中华物理医学与康复杂志,2002,24(1):33-35.

173. 王吉耀. 循证医学与临床实践[M]. 北京:科技出版社,2001:120.

174. Younossi ZM,Boparai N,Price LL,et al. Health-related quality oflife in chronic liver disease:the impact of type and severity of disease[J]. Am J Gastroenterol,2001,96(7):2199-2205.

175. 刘绍能,刘震,刘慧敏,等. 慢性肝病患者自评量表的研制[J]. 中国中医药信息杂志,2009,16(9):93-94.

176. The WHOQOL Group. The World Health Organization Quality of Life assessment(WHOQOL):devolvement and general psychometric properties [J]. Soc Sci Med,1998,46(12):1569-1585.

177. Ferrell BR,Dow KH,Grant M. Measurement of the quality of life in cancer survivors[J]. Qual Life Res,1995,4(6):523-531.

178. Bonomi AE,Patrick DL,Bushnell DM,et al. Quality of life measurement:will we ever be satisfied? [J]. J Clin Epidemiol,2000,53(1):19-23.

179. 刘慧敏,刘绍能,刘震,等. 慢性肝病病人自评量表的应用评价研究[J]. 中国中医药信息杂志,2010,17(6):13-15.

180. Younossi ZM,Boparai N,Price LL,et al. Health-related quality oflife in chronic liver disease:the impact of type and severity of disease[J]. Am J Gastroenterol,2001,96(7):2199-2205.

181. Marchesini G,Bianchi G,Amodio P,et al. Factors associated withpoor health-related quality of life of patients with cirrhosis[J]. Gastroenterology,2001,120(1):170-178.

182. 邓开盛,杨京,谢平霞. 慢性乙型肝炎 457 例心理状况分析及对预后的影响[J]. 贵州医药,2004,28(6):567-568.

183. 刘建军. 苦参碱治疗慢性乙型肝炎患者生活质量测评[J]. 中国医学文摘:内科学,2006,27(1):43-45.

184. 胡玉琳,牛俊奇,苏秀芬. 肝炎病人生活质量调查分析[J]. 吉林医学,2004,25(5):5-7.

185. 巩英凤,宋军. 住院慢性乙型肝炎患者生活质量影响因素的筛选分析[J]. 中国临床康复,2005,9(23):6-7.

186. 易露茜,杨旭,王小万. 拉米夫定治疗对慢性乙型肝炎患者生活质量的影响[J]. 中南大学学报(医学版),2006,31(3):396-399.

187. 姚光弼,Alison TM,黄瑛,等. 拉米夫定治疗慢性乙型肝炎生存质量评价[J]. 肝脏,2003,8(4):3-5.

188. 刘静,王玉霞,王彩霞. 心理干预对慢性乙型肝炎患者生活质量的影响[J]. 中国医药导报,2006,3(35):12-13.

189. 李德敏,汪月娃. 慢性乙型肝炎患者心理卫生状况及其婚姻质量调查[J]. 临床心身疾病杂志,2006,12(5):360-361.

190. 杜耀民,黄东锋. 健康教育对慢性乙型病毒性肝炎患者生活质量的影响[J]. 中国临床康复,2004,8(18):3440-3441.

191. 陈利群,顾亚芳. 乙型肝炎患者领悟社会支持与生活质量的相关性研究[J]. 上海护理,2005,5(4):1-3.

192. 冯慧芬,张淑凤. 干扰素治疗对慢性乙型肝炎患者生活质量的影响[J]. 郑州大学学报(医学版),2006,41(6):1203-1204.

193. 陈晓蓓,杨丽华,龚作炯. 病毒性肝炎患者 SCL-90 的相关调查[J]. 中国行为医学科学杂志,2002,11(1):46.

194. 张国强,王彬,申纪轩. 慢性乙型肝炎患者生存质量测量与影响因素分析[J]. 洛阳医专学报,2001,19(1):21.

195. 巫贵成,周卫平,赵有蓉,等. 慢性乙型肝炎患者远期生存质量研究[J]. 中华肝脏病杂志,2003,11(5):275.

196. 聂勇战,张金霞,李新华,等. 慢性肝病患者健康相关生存质量的量表评价[J]. 现代康复,2001,5(8):18-19.

197. 刘卫东,刘军忠,辛丽虹,等. 慢性肝炎患者临床综合治疗对生存质量的影响[J]. 现代中西医结合杂志,2004,13(12):1574-1575.

198. 傅文青,张静,于宏华,等. 慢性乙型肝炎患者心身症状和应对方式对生活质量的影响[J]. 中国临床心理学杂志,2004,12(3):281-283.

199. 李鹏,张澍田. 慢性胃炎的内镜诊断标准及评价[J]. 临床消化病杂志,2006,18(3):136-138.

200. Yacavon RF,Locke GR 3rd,Provenzale DT,et al. Quality of life measurement in gastroenterology:what is available? [J]. Am J Gastroenterol,2001,96(2):285-297.

201. Shaw M,Talley NJ,Adlis S,et al. Development of a digestive health status instrument:tests of scaling assumptions,structure and reliability in a primary care population[J]. Aliment Pharmacol Ther,1998,12(11):1067-1078.

202. Eypasch E. Gastrointestinal Quality of Life Index:development,validation and application of a new instrument[J]. Br J Surg,1995,82(2):216-222.

203. Bamfi F Olivieri A,Arpinelli F,et al. Measuring quality of life in dyspepticpatients:development and validation of a new specific health status questionnaire:final report from the Italian QPD project involving 4000 patients[J]. Am J Gastroenterol,1999,94:730-738.

204. Eypasch E,Williams JI,Wood-Dauphinee S,et al. Gastrointestinal Quality of LifeIndex:development,validation and application of a new

instrument[J]. Br J Surg,1995,82:216-222.

205. Revicki DA,Wood M,Wiklund I,et al. Reliability and validity of the gastrointestinal symptom rating scale in patients with gastroesophageal reflux disease[J]. Quality of Life Research,1998,7(1):75-83.

206. De la Loge C (Trudeau E,Marquis P,et al.),Cross-cultural development and validation of a patient self-administered questionnaire to assess quality of life in upper gastrointestinal disorders:the PAGI-QOL[J]. Qual Life Res,2004,13(10):1751-1762.

207 Cook KF,Rabeneck L,Campbell CJ,et al. Evaluation of a Multidimensional Measure of Dyspepsia-Related Health for Use in a Randomized Clinical Trial[J]. J Clin Epidemiol,1999,52:381-392.

208. Shaw M, Talley NJ, Adlis S, et al. Development of a digestive health status instrument:tests of scaling assumptions,structure and reliability in a primary care population[J]. Aliment Pharmacol Ther,1998,12:1067-1078.

209. Velanovich V, Vallance SR, Gusz JR, et al. Quality of life scale for gastroesophageal reflux disease[J]. Am Coll Surg, 1996, 183(3):217-24.

210. Bayliss MS. Methods in outcomes research in hepatology:definitions and domains of quality of life[J]. Hepatology,1999,29(6 suppl):3s-6s.

211. Coyne KS,Wiklund I,Schmier J,et al. Development and validation of a disease-specific treatment satisfaction questionnaire for gastro-oesophageal reflux disease[J]. Alimentary Pharmacology & Therapeutics,2003,18(9):907.

212. Wiklund IK,Junghard O,Grace E,et al. Quality of Life in Reflux and Dyspepsia Patients. Psychometric Documentation of a New Disease-specific Questionnaire (QOLRAD) [J]. Eur J Surg Suppl, 1998, 164(12):41.

213. 宋黎君. 消化性溃疡病人生活质量研究[J]. 国外医学·社会医学分册,1998,15(2):59-62.

214. Martin C,Marquis P,Bonfils S. A 'quality of life questionnaire'

adapted to duodenal ulcer therapeutic trials[J]. Scand J Gastroenterol Suppl,1994,206:40-43.

215. Isenring,Elisabeth;Bauer,Judith;Capra,et al. Modified Constipation Assessment Scale is an effective tool to assess bowel function in patients receiving radiotherapy [J]. Nutrition&Dietetics:The Journal of the Dietitians Association of Australia,2005,62(2):95-101.

216. Hahn BA, Kirchdoerfer LJ, Fullerton S, et al. Evaluation of a new quality of life questionnaire for patients with irritable bowel syndrome [J]. Aliment Pharmacol Ther,1997,11:547-552.

217. Wiklund IK, Fullerton S, Hawkey CJ, et al. An Irritable Bowel Syndrome-Specific Symptom Questionnaire [J]. Scand J Gastroenterol, 2003,38(9):947-954.

218. Patrick DL,Drossman DA,Frederick IO,et al. Quality of life in persons with irritable bowel syndrome:development and validation of a new measure[J]. Dig Dis Sci,1998,43:400-411.

219. Wong E,Guyatt GH,Cook DJ,et al. Development of a questionnaire to measure quality of life in patients with irritable bowel syndrome [J]. Eur J Surgo,1998,583(suppl):50-56.

220. Lembo AL,Wright RA,Bagby B,et al. Alosetron controls bowel urgency and provides global symptom improvement in women with diarrhea-predominant irritable bowel syndrome[J]. Am J Gastroenterol,2001,96:2662-2670.

221. Gordon S,Ameen V,Bagby B,et al. Validation of irritable bowel syndrome Global Improvement Scale:an integrated symptom end point for assessing treatment efficacy[J]. Dig Dis Sci,2003,48:1317-1323.

222. US Department of Health and Human Services Food and Drug Administration. Guidance for industry patient-reported outcome measures:Use in medical product development to support labeling claims(draft guidance)[EB/OL]. http://www. fda. gov/cder/guidance/index. htm,[2010-09-09]

223. 谭冠先. 疼痛诊疗学[M]. 北京:人民卫生出版社,2000:4-6.

224. Toyone T, Takahashi K, Kitahara H, et al. Visualisation of

symptomatic nerve roots. Prospective study of contrast-enhanced MRI in patients with lumber disc herniation[J]. J Bone Joint SURG(Br),1993,75: 529-533.

225. Spengler D M,Ouellette E A,Battie M,et al. Elective discectomy for herniation of a lumbar disc. Additional experience with an objective method[J]. J Bone Joint Surg(Am),1990,72:230-237.

226. 胡有谷. 腰椎间盘突症[M]. 北京:人民卫生出版社,1985: 283-284.

227. 陆一农. 颈肩腰腿痛病案集[M]. 北京:人民军医出版社,1988: 243-281.

228. Prolo DJ,Oklund SA,Butcher M. Toward uniformity in evaluating results of lumbar spine operations. A paradigm applied to posterior lumbar interbody fusion[J]. Spine,1986,11:601-606.

229. Macnab I. Negative disk exploration:an analysis of the causes of nerve-root involvement im sixty eight patients[J]. J Bone Joint Surg(Am), 1971,53:891-903

230. 杨惠林,唐天驷. 腰椎不稳与腰椎管狭窄专题研讨会纪要[J]. 中华骨科杂志,1994,14:60.

231. Firbank J,Pynsent P. The Oswestry disability index[J]. Spine, 2000,25:2940-2953.

232. Roland M,Morris R. A study of the natural history of back pain. Part Ⅰ:development of a reliable and sensitive measure of disability in low back pain[J]. Spine,1983,8:141-144.

233. 郑光新,赵晓鸥,刘广林等. Oswestry 功能障碍指数评定腰痛患者的可信性[J]. 中国脊柱脊髓杂志,2002,12(4):13-15.

234. 高明暄,刘兴炎. 中文版 Roland-Morris 腰痛失能问卷可靠性评定[J]. 实用医学杂志,2005,24(2l):2755-2756.

235. 陈华,高谦,王诚宏,等. Oswestry 和 Roland-morris 失能问卷:测量慢性下腰痛病人[J]. 中国临床康复,2002,16(6):2420.

236. Daltroy LH,Cats-Baril WL,Katz JN,et al. The North American Spine Society(NSSA) lumber spine outcome assessment instrument:reliability and validity test [J]. Spine(Phila Pa 1976),1996,21(6):741-749.

237. Ruta DA,Garratt AM,Wardlaw D,et al. Developing a valid and reliable measure of health outcome for patients with low back pain[J]. Spine,1994,19:1887-1896.

238. Daltroy LH,Cats-Baril WL,Katz JN,et al. The North American Spine Society(NSSA)lumber spine outcome assessment instrument:reliability and validity test[J]. Spine,1996,21(6):741-749.

239. Hlatky MA,Boineau RE, Higginbotham MB,et al. A brife self-administered questionaire to determine functional capacity(the Duke Activity Status Index)[J]. Am J Cardiol,1989,64(10):651-654.

240. Fekkes M, Kamphuis RP, Ottenkamp J, et al. Health-related quality of life in young adults with minor congenital heart disease[J]. Psycho health,2001,16:239.

241. Rector TS,Kubo SH,Cohn JN,et al. Patients' self-assessment of their congestive heart failure:content, reliability, and validity of a new measure,the Minnesota living with heart failure quentionaire[J]. Heart Failure,1987,3:198-209.

242. Spertus JA,Winder JA,Dew Hurst TA,et al. Motoring the quality of life in patients with coronary artery disease[J]. Am J Cardiol,1994,74:1240-1244.

243. 方积乾. 生存质量测定方法及应用[M]. 北京:北京医科大学出版社,2000.

244. Guyatt GH. Measurement of health-related quality of life in heart failure[J]. J Am Coll Cardiol,1993,4(Suppl A):185A-191A.

245. Ancheta IB, Evans M, Miller AB,et al. Does Clinician's Knowledge of B-Type Natriuretic Peptide Levels Translate to Improvement of Quality of Life and Less Hospitalization Days in Patients with Heart Failure? [J]. Prog Cardiovasc Nurs,2009,24(1):12-18.

246. Faller H,Steinbuchel T,Stork S,et al. Impact of depression on quality of life assessment in heart failure[J]. Int J Cardiol,2010,142(2):133-137.

247. Parissis JT, Nikolaou M, Farmakis D, et al. Self-assessment of health status is associated with inflammatory activation and predicts long-

term outcomes in chronic heart failure[J]. Eur J Heart Fail, 2009, 11(2): 163-169.

248. Hatta M, Joho S, Inoue H, et al. A health-related quality of life questionnaire in symptomatic patients with heart failure: Validity and reliability of a Japanese version of the MRF28[J]. J Cardiol, 2009, 53(1): 117-126.

249. Dougherty CM, Dewhurst T, Nichol WP, et al. Comparison of three quality of life instruments in stable angina pectoris: Seattle Angina Questionnaire, Short Form Health Survey(SF-36), and Quality of Life Index-Cardiac Version Ⅲ[J]. J Clin Epidemiol, 1998, 51(7): 569-575.

250. Mauquis P, Fayol C, Joire JE, et al. Psychometric properties of a specific quality of life questionnaire in angina pectoris patients[J]. Qual Life Res, 1995, 4(6): 540-546.

251. Mauquis P, Fayol C, Joire J. Clinical validation of a quality of life questionnaire in angina pectoris patients[J]. Eur Heart J, 1995, 16(11): 1554-1560.

252. Thompson DR, Jenkinson C, Roebuck A, et al. Development and validation of a short measure of health status for individuals with acute myocardial infarction: the myocardial infarction dimensional assessment scale (MIDAS)[J]. Qual Life Res, 2002, 11(6): 535-543.

253. Asadi-Lari M, Javadi HR, Melville M, et al. Adaptation of the MacNew quality of life questionnaire after myocardial infarction in an Iranian population[J]. Health Qual Life Outcomes, 2003, 1: 23.

254. Stefan Hofer, Lynette Lim, Gordon Guyatt, et al. The MacNew heart disease health-related quality of life instrument: a summary[J]. Health Qula Life Outcomes, 2004, 2: 3.

255. 吕映华, 何迎春, 杨娟, 等. 冠心病心绞痛(气虚血瘀证)症状疗效评分量表的研究[J]. 中国临床药理学与治疗学, 2008, 13(7): 786-790.

256. Badia X, Roca-Cusachs A, Dalfo A, et al. Validation of the short form of the Spanish hypertension quality of life questionnaire(MINICHAL)[J]. Clin Ther, 2002, 24(12): 2137-2154.

257. 杨瑞雪,潘家华,万崇华,等. 高血压患者生命质量量表研制及评价[J]. 中国公共卫生,2008,24(3):266-269.

258. 徐伟,王吉耀,Michael Phillips,等. 老年原发性高血压患者生活质量量表编制的商榷[J]. 实用老年医学,2000,14(5):242-245.

259. Oldridge N,Perkins A,Hodes Z. Comparison of three heart disease specific health-related quality of life instruments[J]. Monaldi Arch Chest Dis,2002,58(1):10-18.

260. 王辉艳,武锐,吕代中. 头脑风暴综述[J]. 吉林省经济管理干部学院学报,2005,19(5):53-55.

261. 李荣荣. 如何刮好"头脑风暴"?[J]. 软件工程师,2009,(5):27-28.

262. 王成云,苗小川. 信息预测中的德尔菲法[J]. 图书馆学研究,1996,(2):18-19.

263. 袁岳,周林古. 零点调查:民意测验的方法与经验[M]. 福州:福建人民出版社,2005:35.

264. 凤笑天. 测量的基本理论[J]. 上海教育科研,1984,(1):35-40.

265. Dun can OD. Notes on social measurement:Historical and critical[M]. New York:Russell Sage,1984:35.

266. 周艺彪,赵根明. 测量的可靠性及其估计方法[J]. 中华流行病学杂志,2003,24(12):1146-1149.

267. 成素梅. 从测量解释理论到测量哲学的兴起[J]. 河池学院学报,2007,27(1):1-5.

268. 孙庆祝. 人体体质测量与评价[M]. 北京:高等教育出版社,2001:12.

269. 凤笑天. 现代社会调查方法[M]. 上海:华中科技大学出版社,2005:85.

270. 戴忠恒. 测量的基本理论[J]. 上海教育科研,1984,(1):35-40.

271. 王小英,张明. 心理测量与心理诊断[M]. 吉林:东北师范大学出版社,2002:13.

272. 孙庆祝. 人体体质测量与评价[M]. 北京:高等教育出版社,2001:31.

273. 刘保延. 打通中医疗效评价的瓶颈[N]. 健康报,2007.

274. Stan. 论项目反应理论[J]. 高等理科教育,2005,(3):64-66,112.

275. 郭庆科,房洁. 经典测验理论与项目反应理论的对比研究[J]. 山东师大学报(自然科学版),2000,15(3):264-266.

276. 袁岳,周林古. 零点调查:民意测验的方法与经验[M]. 福州:福建人民出版社,2005:35.